编年纪实体自传

一个普通侗族妇女的人生始末

1946——2021

# 侗妹

龙月江／著

中央民族大学出版社
China Minzu University Press

**图书在版编目（CIP）数据**

侗妹 / 龙月江著 . —北京：中央民族大学出版社，2024.1（2024.10 重印）

ISBN 978-7-5660-2232-5

Ⅰ . ①侗…　Ⅱ . ①龙…　Ⅲ . ①传记文学—中国—当代

Ⅳ . ① I25

中国国家版本馆 CIP 数据核字（2023）第 119403 号

**侗妹**

| | | |
|---|---|---|
| 著　　者 | 龙月江 | |
| 责任编辑 | 罗丹阳 | |
| 责任校对 | 杜星宇 | |
| 封面设计 | 舒刚卫 | |
| 出版发行 | 中央民族大学出版社 | |
| | 北京市海淀区中关村南大街 27 号　　邮编：100081 | |
| | 电话：（010）68472815（发行部）　传真：（010）68933757（发行部） | |
| | 　　　（010）68932218（总编室）　　　　（010）68932447（办公室） | |
| 经 销 者 | 全国各地新华书店 | |
| 印 刷 厂 | 北京鑫宇图源印刷科技有限公司 | |
| 开　　本 | 787×1092　1/16　　印张：23 | |
| 字　　数 | 352 千字 | |
| 版　　次 | 2024 年 1 月第 1 版　2024 年 10 月第 2 次印刷 | |
| 书　　号 | ISBN 978-7-5660-2232-5 | |
| 定　　价 | 98.00 元 | |

《侗妹》序言

# 不会忘却的纪念

### 白庚胜

正在防疫、抗瘟、整理旧案中度过寒冷的2022年岁末之际，我突然接获邓敏文先生几经转折打来的电话，自然悲喜加交：悲的是得知邓先生夫人龙月江女士已于上一年仙逝；喜的是在我调离原工作单位、转换多个岗位、与邓先生相别近二十年后，我们又续上了前缘。

数日后如约前去拜访，地址仍在北京劲松西口，居所依旧是9号楼1307，只是再无女主人熟悉的音容笑貌，"蒹葭苍苍，白露为霜，所谓伊人，在水一方"是矣。年近八十的邓先生虽然神情自若，却也耄耋向晚，时不所待。我俩相谈，四目多泪。我说："我这多年走遍黔贵大地，时时处处多闻邓先生回乡创业、保护大歌、申报世遗、开办文库、主持侗学事业的声名"；他言，虽然人地两隔，但他们俩夫妇时时关注着我在中国民协、中国文联、云南省政府、全国政协的行政与学术历练，并对我于近期推出50卷《白庚胜文集》、先后主编40余种近10000卷册文化遗产抢救成果等类丛书、类书、专集等感到不可思议，深表敬佩。我们的共同感慨是：没有新中国，没有社会主义，没有改革开放，就没有我们自己及少数民族文化、文学、艺术的今天。

这些话题，自然引出龙月江女士的一生。其绝大多数为只有他们自知的秘密，也有极小部分属我们共同的记忆。邓先生似乎怕我对他的夫人认识太零碎，就将油墨犹香的《侗妹》上部交给我说，它的下部将于近期出版，问我是否可为此写一篇序。我似乎从他期待的目光中听到了他的不言之语：你可是中国纪实文学研究会会长，可不能尽给那些大家、大作写序作跋啊。写序不敢，但对《侗妹》的出版，我是一定要表示一番祝贺之意的。因为我与邓敏文先生夫妇有跨世纪的交往及友情，曾受到过他们一家无微不至的关照，有道是"滴水之恩，当以涌泉相报之"。

邓敏文先生，侗族人士，与我同是大西南山里之人，曾先后任我所南方室的副主任、主任，还是我的入党介绍人。凡我出国留学、升中高级职称、报考并在读研究生、从事博士后研究、升任研究员与教授、担任中国少数民族文学学会理事长及我所副所长，他都为我而高兴，且全力助推之。不为其他目的，只求本室青年成长，只盼南方少数民族文学研究力量增强，只图少数民族文学所在中国社科院有一席之地。而他夫人也就是侗女龙月江女士，既是大姐又像母亲，常常让我在单身汉时期到她们家中吃酸鱼、腊肉、辣椒，喝米酒，以改善伙食，还忙着帮我物色对象。在我于外地进修之际，还带着我那70多岁的老母游览颐和园。忘不了，在我为作博士论文答辩而紧张准备之期，她为我承担起30万字《东巴神论研究》的全部打字、装订任务，并不计任何报酬。好在我也没有太让她失望，这部论文不仅被钟敬文、马学良、张公瑾、戴庆厦、郎樱、梁庭望诸大家组成的答辩委员会全票通过，而且还在后来被季羡林任主编的"东方文化丛书"所收录，连连再版五次。

论名气、地位，这位龙月江侗姐在中国社科院及社会上几乎不见经传。成长期的特殊经历，没能让她拥有足够的学历与学力，长期不可改变的工人身份又使她不时受到一些所谓"翰林院翰林们"的冷眼。但是，侗姐龙月江的聪慧、善良、勤奋、抗压力，对爱情的忠贞，对生命的热爱，对社会的关心，对家庭的呵护，对美好生活的追求，却是全院独峰无双的。她有一种侗女独具的细腻、深厚、执着、不屈、韧性。我见证了她每日于工作地长辛店和居住地劲松之间经年往返十余个小时工作、理家、教子、相夫的非凡岁月；我目睹过她与邓先生用微薄的工资支撑起一家四口人的生活，还一度赡养着双方老人，培养着双方侄女，并用不知从何处捡拾的破瓷片把自家三十来平米的地板装饰得灿烂缤纷的景象；我与先后在南方室工作的李源、刘亚虎、郭辉、巴嫫、吴晓东等同人，又有谁未曾得到过她在工作、生活方面的关怀？我知道，侗姐从一个收发员起步，先是学会打字、排版、装订，退休后办起侗族工艺品小商店，筹建侗乡缘酒楼，管理中国少数民族文学学会下属的侗族文学分会，对邓先生收集、整理、研究侗族民间长诗《珠郎娘美》，参与主持"中国少数民族文学史文学概况丛书"，参与侗族大歌申报世界非物质文化遗产，参与撰著《侗族大歌生存研究》，参与筹建"侗人文库"等更是厥功至伟，倾注了她的大量心血，镕铸了她的无限情爱。

而这样一位侗妹、侗姐、侗姨、侗奶现在却走了，走得那么突然、那么悄无声息。凡是熟悉她的人们，顿然感到了前所未有的空落。作为相濡以沫一生的爱人，邓先生当尤甚。这是一个普普通通的、中国的、少数民族的女性的重量，在人性的天宇中引发的震撼。于是，读《侗妹》、学侗姐、念侗姨，为《侗妹》写纪念文章，也就成了我的理所当然。尽管《侗妹》一书纪实性充裕而文学性稍逊，但这毕竟是她自己的生命书写、生活回放、奋斗缅怀、情感写照，足以照见她的风采、性情、灵魂，以及形象。比之某些美其名曰纪实文学的非纪实文学作家及其作品，它更真实、生动、更具生命力。但愿这位普通侗族女性的代表，在另一个世界里安息。有《侗妹》在，我们就不会忘却她。

2022年12月17日

（作者简介：白庚胜，男，云南丽江人，纳西族，现任全国政协常委、中国作家协会副主席、中国纪实文学研究会会长。）

## 邓敏文给白庚胜的回信

小白（还是这样称呼更感亲切）：

《不会忘却的纪念》收到，含泪读了几遍，往事如昨，悲喜交集。我妻月江在九泉之下也会和我一样感谢你的！你现在身居高位，但2022年12月12日仍冒着寒风及恶疫亲临寒舍看我，接着又在百忙之中为我爱妻遗著《侗妹》写序。往事如烟，真情永铸。

再次感谢！

敏文 2022年12月17日于北京劲松

## 《侗妹》导读

# 侗族作家潘年英教授评介《侗妹》

　　在这次改稿班上，最引人注目、也让大家议论最多的一部作品，恐怕要算龙月江的自传体长篇纪实文学《侗妹》了。而这部作品之所以引起大家的广泛关注和议论，则又跟作者本人的奇特身世和作品的格外成功紧密相关。

　　作者龙月江是个什么人呢？她是天柱石洞镇人，是个地地道道的侗族妇女。她原本家境贫寒，小时候没读过什么书，刚出生不久就失去了父亲，母女相依为命，尝尽人间苦难。后来因偶然的机缘跟随姐姐和姐夫到北京生活，但也没有机会读更多的书。为了生活，她被迫去做过各种临时工，直到后来嫁人，也只是中国社会科学院一位侗族研究员的家属而已。她的整个一生，几乎跟文学没发生过什么关系。甚至在写作这部作品以前，她也没接触过什么像样的文学作品，更谈不上有怎样的写作经历和经验。她是在退休之后为了打发时光才想到要写这部作品的。说得直接些，她最初写作这部作品可能只是为了回顾和总结自己的一生。但是，奇怪的是，这样的一个几乎可以说是"准文盲"的作者，她写出来的作品却让人刮目相看，也让所有的专业作家（尤其是侗族作家们）感到羞愧甚至是无地自容。因为龙月江质朴的文字和她不平凡的人生经历，实在太能打动读者的心了。作品最早是在"侗人网"和"木楼人家"两个小小的网站上连载，立即引起轰动，点击率超过所有侗族作家的作品。龙月江苦难而传奇的一生感动了无数的网民和读者，她也因此被读者誉为侗族的"阿信"。

　　2005年，"侗人网"评选十大才女，龙月江老人居然荣登榜首。这不能不说是个奇迹。

龙月江的写作，实在太挑战我们传统的文学创作观念了，所以在改稿班上，我发言说："文学史向来有两种，一种是文人的文学史，一种是非文人的文学史，或称民间文学史，龙月江的创作即是非文人的文学。当然，随着她的成名成家，她最终也会进入文人的文学史，而且注定将会占据非常重要的一席地位。"

《侗妹》计划写60万字，分上下两部先后出版。目前已经完成了上部，共20万字。毫无疑问，这部作品，还在继续制造和书写着我们想象不到的文学奇迹。

———————————————

注1：作家潘年英，侗族，贵州省天柱县人，湖南科技大学教授，中国作家协会会员，中国少数民族文学学会侗族文学分会原副会长。文中所说的"改稿班"，是指2007年8月在贵州省黎平县岩洞镇岩洞村"侗人文化家园"举办的侗族作家改稿班。

注2：《侗妹》上部出版之后，因作者忙于照管两个孙子，没有更多的时间写作，所以下部只写了10多万字作者就匆匆离世了。为了给读者阅读提供方便，此次将上下两部一起出版，总共近40万字。

# 目　录

# 上部（1946 — 1975）

# 1946：我出生的小侗寨

1946年9月，我出生在贵州省天柱县石洞镇一个叫坝坪的小侗寨里，因为我家门口对着石洞街，所以也叫"对门"。听老人讲，当时的石洞都叫汉寨，因为很早以前侗族人不会做买卖，都是从外地来的汉人到石洞做生意。时间长了，有的在街边安了家，慢慢地外来人多了，说汉话的多了，人们

我出生的小侗寨

就叫这地方为汉寨，现在还有个汉寨村；也有人说可能是因为这地方山高少水，没有河流，侗语叫"高井旱"所以叫"旱寨"，后来才改名叫石洞。

石洞离天柱县城37公里，位于县城西南面。石洞东边是凸洞，西边是黄桥，南边是水洞，北面是都岭。石洞是在一座高高的大山顶上，人称九龙山。四面都是陡坡，易守难攻。

妈妈说，我出生的那天晚上，正好是星满银河，明月高照。按五行来

排，我出生的时辰是"火命"，需要有水来伴我的一生，所以我爸爸给我取名叫"月江"。我出生后，总是白天睡觉，晚上哭。我父亲整夜整夜地抱着我在地上走。

妈妈讲了很多关于我父亲的故事。她说我的父亲脾气好，很会教育孩子。我的兄长鼎哥八岁那年，爬到枣树上去摘枣吃，被父亲看见了。父亲心里特别着急，就到园边拆了根小竹条，把双手背在身后边，面带微笑走到枣树下说："鼎甲，你下来，你猜我身后给你带什么好东西？"鼎哥抱着树，往下看了看，猜了几次，父亲都说不对。父亲又说："你慢慢下来，我给你好东西。"鼎哥听了，很高兴，便慢慢从树上下来。这时父亲才拿出手中的竹条来教训鼎哥。

我妈妈问我父亲："你为什么要骗他呢？"

父亲说："我没骗他呀，我并没说出是什么东西呀。如果我拿起竹条就要去打他，他在树上还能下来吗？可能还要往上爬呢。枣树是脆的，容易断，很危险的，不能上去。他在树上，如果你骂他，他就是肯下来心里也害怕，不小心也会掉下来的。枣子是要用竹竿打下来的，不是上树摘。教育孩子要有方法，要看后果。"这件事看是小事，可给了妈妈不小的启发。

妈妈常对我说，我的父亲读过私塾，是个有文化的人。他生前有很多的书，装了几个大箱子。他当过教书先生。妈妈也学会了几句，如："人之初，性本善。性相近，习相远……子不教，父之过。教不严，师之惰。"还有："灯光，灯光，娘在灯下做衣裳。儿穿衣裳，忘不了娘……"我的父亲也爱看一些史书、经书、历书、天文地理的书和中医草药的书等等。当地有人要起房子，或有人去世，都来找他去看风水，选地方。他还会用针灸给人治病。寨上、街上、远近几十里都有人来找我爸爸看病。

有一次，乡下有人抬一个男病人到我们家来求请父亲医治。病人的一只手腕上长了个大脓包，胳膊都肿了，浑身都痛。父亲看后，从牛圈后抓来个蜘蛛，用两根筷子架在一碗水上，让蜘蛛来回去吸那脓包里的脓吐在碗里。当父亲见到蜘蛛把脓水吸完，并见到吸出血来，才把草药放在口里嚼烂，敷在脓包边，留着伤口。然后又用一块蜘蛛在木板上做的网盖在上边，给病人一包消毒的中草药，让他们回家了。过了秋收，病人家抬来一头猪，说病好了，秋收时能打谷子了，是我父亲救了他的命，特地抬猪来感谢的。

听妈妈说，我出生的那年，当地正闹传染病（瘟疫），我六姨爹和六姨爹的妈都是得传染病一前一后死去。当时一间屋里摆放两口棺材。我舅舅去帮办理后事，也染上了疾病死去。紧接着我的外婆、舅舅、舅妈、二表哥也染上瘟疫先后死去。一家连续死四口人，前后摆在堂屋里都请不到人抬上山。我外婆、舅舅和舅妈都没了，家里只有两个孤儿，就是我5岁的表哥和3岁的表姐，是由我大姨妈、六姨妈和我妈轮流来养育。我父亲去给我舅舅他们家的人看病，帮助料理后事，也染上了病，不幸去世了。紧接着，我的鼎哥也跟着生病死去。听妈妈说，鼎哥临死前，还不断地喊："爸爸，爸爸，你怎么还不回来呀？我身上好烫啊，给我吃点药吧！"当时我们家乡还流传有一首民谣：

八月谷子田里黄，人打摆子病在床。

无医无药无人治，只能哭爹又哭娘。

眼看要吃新米饭，谁知人已见阎王。

从那以后，我们家就只剩下妈妈、哥哥武甲和我三人相依为命了。每到晚上妈妈一边打草鞋，一边给我们讲这些故事。

我记得有一次，我和我侄女彩荷在我家楼上玩，看我家大门上的天井上摆有一摞像我那么高的小木盒，木盒里面码有一排排小方木块。我问妈妈："大门的天井上木盒子排有像葵花子那样长，又像苞谷密密麻麻的摆着一排一排的木块是做什么用的呀？我不小心碰撒了一盒摆不上去了。"妈妈说："那是你爸爸活着的时候用来印书的字，现在没用了。"

我妈妈虽然命苦，但特别能干，也能吃苦，爱干净，还很勤劳。听妈妈说，她以前就像个送子娘娘。妈妈身边经常有六个孩子 —— 我舅舅家的表哥、表姐、六姨家的姨表哥、姨表姐也常住在我们家。我们家的菜园子里和地里，不管是种的什么东西，都比别人的长得好。妈妈白天下地干活儿，吃完晚饭后，人家都睡觉了，她还要编草鞋。自己穿不算，还要编来卖。我从记事起就是这样认为的，也听别人常常这样赞扬我的妈妈。

晚上，妈妈总是要哥哥带我先去睡觉，自己编草鞋到深夜。有一个晚上，我听见上坎杨家的狗一个劲儿地叫，我有点害怕，就不愿先去睡觉，非要坐在妈妈旁边看她编草鞋。妈妈一边编草鞋，一边给我唱顺口令："狗叫哪一个？狗叫王大哥。为何不进屋来坐？我的衣服有点破。为何不去买一件？我的娃儿多。为何你不卖一个？眼睛咕噜咕噜舍不得哟！"妈妈每唱到最后一句时，总要对着我点一下头，还用眼睛看着我笑一笑。没等妈妈编完一双草鞋，我就困了。妈妈见我实在是想睡觉了，才放下手里的草鞋，把我抱进房里去睡，自己又回去接着编她的草鞋。

我们每次睡觉之前，总要先到门外去尿尿，然后再进房去睡觉。有一天晚上，妈妈准备要我和哥哥先去睡觉，我们就听见寨子里的狗越叫越凶。当时我特别害怕。妈妈带我们出了大门，我东张西望，还没等我尿完，就听见妈妈急着喊："快点！赶快进屋！"我的裤子还没提起来，妈妈就一手忙着把我拉进大门里，马上就关上门，插上门闩。

不一会儿，就听见有狗急匆匆地朝我们家的门口跑来。我们母子三人都站在堂屋里。妈妈扒着大门缝往外看，我和哥哥也从门缝里往外看。那天有月亮，可不太亮，天上也有几颗星星。我们看见一群狗又急又快地从我们家大门前连跑带蹿地一拥而过，把我们吓得要命。事后，我很奇怪地问妈妈："从哪里跑出来这么多狗呀？"

妈妈小声地对我说："在前边跑的那群毛色发灰的不是狗，那是狼。狼的尾巴是夹在后腿里的。后面的那一群才是狗，狗的毛有黄的、有白的、也有黑的，尾巴是翘着的。"

我们听见狗叫声走远了，才回屋里去睡觉。妈妈自言自语地说："算是咱们快一步，要不然你们两个不是被狼叼走，也得被狼踩死！要是你大伯在家的话，他又要跑上楼去往菜园里丢几个炮来赶狼了。"

我又问："我大伯上哪里去啦？"

妈妈说："你大伯出远门帮人家看病去了。"

那天晚上，妈妈还给我和哥哥讲了一些关于狼的故事，到半夜我都没睡着。

第二天天刚亮，就听寨上有人说某某家的猪被狼叼走了，有一家的水牛也从牛圈里跑出去了。从那以后，妈妈在房间里准备了一个小木马桶，我们晚上再也不敢出大门口去尿尿了。

我还记得有一天，妈妈带我去凉亭坡顶摘棉花。妈妈种的棉花特别地好，大朵大朵的，白白的。妈妈忙着摘棉花，我在地里乱跑。棉花树很高，叶子也密，正好又是午后，我在棉花地里边很闷热。后来我跑到旁边的一块地里，那里种的是芝麻。芝麻树有点像指甲花草。芝麻也成熟了，太阳晒得芝麻包壳也干了，只要一碰，芝麻籽就从壳里跳出来。我觉得很好玩，就用手指去一个一个地捏它。

我问妈妈："这芝麻熟了，你怎么还不来摘呀？芝麻都掉到地下了。"

妈妈发现我在捏芝麻玩，就非常生气地大声说："大太阳的，哪能去动芝麻呀！你把芝麻都捏掉在土里了，还拿什么给你做粑粑吃呀！要等到早晨有露水或是阴天时，才能连根一起扯回家去用棒子打下来。你要捏东西玩，就到这棉花地边来捏这些小红豆子。捏豆子时要用东西接着。"妈妈说完，就从地边的大叶树上揪下一片叶子，叠成一个小碗，又对我说："小豆子就是掉在地下也捡得到。"

我只好听妈妈的话，在地边捏小红豆子。我捏得一大碗的小红豆后，有点想睡觉了，就跑到妈妈摘下来的棉花堆上躺着，棉花堆下面还垫有一块布单。

妈妈见我要睡，就说："你要想睡觉，那我得背着你。"

我问妈妈："为什么？这么热的天，你背着我多累呀！"

妈妈说："怕有蛇呀！以前听人家说过，乡下有一个妇女背着小孩去地里干活儿，她看孩子睡觉了，就把孩子放在地边上睡。突然孩子大哭起来。她妈妈跑过去一看，只见一条小蛇钻进小孩子的屁眼里去了。乡下的小孩子，五六岁还穿开裆裤，蛇钻进去后是出不来的。后来那小孩子死了。我们这地方的大人，再苦再累也要把孩子背在背上，就是怕蛇，怕老鼠。也有老鼠把小孩的耳朵给咬掉的。"

我听了这个故事后也不敢睡觉了。从那以后，我见到蛇和老鼠也更害怕了。

# 1947：一张老照片

　　这是70多年以前我们家幸存下来的唯一的一张老照片。看了照片背面留下来的那些文字，我才知道这是一张拍摄于民国三十六年（1947年）闰二月二十日的全家合影。

　　那位最小的、前排左起第一人就是我，当时我才五个多月。

　　抱着我的那位就是我的亲爱的妈妈。妈妈的命很苦，十六岁时，被石洞街上一位当地人称为"黄富爷"家的大儿子抢走。当时"黄富爷"已经在皮厦村给他的大儿子定了亲，也是有田有地又有钱的大户人家的女子。可是，他的大儿子死活不愿要，就私下里找几个人悄悄地把我妈妈抬到离家60多里地的锦屏去做老婆。因为我妈妈家穷，跟"黄富爷"家门不当户不对，是黄家大儿子自己喜欢，也没经两家老人同意就成亲了。当时黄家大儿子在锦屏跟别人做生意发了财。听妈妈说，当时他们帮别人收的大洋都是用箩筐挑，堆在船上白花花的。有时他们也要妈妈去帮数钱。一年后，妈妈有了身孕才回到石洞，可是黄家就是不让妈妈进门。妈妈只好在人家的粮仓底下租一间小屋生下自己的大女儿，起名宝仙（后改名月仙）。直到女儿满

月江　1947年与家人合影

民国三十六年后二月二十日全家合影。后三十日鼎弟去逝。

此于二叔去逝后十所照留此。开甲　敬留

后排左起：大哥开甲、大嫂、二哥启甲

中排左起：鼎甲、母亲、小奶、伯父先映、定甲

前排左起：月江、武甲

九个月，丈夫因为春节期间外出玩龙灯玩得尽兴，大家高兴，当场被别人灌酒灌得太多，酒精中毒就死在外地了。黄家大儿子死后，有人赶忙来石洞黄家报信。妈妈得知消息，想跟着来人去看看死去的丈夫，可是，黄家老爷爷说什么也不让她去。因为那时黄家已经没有了继承人，黄家的二儿子早年被抓出去当兵，听说也早就死在外边了。黄家只留下年老的爷爷、裹了小脚的奶奶和一个年轻的姑妈。黄老爷爷说妈妈还太年轻，孩子也还太小，谁都不能出远门。最后，丈夫的尸骨都没人去收，只好求人就地安葬了。直到女儿三岁时，妈妈才又改嫁到我们龙家来，而黄家却把女儿继续留在黄家。黄家离我们龙家很近，是斜对门，我的爸爸和我姐姐宝仙的爸爸过去又是好朋友，所以宝仙也经常过来找妈妈。她就是我现在的同母异父的姐姐。

　　照片中坐在妈妈左手边的那位老人就是我的小奶，小奶实际上是我奶奶的亲妹妹。听妈妈说，我的奶奶生孩子时，让妹妹来帮助料理家务，结果把妹妹也留在我们家了。姐妹俩和睦相处，直至爷爷、奶奶去世后小奶也没离开我们龙家。小奶在我们龙家没有生孩子。听妈妈说，小奶虽然是在大伯家住，但我和哥哥经常由小奶看管。提起小奶，我还有一点点印象。记得有一次，小奶在大伯家的屋边悄悄地向我招手，她的头轻轻地不停地摇摆着交代我说："今天街上有一家办喜事，你跟你妈妈去做客时，给我带一块肥的粉蒸肉回来。我想吃点粉蒸肉，肥的粉蒸肉我没牙也能吃。"我听后，满有把握地点头答应小奶。因为我想，只要有请客送礼的事，不管是红喜还是白喜，每次妈妈都要带我去的。我又不太爱吃肉，尤其是肥肉，我一点也不能吃。每当别人给我夹肉，我就放在碗边，等吃完饭后，妈妈就帮我给小奶带肉回来。妈妈也知道我小奶没有机会出去做客。可是，我不知道是为什么，就这一次妈妈却偏偏没带我去。妈妈什么时候去做客我都不知道。等到午后我见妈妈从街上做客回来时，我就大哭大闹地问妈妈："为什么不带我去？"妈妈对我说："等晚上再带你去。"我好不容易等到了晚上，妈妈却又对我说："人家请客都请完了，我们还去做什么？以后再有人请客，我一定带你去。"我很生气，也很伤心，眼泪直往下掉，可是我又不能对妈妈说小奶想吃粉蒸肉的事，因为是小奶悄悄交代我的。后来，我在好长的日子里总见不到小奶。再后来，就见小奶躺在堂屋的木板上，大人们都说小奶去世了。小奶还没吃上我给她带的粉蒸肉就死了，所以我总觉得对不起小奶。

小奶面前抱着的那位就是我的亲哥哥龙武甲。他大学毕业后在天柱县民族中学当老师，现在已经退休。

站在妈妈右边的那位男孩是我的亲大哥龙鼎甲，当时九岁，相片照好后刚30天，鼎甲哥哥也因病永远地离开了我们。

坐在妈妈身边的那位男子，是我的叔伯大哥龙开甲。

站在大哥左边的那位青年妇女是叔伯大哥的妻子，我的大嫂。

站在大嫂左边的那位少年是我的叔伯二哥龙启甲。二哥1951年参加志愿军，1957年抗美援朝结束后转业到贵州凯里运输公司工作。

坐在小奶左边的那位老人是我的大伯龙先映。他是个民间艺人，会针灸，按摩，帮人治病。我爸爸去世后有些书我大伯留下了，我们小时候有病都是大伯看。大伯自己会做棉衣、单衣、做钉子鞋、做高筒棉靴子等，还会篆刻印章。我小时候看见他在我们家粮仓里花儿个月的时间，用高粱秆照图纸给人家造一座带有白玉栏杆的宫殿模型，现在回忆起来很像天坛的几个大殿。大伯于1959年去世。

站在大伯左边的那位男孩是我的叔伯三哥龙定甲。

从这张照片背面的文字中我还知道：当时我的爸爸刚去世10天。

这张照片一直珍藏在我叔伯大哥龙开甲家里，很少拿出来，怕我妈妈看见想起伤心的往事。1971年我回家探亲，才把这张老照片找出来并拿到北京来，不然也就没有了，因为那年我从石洞回到北京才二十多天，三哥家不小心失火，把我们龙家烧得一干二净。

面对这张照片，妈妈不知道流下了多少眼泪，同时也给我讲了许许多多伤心的故事。

# 1950：茅厕边的石头不能坐

　　妈妈每天不是上山砍柴，就是下地干活儿，家里没有人，我就成了哥哥的小影子，哥哥上哪里都要带着我。哥哥早晨带我去放牛，我们常常戴着用竹子和牛皮纸做的大斗笠和大蓑衣上山。下过雨地下湿，我们就把蓑衣铺在地上坐，戴着斗笠坐在蓑衣上，这样才不被雨淋湿，也不怕太阳晒。

　　我最喜欢玩的游戏是"蛤蟆抱蛋"。在有月亮的晚上，哥哥常带我到上坎晒谷坪上和寨上的小朋友们玩"蛤蟆抱蛋"。那里有杨廷贤兄弟、杨泽卓兄妹、杨泽锡兄妹、龙登远兄妹，还有龙传林、龙彩荷、龙光才、黄秋印等。我们经常一起玩捉迷藏或玩"蛤蟆抱蛋"等。"蛤蟆抱蛋"就是很多小孩子围成一个大圆圈，中间放十二颗小石子。先由第一个人手里藏着一颗小石子，围着圆圈转。大家一起唱顺口溜："月亮光光，打米烧香。烧死王大姐，气死满姑娘。满姑娘告状，告给和尚。和尚念经，念给观音。观音龇牙，龇给蛤蟆。蛤蟆下蛋，下了十二个蛋。拿给××做早饭。""满姑娘"是指家里最小的姑娘。唱完顺口溜，就把小石子悄悄地放在另外一个孩子的身后。放小石子时，如果被另外一个孩子发现了，她就会马上拿起小石子去追放小石子的孩子。放小石子的孩子如果被追上了，她就得接着转圈，或者去中间"抱蛋"。大家又接着唱"月亮光光……"如果被放石子的孩子在放石子的人还没回到自己的位子前追不上他。放石子的人就回到原来的位子上，再由被放石子的孩子拿着小石子去转圈。大家接着又唱"月亮光光……"如果被放小石子的孩子不愿意去转圈，也可以到中间去"抱蛋"。所谓"抱蛋"，就是用手和脚撑地，肚子悬空，

我和哥哥用过的斗笠和蓑衣

保护肚子下面的小石子，不让大家来抢走。大家也千方百计的来抢小石子，可好玩了。

我六岁那年，哥哥开始上学了，家里没人带我。他只好天天也带着我上学校去。哥哥上课时，我就在教室外面玩，有时自己捡块破碗片在地上画几个方块跳田玩，有时学踢毽玩，有时抓小石头子玩。下课时哥哥经常跑来找我，时常跑到我身边要我张开手，他从口袋里掏出一些山果子，有时是葛根，有时是毛栗子，有时是瓜子和花生，有时是茶油泡或是三月泡等等。这些东西都是哥哥的同学从乡下带来给他的。不管是什么，哥哥都舍不得吃完，总要给我留下一点。哥哥的同学也都认识我，也时常给我果子吃。有时我不想在外边玩了，或是天气不好时，也进教室去找个没人的空座位坐着玩。可是好景不长，后来学校开始要收米了，每个学生要收两升米。妈妈不想交米，老师就不让我去教室里坐。我只好在教室外面和操场上乱转，等着哥哥放学后一起回家。

时间长了，我就不想去学校玩了。有时就到我们家上坎找小伙伴们在家里玩。我常去的是龙登远哥家，因为他的脚有点瘸，很少外出。他有个妹妹比我小，他在家看妹妹。有一天，我和我的侄女龙彩荷带着彩荷的妹妹在我们家楼上玩。我们打开楼上后门，正好跟上坎龙登远家的门口一样平。我们看见登远哥正带着他的妹妹在门口玩，我就叫登远哥带着妹妹上我们家来玩。他不肯来。于是我们就学唱起大孩子们跟他开玩笑时唱的顺口溜招他："拐子拐东方，骑马进庵堂。庵堂锣鼓响，拐子脚板痒。"我们唱一遍两遍登远哥不理我们。我们就接着唱。于是登远哥急了，他拿小石头来打我们。这时，我们就把后门关上。只听小石头打在门上。我们就躲在楼里面笑。后来没动静了，我们又唱那顺口溜招他。登远哥又拿大点的石头来砸我们。我们又关上门，只听石头"咚咚"地砸在房子的板壁上。我们觉得好玩，就哈哈大笑。这时，我的大嫂（彩荷的妈妈）突然跑上楼来拉着彩荷就打。她一边拉彩荷下楼，一边骂我们说："你们去惹人家，人家拿石头来砸坏你奶奶家的板壁，你奶奶回来不打死你们两个才怪呢！"大嫂还小声对彩荷说："你跟你姑妈学着去惹人家，今天人家打不着你们，等明天你自己带着你妹妹去上坎玩，人家就打你妹妹，你知道吗？"我听大嫂这么一说，心里很不是滋味。

我想，我们是小孩闹着玩，又不是真的打架，我大嫂为什么要那样生气呢？从那以后，我再也不敢说那顺口溜了，也不好意思再去找登远哥玩了。

我们家的房子前面都是梯田，田坎上栽有很多的梨树，还有一棵枣树。妈妈说："这些树都是你爸爸生前栽的，可是你爸爸在世时从未结果。他去世那年，果子结得特别多，都没有人吃，也没人摘去卖，掉在地下都烂了。"妈妈说这些话时，喉咙是哽咽的，泪水在她眼眶里直打转转。

一个秋天的下午，哥哥上学去了，妈妈上山砍柴去了，我找谁玩都没有意思，就坐在门口等着风把梨子从树上吹掉下来，好捡来吃。可是等了半天，也不刮风，也没有梨子从树上掉下来。天很闷热，我一个人不愿进屋里去，就在我家菜园边的大梨树下找个阴凉的地方坐坐。我看那里有个石头光光的好坐，我就坐在那。我坐着坐着，就想睡觉，可是苍蝇又特别多，我越是想睡，苍蝇就越是在我的头上转，还嗡嗡直叫。不知不觉，也不知是什么时候，我就趴在石头上睡着了。

妈妈砍柴回到家，见我在那里睡着了，还来不及放下肩上的柴，就大声喊："妹 …… 妹 …… 宝 …… 你怎么睡在这茅厕坎坎上哟！"茅厕坎就是上厕所时踩的石头。

我一边擦擦口水，一边辩解说："刚才这里有阴凉，我就在这里睡着了。"

妈妈说："你也不看看这是什么地方，苍蝇这么多，你还能睡得着？快起来！这里太脏了。"从那时起，我才知道茅厕边的石头不能坐，茅厕边上掉的梨也不能吃。

那年冬天，妈妈上山干活儿去了，我没有地方去，只能在家里和我叔伯大哥的女儿彩荷烤火。彩荷比我小一岁多，她还带着一个妹妹彩果。她们都叫我"姑妈"。后来，上坎杨家的两个女儿兰芳、兰桃以及壕洞岩有一家的儿子叫"目生"的也来和我们一起烤火。我很高兴，为了让他们在我家多玩一些时候，我就从板壁上拿一包苞谷来烧给大家吃。我们烤火的房子中间有一个四方形的火塘，火塘里架着煮饭煮菜架锅用的铁撑架。我把苞谷一粒一粒埋在火塘边的热灰里。等苞谷炸开了花，我就用火筷夹起来一个一个地轮流分给他吃。我每次把苞谷花从火灰里夹起来，小伙伴们就伸出小手来用手心接苞谷花，然后用两只手心倒来倒去地把粘在苞谷花上的火灰吹去，等苞谷花不再烫手了，就赶紧放进嘴慢慢地嚼，特别香甜。因为比我大一岁多的男孩目生坐在火塘对面，离我比较远，等我躬起身来把苞谷花递给他时，他不是用手心来接，而是用手指把火筷一抓，再往后一拉。我站不住，顺着拉力便重重地摔在了火塘的撑架上。撑架很烫，结果把我的小手臂烫伤了一大片，又疼又辣。我"哎哟"一声就哭了起来，小伙伴们也很着急，赶紧把我给拉起来。彩荷见我哭得伤心，就赶紧去叫他爷爷，也就是我的大伯龙先映。

大伯过来一看，生气地对我们说："幸好有这撑架挡着，要不，这手还不给烧焦了！"接着他又笑了笑说："幸好是烫着手臂，要是烫着了脸，你长大就嫁不出去了！"

听了大伯的话，我觉得自己更加委屈，更加感到伤心，更加感到后怕。

等邻居的孩子们走了以后，大伯就找来一些杉树皮放在火上烧，然后把烧焦的树皮碾成粉放在碗里，再倒上一些当地产的茶籽油，搅拌成糊糊敷在我被烧伤的地方。没多久，就结了一块黑痂。黑痂掉了以后，还留下一块伤疤。

我特别喜欢跟妈妈去赶场。过去石洞赶场特别热闹。

有一天，妈妈带我去赶场，我看见我的亲姑妈穿着家织布侗衣在街上跳舞，我感到特别新鲜，又特别奇怪。因为我听妈妈说过，我姑妈很少到街上来赶场。我姑妈嫁到汉寨刘家后，刚怀孕丈夫就外出了，后来丈夫死在外边，姑妈才生下一个男孩子，起名叫荣才，也就是我现在的表哥。我问妈妈："姑妈在做什么呢？"妈妈说："你姑妈是在跟汉寨秧歌队一起扭秧歌呢，是庆祝我们这个地方也解放了。听说别的地方两年前就解放了，所以最近几年土匪都跑到我们这山里来了。"从那以后，石洞赶场比以前更热闹了，周边的王寨、高坝、平秋、大广、小广、烂洞司、南明、润松、高酿等等，都到石洞来赶场。场上什么都有卖的，有家里养的，有地里种的，有各种各样的小吃，有身上穿的和头上戴的，还有各种各样的日用品和农用品等等。

又过了几年，妈妈又带我去赶场。我和妈妈在街上看见一位老师，那老师用手指着我问妈妈："这是龙武甲的妹妹吧？她可以上学了吧？等开学时您让她去上学吗？"

妈妈回答说："得让她上学，不论有多困难也要让她上学，我不能让她像我这样当睁眼瞎啊！"

我听后特别高兴。当时，我们整个坝坪寨还没有一个女孩子上学的。街上也只有那几家卖布的、卖糖的、卖米粉的、打铁的或做其他生意的几家的女孩子才能上学。我们家孤儿寡母，连个有劳动力的人都没有。我心里想："我不上学又能在家干什么活儿呢？还不如跟哥哥一起上学去，省得妈妈上坡做活路还惦记着我。"

# 1951：哥哥带我去上学

谷子黄了，梨子熟了，终于等到开学这一天了。妈妈跟往常一样天没亮就早早地起来舂米。妈妈舂得一碓米后，就叫我和哥哥起来帮忙。

当时，我们那地方把舂米的工具叫作"碓"，侗语叫"更"。一背笼谷子可分成两三碓来舂，每碓可舂出五六斤米，够我们全家人和猪、鸡、鸭吃两天。背笼是用竹篾编的，专门用来烤谷子、烤棉花或烤其他农作物的。碓窝是用石头挖成的。碓嘴是用硬木和铁做成的，很重。舂米时很像现在的健身踏步，很累人的。那时，我和哥哥都很瘦弱，必须两个人一起用力才能把碓嘴踩起来。人一抬脚，碓嘴就很快的砸在碓窝里的谷子上。就这样反复踩，反复放。舂完一碓米累得一身大汗。所以我特别害怕舂米。可是为了帮助妈妈，我只能皱着眉、咬着牙忍耐着。

舂完一碓米，妈妈就把碓窝里的米舀进筛子，然后把米筛出来，再把米糠簸出去。筛米和簸米都要很高的技术，我和哥哥是不能胜任的。

舂完一背笼米，妈妈就去菜园里打菜，然后洗菜做饭。这时，哥哥帮妈妈砍猪菜，我把鸭子赶到大田里去放。

我们把早上要干的活儿全干完了，全家三口才坐在一起吃早饭。吃饭时，妈妈才问哥哥："今天妹妹要去上学，需要带什么东西吗？"

哥哥说："什么都不用带，先去报个名看看。"

吃过早饭，妈妈给我换了一件干净的衣服。出门时，妈妈一再叮嘱："要听老师的话，要好好读书。"

我跟在哥哥身后边走。走过我家菜园边时，我看见妈妈种的满园的菜都是绿油油的，其中有香菜、香葱、大蒜、胡萝卜、萝卜、小白菜，还有爬满了篱笆的豆角。打算留做种子的菜也开花了，有红的、有白的、有蓝的，非常好看。当我回过头去，只见妈妈还站在门口远远地望着我和哥哥。

过了菜园边，下几道坎坎，经过田埂，一群鸭子低着头在田里找吃的。我们走到它们身边时，它们连头都不抬。

我们沿着小溪边走，溪水清油油的，一群小鱼自由自在地来回游动。我心里想："你们现在出来了，前几天我拿着撮箕来撮，你们为什么不出来呢？先让你们在这里游吧！等我放学回来再拿着撮箕来撮你们！"

学校离我家西边不远，学校敲钟和学生唱歌我在家里都能听见。如果不走学校大门，跨过小溪，走过田埂，只要五六分钟就到了。因为今天是我正式上学的头一天，所以哥哥带我走学校大门。

过了溪边，就到石孔桥。桥下有两个孔，中间是用大青石砌的菱形大石墩。桥下的流水也不小，还有个瀑布，没人敢到桥下去。到下雨天，瀑布的水响声可大了，怪吓人的。当地人称这里叫"瀑塘"。大人们骗我们小孩说：孩子都是从这瀑塘里抱来的。我小时候也多次希望妈妈到瀑塘里给我抱个小妹妹来背。石孔桥一直通到学校的大门口，路比较宽，很好走。走上几个大坎坎，就进学校大门了。

哥哥带着我找老师报名，报完名哥哥就上课去了。我和新入学的一些孩子都站在教室外边等着。有认识的，也有不认识的。其中有我的姨表姐姚金梅，她比我大一岁多。我的姨妈在街上卖米粉，我也常和妈妈一起去她们家，所以很熟。还有街上卖布家的高小小，她家就在我姨妈家后边，所以认识。另外还有几个我认识的男孩，如街上卖糖果家的肖德成，离我们家不远的申群炳和石传林等。见到这么多的小朋友都来上学，今后我就有伴玩了，不再孤单了，所以心里非常高兴。

没等多久，老师过来了。老师逐个点名，叫我们一个一个地走进教室，安排座位。因为我年纪最小，个子最矮，所以被安排在一排一号。坐下之后，我心想："这次可是老师们请我来的，不会再像过去那样不让我进教室了，我也不会再没有自己的座位了。"

学校有许多小伙伴在一起玩，又开展许多课外活动，不像在家里那样孤单，所以我特别爱去上学，也觉得在学校的时间过得很快。

开始上课了，老师说上级要求用普通话讲课，全国都要统一讲普通话。老师所说的普通话，其实就是当地的汉语方言，因为当地老师也不会讲真正的普通话，当时也还没有汉语拼音。石洞街上和我们寨子周边的孩子还能听得懂当地汉语，可是乡下来的孩子连当地汉语都听不懂，他们只懂侗话，所以，教低年级的老师也得用当地侗语和当地汉语夹杂起来讲课。

妈妈经常对我说："会说三种话，走遍通天下。"所以我从小就会讲侗话，也会讲汉话。上课时，我手头除了学校发的课本外，别的什么都没有。当时我们用的毛笔是哥哥帮我用一片竹尖尖自己做成的。"自来水笔"是用鸭、鹅的羽毛杆做成的。墨是用烧柴做饭的锅底烟灰兑水做成的。作业本是买纸来自己用针线钉的。我有时也用哥哥用过的旧作业本，有时是哥哥和我倒换着共用一些文具，如墨盒等。

有一次上大字课，因为我事前忘记跟哥哥要墨盒，只好上课时请假去找哥哥要。我们低年级的教室是在新建的砖木结构的平房里，哥哥他们高年级的教室是在全木结构的吊脚楼的二层楼上。木楼已经很旧，歪歪斜斜，也不知道是什么时候建的。我急急忙忙的跑到楼梯口，没想到我上不去，因为楼梯也是用木板做的，楼梯中间已经缺了两层板子，低年级同学根本上不去。这时，我真着急了，因为不拿回墨盒，我就没办法写字。为了拿回墨盒，我只好从楼梯边上的枋子爬上去。找到哥哥他们的教室，我也不知道先喊报告就闯了进去。一进门，正好看见哥哥坐在门边的一排二号座位上。正在上课的老师和全班同学都奇怪地看着我。哥哥见我这样鲁莽，十分生气地批评我说："上课时间到了，你不去听课跑上楼来做什么？"我小声对哥哥说："我们上大字课，我没有墨盒。"这时，我才发现坐在最后一排的同母异父的姐姐赶紧站了起来。姐姐来到我的面前，问我有什么事。我说要墨盒写大字。

姐姐说:"墨盒在我这里。"于是她就把墨盒给了我。

走出哥哥姐姐她们的教室,我心里一直琢磨:我姐姐从来不上学,今天怎么也在这教室里头坐着呢?姐姐的爷爷和奶奶都去世了,姐姐的姑妈说过:"一个女孩子家,上什么学?"姐姐的姑妈还说过:"家里没有人做活路,只有天天洗脸吃芒芒,哪有天天洗脸吃文章?""芒芒"是当地土语,就是稀饭的意思。所以姐姐的姑妈坚决不让姐姐上学。再说,姐姐也没上过一二年级呀,怎么一下子就和哥哥一起上四年级去了呢?我一边琢磨姐姐的事,一边下楼梯,一手拿着墨盒,一手抱着楼梯边的木枋滑下来。没想到那楼梯边上有一个木楔子勾住了我的裤脚,于是我便从楼梯上掉了下来。裤脚刚破了,屁股摔痛了,幸好没把墨盒摔掉,墨盒还紧紧地抓在我的手里。

晚上,妈妈发现我的裤子破了,问我是怎么回事。我才把要墨盒的经过告诉妈妈。妈妈有些生气地说:"你这孩子也不长点记性!那房子糟了,也不小心点!你忘啦?去年你哥哥靠在教室栏杆边,别人碰他一下,栏杆就断了,你哥哥从二楼摔下来,把一只脚摔断了,一个多月都是同学们轮流背他上学下学的。"

我低着头说:"妈妈,我记住了,今后我不再爬上去了。"我接着问:"妈妈,我姐姐怎么也在楼上的教室里上课呢?"

妈妈一边帮我补裤子,一边告诉我说:"是我让你姐姐去上学的。因为你姐姐年龄大了点,家里又有困难,她又是村里的青年积极分子,只能有时间就去课堂里听听,不算正式上学。"妈妈又说:"你姐姐也是命苦,从小就没了父亲,爷爷奶奶也老了,奶奶又是小脚,你姐姐的那个姑妈从小就是小姐样,没上过山,也没下过地。爷爷奶奶死后,她自己去种点菜,拿锄头时都用长长的衣袖把手包起来,见到过路人就低头,还用斗笠遮着脸,怕人家看她。你姐姐从小就学着做活路,砍柴割草,种田种地,样样都得自己干。她还经常跟大人们去很远的地方买草来打草鞋卖,什么南明、界排、平秋,她都去过。为了生活,她还想跟人家学做点生意。解放后,政府看她能干,又能吃苦,就培养她入团入党。她不学点文化怎么行呀?"我们是同命相怜的亲姊妹,平时姐姐就很爱我和哥哥。我听妈妈这么一说,对姐姐更加敬佩,我也更加爱我的姐姐了。妈妈时常告诉我她没有文化的苦处,希望我长大后也像我爸爸那样能识文断字。我暗暗下定决心要好好学习，由于有哥哥经常辅导，所以我觉得学习没什么难的，算术、图画、体育、语文造句、作文都不错。我就怕听写，因为我不爱

前排左起：妈妈和姐姐　后排：我和哥哥

死记硬背。我特别喜欢上音乐课，老师们也都很喜欢我。

有一次，学校要演节目，打算排一个十人采茶舞，参加的都是高年级的几个女生，其中有我的表姐谌春桃，还有街上的谭三妹、谭四妹、赖云英、赖云仙、陈伍等。因为人数不够，老师就叫我也去参加。我是最小的，我们班只有我一个人能参加，所以我感到特别高兴和自豪。我们每天吃过晚饭就赶紧去学校排节目，每次我们排完节目哥哥就到学校来接我。

一天晚上，我们正在老师的办公室里点着小煤油灯高高兴兴地排练节目，我的哥哥突然闯了进来。他气喘吁吁地告诉我们："天快下大雨了！你们还不赶快回家！"说完，哥哥便拉着我的手往外跑。

天很黑，伸手不见五指，那时也没有手电筒，我们只能摸着黑跑。刚出学校门口那段路比较宽，比较平，哥哥还能拉着我的手跑。到了溪边田埂，路很窄，而且坑坑洼洼，很不好走，于是哥哥就在前面跑，我在后面跟。跟着跟着，我就跟不上了。这时，电闪雷鸣，雷声就像在自己的头顶上炸开一样，我害怕极了！

于是，我就大声地喊："哥哥，你别跑，等着我！"

"我等着你挨雨淋呀！你快点跑！天下雨了！"远处传来哥哥的声音。

天真的下雨了，大颗大颗的雨点砸在我的头上和身上。

"哥哥，等等我，我看不见！我怕！"雨越下越大，雷声也越来越大，我更害怕了，更不敢往前走了。

"妹妹，你别怕，我在这里等你。打闪时你赶紧往前跑几步，不要踩白的地方，那是水，黑的地方才是路 ……"哥哥不断地鼓励我，告诉我。

我照着哥哥的话，一闪电就赶紧往前跑几步，专门踩黑的地方，果然有效。我跑着跑着，突然踩在一堆牛粪上，烂稀稀的，滑溜溜的，我差点摔一跤。我再也不敢跑了，只好像瞎子一样慢慢地一步一步地往前挪，好不容易才走到哥哥身边。我哭了，泪水和雨水顺着脸直往下掉。

"妹妹，别哭，莫怕，快到家了，我牵着你。"于是，哥哥拉着我的手，我们慢慢地一步一步地往家走。

快到家门口了，我又大声喊："妈妈，快来接我们呀！"

妈妈赶紧把大门打开，让我们赶紧进屋。妈妈见我和哥哥浑身湿透，赶紧从水缸里舀一瓢凉水让我和哥哥喝下去，她边递边说："人挨雨淋，外冷内热，容易得病。喝了凉水，先降内火，这样才不会得病。"喝过凉水，妈妈才赶紧让我们换衣服，还让我们赶紧用热水泡脚。

# 1959：童年的记忆

我在家乡上学时，最远只到过一次名叫"高酿"的地方。高酿离我们石洞有30多华里，是我们天柱县下面一个区的区公所所在地。那是去高酿小学参加踢毽比赛。我们石洞人特别爱踢毽子，每到春节，整条街的男女青年都比赛踢毽子。如果哪一方输了，就得给赢的一方供毽子。赢方把输方供过来的毽踢得远远的，千方百计不让输方接着。接着一个毽算供完一个人，输方有多少人就得供多少毽。我们石洞小学踢毽是有名的。我们到高酿比赛时，裁判在地上画一个直径一米的圆圈，要求参加比赛的学生站在圆圈里踢毽，毽子不许落地，人也不能走出圈外，看谁踢得最多。我们石洞小学去的选手每人每次都是踢500个以上，我一口气就踢了500多个，裁判老师都不爱数下去了，也就不再踢了，都算我们赢了。这次去参加踢毽比赛的队员也是学校的腰鼓队成员，我们也打了一场腰鼓表演给高酿小学的同学们看。我感到特别快乐。

1957年，我们石洞小学也搞勤工俭学，在九十九岭"高井闷"开荒种地，种了几片坡的苞谷。这年秋天，我正上小学三年级，参加了中国少年先锋队，戴上了红领巾，还参加了学校的腰鼓队。

有一天，学校组织三年级以上的学生去收苞谷。天刚刚亮我们就来到学校，龙校长和我们班的班主任蔡老师就在学校操场上召开动员大会。然后我们打着校旗和大队旗、中队旗、小队旗，敲着腰鼓和洋鼓浩浩荡荡向"高井闷"（地名）出发。我们一路敲鼓，一路唱歌，威风凛凛，热闹极了。街上的父老乡亲和过路的人们都跑到路边来看我们。我感到非常自豪。过了坝坪，蔡老师就把我们小同学背的腰鼓交给大同学挑着。过了松树坡、茶吊井、白土地凉亭，然后就开始下坡。来到羊角洞时，那里有一座石桥，桥头有一块很大的青石碑。后来我才知道那石碑上刻有修桥人和捐款人的名字。过了羊角洞桥，就开始上坡。快到井卜寨时，蔡老师又让我们背上腰鼓，于是我们又敲锣打鼓走过寨子，寨子里的很多大人小孩也都跑到路边来看热闹。过了寨子，蔡老师又让大班同学帮我们挑腰鼓，然后就开始登井卜坡了。这坡真大，望不到顶，路很窄，很陡，很难走，尽是黄土和石头，于是蔡老师就让我拿小队旗的旗杆当拐棍。爬山时，我们还看见一群猴子在那里跳来跳去，一些小鸟在离路边不远的林子里叽叽喳喳地叫唤。我们爬了半天，汗流浃背，才来到了"高井闷"的坡边。

这时，大班的同学已经干完了活儿，只见地上乱七八糟地堆着几大堆苞谷。我仔细一看，没有几个好苞谷，全是些半截苞谷或半边没有子的苞谷。我问蔡老师："这些苞谷怎么都没有苞谷子呀？"

蔡老师说："都是野猪和猴子闹的。"

在回家的路上，我们低年级的同学都空着手，有的男同学手里也拿着一两个苞谷，其余的苞谷都让高年级的男同学挑着。我还是拿着小队旗的旗杆当拐棍，一瘸一拐地往回走。那天，真把我们累得够呛，直至天黑了我们才回到家里。

1958年搞"大跃进",大人们都到邦洞大炼钢铁去了,把各家各户做饭的鼎罐和炒菜的锅都拿去炼铁去了。妈妈她们也去天柱那边修公路去了,几个月都不在家。哥哥也已经到天柱县城上中学去了,妈妈就把我放在姨妈家跟我表姐一起住。

有一天,我生病了,发烧不想吃东西。我想起妈妈给我留有两张5分钱,我放在我睡觉的稻草枕头下。于是我拿了一张到米粉店去找六姨妈买粉吃。当时5分钱能吃一大碗米粉。姨妈一边收我的5分钱一边说:"一碗粉你可能吃不完,我先给你少点,等你吃完后,如果还能吃,我再给你。"姨妈就给了我几根米粉,还不到半碗。因为很烫,我就慢慢地吃。我吃完那点米粉,还没吃饱,我就再去跟姨妈要。可是姨妈却说:"没有了,卖完了。"她还把装粉的盘拿给我看。可是我还想吃,我就又回去从枕头下想找出另外那张5分钱来,再到别家的米粉店去吃粉。可是,我翻遍了枕头下、床单下,表姐也帮我找,可是怎么也没找到那另外一张5分钱。表姐说:"是不是老鼠拖走了,鼠洞里还有些稻草呢。"我想来想去也想不通。这是妈妈第一次给我的零用钱,也是我第一次自己花钱买东西。

1958年搞深翻土地,把好好的黑泥巴翻到一米多深的地底下去,把石头和黄泥巴都给翻到上面来,把我们家门口的几丘好田都给深翻了。农民们闹不懂这是要干什么,我就更不明白了。

那时,我们小学校也去搞副业,开荒种地,种苞谷、种树、采茶叶、采药材、养蚕、搞人造棉花等等。还到凸洞去栽树,到魁亚去采过野生茶叶。我跟着表姐她们高年级的学生去到魁亚一看,全是深山老林,别说采野生茶叶,连棵茶叶树我也看不见。就是看见茶树我也上不去。她们就让我在家里帮打菜洗菜,有人做饭我帮着烧火。等我表姐她们回来交茶叶时,每人就在口袋里或是篮子里多多少少给我留一点点茶叶,然后集中在一起送给我,我就可以得二三两茶叶来交给小队了。从魁亚回来后,又让我去做人造棉。做人造棉的地方就在小学校门口瀑塘上边姓何的铁匠家,因为他家后边就是个大水塘,水塘边还有块石坝。我们把他家的铁匠炉改成煮人造棉的炉灶,灶上架两口大铁锅。姐姐们把稻草挑来,我们就把草砍成三寸长一截,放进铁锅里煮，再加上一些碱，煮烂了又泡一夜。第二天就在石坝上锤，锤烂后就用筛子装好放进水塘里去把碱水洗净，晒干，再用手一点一点地撕开。然后再泡，再洗，再撕开，直至做成像棉花一样的绒绒，这就是当时的人造棉。

在凸洞栽树时，我第一次见到汽车。老师事先告诉过我们，见到汽车要躲远点，不要站在马路上。当我们远远听见汽车喇叭声、看见汽车朝我们这边开过来时，又奇怪，又害怕。我们被吓得拼命往山上跑，一个个像受惊的小鸟。老师告诉我们这是解放牌汽车。这汽车还真有点像一头大牛呢，前面有大大的嘴巴和大大的眼睛，两边也有两只小角，背上背满了一大堆木头，真有力气！汽车走后，满天灰尘，我们连眼睛都睁不开，真是个怪物啊！

所以，我在石洞上的这几年学，也学不到什么书本上的知识，对外边的事知道得也很少。

因为我们家的田和土地是跟街上合成一个小队，妈妈和我就临时住在街上姐夫家的一间三柱的小房子里，也在街上大食堂一起吃饭。我们龙家的房子是三间五柱的大房子，被坝坪小队拆来做食堂用。还从我家门口往西修了一条大马路直到小学校。

# 1960：我怎样来到北京

前面已经说过，我有一位同母异父的姐姐叫黄月仙，解放后不久她参加了工作，是石洞乡的第一任妇女乡长。1951年抗美援朝时姐夫当了志愿军，1957年姐夫转业到北京铁路部门工作，1959年姐夫把姐姐也接到了北京。

那是在1960年春节前十几天的一个早上，有一位名叫杨光昌的转业军人来到我家。他说我的姐姐和姐夫要他过春节后带母亲和我一起去北京。因为我姐姐生了小孩，只有56天假，过年后就要上班，请母亲去帮助看孩子。因为我哥哥龙武甲已经到天柱县城去读书，家里没人，要我也跟随妈妈去北京，到北京还可以继续上学。

当时我听了这话，真不敢相信，也特别惊喜。我忙问："杨哥，要我们去北京？这是真的吗？"

杨哥说："是真的，只要你们准备好，咱们过完十五就出发。你肯去吗？"

"我肯去！"我赶紧回答。

从那时起，"北京"这两个字就深深的印在我的脑子里了。"北京"可是全国人民的首都呀，是我们伟大领袖毛主席住的地方呀。北京的天安门是红墙黄瓦，高大美丽，这是小学课本上说的。"我要到北京去了！"这是我连做梦也没想到的，这对我来说真是喜从天降。

从这天起，我天天在想：北京是个什么样子呀？那地方应该很大吧？楼房应该很高吧？那楼房还不得像我们这大山里的杉树那么高哇！

姐姐的来信也从来没讲过"北京"是什么样子，只说北方吃的是小麦磨成的白面粉和苞谷磨成的黄面粉。还说北京的风很大，天气也很冷等等。那时我的家乡没有电，没有收音机，还没通公路，更没有电视。我也没听说过还有其他人到过北京，也没听其他人说过北京的事。我只能猜想，可是又想象不出北京是个什么样子，只知道课本上的那几句。

我天天盼呀等呀。过了年，妈妈白天照样上山干活儿，晚上才带我到姑妈、姨妈和几个叔伯哥哥家去一一道别，总是很晚才回家。有时，晚上也有乡亲来看我们，妈妈和她们说这说那，都是些家常话。她们有时哭，有时笑，总是说到半夜才散。

因为我和妈妈出门要穿草鞋，我们又没有打草鞋的草，所以那年春节期间的一天下午，我和五六个小女孩在我家门口的一丘田里扯谷棒。谷棒是糯禾秆中间的一节，可用来编草鞋穿。住在街上的一个姓高的同学（外号叫高刁ㄋ）开玩笑时对别人说："嘿！她想去北京，做梦吧！准是人家把她们骗出去卖掉！"

当时我听了特别生气，我狠狠地瞪了她一眼。可心里还是有些怕，我也曾经听妈妈说过，旧社会我们这里也有人被人贩子拐卖的。妈妈还说，我的外婆一共生了七个儿女。大女儿嫁在汉寨下马刘家，就是我的大姨妈。二女儿被人拐卖到湖南娄底，解放后她家娶了儿媳妇，儿子才陪着二姨一起回石洞来看望我们，我妈妈和大姨、六姨她们见面后诉说分别的经过时，天天哭成泪人。老三是唯一的男孩，就是我的舅舅。我的四姨非常漂亮，嗓音也好，特别会唱歌，是当地有名的歌手。后来四姨嫁到剑河县烂洞司，因为没生孩子，丈夫又死了，她才回到石洞。再后来四姨又嫁到本县金凤山一家人家，结果那家发了大财，成了地主。解放前夕，四姨病死。因哥哥和我太小，妈妈只好让姐姐跟大姨去给四姨送终。我的五姨至今下落不明。老六嫁到石洞街上姚家，就是我的六姨妈。我的妈妈同她上面的哥哥、姐姐也是同母异父，我妈妈最小，姓周。

我心里想：我跟姨妈她们不一样了，我姐姐是在北京，姐夫是抗美援朝转业的，我们不会被别人卖的。可是我又想：姐姐接我们去北京本来是好事，妈妈她们为什么要哭呢？为什么还有人不服气呢？为什么我的同学要说那样的风凉话呢？这到底是怎么回事？我真不明白，所以几夜都没睡好觉，翻来覆去地想。

不管怎么样，现在有杨哥来接我们，我们是一定要去北京了，一定要离开这个地方了，妈妈和我不会再在这里等着挨饿了。

我盼望的这一天终于到了。正月十六，天还没亮妈妈就起床，边做饭边收拾东西。我曾经听杨哥说过，第一天我们一定得赶到锦屏县城去，从那里开始坐汽车，然后去广西桂林坐火车。锦屏在哪里？桂林在哪里？我都不知道。火车是什么样子，我也不知道。

吃完早饭，妈妈又包点午饭准备在路上吃。整理完行李，我大伯家大哥来帮我们把日用品、锅、碗等等都搬到楼上一间小屋子里存放，还有一本10元钱的存款，是姐姐1959年正月十五离家时留给哥哥上学用的，当时妈妈不知怎么办。

大哥说："就放在武甲的雨鞋里吧，他回来穿鞋就看见了。"大哥锁上门，还帮写了张封条把门封上。

这时，东边山头上开始有鱼肚白了，出现了几缕晨光，看来今天是个好天气。我的姑妈、六姨妈、表姐、表哥都来了，还有几家堂兄和上寨的乡亲也来送行。我们为了赶路，一边出家门，一边和她们告别。

我们得先路过槐寨去找杨哥，然后跟他一起去锦屏县城，因为到锦屏县城才能坐上汽车。

妈妈挑着行李，我背个蓝布口袋，开始上路了。大地的积雪还没有完全融化，路上的冰凌踩在脚下嘎吱嘎吱地响。我穿着草鞋，没有袜子，也没有手套，双脚和双手很快被冻得通红通红的。不知是为什么，可能是因为心里紧张，我的舌头是硬的，说不出话来，上下牙齿直打战，别人说话我只能点头或摇头。

我们沿着小溪走了一段小路，过了半条街，来到背口这个地方，一些乡亲就回去了。我的姑妈、姨妈一直送我们到一个叫凉亭的岔路口，她们也要回去了。

我们告别了所有来送行的亲人，急急忙忙往槐寨赶。到了杨哥家，杨哥的妈妈出来说："他和他的爱人早就走啦，可能已经走出去十多里路了。"

这时我和妈妈特别着急。这么远的路怎么办呀？只有我们母女两人，不走也不行。我们只好硬着头皮往前走，边走边向路上的人打听："你们看见前面有没有挑着行李的一男一女呢？"过路人都说没看见。

我们到了井广坡头，那里有个凉亭。我们见有两个打柴的男人，妈妈又向他们打听。

他们用侗话说："那两个人走远了，你们母女两个是跟不上了。这么远的路，你们还得快点走，要不天黑了，你们也到不了锦屏的。这妹崽这么小能走得动吗？"

妈妈说："没办法，爬也得爬去呀！"

是呀！那时我虽然已经十三岁了，可从小就营养不良，长得瘦弱细小，要走这么远的路真有点害怕。

从那坡头下去，我们再也没见到一个人。这条路是由槐寨去锦屏县的唯一的一条山路。这个坡特别大，有十多里的盘山路，有青石板砌的石梯，有用鹅卵石铺的花街路，也有被雨水冲成了沟沟的土路。我们越走心里越紧张。路两边的茅草都比人高，山上是原始森林。山里有各种各样的鸟，有的头上长一朵像公鸡冠子一样的红花，有的长有像唱戏时戴的金鸡尾，身上长的毛五颜六色，特别好看。各种鸟叫的声音不一样，大多数都叫得特别好听，也有不好听的，有的鸟叫声像是有人在哭，尤其是那乌鸦（土话叫老鸹）叫，哇哇的，让人听了浑身起鸡皮疙瘩。

我问："妈妈，今天怎么这么多老鸹叫呀？"

妈妈说："森林大，什么鸟都有，老鸹也多呗，没事的。人家常说，老鸹叫过天，有事别人担；老鸹叫过头，有事别人愁。你别发愁。"这是当地的一种说法，谁要是听见老鸹叫，就马上自言自语地这样说。

森林里有很多种树木，有大叶的树，有小细叶的树，有黄叶的树，还有红叶的树，有的高高大大，还有很多藤子缠在高大的树上。树皮上还长着一些青苔，树下有一层厚厚的烂叶子。也有一些树常年不见阳光死了，有干的，有枯的，有烂的。

我问："妈妈，这里有这么多干柴怎么没人挑去烧呀？"

妈妈说："这里离住家太远了，打柴的人来不到这里。"妈妈又说："小孩子走路不要东看西看的，要看脚下的路。"

我听了妈妈的话，心里更害怕了。我老听见树林里有动静，有时从山上咕噜噜滚下一个圆球，砸在我们面前的路中间，把我们吓了一跳，以为是山上有人用石头砸我们。走近一看，原来是一个浑身滚满草和叶子的刺猬。

我们一直是在下山，走到一个山坳处，妈妈说："那里有一口井，咱们去喝点水吧。"

我们把行李放在路边就下井边去喝水。我见井里有虫子，有蚯蚓，不敢喝。妈妈说："不怕，这水里的虫子是活的就没事，这井水是从大山里冒出来的活水。如果是死水虫子都死了，那就不能喝了，怕有坏人下毒。"

这地方很阴森，我们不敢在这休息，喝完水又开始赶路了。走着走着，我听见路下边的林子里哗啦哗啦的响，还有踩断干树枝的声音，好像有什么人在山里走路似的，树也在动。我仔细地往前看，离我们不远处，有一群猪，我立马就高兴起来。我说："妈妈，可能快到有人家的地方了？"

妈妈说："没有，还早着呢。"

我又说："您看，那不是谁家养的一群猪都放出来啦，大的小的共有四五头呢。"

妈妈说："那不是家猪，那是野猪。野猪的毛是奓起的，毛色发红。"妈妈又小声对我说："千万不要做声！你不惊动它就没事，若有人惊动它，那可就了不得啦！它会把人拱死的！"

于是，我再也不敢吱声了，只好轻轻地往前走。

我们走了很久才下完这座山。又上上下下翻了几座山之后，看见有田了，妈妈说："快到摆洞了。"

摆洞的路真不好走，不是上就是下，沟沟坎坎，有的路被牛踩得烂稀稀的。摆洞寨子并不大，但比我们石洞暖和，没有雪了，菜园里有青菜，田里有油菜，寨边有一条小河。我们沿着河边的小路往下走，路的左边是河，右边是水沟。走着走着，突然前面有一处塌方，塌方有一丈多宽，有人只在上边架起一根木枧。木枧是用一根杉杆做的，一面凹的有槽，架起来接沟水。

这可怎么办？我们过不去了。下面是滔滔江水，江水从这塌方处打个漩涡再往下游流去，人掉下去肯定就没命了。我们只好停下来想办法。想去想来，也没有更好的办法，可是又不能不走。妈妈只好挑起行李，两只脚横着踩在水枧的两边，一边走，一边用一只手扶在黄土坡的坡边上，慢慢地、慢慢地一步一步地往前走。妈妈终于过去了，可是我说什么也不敢过。看着下面滚滚的江水，我吓得哭起来了。妈妈放下肩上的担子，折下扁担，向我递过来。妈妈说："你别怕，不会有什么事，有你的父亲保佑你，人家都说你的命大。过来吧！不要去看那下面的江水，只管往前面看，握紧我这根扁担头。"

我一边擦眼泪，一边试着往前走。我的个子小，手臂又短，不能像妈妈那样扶着坡边走。我的脚横在木枧上又不够长，只好踩进水槽里，沟水冷得我直打战。水槽里还长有很多青苔，滑滑的，我的心咚咚直跳，简直像走钢丝。我把牙咬得紧紧的，屏着呼吸，慢慢地往前走……我终于抓住妈妈递过来的扁担头了！妈妈用扁担牵着我慢慢地往前走。终于走过来了，妈妈紧紧地把我搂在怀里。

过了这道难关，妈妈和我都很高兴，妈妈直夸我有胆量，有出息。她说："你看，没事吧？你爸爸在保佑你呢！"

我们母女俩边说边走，大概走了十多里，就来到了小江。小江的江水比摆洞大多了，江边的路还算好走，最起码我们心里不那么害怕了。妈妈说："过了小江，咱们就走了一半路了，找个有井的地方咱们就吃"晌午饭"吧。

把饭吃了，担子会轻点。前边还有几座山呢。"

于是，我们便找个有水井的地方停下来喝水，吃午饭。其实我的肚子早就饿了。饭是用禾秆草包的饭团，饭团里边包有酸菜。饭团的做法是把饭煮软点，趁热放在碗里把它按紧，中间留个小窝，把腌好的酸菜放进去，上边再盖上一碗饭。将两只手沾点水，转圈把饭团紧紧地攥在一起，然后放在火炭上慢慢转圈烤成团，再将一小把禾秆草从中间捆上，将两头对叠在一起，再分开像伞样，把做好的饭团包起来，捆上，再将草尖编成两根草辫捆在一起，像个小提篮，可以挂在扁担头上。

吃过午饭，我真不想走了，两条腿又酸又胀，脚板也痛，心想："能在地上躺一下该有多好！"

可妈妈催着要快点赶路，她还说："累了也不能久坐，坐久了就更走不动啦。"

我无可奈何，只好又跟着妈妈上路。前边的路还是上山下山，我们路过皇封时喝点水。我不记得究竟翻过了多少个山，也不知走过多少个盘山路。太阳快下山了，妈妈说："咱们翻过前面那座坡就能见到锦屏了。"

我们来到锦屏坡顶上，路边有两棵特别大的枫树，树下还有座不小的凉亭。我没等妈妈发话，一下子就瘫在了光光的长凳上。妈妈赶忙把担子放下，并对我说："你别躺着，坐起来我帮你搓搓腿。"妈妈为了不让我只想着脚痛的事，又说："你看这两棵枫树多大呀，它们可能长了一百多年了！你再往那两边坡顶上看，山顶上还有两座大碉堡，它们都是为了看守锦屏县城的。现在不打仗了，碉堡没有用了，可这两棵大树给多少过路人遮阳避雨了呀。"妈妈还给我讲了一些锦屏的旧事。

真的见到锦屏的城边了，再往前走，就开始下山了，锦屏县城就全部展现在我的眼前，我好高兴哟！

锦屏是个小山城，房子很多，也很挤，有的房子建在石山边。多半是木房，也有几座砖房，城中间有一条大河。

我问妈妈："这里的青菜、广菜怎么这么高大呀？有的菜怎么都开花了？"

妈妈说："这里是河边，地势低，比汉寨暖和，所以青菜、广菜长得高，有的菜也能在这个季节里开花，可是不饱籽。"

越是快到城边，路就越不好走。坡很陡，直上直下。

我的脚早就磨起水泡了，两条腿很不听话，下山时直打战。真是上山容易下山难啊。我怕一不小心，头栽下去，有时就倒退着走，像下楼梯似的，用手扶着路边的石头和树枝走。

我们终于下完了锦屏大坡，来到了锦屏县城，这时天也黑了。

锦屏县城原本叫王寨，妈妈年轻时曾在这里生活过一段时间，所以对这里比较熟悉。

妈妈带我来到她年轻时交的旧友家里。妈妈要我喊这位旧友叫"王寨姨妈"。我们在王寨姨妈家住下，简单吃了晚饭，王寨姨妈就带妈妈和我去找杨哥他们。

妈妈着急地问："黑天瞎火，能找到他们吗？"

王寨姨妈说："好找，王寨只有几家客店，我都认得。"

我们从王寨姨妈家出来，问过两家客店，都没找到杨哥他们。我心里也很着急，走了一天山路，腿硬梆梆的，一点不听使唤。脚底也打了好几个水泡，火辣辣地疼。这时我真的不想再走路了，真想美美地睡上一觉，于是我小声地对妈妈说："妈妈，咱们先回去睡觉吧，明天再找杨哥他们。"

妈妈严肃地说："那怎么行？万一你杨哥他们一早就上车呢，那我们怎么办？找到天亮也得找呀！"

王寨姨妈听了我和妈妈的对话，赶紧对我说："妹仔，你别着急，准在街下边那家好一点的客店里。"

我只好噘着嘴一瘸一拐地跟着妈妈她们继续往前走。我们来到街下边的一家客店打听。店主说："是有一男一女从石洞那边来的，是两卡老，住在这里，可是他们出去了，他们也没在这里吃晚饭，不知道上哪里去了。""两卡老"是当地方言，就是夫妻俩的意思。

妈妈高兴地说："那肯定就是你杨哥他们了！"妈妈想了想，对王寨姨妈说："王姐，你先回去吧，我们在这里等他们。"

妈妈送走王寨姨妈，就和我坐在这家客店的门厅里等杨哥他们。左等右等，店里的客人都要睡觉了，也不见杨哥和他的爱人回来。我又乏又困，就伏在妈妈的膝盖上准备睡觉。这时，我听见门外有人说侗话，好像是杨哥的声音。我猛地站了起来，对妈妈说："妈妈，他们回来了！"

妈妈也听见了杨哥的声音，我们不约而同地迎出门去。

果然是杨哥和他的爱人回来了！我特别高兴，赶紧跑出去拉着杨哥的衣袖就问："杨哥，我和妈妈到你们家去找你们，你们怎么不等我们一下就走了呢？一路上也没追上你们，我特别……"没等我说完，妈妈就在我身后用手捏了我一下，我不敢再吱声了。

杨哥赶紧解释说："我们为了早一点赶到锦屏来买汽车票，所以没等你们。因为这里的班车三天才有一班，如果买不到后天的车票，就得在锦屏再等三天。我的探亲假就要到了，要赶紧回去上班。"

妈妈听了直点头。我也有些后悔刚才不该说那些话。妈妈着急地问："买到车票了没有？"

杨哥说："买到了，是后天的，如果再晚一点就买不到了。"杨哥又说："明天咱们可以在锦屏玩一天，休息一下。但明天你们一定要搬到这店里来住。因为后天天没亮咱们就得去车站坐车，六点就开车了，这里离车站近。"

妈妈直点头答应。妈妈又跟杨哥的爱人说了几句话，我们就在客店门口暂时和杨哥他们告别了。

回到王寨姨妈家，我的腿又胀又痛，脚也起了几个水泡，走起路来一瘸一拐。这时，王寨姨妈已经把热水烧好了，让我和妈妈先洗脚。洗好脚，我和妈妈就跟王寨姨妈睡在一张床上。我太累了，倒下就睡着了。

我一觉醒来，还隐隐约约地听见妈妈向王寨姨妈诉说当年她来锦屏的故事：

妈妈和王寨姨妈各说各的往事，可能是一整夜没有睡觉。

天大亮了，妈妈和王寨姨妈才起来一同做早饭吃。吃过早饭，妈妈带我到街上走。在街上，我们见到了从石洞来锦屏上学的胡贤宣和肖德成。胡贤宣是我哥哥的好朋友，肖德成是我的同学。妈妈跟他们说："明天我们就要去北京了，等放假回家见到武甲，请你们转告他有10元钱存折放在楼上他的鞋里。"武甲是我的哥哥。

随后，我和妈妈在锦屏街上乱转。当时的锦屏县城街道很窄，路也不平，上上下下，坑坑洼洼，还没有石洞街道平。房子高高低低，大多是用木头建的。有的房子两边有砖墙，是防火用的，所以叫"防火墙"。听妈妈说，旧砖房大多是旧社会那些做木材生意的老板留下来的。县城中间有一条河，就是有名的清水江。河的两岸都是大山，房子沿山修建，一层一层的。整个锦屏县城不大，但商店比石洞多，卖的东西也多。

中午，我们在街上碰到了杨哥，杨哥带我们去逛商店。他给妈妈买了一双解放鞋，又给我买了一双白球鞋。

妈妈说："我们还带有几对新草鞋呢！"

杨哥说："你们带的草鞋就不用拿去了，上了汽车和火车，都不用穿草鞋了。北京现在还冷，就更不能穿草鞋了。"

从商店出来，我们就去一家米粉店吃粉。我说："杨哥，这米粉还没有我妈妈做的好吃呢。只是那次你到我们家来时，我们家里没有米，不能给你做米粉吃。"

杨哥说："北京有米，可是没有米粉卖。以后就让你妈妈在北京做米粉卖吧。"杨哥说这些话时，显得有些伤心的样子。这时我才发现杨哥的眼睛是红的，好像是哭过似的。

我说："那太好了！"

吃完米粉，杨哥跟我们一起到王寨姨妈家去拿行李。妈妈把包里的草鞋拿出来送给了王寨姨妈，跟她告别。

我们把行李搬到杨哥住的旅店，妈妈才发现杨哥的爱人没跟我们一起吃晚饭，妈妈就问："你爱人去哪里啦？怎么还没回来吃晚饭？"

杨哥说："上午正好有个熟人跟她一起回家了。"

妈妈吃惊地问："怎么，她回家了？你们吵架了？她又不去北京了？你年前不是说把她也一起接去北京的吗，她为什么又不肯去了呢？你怎么不早点告诉我呀！"

杨哥有些忧伤地说："不是她不肯去，是我的父母不让她去，说她去了家里没有人帮做活路了①。"

---

① 做活路：方言，做工的意思。

妈妈和我听了以后都特别生气。妈妈说："哪有这样的老人呀！你父母是给你讨老婆呢，还是给你们家讨劳动力呀！"

我说："杨哥，你都这么大了，你的婚姻还由你的父母作主呀？"

杨哥长长地叹了一口气说："嗨！一言难尽呀！"他摇了摇头，又接着说："没办法，弟弟年纪还小，家里没有劳力怎么办？我和我爱人商量了一夜，最后还是决定我爱人留下来照顾老人。"这时，杨哥的眼圈更红了，泪水在眼圈里直打转转，声音也有些哽咽了，嘴唇咬得紧紧的。

我和妈妈见杨哥伤心的样子，也不好再说什么了。

"月江，天快亮了，快起床吧！"我从睡梦中被妈妈叫醒，睁眼一看，窗外还是黑麻麻的。我稀里糊涂地穿好衣服，就跟随妈妈和杨哥摸着黑来到了锦屏汽车站。车站已经很热闹了，有上车的，有送人的，大家都忙忙碌碌，你呼我喊。汽车喇叭也不时发出"嘀——嘀"的声音。

杨哥把我们的行李放上车，帮我和妈妈找好座位，我们就老老实实地坐下了。这是我平生第一次坐汽车，又兴奋，又稀奇。我左顾右盼，除了妈妈和杨哥，满车的人我都不认识。他们要去哪里，我也不知道。

汽车"嘀——嘀"地叫了两声就开始起动了。我往后一仰，身体重重地撞在座椅的靠背上，然后左右摇晃。我很害怕，就和妈妈紧紧地搂在一起，好不容易才镇静下来。汽车拐了两个弯又停下了，司机让我们全都下车。我正纳闷，杨哥便说："汽车要过河，人都要下车，怕不安全。"

车上的人都下来了，杨哥带我们往船上走。这船真大啊，能装几十个人！这时我才发现河面上有两根很粗的钢丝绳，船上有几个年轻力壮的男人手里分别拿着一根木棒，木棒的一头锯有一个小口，他们把木棒的小口对准钢丝绳一套，然后倒退着拉，船就往前走了。他们退到船尾，又赶紧跑到船头来拉。这样不停地倒换，船就把我们送到了对岸，然后又回去装汽车。等船把汽车拉过来时，天已经大亮了。我们又重新上车。

车子开出锦屏县城就爬坡，只见两边的树和远处的山像走马灯一样不停地往后跑，我感到稀奇极了！

车子开到山顶，杨哥叫我回头看看。哟！那山腰怎么有一根大带子弯来绕去？杨哥说："那就是盘山道，是我们刚才走过的路。"我更加稀奇了，我心里想：要是石洞也有车子，前天我和妈妈就不会吃那么多的苦头了。

车下坡了，拐几个弯，我的头开始发晕，心里也很不舒服，胃里的酸水直往上冒。这时，车上有人开始呕吐。有的吐在车里，有的把头伸出车窗吐，车厢里布满了一股浓浓的刺鼻的酸味。看见别人呕吐，我和妈妈也忍不住了，赶紧用手捂住自己的嘴。

杨哥见我和妈妈开始晕车，赶紧从包里掏出毛巾和那只写有"抗美援朝纪念"的茶缸递到我的手中，并说："不要紧张，把眼睛闭上，不要看车窗外面的东西。"

我和妈妈都"哇——哇"地吐了起来。因为早晨没吃东西，吐出来的全是黄色的苦水，难受极了。我闭上眼睛，把身子紧紧地靠在妈妈身上，就迷迷糊糊的什么也不知道了。

太阳刚偏过头顶，我们就来到了一个叫响水坝的地方。杨哥说："今天不走了，今晚我们就在这里住宿，明天转车再去桂林。"我们只好下车，来到一个老大妈看管的小旅店里休息。

我闲着没事，就坐在旅店门口晒太阳，看见有几个男青年在公路上玩一种我从来没见过的把戏。他们轮流骑一种有两个轮子的东西转圈。一个青年刚骑上去，没转两圈就倒下了。于是又换一个青年去骑，刚想拐弯，又倒下了。每次倒下他们都哈哈大笑。这是什么把戏呀？杨哥见我好奇，走过来说："那叫自行车，也叫单车。他们正在练习骑单车呢。"

"真好玩，要是有小的单车，我也要学骑。"我自言自语。

吃过晚饭，我们就早早地睡觉了。刚睡下不久，我就觉得身上痒痒的。我问妈妈是怎么回事，妈妈说："可能有虱子。"

妈妈点上煤油灯，把被子翻过来看。哎呀，好几个大虱子正在又脏又破的被面上爬呢！被面的缝隙里还有一串一串的虱子蛋，真让人恶心。我和妈妈无可奈何，只好将被子翻过来盖。那些虱子也真可气，专门往人身上跑。那一夜我和妈妈都翻来覆去地睡不着觉。

好不容易熬到天亮，我们简单吃了一点东西，又出发了。由于晚上没睡好觉，加上晕车，我和妈妈一路昏昏沉沉，也不知道经过了一些什么地方。我们大概是在湖南的通道县又住了一夜，直至第三天傍晚，杨哥才说："到桂林了。"

桂林真大哟！我从来没见过这么多的砖房，这么平的马路，这么多的车子，这么多的人，这么多的路灯……杨哥把我和妈妈带到桂林火车站。车站前面的广场宽宽的，平平的，比我们家乡最大最大的田还要宽，还要平。车站前面的台阶也是那样的大，那样的高，一点泥巴都没有。我做梦也没想到还有这样的地方！

走进车站，一排一排的凳子都坐着人，男男女女，老老少少，有的在低声说话，有的在低头睡觉。地上到处都是包包。杨哥找了一个空位让我和妈妈坐下，还让我和妈妈看好东西，他去买车票。由于样样都觉得新鲜，我和妈妈都没有一点睡意。

也不知等了多久，我突然听到远处传来"呜——呜"的声音，接着是"哐当哐当"的声音，好像把脚底下的地都给震动了。

杨哥说："月江，你快去看看，火车来了。"

我赶紧跑到窗前去看，真的有许多又黑又长的大箱子移过来了，数也数不清楚有多少节。于是我说："杨哥，怎么没有人上车呀？"

杨哥说："这是货车，是专门用来拉东西的，不是拉人的。"

我自言自语地说："这么多的箱子，能装多少东西啊，把我们石洞所有的东西都收起来，也装不满这一车啊！"

又过了一会，我听见大喇叭里有人在喊，说什么我没听懂。很多人马上站起来，扛着大包小包的乱挤乱晃。我又看见有个女人手里拿个话筒说："不要挤，排好队！"一大堆人从一个大门出去后就跑。不大一会我又听到远处传来"呜——呜"的声音，我又跑到窗前去看。这回过来的箱子不是黑的，而是绿的，箱子边边还有好多好多的窗子。从窗子里还透出光来，还能看见箱子里边有好多好多的人呢。箱子不动了，上面下来很多扛着行李的人。下边扛包的人群又挤了上去。于是我马上跑回来说："杨哥，坐人的火车来了，很多人都上去了，咱们怎么还不上车？"我一边说，一边想去拿东西。

杨哥却说："别忙，这不是咱们要坐的火车。咱们要坐的火车还没来呢。"杨哥见我觉得奇怪，就接着说："这是火车站，南来北往的火车都要经过这里，哪趟车去哪里都是固定的。你要看好了，还要记住自己要去的地方和方向，还有就是记清楚自己要坐的是哪次车。千万不要乱上车。如果上错了车，不但到不了自己要去的地方，而且还要被罚款。那麻烦就大了。"

我听杨哥这么一说，心里有些紧张，真没想到坐火车也这么复杂，如果不识字又不会说汉话的人，真是不能出门。

大约又过了两个多小时，只听见车站的大喇叭里不停地叫唤："开往武汉的××次列车已经快进站了，请去武汉方向的旅客准备排队上车。"

这时杨哥才说："咱们要坐的车来了，赶紧拿好东西准备上车。"

我很激动，也很紧张，赶紧去背自己的小口袋。要上车的人很多，人们都往前挤，特别不讲理，原来排好的队也乱了。我紧紧地拽着妈妈的衣服，妈妈紧紧地跟在杨哥的身后。过了检票口，人们就拼命地往前跑。因为我们拿的东西比较多，所以我们只能快步地往前走。

上了火车，找到座位，杨哥才说："这是慢车，快车已经买不到票了，而且没有座位。我们到武汉再倒快车。"

我不知道什么叫慢车，也不知道什么叫快车，反正上了车就不用爬山走路了。武汉在哪里我就更不知道了。

这火车比汽车大多了，又平稳，又不用上坡下坡，还能装那么多的人，我真没有想到。于是我问杨哥："杨哥，这火车是你们造的吗?"

杨哥说："我们不是造火车的，我和你姐夫都是铁道兵，是专门为火车修路、护路的。"

听了杨哥的话，我真佩服他们。我感到很稀奇，虽然几天几夜没睡好觉，仍没有一点睡意。我扒着车窗、瞪大眼睛直往外看。远处的灯光一闪一闪的，真像天上的星星。

天又亮了，一幢一幢的房子和一座一座的小山直往后跑。我问杨哥："这些山怎么没有我们那里的山大呀?"

杨哥说："这里是丘陵地带，只有小山，没有大山。明天连小山都难见到了。"

车上有开水，也有饭吃。饭是用铁盒（实际是铝盒）装的，每盒2角钱，有点菜盖在饭上。杨哥每次买3盒，一人一盒。因为整天坐着，我和妈妈都不想吃东西，便将一半分给杨哥。

我们吃完晚饭，天又黑了。不久，车厢的喇叭里又传出声来："各位旅客，本次列车的终点站武昌车站就要到了，请拿好自己的行李物品准备下车。"

杨哥白天说过，武汉是个大地方，武汉有长江大桥，可以走汽车，也可以走火车，我真想看看武汉是个什么样子。可是下了火车，我们哪里也不敢去，就在车站里等着换车。武汉的车站比桂林的车站更大，人也更多，他们说着各地的方言，有些话我很难听懂。实在困了，我就趴在妈妈的膝盖上睡一会。火车来了，我们急急忙忙地拥上车去。

火车开动不久，杨哥就告诉我要过长江大桥了。因为是半夜，我什么也看不清楚，只听见"轰隆——轰隆"的声音。

新的一天又开始了，火车还是走走停停，人还是上上下下。不知是到了什么车站，跑上来一大帮人，他们有的拿着扁担，有的提着筐子，你追我赶，叽哩呱啦，我一句也听不懂。我有些害怕，于是小声问杨哥："他们是不是在打架？"

杨哥说："不是，他们都是河南人，大概是要去什么地方赶场。"

我心里想："这些人真厉害啊！"

真像杨哥说的那样，山越来越小，越来越少，过了黄河什么山也看不到了。到处是一片灰蒙蒙的土地，根本看不见绿草，路边的树也是光秃秃的。这哪有我们家乡好啊！我开始感到有些不舍，有些想家。好在妈妈就坐在我的身边，我心中才感到一些温暖。

坐在我身边的妈妈好像也有同样的感觉，她问杨哥："这个地方怎么一棵绿草、一片绿叶也没有呀？"

杨哥说："现在还是冬天，到了夏天就有了。"

妈妈又问："那冬天这里的猪和这里的牛吃什么呀？"

杨哥笑了笑说："那咱们就不懂了，可能人家有人家的办法。"

我们在河北保定又倒了一次火车。杨哥向我和妈妈解释说："因为快车在长辛店不停，我们必须改坐慢车才能在那里下车。"

我扳着指头计算日子，从石洞出发那天算起，第八天傍晚我们终于来到了这次远行的目的地 —— 北京市丰台区长辛店火车站。

下了火车，天还没有全黑，杨哥带着我和妈妈沿着车站的围墙往回走。我越走越觉得不对劲，北京怎么是这个样子：矮矮的墙，矮矮的房子，哪里有什么高楼大厦？和我想象中的北京完全不一样啊！我忍不住就问杨哥："北京就是这个样子呀？房子怎么这样矮呀？就像咱们家的牛圈，还没有我家的粮仓高呢！"

杨哥不由得笑了起来，他说："这里是北方，冬天很冷，风也很大，所以必须用砖头或石头垒墙，才能保温，才不怕风吹。再说，这里也没有那么多的树呀，拿什么盖大房子呀？"走了几步，杨哥又说："你还没看见你姐姐住的屋子呢！一间屋有半间炕，全家男女老少都睡在一个炕上。这还算你姐夫有办法啦。我们这些转业兵，大多连小房子都找不到，只能住在单位的集体工棚里。"

"那书上怎么说北京有高楼大厦呀？老师也是这样说的。"我还是很不理解。

杨哥说："北京当然有高楼大厦呀，那是在北京城里。如十大建筑，很漂亮的，以后有时间我带你去看看。"

我点头答应，继续跟着杨哥朝前走。拐进一个小巷，来到一个有三层青石台阶的院门口。门框上有个小方铁牌，上面写着"长辛店镇教堂胡同7号"，这是姐姐和姐夫来信时写的地址，所以我记得特别清楚。两扇大门是关着的，每扇门都有一个狮子头，狮子嘴里含着个圆圈。杨哥伸手去拿起圆圈，发现大门没闩，就推开门进去了，我和妈妈也紧跟着。拐了一个弯，我们进到一个四合院里。杨哥边往里走边问："谁在家呀？我们来了。"

这时我才发现墙角处站着一个人，那人马上回过头来喊："哎哟！妈妈、妹妹，你们可来啦！"

我一眼认出他就是我的姐夫，我赶紧喊："哥。"根据侗族人的习惯，我一直喊姐夫为"哥"。

姐夫赶忙过来迎接我们，又忙着去打开布门帘。他边拉门帘边对杨哥说："嘿！老兄！你们怎么才到呀？我们念你们几天啦！我这里正要拿锅做晚饭呢！"

走到门前，妈妈放下行李，赶紧拿下头上的丝帕分别在我、杨哥和她自己的身上拍打几下才让进屋。

我一进屋，才感觉到杨哥刚才说的都是真话。屋子很小，还没有我们家的牛圈宽。屋内没有床，只有一个大炕，占去了半间屋子。

姐姐因刚出满月没有多久，正在炕上坐着给小孩喂奶。姐姐放下孩子就打算从炕上下来迎接我们。姐姐还来不及站起来，见妈妈已经进屋，喊了声"妈"，她就哭开了。

妈妈也哭了，可嘴里还在不断地唠叨："宝仙，别哭，妈妈不是来了吗？妹妹也来了。别哭，听话，别哭，刚生孩子的人是不能哭的，会伤身体的……"姐姐原名叫宝仙，后来才改名叫月仙，可妈妈在家里一直叫姐姐原来的名字"宝仙"。

我放下手里的布袋，马上要去炕上看姐姐刚出满月没多久的小孩。妈妈伸手一把拉住我的手说："刚进屋不能马上去看孩子！你身上有凉气！"

我无可奈何，只好在炕边站着欣赏那个刚刚来到人世间的小女孩：孩子长得非常可爱，红红的脸蛋很秀气，大眼睛，双眼皮，黑黑的头发……

姐姐说："孩子的名字叫李敏。"这时我才注意到姐姐比以前胖了，也比以前白了。

吃过晚饭，我们全家5口人再加上杨哥都挤在那张大炕上睡觉。这天夜里，除了那个还不懂事的婴儿以外，我们谁也睡不着觉，大家都在你一言我一语地诉说着侗家人的悲欢离合……

# 小管家

到北京的第二天，天还没亮，姐夫和杨哥就赶火车上班去了。姐姐说："你姐夫他们上班的地方离这里很远，要坐几个小时的火车才能到他们单位，只有星期六你姐夫才能回来。"于是家里只有妈妈、姐姐和我，还有那个刚刚出生不久的婴儿——李敏。

太阳出来了，北京的太阳不像我们家乡的太阳那样暖和。姐姐首先给我和妈妈简单介绍大院里的情况，并带我和妈妈去见识房东。我们住的院子是个老四合院，南北房各3间，东西房各5间，一共住着6户人家。房东姓李，是个小脚老太太，在家看一对一岁多的双胞胎孙子。他的孩子都在外地工作。姐姐称这位老太太为"李大娘"，我也跟着这样称呼。李大娘家住三间北屋。所谓北屋，就是坐北朝南的正房，一年四季可以晒太阳，是四合院中最好的房子。我们家住一间东屋，其他几间东屋是张家住。西屋是马家和高家，南屋是吴家。吴家有两个男孩和三个女儿。三个女儿分别叫大丫、二丫、三丫，二丫的年纪和我差不多。

白天我和妈妈的主要任务是杀虱子。一路走来，我们住了几次旅店，身上招了很多虱子，我的头发里也长了虱子，怪痒痒的。为了不让虱子传染全家，昨夜我和妈妈都不敢脱衣服睡觉。今天正好有点太阳，所以我和妈妈把身上的衣服全换下来，用开水烫。姐姐帮我用六六粉（农药）洗头，说这样就可以把头发里的虱子杀死。

因为我是阳历2月底才到北京，一些学校已经开学。姐姐带我去找了几所学校，都说不能插班，必须等到9月新学年开始时才能考虑。我只好在家休学等待。

我们住的四合院里没有自来水管，院里的住户都要到五六百米以外的地方去挑水。房东李大娘家没人挑水，以前都是院里各家各户帮她家挑。自从我来了以后，姐夫就让我把李家挑水的活儿给包下。我还经常帮李大娘家买粮、看孩子，所以房东李大娘对我们很好。每到星期六姐夫回家，李大娘都来请我和妈妈到她家里去睡觉。我也常跟李大娘学做北方的饭菜，如擀面条、包包子、蒸窝头等。后来，姐夫又让我帮院里的其他邻居挑水，还专门为我打了一对铁水桶和一对扁担钩。全院的人对我们都很好，他们都亲切地叫我"老姨"。所谓"老姨"，就是最小的姨娘的意思。李大娘在2008年春节前才去世，活到103岁。

姐姐为了不让我没事做，就教我做一些家务，让妈妈看孩子。因为我上过学，会记账，姐姐和姐夫就把他们每月的工资都交给我。当时姐夫每月工资是43元8角，姐姐每月的工资是15元，总共58元8角。全家5口人的生活费用由我安排。姐姐和姐夫还要经常给姑妈和我哥哥寄钱，所以必须精打细算，我每用一分钱都要记账。我真的成了一个小管家。

那时，北京市是按户口和工种定量供应粮食，凭购粮本购买当月的口粮。姐夫是重体力劳动者，每月定量38斤。姐姐是普通工人，每月定量28斤。李敏是新生婴儿，每月定量6斤，随后逐年增加。我和妈妈因为没有北京户口，所以没有口粮。

当时，北京的粮食供应不仅定量，而且还要粗细搭配，其中20%是面粉，北京人叫白面，算是细粮；60%是玉米面，算是粗粮；还有20%是大米，也算粗粮。当时，白面每斤1角8分5厘，玉米面每斤1角1分，大米每斤是1角5分。白面和大米都要留给姐夫和小孩子吃，妈妈、姐姐和我每天只能吃玉米面粥和用玉米面做成的窝头。

当时，各家各户都有粮本和副食本。副食也是按人数定量供应，每人每月有半斤油，1斤肉，1两芝麻酱，2两粉丝。每人每天有1斤菜，菜的品种也很少，主菜有白菜、萝卜、豆角等，其他都是副菜。因为我和妈妈都没有北京户口，所以一切副食和蔬菜都没有我们的份儿。

有一次，我带着2元钱去长辛店大街杂货店买铁锅来炒菜。我选好了锅，却找不到钱了，不知什么时候把钱弄丢了。我很痛心，一路哭着走回家，到家还哭，连饭都不想吃。姐姐见我哭得伤心，不但没有批评，还安慰我。我更加后悔自己的粗心大意了。

大约过了一个多月的时间，我们家的粮食不够吃了，我只好每天下午

1960年夏天，我和妈妈、姐姐姐夫、小李敏在北京的合影。

去饭店排队买份饭回家来吃，一份是一大碗，开始是1角5分钱一份，后来涨到3角钱一份，排一次队只能买一份。我每天都早早地去饭店排队，因为去晚了就卖完了。因为我和妈妈都没有口粮，所以我每次必须想办法买两份饭回来才够吃。开始我每天都要老老实实地排两次队才能买到两份饭，后来我学会插单号位子，一个人同时排两个队也可以买到两份饭。有时妈妈也带着孩子和我一起去排队买饭。再后来，我和饭店里卖饭的女服务员认识了，我叫她大姐，她很高兴，就每次卖给我两份饭，我也不用再排两次队了。

由于饭店里的份饭越来越贵，家里的开销也越来越多，光靠姐夫和姐姐的工资实在是不够花了，于是妈妈和我就提出来再帮别人看一个小孩。正好，姐姐厂里的同事有一个不满周岁的孩子想请人看，每月可以给我们12元钱，我和妈妈就答应下来了。这样，我和妈妈同时看两个小孩，还要承担全部家务，这下可忙了。我每天得早早地起床，然后到离家两里多路的长辛店北关外的农民家里去取两瓶鲜奶，上下午还要送孩子去给姐姐喂奶，还要帮邻居挑水，买菜做饭，排队买饭，所以也就没有更多的时间去想别的事情了。

# 能在这样的高楼里工作多好

来到北京，姐姐和姐夫待我和妈妈都很好。姐夫姓李，名复寿，也是一个苦命的孩子。姐夫的老家原本在三穗县桐林乡一个边远的村寨。他很小就没有了爸爸。后来，姐夫的爷爷来到石洞街上修锁，买了一间很小的房子，才把姐夫和姐夫的妈妈带到石洞来安家落户。姐夫和他爷爷早年在石洞举目无亲，靠修锁、配钥匙等手艺维持生活。再后来，姐夫的妈妈又改嫁了，姐夫只能与爷爷相依为命。因为穷，姐夫从来没上过一天学。

听说1951年姐夫参军时才16岁，戴着一顶破草帽走的，连草鞋都没有人送一双。姐夫很聪明，记性也好，在部队学到了很多文化知识，还写得一笔好字。他喜欢看四大名著，特别喜欢看《三国演义》，而且深受影响，重义气，肯帮助人。

1954年姐夫的爷爷去世后，姐夫的母亲才又回石洞来居住。姐夫的母亲来到石洞不久就卧床不起，当时姐夫还在部队，是乡亲们和当地政府、石洞小学的少先队员们照顾的。姐夫的母亲病故时，姐夫也不能回家送葬，是由当地政府和小学安排的后事。我记得送葬时还挺热闹。1957年姐夫回家探亲才和我的姐姐结婚，我们就成了他最亲的亲人了。

我刚到北京时，没有学上，每到星期天休息时姐夫就带我和妈妈出去玩。有时去看老乡，有时去看电影，还带我们去参观天安门、故宫、动物园、长城等名胜古迹，每一次我都特别高兴。那时电影票是5分钱一张，公园门票是1角钱一张，公共汽车票也很便宜。

有一次，姐夫带我和妈妈去民族文化宫参观，那里的贵州馆有一位女讲解员叫胡月妖，她是我们天柱石洞人，跟姐姐同龄，她们在家时是好朋友。月妖姐见到我们，特别高兴。参观完后，月妖姐想把我留下来，要我在她那里玩几天。姐夫和妈妈都同意了。

晚上，月妖姐带我坐班车到她们居住的地方去。那是一个古老的四合院，房子雕龙画凤，我和月妖姐说了一夜的话，基本没睡。

第二天，我又跟月妖姐一起回到民族文化宫来。她上班，我就自己在民族文化宫里面玩。这时我才想到，这就是北京的十大建筑之一，这就是书上所说的美丽的高楼大厦。我从一层开始，一个馆一个馆地重新认真看了一遍。

我从第一层开始往上爬，不知不觉就到了楼顶阳台。阳台很宽，我站在阳台上往下看，宽阔平坦的长安街望不到头，各种各样的汽车来来往往。大街小巷人来人往，就像家乡的蚂蚁一样多。从阳台上能看到很远很远的地方，一个一个的四合院都看得非常清楚。我想：如果我长大了也能在这样的高楼里工作，那该多好哇！那多幸福呀！我又想：这是不是在做梦呀？月妖姐是从州歌舞团选送来的，人家会唱歌跳舞，又会讲普通话，人也长得漂亮，我怎能有这样的条件呢？

我想着想着，不由得自己笑了起来。我居然忘记下楼了，等我想起要下楼时，已经找不到下去的门了，来时的门已经打不开了。我很着急，在阳台上转来转去也找不到路下去。怎么办呀？这么高的大楼，喊叫也没人听见呀！我又怕月妖姐找不到我就下班走了，那我怎么办呀？

正当我急得团团转的时候，有一个头上包着黑头帕的男人开门走出来了。他的头顶上还插有一根像野鸡毛一样的东西。他好像开门要到一间小屋子里去拿什么东西，我赶紧跑过去叫一声："大哥哥。"

那人回头看见是我，奇怪地问："小妹妹，你怎么还在这里呀？都闭馆了，我们都下班了，大家都锁门走了。你的姐姐在到处找你呢！"

我回答说："我不知道你们什么时候下班，我找不到下去的门了。"

他说："参观的门都锁上了，出不去了。我带你从工作人员走的楼梯下去吧。"

于是，我便紧跟着这位大哥哥从弯来拐去像螺蛳一样的楼梯走下去。这位大哥把我交给了月妖姐姐。月妖姐姐谢过之后便对我说："刚才带你下楼的那个人是彝族，也是我们馆里的工作人员。"她又说："找不到你，我也很着急，我只好留下来跟别人换个班。今天晚上我就在馆里值班，咱们两个就在这大厅里住吧。"

到了晚上，月妖姐把大厅里的大沙发一拼，我们就在大沙发上睡觉，暖暖的，软软的，舒服极了。我心里想：也许这就是美梦成真了，我真的能在这大楼里值班了！真幸福呀！

第三天下班后，月妖姐送我回长辛店。因为她只换了身上的衣服，头上还挽着南部侗人的鬏鬏（发髻），还戴着我们侗家的银饰，人又长得漂亮，所以公共汽车上和路上都有人觉得稀奇，直看我们。走过长辛店大街菜站门口时，菜站里的工作人员都跑出来看我们。菜站的一位领导还把我叫到一边去问："她是谁呀？她是你的什么人呀？你们是什么民族呀？"

我非常自豪地说："她是我的姐姐，在民族文化宫里工作，我们是来自贵州的侗族。"

从那以后，这个菜站里的人都知道我是来自贵州的少数民族了。

# 不许叫我"小侉子""南蛮子"

由于我和妈妈没有北京户口，没有口粮供应，没有饭吃，我得天天去排队买饭，也不能上学。当时姐姐在长辛店五金厂上班，为了能让我早日上学，于是姐姐就写了一个申请，把家里的困难情况向厂领导说明，请求厂里的领导帮助解决我和妈妈的户口问题。为了解决我和妈妈的户口问题，城里有一家大厂子要调姐姐去那里工作，姐姐也放弃了。经过姐姐和厂领导的多方努力，半年多后，终于给我和妈妈上了北京户口，粮店也给我们供应粮食，妈妈和我每人每月26斤定量。这可是我们家的大喜事啊，我们终于成了真正的北京人了，全家人都非常高兴！

我在长辛店小学上学

户口解决了，我可以上学了。我们家附近有一所长辛店中心小学，因为这所学校的学生人数太多，没有座位了，我只好去离家较远的长辛店小学上学，来回有三四里路。老师把我安排在四年级3班，班主任姓刘。

我记得开始上学这天，我早早起床，穿上姐夫给我买的红白蓝格圆领花上衣，戴上姐姐买的新红领巾，一早就到学校办公室去找刘老师。

预备铃响后，刘老师带着我来到四（3）班教室门口，只听有个女学生喊一声"起立"，全班学生立刻都站了起来。

刘老师进了教室，全班学生齐声说："老 —— 师 —— 好！"

刘老师说："同学们好！"

一个女学生说："坐下。"全班学生都坐下了，教室里鸦雀无声。

这时，刘老师才让我走进教室，并叫我站在讲台旁边。刘老师说："同学们，今天这一节课是语文课，你们准备好了吗？"

全班同学回答："准 —— 备 —— 好 —— 了。"

刘老师又说："请打开第二课。"

只听见教室里一阵"哗 —— 哗"的翻书声。

刘老师点名对一位学生说："今天该上第二课《新来的同桌》，请你先把课文读一遍。"那位同学站了起来，并流利地读完了那篇课文。我感觉那篇课文好像就是为我写的。

刘老师开始讲解课文内容，然后过来扶着我的肩膀说："这位就是咱们班新来的同学。这位同学的名字叫龙月江。"接着刘老师就让我到第三排第四张桌子的一个空位子坐下。

刘老师接着说："龙月江同学是从边远的贵州省来的少数民族 —— 侗族。咱们中国有55个少数民族，加上汉族，共有56个民族，是个多民族大家庭。咱们长辛店小学原来就有汉族、回族和满族，现在又来一个侗族，就变成了有4个民族的学校了。希望同学们今后在一起学习时，要团结友爱，互相帮助，相互学习。"

刘老师停了一会又说："因为龙月江同学是插班生，事先没有订到课本，所以她没有新书。老师只好从高年级同学那里找来一套旧课本。有哪位同学愿意用自己的新课本和龙月江同学换旧课本呀？"

这时，班里有十来个同学同时举起了手。刘老师看了看说："很好，我先代表龙月江同学谢谢你们，不过只需要换一本。"

刘老师想了想，然后指着最后排的一位女同学说："向素丽同学，就跟你换吧，因为你是班主席，应该带个头。"

这时，那位女同学马上站起来，拿着课本来跟老师换书。全班同学都鼓起掌来。

我非常感动，也不知该怎么感谢好。当我仔细看那位和我换书的班主席时，我才发现她是一位一只眼睛有疾患的女同学，穿着一件长长的蓝布上衣，一看就知道不是她本人的衣服。我心里想："她可能也是一个苦命的孩子，我不能用人家的新书，更不能用她的新书。"于是，我也忘记了举手报告，马上跑到讲台前去，从向素丽同学的手中要回那本旧课本。我想说几句感谢的话，可又说不出话来，因为眼泪已经不断地从我的眼眶里涌了出来。

我只好给刘老师和向素丽同学行了个少先队礼，就赶紧回到自己的座位上。这时，全班同学又都热烈地鼓起掌来，闹得我很不好意思。

当时我们长辛店小学因为学生多，教室少，只能是两个班共用一个教室，每天轮流上半天课，半天在家写作业。

上了几天课后，我才发现以前在家乡学的知识根本不行。语文、数学我都听不懂，跟不上。于是我就去找刘老师，说我不会写作业。

刘老师了解我过去学过的知识后说："你们家乡四年级学的知识只相当于北京三年级的水平。又因为你已经有两年没上学了，所以跟不上。"刘老师接着说："没关系，你很聪明，我叫学习好的同学帮你补补课就行了。"

后来，刘老师就让我与班主席向素丽和另外一个女同学徐秀英组成一个学习小组，让她们帮我补习功课，指导我做作业。

徐秀英家就住在学校的北面，我去学校得路过她家门口，所以我每天都去找她一起上学。我们每天在她家里写作业，我们成了非常好的朋友。

徐秀英的爸爸在"二七机车车辆厂"工作，是个技术工人，每月工资60元。她的妈妈没有工作，在家里做家务。徐秀英还有两个弟弟和两个妹妹，写作业时她还经常要照看弟妹。我们俩特别要好，每次她的铅笔用到两寸左右就送给我，我就套个笔帽再用。她的学习也很好，给我不少的帮助。

正当我在老师和同学们的热情帮助下努力学习、不断进步的时候，一件意想不到的事情发生了。

1960年国庆节前，有一天，我穿一件我们北侗人常穿的黑大襟外衣上学。刚做完课间操，我们班一位女同学就跑过来对我说："龙月江，付老师找你。"付老师是我们的音乐老师。

那位同学把我带到付老师跟前说："付老师，龙月江同学来了。"

付老师上下打量了我一下就问："我看你穿的这衣服很有意思，衣衩开得这么高。你是哪里来的？"

我还来不及回答，我们班上的另一个女同学就抢着说："她是少数民族，是从贵州省来的侗族。"

付老师又问我："你们侗族有什么习俗？你会唱歌吗？"

我点了点头。

于是，付老师就把我叫到办公室去，用商量的口气对我说："国庆节快到了，学校要搞文艺演出活动，你可以出个节目吗？唱一首你们侗族的歌，好吗？"

我又点了点头。

国庆节那天，我在热烈的掌声中走上了用石头和泥土砌起的舞台，唱了两首歌：

第一首是我们石洞的侗歌《Yaoc Bail Gaos Jiuc Loc Yangc Dos Joh Sins》（《我去洛阳桥上放声喊》）

这首歌的歌词大意是：

想伴我去洛阳桥上放声喊，
没听我伴洛阳桥下来回答。
没听我伴洛阳桥下来回应，
我自喊自答自呼自应
你看我是多么难！

"伴"是指朋友或情人，"洛阳桥"是侗族民间虚拟的友谊之桥或爱情之桥。

第二首歌是汉语歌《贵州好》，部分歌词是：

清清的流水肥美的田，
密密的树林遮盖着山。
新开的梯田满山坡，
春风吹过秧苗壮。
青草坡，是牧场，
牛羊肥又壮。
弯弯的公路穿连着村寨，
美丽的山区出现了新农庄。
从前说贵州天无三日晴，

我们说这里充满了阳光。

六月的夏天这里不热，

寒冷的冬天这里不冷，

哟！真是个好地方……

因为当时我已经离开家乡半年多了，很想念家乡和家乡的伙伴们，所以唱起歌来感情非常投入，赢得了全校师生最热烈的掌声。

从这以后，学校里的很多老师和同学都认识我了。每到下课，我和徐秀英、高淑荣、石玉芬、尚玉富、丁宝秀、李二胡等女同学在一起踢毽、跳绳玩，总有一些男同学爱来跟我开玩笑。他们围着我喊："小侉子！小侉子！""小侉子"是北京人对外地人说话有口音的一种贬称。

刚开始我不理睬他们。后来他们越喊越来劲，喊的人也越来越多，闹得我们女生都没办法玩。于是我们女同学就用跳绳的绳子去追打那些男同学。我们越追，他们就越喊，而且喊的声音越来越大，喊的人也越来越多。有的还在"小侉子"的后边加了一句"南蛮子！"

操场上"小侉子！""南蛮子！"的喊声此起彼伏，我很生气。我越生气，那些男同学就越高兴。我实在是忍无可忍！

上课铃响了，大家跑进教室，可是那些男同学的玩心没收。那个坐在我前排的男同学赶紧跑到我前面去。他先坐在自己的座位上，把手放在过道边的另一张桌子上，用手拦着我，要我从他胳膊下钻过去。我就是不钻，也不去拉开他的手，而是回过头来经过讲台从另一条走道绕过去。没想到，这另一条走道的王同学却把一只脚抬起来放在另一张桌子上，而且还摇着头对着我笑，意思就是：看你怎么过？

这下我真气急了！我走到王同学跟前，用两只手掐住他的脚脖子，冷不防往前用力一拉。他一下子就坐在了过道的地上，凳子也倒了，桌子也偏了。我怕影响别的同学，一直把他拖到讲台前，并给他一顿痛打。因为这位王同学个子和我一样高，我怕打不过他，又怕自己的手痛，我急中生智，没等王同学从地上爬起来，我就将那只妈妈传给我的银手镯拔下来紧紧地握在手上。王同学趁机爬起来了，我赶紧用那只握着银手镯的右手拼命打他的前胸，他用双手挡住前胸，我就打他的肚子，他又用双手去护肚子……

我没有哭，我只有气，我要把几天的气全发在这位王同学的身上！

王同学始终没有还手，他只用双手上下拦挡，边挡边往后退。他见我真生气了，就说："龙月江，别生气，别生气，我是跟你闹着玩的，跟你开玩笑的。"

我不答话，仍继续打。我心里想："谁跟你开玩笑？你们是欺侮人！"我越打越来气，一直把他打到讲台后面的黑板和墙壁之间。

全班同学都惊呆了。

我只顾打人，没注意刘老师早已经站在教室门口看我打人。刘老师忍无可忍，她大声喊："龙月江！"

这时，班主席才想起来喊："起立！"

我住手了。

刘老师走进教室，不问青红皂白，就让我和王同学站在讲台旁边。

全班同学都坐下后，班主席举手报告说："老师，不能怪龙月江……"

刘老师马上打断她的话说："坐下！上课！"

刘老师接着讲课，可我看得出刘老师非常生气，讲课时声音都变了。

这节课老师讲了些什么我一句也没听进去。我心里想：我有生以来，这是第一次打人。从小长到这么大，还没有谁这样欺侮过我。我虽然从小没有父亲，可妈妈很疼爱我，姐姐、哥哥也对我很好，我们姐妹和兄妹之间从来没红过脸，更别说打架了。在家乡时，我也从来没跟别人吵过架。上屋下坎街坊邻居，都夸我的妈妈会教育孩子，都说我们兄妹是孩子们学习的榜样。这里是学校，是北京，是人人向往的祖国的首都，你们就这样欺侮人？你们不是叫我"南蛮子"吗？今天我就"蛮"一次给你们看看！

我越想越生气，越想越觉得委屈，眼泪在眼眶里直打转转，但我强忍着不让眼泪流出来，我不能在老师和同学面前流眼泪！我不敢看老师，也不敢看同学。我的两只眼睛只能直直地盯着教室的墙壁……

下课铃响了，但我们班没有下课。这时，刘老师才转过身来问我："龙月江，你为什么打人？"

我紧紧地咬着嘴唇不说话。

刘老师又问王同学。王同学说:"我们是跟龙月江同学开玩笑,闹着玩,没想到她真急了。"

这时,有几个女同学举手站起来为我说话:"不对!没你们这样开玩笑的!课间时你们追着人家龙月江闹,上课铃响了,还不让龙月江回到座位上去,合伙欺侮人家。"

男同学举手说:"我们不是真想欺侮她,是跟她闹着玩的。"

女同学说:"你们要人家从你们的胳膊下、腿下钻过去,就是欺侮人!"

男同学说:"那龙月江也不该打人呀。"

女同学说:"你们这样欺侮人,谁也不答应!我们女同学在一起玩,碍你们什么事?龙月江同学有名有姓,你们干吗要叫人家是'小侉子'?你们还叫人家龙月江同学是'南蛮子',她不打你们才怪呢!"

刘老师听了男女同学的发言后问:"什么'小侉子''南蛮子'?你们都是从哪里学来的?我可没教过你们呀。你们把社会上的流言蜚语传到学校里来,什么北京的'京油子'、南方的'南蛮子'、天津的'卫嘴子'、保定的'狗腿子',乱七八糟!你们当中有没有人老家是在保定的?如果有人也追着你喊'狗腿子',你爱听吗?这是谁出的主意?不说清楚不下课,谁也别想回家去吃饭!"

教室里没有人说话了。过了一会,那位用手拦我的男同学站起来说:"老师,我错了,我不应该用手去拦龙月江同学,我向龙月江同学赔礼道歉。"

另一位男同学也站起来说:"我向龙月江同学道歉,我也叫她'小侉子''南蛮子',但不是我起的头,我是听他叫才跟着叫的。"这位男同学用手指着被我打的那位王同学说。

这时,那位被我打的王同学才抬起头来说:"对不起,龙月江同学。事情是这样的:国庆节后,六年级的一个同学看见龙月江同学在操场上踢毽子踢得很好,他就问我:'你们班的那个小侉子是哪里来的人?叫什么名字?'我说:'她是南方人,是少数民族。'他说:'啊,原来是南蛮子啊。'这样,我们才管龙月江同学叫'小侉子''南蛮子'。老师,我错了,我也向龙月江同学道歉。"

这时，刘老师才转过身来问我："龙月江，你还有什么话要说吗?"

我见这么多人已经向我道歉，还有这多女同学为我说话，老师也批评了那些男同学，心头的气也就消了，于是我说："老师，我也有错，我不应该打人，我向被我打的王同学道歉。以后谁不让我过，我就不过，就站在那里等老师来。"我嘴上是这么说的，但心里还是在想：看你们今后还敢不敢欺侮我?

刘老师见我不生气了，就笑着说："这就对了，再有人欺侮你，你就报告老师，但不要打人。今天的课就上到这里，下课!"

从这以后，真的没有人再欺侮我了。我也下定决心，一定要更好地学说北京话，不让他们听出我说话有南方口音，不让他们再叫我"小侉子"和"南蛮子"。

# 编草鞋，做棉鞋

我上学之后，妈妈只能一个人看我姐姐的孩子，人家的那个小孩已经有一岁多了，就送到托儿所去了。

我上学不久的一天下午，我们班上劳动课，老师带我们去东山坡帮当地农民捡花生。出发前老师讲了几条纪律：不许吃农民的花生，更不许把花生带回家，捡得的花生要集中起来交给当地农民。谁捡得多，学校还要表扬。我听了以后特别高兴，因为我在老家捡过花生，也捡过红薯。

来到地里，我一边捡花生一边往前走，比同学们都捡得多捡得快。我捡着捡着，突然看见地边有一蓬三菱草长得又好又高，我就扯了一大把，捆好，放在地边，准备收工后拿回家。

收工集合时，有一位男同学向老师报告说："龙月江同学想从地里拿东西回家。"

老师问："龙月江，你要拿什么东西回家呀?你把东西藏在哪里啦?"

我回答说："我要拿的东西不是花生，是草。"我一边说，一边就到放三菱草的地方去把草拿来给老师看。

老师看了看我手上拿的那捆草，奇怪地问："你要这草干吗？"

我说："拿回家去编草鞋呀。"

老师问："这草能编草鞋？"

我说："这地方找不到禾秆草，我看这种草又长又有韧性，我想拿去试编看看。"

老师听后，就点头同意我把那捆草拿回家去了。我很高兴。

回到家里，妈妈帮我把草晒干，捶软。吃完晚饭，我就开始搓绳子编草鞋。

第二天，我穿着自己编好的新草鞋去上学。我走在大街上时，许多人都用稀奇的眼光往我的脚上看。到了学校，老师和同学们也都觉得新鲜。好奇的同学还让我把草鞋脱下来观赏。有几位女同学还轮流试着穿在操场走了走。她们都说："这鞋不赖，又轻便又凉快，就是走路时踩着石头有点硌脚。"

有位女同学还好奇地问："这鞋是你自己编的？"

我点头说："是的，是小时候妈妈教我编的。妈妈编的草鞋比这鞋好看多了。"同学们听了以后，都用敬佩的眼光看着我。

为了贴补家里的生活，上学不久我又开始从街道办事处那里领鞋底来学着纳鞋底。鞋底是长辛店鞋厂制作的千层底半成品布棉鞋底。我每天放学写完作业，除了帮妈妈做家务、看小孩、帮邻居挑水外，还要纳鞋底。纳一双36码或37码的鞋底是7角钱，纳一双38码或39码的是9角钱。因为我没有熟人，只能领到37码和39码的鞋底。如果是37码，我每月可以纳5双，可得3元5角钱。如果是39码，我每月可以纳4双，可得3元6角钱。

纳鞋底要求很严，验收时用小火柴盒量，宽和长都要有7针以上才算合格。针脚稀了算不合格；针脚密了，领的线就不够用了。真不容易啊！

鞋底很厚，我还不到14岁，人小手小，没有那么大的力气，每一针都得用锥子先扎个眼，才能用针带麻绳穿过去。用锥子扎眼时，我必须用膝盖或胸脯用力顶才扎得动，时间久了，我的胸脯特别疼。

日子过得真快，转眼就到了冬天。北京的冬天很冷，我们学校的教室都是平房，没有暖气。为了不冻坏学生，学校下了通知：学生上学一定要穿棉衣、棉裤和棉鞋，还派学生检查。

我有一件小旧棉衣，姐姐又将她的旧裤子改成棉裤给我穿，可是我没有棉鞋。第一天学生检查时没说什么，因为同学们都知道我没有棉鞋。第二天是班主任刘老师检查，她发现班里有三个同学没穿棉裤或棉鞋，就一律不准进教室，全部都让回家穿了棉裤棉鞋再来上课。

我跟刘老师说："我们家乡的学生冬天不但不穿棉鞋，有的连单鞋都没有，经常是穿草鞋或光着脚丫，所以我没有棉鞋。"

刘老师说："你们家乡是南方，这里是北方，都零下几度了，不穿棉鞋就别来上课，天气是不认人的！"

就这样，我被刘老师赶了回来。我一边走一边想：我上哪里去找棉鞋穿呀？我用铅笔都要节约，都要经常捡同学的铅笔头用，哪有钱买棉鞋呀？我虽然纳了那么多的鞋底，可是没有一双是自己的，老师让我回家又有什么用呢？我想着想着，眼泪就不由自主地流出来了。

在回家的路上，我又想起在老家时的情景：冬天了，下雪了，屋檐下挂起长长的冰凌，水田里也结了厚厚的一层冰。学校里大多数同学都没有鞋穿，也没有棉衣棉裤，冻得直打哆嗦。石洞街上的同学都提着火笼去上学，乡下的同学连火笼都没有，只好不断地用脚跺地板取暖。火笼有两种，大的是用木板做个小木箱，木箱里装个小瓦盆，瓦盆里放有火炭。木箱两边有两根立柱，立柱上有块横板，像个小凳子，人可以坐在上边，屁股和脚都暖和。另一种是用竹子编的小篮，里边也放个小瓦盆，瓦盆里放炭火，可拿在手上取暖，也可放在地上取暖。同桌的同学可两人共用一个火笼。每年冬天，妈妈在做早饭的时候，总是给哥哥和我烧点炭，然后夹到我和哥哥的火笼里。上学路上，哥哥拿大火笼，我拿小火笼。到了我的教室门口，哥哥才把小火笼换走，让我用大的。我坐在火笼上很暖和，后面的同学还可以把脚伸过来烤，所以我从来没挨过冻。火笼的用处不光取暖，下课时还可烧些苞谷和黄豆吃，饿了还可以烧红薯吃，很好玩的。要是北京也有火笼多好啊！可是我又想：北京没有木炭，连点煤球炉子用的小劈柴都要3分钱一斤，而且只能从煤厂买到，还要定量。我真是左右为难，怎么也想不出好办法来。

由于天气很冷，我走得也快，不知不觉就回到了我们住的院子里。房东李大娘见到我，就问："她老姨，你不是上学去了吗，为什么又回来了？"

因为我满脸是泪水，不好意思面对李大娘，也不敢说话，就低着头进了家。

李大娘见我不理她，也不说话，觉得奇怪，就紧跟着进了我们家。

妈妈见我满脸是泪地回家，也紧着问："怎么不去上学？谁又欺侮你啦？"

我只好一边擦眼泪一边把被老师赶回家的经过向妈妈诉说。

李大娘听了我的诉说，就笑着安慰我："别哭，别哭，这好办，用不着花钱去买。你又会纳鞋底，我给你找点布，咱们自己做就行了。"

李大娘说完，马上回他们屋子去找出些旧布，还找来一块新的紫红条绒布，拿起剪刀就给我剪鞋样子。

妈妈马上用一点玉米面掺点白面熬糨糊打布壳。布壳不容易干，就用火烤，用烙铁烙。

当天下午，我们就粘好了鞋底，然后我就开始纳鞋底。

第二天下午，李大娘就教我做鞋面。晚上赶着上鞋帮，直到深夜，才做好了一双棉鞋。这是一双骆驼鞍样式的紫红条绒棉鞋，特别好看。我穿在脚上试了试，觉得挺合适，才安安心心地睡觉。

第三天一早，我就穿上自己做的新棉鞋去上学。刚到学校门口，我就看见刘老师站在教室门口。我大声喊："刘老师，我穿棉鞋了。"

刘老师赶紧过来看我的鞋。同学们也拥过来看。刘老师说："真好看，是从哪里买的？多少钱？"

我说："不是买的，是自己做的，是房东李大娘教我做的。"

"真漂亮！""真结实！""比鞋厂做的还好看！""鞋厂都没有紫红条绒的鞋！"站在我身边的几位女同学七嘴八舌地议论开了。

上早读的铃声响了，刘老师猛地拉住我的手说："来，今天早读时间我亲自给你补课！"

我乖乖地跟着刘老师走进老师办公室。一进门，刘老师便大声嚷嚷：

"各位老师，你们看看，我们班的龙月江同学自己会做棉鞋穿！"

办公室里的几个老师也都过来看我的新鞋，他们也点头说："真不错！""手真巧！""真是穷人的孩子早当家！"

教音乐的付老师也走过来了，她冲着刘老师笑着说："你的心也真狠！知道人家没有棉鞋，还硬把人家赶回家去穿棉鞋！"

刘老师也笑着对付老师说："心不狠行吗？把孩子冻坏了你负责呀？你看，我这一逼还真逼出了个小鞋匠！"

听了付老师和刘老师的对话，办公室里的全体老师都哈哈大笑，闹得我很不好意思。

这天早读，刘老师非常认真地给我补了前两天的课。我的脚上、身上和心里都是暖和的……


# 1961：又离开了北京


1961年夏天，学校放暑假了，可是，我就读的长辛店小学利用暑假期间组织高年级的同学去割草卖给当地的马场，以解决学校的部分经费困难，并培养学生的劳动观念。

割草对我来说已经不是什么新鲜事了，因为我在老家时经常和哥哥一起上山去割牛草。可是对班里的其他同学来讲，割草实在是一种繁重的体力劳动。许多同学连镰刀都不会拿，实际是在用手扯草，不大一会手就磨出了血泡，有的还被拉了口子。我不但会割草，还会判草，所以比谁都割得快，割得多，每次都受到老师的表扬。因为我割得多，个子又小，自己挑不动，老师就动员其他同学帮我挑或帮我抱、帮我背。我们班在全校的割草比赛中也是名列前茅。

有一天，老师带我们班的同学到长辛店东边的永定河边去割草，割着割着，一位女同学突然"妈呀"一声惊叫起来，她边叫边往我的身边跑。我不知是怎么回事，抬起头来看她，她的脸色都变了，还"呜呜"地哭了起来。

我问她："怎么回事？"

这位女同学连话也说不出来，只能用手指了指刚才她割草的地方。

我顺着她手指的方向一看，原来是一条脚拇指粗的草蛇正在慢慢地爬行。我问那位女同学："它咬着你了吗？"那位女同学摇了摇头。

我说："那就好。"我一边说一边去拿挑草的杠子来打蛇。

我把蛇打死以后，同学们都围过来了。她们七嘴八舌地冲着我议论："龙月江你怎么这样胆大呀？""龙月江你怎么不害怕呀？""龙月江你怎么这样狠心呀？"

我说："这个季节，在我们老家只要是上山，几乎天天都能见到蛇。遇到毒蛇，我也很害怕，但蛇也怕人，只要你不去碰它，它一般也不咬人。这里是平原，见到的多半是草蛇。如果我刚才不打死它，你们就不敢再在这边割草了。"我接着说："割草时，必须先伸镰刀去钩草，然后再用手去握草。这样，即便有蛇也看得见，蛇也会被镰刀吓跑了。这是妈妈告诉我的。"

我见那位同学也不哭了，他们听了以后都很感兴趣，于是我又给他们讲了一些关于蛇的故事：

听妈妈说，在我们老家有一种"撂棒蛇"，有人也叫"两头蛇"。这种蛇两头都有脑袋，走路跟翻筋斗一样一撂一撂的，而且还能蹦得老高。

同学们听了这些故事，都感到特别稀奇，干活儿也不觉得累了，草也割得多了。

春夏秋冬，暑去寒来，我和妈妈来到北京已经一年多了。在这忙忙碌碌的一年多里，我认识了很多新的朋友，长了很多见识。我还学会了一口流利的普通话，学会了做北方的各种面食，学会了纳鞋底、做鞋穿等等。因为我和妈妈有了北京户口，有了粮食供应，能吃饱饭了，所以 我比来时长高了半头，也白胖了许多。

因为家里已经有了5个人的户口，而且是老少三代，姐夫单位就在长辛店自来水胡同21号院分给我们一间平房。房子就在长辛店火车站西边的铁道边上，看见火车从南面进站再从家里跑去上车都来得及。这房子原来是北京铁路局长辛店工务段食堂的伙房，房子虽然不大，但比7号院的小东屋大了许多。我们把原来的食堂炉灶拆了，用那些拆下来的砖头在房子外边又盖了一间做饭的小屋。1961年学校放暑假前，我们就高高兴兴地搬进了新家。

自来水胡同 21 号院我们的新家

住进新家没多久，有一天，姐夫到单位上班去了，妈妈向姐姐提出来要回老家。妈妈说："小李敏已经有一岁多了，可以上托儿所了。我们离开石洞也一年多了，房子、菜园都没人照看，不晓得情况怎样。武甲（指我哥哥）在天柱上学，到放寒假时，到过年时，哪能让他一个人孤孤单单在家过年呢？再说，复寿（指姐夫）你们的工资都不多，这里样样都要花钱买，连吃水都要花钱。还要给姑妈（指姐姐的姑妈）和武甲寄钱。我还有力气，还能做活路，哪能老在这里吃闲饭呢？"妈妈边说边抹眼泪。

我知道妈妈主要是挂念家里，挂念我的哥哥。妈妈也知道姐姐和姐夫每月工资总共只有50多元，要养这么多人，确实困难，所以我不好说什么。

我把妈妈要回老家的事写信告诉哥哥，哥哥很快回信劝告我们不要回去。姐姐也希望妈妈继续留在北京，可是又没有办法说服妈妈。姐姐只好说："等复寿回来再好好商量。"

姐夫从保定回来了，姐姐把妈妈要回老家的事告诉了姐夫，姐夫对姐姐说："妈妈想回家就让她先回去看看，以后想来再来。"

姐姐问："那谁能带妈妈回去呢？"

姐夫想了想，对姐姐说："李敏刚一岁多，你不能走。我现在工作很忙，不好请假，也不能送妈妈回去。能不能让妹妹带妈妈回去呢？妹妹认得字，又比较机灵，我看问题不大。"

听了姐姐和姐夫的对话，我心里想的很多很多。一方面我觉得自己突然长大了许多，好像自己真是个大孩子了，可以自己带着妈妈回老家了。另一方面，我又有些担心，担心自己能不能带着妈妈回到老家。路这么远，还要换几次车，我能行吗？路上遇到困难怎么办？另外，我也有些舍不得离开北京，舍不得离开刚刚熟悉的老师和同学。可是我又不能离开妈妈，我不能让妈妈一个人孤孤单单地回老家去。我没有别的选择，我只能和妈妈一起走。回家的事就这样定下来了。

1961年9月1日，我开始上五年级了。当时刘老师可能是要生小孩，已经不来学校上课，付静华老师接任我们班的代班主任。

开学不久，还不到十一国庆节，我就把我要和妈妈一起回老家的事告诉付老师。付老师惊奇地说："这件事一定要慎重考虑！你能到北京来上学，多不容易呀！现在你离开北京，你会后悔一辈子的！反正我不同意你回去！"

我说："老师，我不能离开妈妈呀，妈妈一字不识，我不能让妈妈一个人回去呀……"我边抹着眼泪边说。

付老师听了以后，只好默默地点了点头，然后她说："即便你一定要走，也

我在长辛店小学读书获奖的奖品1

得等10月9日以后再走，因为那天学校要开发奖大会，还有你的奖品和奖状呢。"

我再次默默地点了点头。

接着，付老师就带我去找学校领导开转学证明书，并反复地叮嘱我说："回到老家，你一定要继续上学，一定要好好读书，争取再来北京上中学，上大学。"

我又一次默默地点头。

回到家，我把付老师的意见跟姐姐和姐夫说了一遍。姐姐和姐夫决定去买10月9日晚上的火车票。

离开北京的这一天终于到来了。上午我照例到学校参加颁奖大会，我得的奖品是一个笔记本和两只铅笔。

颁奖大会开得很热闹，还要演出节目，同学们都准备参加演出，都很高兴，可是我怎么也高兴不起来。我领完奖就悄悄地赶快回家了。

当天下午，付老师带着我的好朋友徐秀英和几个同学到家里来看我，跟我告别。曾经被打过的王同学等也都到家里来看我。他们问这问那："你们老家有学校吗？""你还能继续上学吗？""你还能再回北京来上学吗？"

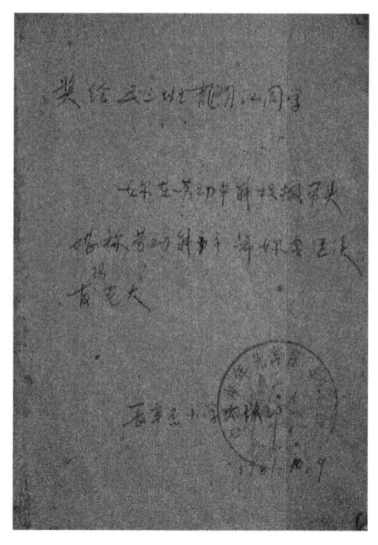

我在长辛店小学读书获得的奖品 2

徐秀英同学含着眼泪拉着我的手说："到了老家，你一定要给我们写信呀，我们会很想你的。"

我也含着眼泪拉着徐秀英同学的手说："我一定不会忘记你们……"

付老师也再三叮嘱："你回到老家一定要坚持继续读书，继续上学……有什么困难可以给我写信。"然后，付老师便在我刚刚得到的奖品——新笔记本上用红笔工工整整地写上"付静华：北京市长辛店曹家口胡同27号（长小）"。

石玉芬、高叔荣等同学也在我的笔记本上留下了他们的家庭地址：

"石玉芬、尚玉富：长辛店南头染房胡同西后街19号""高叔荣：长辛店大街275号""丁宝秀：长辛店南当铺口10号"。

老师和同学走了。姐姐用一块从老家带来的家织布床单包了一大包衣服、鞋子，还有几包挂面。我还是背着那个从老家背来的蓝布口袋。

姐夫穿着路服，把我和妈妈送到丰台火车站乘坐开往南方的5次特别快车。车票是姐夫求人帮买的硬座车票。上车时，姐夫对站在车厢门口的列车员说："这是我的母亲和妹妹，请你们多多关照，我也是铁路上的。"

列车员见姐夫穿着路服，便向我们微笑着点了点头，并让我们赶紧上车。

姐夫把我和妈妈带进车厢，放好行李，然后看了一下四周，发现我们座位旁边有一位军人。姐夫忙问："同志，你到哪里去呀?"那位军人说："到湖南。"

姐夫高兴地说："太好了! 我叫李复寿，现在是在北京铁路局工务段工作。我原来也是军人，抗美援朝的铁道兵。现在转业到北京铁路部门工作。这是我的母亲和妹妹，她们要回贵州老家，经过湖南，你们是同路。"姐夫又说："我的工作很忙，又没有探亲假。爱人有小孩也不能回去。她们自己走我们很不放心，就请你在路上帮忙多多照顾我的母亲和妹妹吧。今天遇上你我就放心了。"

这位军人很高兴地说："我姓张，请李同志放心吧! 我一定在路上好好照顾你的母亲和这位小妹妹。"这位解放军的话音刚落，火车即将开动的汽笛响了。姐夫说声"谢谢!"就赶紧下车了。

就这样，我和妈妈乘坐南去的火车又离开了北京。

在北京住得好好的，妈妈非要回老家去，我自觉命苦。可妈妈总说我的命大，命好，净遇到好人。真是这样的吗?

火车离开北京后，这位素不相识的军人首先把自己的情况向我和妈妈作了介绍，他说："我叫张昭训，湖南人，在秦皇岛解放军某部当营长。这次是回家探亲。我们能在车上相识，也是一种缘分。"然后他分别对妈妈和我说："以后，您老人家就叫我小张，小妹妹就叫我张大哥吧。"

我赶紧说："谢谢张大哥! 我姓龙，叫龙月江。龙凤的龙，长江的江，月亮的月。"然后我指着妈妈说："这是我的妈妈。刚才送我们上车的那个人是我的姐夫。"

张大哥笑了笑说："好啊! 你的名字真好，又是龙，又是月，又是江，怪不得小小年纪就敢带着妈妈走南闯北啊!"

经张大哥这么一开玩笑，我原来的担心消去了一半，觉得这位张大哥挺亲切的。他大概有30多岁，个子较高，身材魁伟，挺精神的。

可能是张大哥为了让我和妈妈放心，随手又从他的提包里将玩具手枪和玩具汽车拿出来给我看，并说："这是我给孩子买的礼物，孩子和他妈妈都在湖南老家。"

妈妈听了，直点头说："你们隔山隔水，也真不容易啊！"

张大哥又笑了笑说："军人大多是这样。"

火车上的人很多，过道上都站得满满的，也有人坐在地上，有的还睡在座位底下。我们坐在座位上一点也不能动，一动就有人来抢占座位。张大哥见我和妈妈一天都不吃不喝，就把他带的东西拿出来给我们吃。后来，他又要我占着座位，他自己挤出去到站台上帮我们买吃的东西回来。

根据张大哥的意见，我们在长沙转换去湘西南邵阳的火车。下车时，张大哥帮我们扛大包袱，妈妈帮他拿小提包，我还是背着从老家带来的那个蓝布口袋。张大哥说："我们需要在长沙车站等几个小时才能再坐去邵阳的火车，咱们把行李存上，我带你们出去走走。"于是张大哥就帮我们把行李存上，又帮我们办理好转车手续，这才带着我和妈妈走出车站。

张大哥先带我和妈妈去饭馆吃饭。当时粮食供应非常困难，我在街上看见一个妇女抱着一个一岁多的小孩。小孩手上拿着一个不大的包子靠在他妈妈的肩膀上吃。突然，从那位妇女的身后窜出一个人来。那人突然从小孩的手上把包子抢走，并马上放进自己的嘴里吃了。

我和妈妈见到这种情况，真是有些担心害怕。

我们去火车站旁边的饭馆吃饭时，张大哥要我和妈妈在桌子旁坐着等，他去把一份份盖饭打来。所谓盖饭，就是把菜盖在饭上，按份卖。这时，我看见饭馆里有好几个要饭的乞丐。张大哥低声告诉我和妈妈："吃饭时一定要拿住碗，快点吃，如不注意，他们会用手来抓你的东西吃。看见有乞丐伸手，就马上给他一点，不要等他下手来抓……"

没等张大哥说完，我就看见一个只有10来岁的小乞丐向旁边桌子上正在吃饭的男人伸手，那男人不理睬那个伸手的小乞丐，于是小乞丐就往那男人的碗里啐吐沫。那男人摇了摇头，只好把吃剩的半碗饭撂在桌子上走了。小乞丐赶紧拿起饭碗，把剩下的饭往自己的嘴里扒。这时，又有一个比我还小一点的小乞丐走到我们吃饭的桌子旁边，张大哥那碗饭刚吃了一半，他就把另一半送给了那个小乞丐。小乞丐用那双大大的眼睛看了张大哥一眼，然后低下头几口就把那半碗饭吃得干干净净。

我忙问张大哥："张大哥，您才吃那么一点就给了他，您没吃饱吧？"

张大哥苦笑着说："不要紧，我不饿。"

当我们站起来走出饭馆时，妈妈小声地对我说："你张大哥真是个好心人呀！我们真是遇到贵人了！"

我对妈妈说："什么贵人贱人呀，人家张大哥是人民解放军，当然是好人啦！"

从街上回到火车站，我们取出行李，就在候车室里排队等着上车。候车室里的人很多，也很乱。快要检票时，挤得我透不过气来。我们的行李包又大又不好拿，张大哥只好用头顶着。过了检票口，人们拼命地往前跑去抢座位，去抢放东西的地方。

我和妈妈在张大哥的帮助下找到了座位，放好了行李。又坐了一天一夜的火车终于到了邵阳。张大哥说："邵阳火车站离汽车站很远，还要坐船过一条小河，再爬一个坡才到汽车站。"于是张大哥就花5元钱请了个平板车，把行李放在车上，要我坐在上面扶着行李。上坡时妈妈和张大哥都帮着推车。我们走了好长时间才到汽车站。

一到汽车站，张大哥就去买汽车票，可是卖车票的人却说："去贵州的汽车票三天内的都卖完了，三天以后你们再来看！"我们只好在车站附近先找个旅馆住下。我和妈妈非常着急，因为吃饭住店都要花钱。我们带的钱不多，再住下去，连买车票的钱都没有了。张大哥也非常着急，因为他的探亲假是有时间限定的，他又不能丢下我们不管自己回家。

第二天一早，张大哥就来同我和妈妈商量，要我们听他的安排。我和妈妈都点头答应。于是张大哥就带着我和妈妈去找车站领导，在他的帮助下，我们买到了第三天去安江的汽车票。

张大哥把我和妈妈送到安江，又帮我们买好去锦屏的汽车票。当天他又坐上返回邵阳的汽车前往他的家乡。

从北京出发，这一路走来，我和妈妈吃住都是张大哥花钱，我们的钱张大哥一分也不让用。临别时，妈妈要把钱补给张大哥，但张大哥说什么也不肯收。张大哥说："我也是贫苦人家的孩子，咱们相处的时间虽然很短，但我已经感觉到妈妈就像我的妈妈，妹妹就像我的妹妹。"停了一会，张大哥又说："真对不起，因为探亲假时间很短，我只能送你们到这里了。今天或明天你们就可以到锦屏了，你们就知道路了。到家后妹妹一定要继续上学，一定要经常给我写信。"然后张大哥把他所在的部队番号和地址写在我的笔记本里，他又把我们家的地址记了下来。遗憾的是，我和妈妈都没有打听和记下张大哥的家庭地址。

望着张大哥乘坐的汽车渐渐远去，我和妈妈都流下了感激的眼泪……

在安江和张大哥分别后，我和妈妈又坐了一天半的汽车，途经响水坝又住了一夜，第三天下午终于回到了锦屏县城。我们还是住在王寨姨妈家，并把大包行李存放在她家里。第二天一早，我和妈妈就沿着来时的老路返回石洞。过摆洞河边时，那段可怕的塌方已经修好了。上井广坡时，半天也见不到一个人，路上的青苔更多了，路边的茅草也更高了，好像已经很久没有人走这条路了。口渴了，我们就到路下面的小水井去喝几口山泉，由于心里害怕，所以也不敢歇脚。

太阳下山了，我和妈妈才来到井广坡头的凉亭处，见有两个挑柴的妇女在那里歇脚，我和妈妈才放下心来。挑柴妇女是槐寨人，她们见我们从井广坡下上来，十分惊奇。

我们不敢休息，就跟着这两位挑柴的妇女一起赶路。到石洞时，天已经早黑了。我和妈妈先去姐姐的姑妈家喊门。姑妈赶紧起来给我们做晚饭吃。妈妈又把姐姐让我们从北京带来的钱和全国通用粮票交给了姑妈。这天夜里，妈妈和姑妈讲了许多关于黄家的往事：姑妈的父亲原本是贵州铜仁那边的人，清朝末年来到石洞当官，有钱有势，便在石洞街上成家立业，购买田地，建造房屋，添置家产，所以当地人都称他为"黄富爷"。黄富爷有两个儿子和两个女儿。小儿子早年当兵死在外面。大儿子就是我妈妈的前夫，也就是我姐姐的爸爸，年轻时到外地玩龙灯喝酒过量死在外地。大女儿嫁给石洞一家外来打豆腐的人，生了两个女儿后早已去世，小女儿就是我的同母异父的姐姐的姑妈，所以我也跟着姐姐喊姑妈。姑妈年轻时长得非常漂亮，又是黄家的千金小姐，所以当地人谁也不敢去向她求婚。早年皮厦有一家地主派人来向她求婚，她不愿意，也不愿意嫁给一般的人。左等右等，左挑右挑，结果姑妈就成了石洞街上有名的"老姑娘"。姑妈总说要守着她黄家的香火，她每餐饭前都要先在饭上插双筷子，等饭没有热气才吃，说是先供父母吃。每次杀猪也要拿猪头在堂屋供上几天，直至快臭了才拿来吃。在大跃进年代里，姑妈已经50多岁了，在妈妈等人的说服下才和来石洞开石头的一个姓姚的外地男人成家，但也没有生儿育女。没想到这个身强力壮的男人1960年过粮食关时也饿死了，结果只剩下姑妈一人活到80多岁，孤苦伶仃，一直是由姐姐供养。

我和妈妈在姑妈家住了两天，正在天柱县城上中学的哥哥也请假回石洞来了。见到哥哥，我和妈妈都很高兴，可是哥哥并没有表现出高兴的样子。哥哥比以前瘦了，也比以前黑了。哥哥说他的肚子经常疼痛，可能是有胃病。

哥哥回到石洞，妈妈就带我们兄妹去打整自己的房子。我们家的房子较宽，共有3间，前些年生产队拿来做大食堂，一些隔板都拆走了。由于没有人住，我们打开房门时一股浓浓的霉味扑面而来，有些地方还有漏雨的痕迹，有些原来的家具也不见了，楼上楼下空空荡荡，房子旁边的菜园子也没有菜。

打整房子时，哥哥背着妈妈伤感地责问我："你为什么要带妈妈回来？我不是已经写信告诉你不要带妈妈回来吗？"

我回答说："因为妈妈想家呀，想你呀！我也想哥哥呀！"

哥哥说："难道我就不想妈妈？不想妹妹？"哥哥眼里含着泪花继续说："你们真不该做出这样的决定！你看我们的家还像个家吗？再说，我已经上高中了，再过两年我就高中毕业了，我就可以工作了，我会找机会去看你们的。"

我听了哥哥的这番话，也感到有些后悔，我只好不再吭声。

我们好不容易打整出两间可以住人的房子，楼上一间，楼下一间。妈妈叫哥哥住楼上，我和妈妈住楼下。就这样，我们母子和母女三人又在石洞安了自己的家。

春节快到了，妈妈用从北京带回来的全国通用粮票买了30斤米和半斤菜油，又跟亲戚要了一点青菜，别的什么都没有了。街上也没有什么东西卖，乡亲们连饭都吃不饱，更不用说杀猪、杀鸡、打粑过年了。

因为忙这忙那，直至大年三十妈妈还带我和哥哥上山砍柴过年烧。妈妈带我和哥哥来到白土地坡砍柴，这里离我们家有10来里路。天都快黑了，妈妈还舍不得回家。我对妈妈说："妈妈，天都快黑了，我也饿了，咱们回家吧。难道你想把我和哥哥饿死在山上呀？咱们赶紧回家去吧！"

妈妈说："难得来一次，再砍两把。人家过年，咱们不能没柴烧呀！"妈妈低头继续砍柴。

这时，哥哥才说："妈，回家吧，妹妹饿了，我也饿了，过两天我自己上山来砍，不怕没柴烧。"

妈妈这才开始捆柴。妈妈给自己捆一大挑，我和哥哥一人捆一小挑。就这样我们才摸着黑回家。

回到家都快半夜了，妈妈才开始生火做饭。家里什么菜也没有，更不用说鸡鸭鱼肉了。妈妈叫我去拿出一捆我们从北京带来的挂面，煮了半捆挂面当菜吃。这就是我们全家人的年夜饭，这也是我有生以来吃过的最简单、最寒酸的一餐年夜饭。

# 爱情不会中断

1961年冬天，石洞人的物质生活虽然十分贫困，有许多人甚至还吃不饱饭，但他们的爱情生活却没有中断。

我和妈妈回到石洞后的第一个赶场天，我的表姐谌春桃就来约我去街上赶场。谌春桃是我的舅舅的女儿，比我大3岁。1946年石洞地区发生瘟疫，她的父母因病都离开了人世，全家只剩下春桃姐和她的哥哥幸免于难。后来她的哥哥又离家出走，只剩下春桃姐孤苦伶仃一人在家。我的妈妈和几个姨妈见她可怜，就把春桃姐接到家中轮流抚养。春桃姐天生有一副好嗓子，人也很聪明，记性又好，10多岁就成了石洞街上的著名歌手。每次石洞放电影，观众都要请春桃姐先唱几首歌。春桃姐曾到黔东南州歌舞团当过歌唱演员，因她只上过两年小学，文化水平低，个子也矮，后来还是回石洞当农民。

场上的人很多，做买卖的人却很少，大多是来看热闹的男女青年。下午快散场时，我和春桃姐在石洞街头边上站着看热闹。石洞街上的谭三妹、谭四妹、赖云仙、陈五等也在场，她们都是我哥哥的同学，都比我大两三岁，所以我都叫她们为姐。

我们刚站一会儿，就有一位比我大点的男青年来到我的面前对着我说："大姐，我们那边有几位大哥注意你们这几位大姐多时了，我们早就听说你们这几位大姐不但人才好，而且肚才也好，歌也唱得好。我们想跟你们几位大姐请教请教，不知你们这几位大姐肯不肯给面子？"

我知道他们是来约我们去玩山对歌，可我长这么大还从来没参加过这样的活动，也是第一次被男孩子约请，所以我一时不知道应该怎样回答才好。这时，春桃姐马上接过话来说："对不起你这位小哥，这是我的妹妹，她刚从北京回来，还在上小学。你们太客气了，你们几位大哥的好意我们领了。我们也早就听说过你们的歌唱得很好，不过今天我们已经有约定在先了，真是对不起你们了。请你回去转告那几位大哥，以后有机会再去跟你们讨教好吗？"就这样，春桃姐巧妙地回绝了那伙男青年的邀请。

那位小青年离开后，我们这边的几位姑娘就开始叽叽喳喳地说起悄悄话来："他们是谢寨的，人才不怎么样！口才也是一般！""他们不会唱什么歌，没有什么新鲜的。""没必要跟他们去浪费时间！"

听了姐姐们的议论，我便奇怪的问："春桃姐，你刚才不是说他们的歌唱得很好吗？"

陈五姐说："人家看得起我们，好心好意来请我们，谢绝的话也要说得好听点才对得起人家呀！"

三妹姐小声对我说："我们真的有一伙歌伴了，已经决定要去交换情物了。"我问："什么叫交换情物呀？"四妹姐答："就是女的和男的交换定情的东西呗。"

我觉得很有趣，就问春桃姐："你们什么时候去交换情物呀？能不能带我也去看一看呀？"云仙姐说："快了，你表姐的鞋子都做好了，过几天就去。"四妹姐说："可以带你去，因为那伙人都是黄桥的，你都认得。你春桃姐的那位相好就是你哥哥的老庚杨昌伟呀。"

我一听，就更想去了。我知道昌伟哥是黄桥魁亚村的人，在家排行第五，所以大家都叫他"老五"。我的哥哥在我们家的叔伯兄弟中也排行第五，我们家也常叫他"老五"。因为昌伟哥的家离石洞小学太远，他经常从家带米来和我哥哥一起吃住，所以他们两个就结成了老庚，也就是结拜成兄弟。我的哥哥从学校教室二楼摔下来断脚时，昌伟哥还背过他上学。1958年学校组织我们去魁亚采茶叶，我还在昌伟哥家住过，所以我对昌伟哥非常熟悉。

大年初二这天，春桃姐在我家吃完早饭，就带我到她家里去集合。春桃姐家在街中间，因父母早逝，哥哥出走，只有她一人在家，所以街上的姑娘们经常在她家里一边学歌，一边打草鞋或学做针线活，有时太晚，也在她家住。

一进春桃姐的房间，我就看见一大堆的情物，其中有她们自己织的花带，自己做的布鞋、自己打的草鞋等等。没等多久，云香姐、三妹姐、四妹姐、陈五姐也都来了。

春桃姐说："我们得早点去，得赶在他们（指男青年）之前先到约会的地方，才能把我们带去的东西先藏起来。"

我问春桃姐："为什么要先把东西藏起来呢？不是要送给那些男朋友吗？"

三妹姐说："因为我们要看他们有没有情意，他们带不带情物，还要看有没有交换情物的机会，哪能随便就送呀！"

我真没有想到交换情物还这么复杂，心里就更想去看看了。

这天，天气很好，春光明媚，年前下的那场大雪还没有完全融化，背阴处还有积雪。我上身穿件红条绒上衣，脚上穿我自己在北京做的那双红条绒棉鞋。几位姐姐也都打扮得漂漂亮亮。一路上她们有说有笑，有唱有闹。我专门去踩那路边的积雪，一是让鞋底干净，二是觉得踩在雪上"咯吱咯吱"响很好听。

我们从天堂寨那边走过，往屯雷寨那边走去。快到屯雷寨时，路边有一片茶油树林，茶油树上开着白白的茶油花，于是姐姐们选了一处又向阳又背风的山坡停下来。春桃姐给我找一块草地，让我在那里坐着，然后她们把各自的情物都放在我的面前，再三叮嘱千万不要离开，一定要看好东西，不能让任何人把东西拿走。

我还来不及问为什么要我在这里看东西，就听见山下传来了男青年的口哨声。姐姐们说："他们来了，他们来了，别做声，先别应他们。"

男青年们的口哨声越来越近，接着又听见他们唱起歌来了：

太阳出来天未晴，两脚快走紧紧跟。
来到花园迷了路，只见花树不见人。

花树开花满园春，我郎爱花更爱人，
今朝要来采花朵，哪处能见有情人？

他们一边唱一边朝山上走来，每个人的手上都拿着东西。他们走近了，我才发现昌伟哥手里拿着一把花伞，于是我跑过去高声喊："昌伟哥！"

昌伟哥很惊奇的问："月江妹，是你呀！你什么时候从北京回来的？妈妈也回来了吗？"

我说："我年前就回来了，妈妈也回来了。"

昌伟哥又问："你跟她们来干什么呀？刚才我们在下面看见山上有一个穿红衣服的，还以为是我们记错地方了呢！"

我说："我来看看你们呀！"

和昌伟哥一起来的还有杨昌凤等几个我哥哥的同学。大家见面，都很高兴。这时，春桃姐赶紧过来拉着我的手暗示要我回去看好那些东西。我点头表示明白。然后哥哥、姐姐们就一边对歌一边慢慢地往山上走，他们唱道：

妹来联，
妹来高坡开丘田。
妹来高坡开条路，

开条大路进梯田。


哥来联，
哥来联妹共开田。
高坡开田要有水，
开沟放水进妹田。


对歌刚刚开始，哥哥姐姐们还没走远，我就听见身后的树丛里有响声。我只细一看，原来树丛里藏得有人！我有些害怕，便大声喊叫起来："春桃姐，树丛里有人！你们快来呀！"然后我又壮着胆对着树丛喊："你们是谁呀？你们快出来！我看见你们了！"

这时，从树丛里窜出一帮人来，他们冲着我哈哈大笑。

我一看，原来都是石洞街上的一帮小子，我都认识，其中有龙昌德，就数他年龄最大，他是领头的。其他还有陈大牛、胡贤宣、肖德成等。

胡贤宣冲着我说："月江，原来是你在这里帮她们看东西呀！害我们白跑一趟！"

我反问："我不帮她们看，难道放在这里让你们来偷呀？"

陈大牛说："这不叫偷！这叫拿，是玩山人的习俗，你不懂！"

我又问："你们怎么知道这里有东西呀？"

龙昌德说："我们早就等着这一天啦！你们一出门，我们就发现了。"

肖德成说："月江，你真傻！你为哪样要来帮他们看东西呀？"

我说："春桃姐是我的姐姐，昌伟哥是我的哥哥，我为什么不能来帮他们看呀。我不来帮他们看着，好让你们来偷走哇？"

我怕这帮小子真的把东西拿走，于是我就向着山上大声地喊："春桃姐，快回来呀！有人要拿你们的东西啦！"

春桃姐和昌伟哥等听见我喊，赶紧跑了回来。大家一见面，笑成一团，闹成一团。

最后，春桃姐只好红着脸当着大家的面把事先准备好的布鞋送给昌伟哥，昌伟哥也高兴地把自己手上的雨伞送给春桃姐，这就算交换了情物。那布鞋象征着他们的爱情生活不怕山高路险，那雨伞象征着他们的婚姻生活不怕日晒雨淋。

# 从火海中跑出来

回到石洞后不久，我便去找石洞小学的校长要求接着上学。校长姓龙，是从县城来的。龙校长看了我从北京开来的转学证明书，立即同意我继续上学，继续读五年级上学期，我很高兴。

我能继续上学的消息传出之后，石洞街上已经失学的高小小、赖云江、姚金梅等几个原来和我一起在石洞小学上学的女同学也去找龙校长，要求继续上学。龙校长说："那不行，因为你们已经有好几年没上学了，你们的年龄也大了，不适合上小学了。学校的教室、课桌都是有限的，哪能谁想上学就上学呢！"

高小小说："那龙月江怎么能继续上学呀？"

龙校长说："人家龙月江有从北京开来的转学证明书，情况特殊。你们有吗？"

高小小等人无话可说了，于是我就成了羊群里的骆驼了，全校师生都知道石洞小学有了一位来自北京的女学生。

事也凑巧，不久前石洞小学新来了一位教音乐的女老师。这位老师也姓龙，叫龙传玲，个子很小，比我高不了多少。因为石洞小学自建校以来从未有过女老师，所以大家都很新奇，都不叫她"龙老师"，而叫她"女老师"。

女老师是天柱县城里的人，不会讲侗话。她是嫁给石洞街上何铁匠家的老大何继朋才到石洞来的。女老师与何继朋是高中同学，何继朋毕业后留在县城里工作，而龙传玲却来石洞小学当老师。因为何继朋不常回家，何母又不会讲汉话，所以女老师就在学校里吃住。

我回石洞小学上学之后，女老师对我特别好，经常留我在学校里和她一起吃住，有时还叫我帮她做一些事情，所以不认识我的低年级学生还以为我也是老师。

我们五年级总共只有一个班，班主任是刘老师，高酿人。全班有40来个学生，绝大多数是男同学，只有我和汉寨的刘莲姣、街上的胡月香、街角的陈碧银以及黄桥的两个大姑娘是女同学。男同学有汉寨的谭宏宣、黄桥的王胜登、槐寨的杨光景等。杨光景就是去年接我和妈妈去北京的那个杨哥的弟弟，所以我对他的印象特别深刻。

开学不久，我就收到了张大哥从秦皇岛部队的来信，我很高兴，马上当着同学的面把信打开。里边有一张张大哥的相片、一张8分钱的邮票、两张信纸和一个信封。张大哥的信很长，一共有三大篇。信上说，分别后他很不放心我和妈妈，问我上学了没有，并嘱咐我一定要好好学习。信上还简单介绍了他到家的情况和回部队后的工作情况。于是我就把我和妈妈在路上如何遇见张大哥，以及张大哥如何帮助我和妈妈的事情一五一十地讲给老师和同学们听。大家都很受感动，都说我的命真好，处处都得到好人的帮助。从这以后，我便开始和张大哥有了书信往来。

1961年冬天，由于粮食困难，食物短缺，政府开始允许农民开荒种地。我和妈妈回到家没有地种，寒假哥哥回石洞时，就请寨上的杨家二舅帮忙一起去茶吊井路边找一块荒地开荒。有一天天气很好，风和日丽，于是他们就在那块地的周围把野草和小树割倒晒干，然后放火烧那块荒地。我和彩荷、月香、碧银4个姑娘也正好在这座山坡上砍柴。我们还没砍得一挑柴，就刮起风来了，结果把哥哥他们烧荒的火刮到了山坡上。彩荷发现后大声对我说："姑妈，你看，我五爹他们正在灭火呢，咱们也去帮他们灭火吧？"彩荷是我叔伯大哥的女儿，比我小一岁多，所以叫我为"姑妈"，叫我的哥哥为"五爹"。

我一看，风越刮越大，火越烧越猛，于是我说："看来，火要烧过我们这边来了，别说灭火啦！我们几个得想办法跑出去才对呀！"

月香和碧银比我年纪小，她俩见火要烧过来，就很着急。

月香说："那怎么办呀？我们不能等着被烧死呀！"

碧银说："咱们快翻过坡顶，从后山跑吧！"

彩荷说："这后坡下不去，没有路，尽是悬岩和乱刺蓬。"

火随风势，越烧离我们越近，眼看就要烧到我们面前来了。烟熏得我们透不过气来。她们几个一个劲地直往后跑，往山上跑。我说："咱们不能往后跑，更不能往山上跑，越往后烟就越大，风是往我们这边吹的，火也是朝山上烧的。越是上山，树就越高，草也越多，火烧起来也越大。"

月香和碧银一听，都哭了起来。

这时，我急中生智，大声地说："咱们手里都有镰刀，来，像我这样一人砍一把小竹子准备灭火！"我一边做示范一边告诉他们。

可他们并没有完全听我的话，有的去砍树枝。我又大声说："树枝不行！树枝容易断，一定要竹子！"

我边说边将砍好的竹子捆成一把，攥在手里，然后用命令的口气说："你们跟我走！"

我选了一处只有茅草没有树木的地方，用手上的镰刀把茅草割开，用手上的竹把将草上的火扑灭。正好我穿的是那双我自己做的棉鞋，底子厚，不怕火，我就用脚踩倒草根和小树枝，顶着火烧过来的方向打出一条路来，然后叫大家朝着已经被火烧过的地方跑去……就这样，我们几个姑娘从火海里跑了出来，没有被火烧死！

我们本想跑到学校和街上找人去灭火，可街上的人说那片山坡不大，山前是大路，山背是石崖，烧不了多远，所以谁也没去灭火。

碧银的妈妈看到我们狼狈不堪的样子，听到我们诉说之后，伤心地说："多亏有月江，你们几个才能跑出来！看看，你们一个个的头发尖和眉毛都被火烧卷了！多险呀！"

这时，我才发现自己的眼睛不好睁开，上下睫毛都黏着了。用手摸摸，我额前的头发也都烧卷了。

傍晚，哥哥精疲力尽地从山上回来了，浑身是汗，满脸花黑，简直像个"花猫鬼"。

我问哥哥："火烧到什么地方了？"

哥哥说："烧到茶油树林边边，多亏茶油树高，树下草也少，又有人砍柴回来路过，帮我们一起灭火，这才避免了一场大山火。"

妈妈伤心地说："今后无论干什么都要小心，水火都不饶人啊……"

# 终身大事

男大当婚，女大当嫁。1961年秋天，我还是一个刚上五年级的农村小学生，还没有到当嫁的年龄，可是已经有人在为我的终身大事操心了。

一天下午，我放学回家，妈妈十分高兴地告诉我："月江，你槐寨的杨哥来看我们来了。"

妈妈所说的槐寨杨哥，就是去年带我和妈妈上北京的杨光昌大哥。杨哥到北京后，还多次跟我说过要把他的弟弟杨光景也接到北京上学。可是，由于杨哥的父母不让他的爱人去北京，所以杨哥回北京后不久，就向组织提出复员回乡当农民的申请。他还来动员过我的姐夫也和他一起复员回天柱石洞，姐夫也做好了回乡的各种准备。由于姐姐和我的极力反对，姐夫最终才没有走成，可是杨哥却走上了一条他自己选择的道路——回乡务农。

听说杨哥来看我们，我十分高兴，也深感遗憾，因为我正在学校上学没有见到杨哥，于是我问妈妈："您为什么不留杨哥在咱们家吃晚饭呀？人家对咱们多好呀！"

妈妈说："是呀，人家对咱们多好呀！"然后妈妈又若有所思地接着说："吃饭的事不着急，今天也没有什么好菜，以后再请吧。对了，杨哥说他们家种了好多萝卜，他让你过几天上他们家背萝卜去。"

我高兴地说："真的？那太好了，我就可以见到杨哥了。"这时我才突然想起杨哥的弟弟杨光景是我的同班同学，于是我说："哪天下午放学，我可以和杨哥的弟弟一起去。"

妈妈听了，十分高兴地点了点头。

秋后的一个赶场天，杨哥又托人带信来要我去他们家背萝卜。本来我们家这时已经不缺菜了，妈妈已经在自己的菜园里种了一大园子的菜，可是为了见到杨哥，我还是高高兴兴地答应了。

这天的天气很好，秋高气爽，上午上学时妈妈给我一个背篓，要我下午放学后跟着杨哥的弟弟一起去他们家背萝卜来做酸萝卜。这事好像杨光景同学事先也知道了。放学后，杨光景和槐寨的几个同学都在学校门口等着我，有高年级的，也有低年级的，总共有六七个同学。

我们一边走，一边玩，一边闹，不知不觉就到了槐寨。其他同学都各自回家了，杨光景带我来到他们的家门口，他妈妈正好在门口晒小米。因为去年上北京路过槐寨时我见过杨光景的妈妈，所以我一眼就能认出。她上身还是穿去年在他们家门口见到时的那件家织侗布大襟衣，只是更旧了一些，肩膀和衣角都破了。她一见到我和杨光景，就非常高兴地用侗话问："过来啦？"

我一见这老奶，就想起她不让杨哥把爱人带到北京的事，于是我点了点头，并很不情愿地喊了一声："娘。"（阴平声，当地土语，即姨娘的意思。）

杨光景家的房子是老房子，比较破旧，屋里很黑。杨光景的妈妈全说侗话，我们说汉话她也能听懂。她以为我不懂侗话，就用侗话对杨光景说："晌午饭早就给你们做好了。"她边说边从碗架上拿出两个大海碗，然后打开一个大鼎罐，从鼎罐里往碗里舀一大碗粥先递到我的面前。

我见那粥黑糊糊的，真像猪食，我不敢接，直摇头说："我不要，我不饿。"我心里想，这么一大碗，像一个小盆，怎能吃得完啊！

杨光景可能看出了我的心思，他赶紧说："你先接了，吃不完可以喂猪，没关系的。"

我说："我还不饿，拿个小碗给我分一点吧。"

杨光景赶紧从他妈妈手里接过粥碗，又赶紧从碗架上拿一个小碗出来帮我分粥，然后递到我的手里。

说是小碗，其实比城里的大碗还大。我接过粥碗，细细地尝了一口，粥是凉的，还挺好吃。再仔细一看，粥里有红豆、小米、高粱、红薯，又甜又香。我问杨光景："你们家都养猪啦？"

他妈妈赶紧回答："养一个小小的，给明年盖新房用。"

吃完粥，杨光景的妈妈用侗话对杨光景说："你们去坡上叫你大嫂早点回来扯萝卜，顺便挑苑苑回来。"所谓苑苑，就是树根，可以用来烧火煮饭，煮猪食。

杨光景答应了一声："嗯。"然后又对着我说："路太远，坡又陡，你不用去了。"

他妈妈说："一起去吧，有伴。"杨光景的妈妈边说边拿柴杠来递到杨光景的手里。

我说："那就一起去吧，我正想上山看看呢。"

杨光景很不情愿地接过柴杠，然后打开后门，指着屋外对我说："从这边走。"

一出后门，就是陡坡，几乎是直上直下，全是黄泥巴。我穿的又是从北京带去的半高跟雨鞋，沾满了黄泥，拔都拔不起。这可怎么办呢？我正发愁不知怎么上去，只听见杨光景的妈妈用侗话跟杨光景说："你也给她拿一根柴杠，要她也挑点苑苑回来。"

杨光景也用侗语说："不要，不要，她挑不了。"

我回过头去，只见他妈妈手里还举着一根柴杠正要递给杨光景。我心里想，这老奶可真会用人呀！我刚吃了她家一碗粥，她就要我给她们家挑苑苑！好呀，我正不知道怎样才能爬这山呢，没想到这老奶给我送来了一根拐棍，于是我接过杨光景妈妈手里的柴杠，用柴杠当拐棍艰难地向山上走去。

翻过杨光景家房后的山，又走了五六里山路，便看见坡上长有一大片金黄的小米。我问杨光景："那是谁家的小米呀？长得真好！"

杨光景自豪地说："是我们家的呀！是哥哥从北京回来以后种的。"

我又指远处的一座山坡问："那边山的小米是谁家的呀？"

杨光景更加骄傲地说："也是我们家种的呀！你看，我的哥哥和嫂嫂就在那边。"

我顺着杨光景指的方向看去，见有一个上身穿蓝布衣、下身穿军绿裤的男人和一个上身穿蓝士林布衣、头戴家织布蓝头帕的女人正在弯腰捆东西。我赶紧加快脚步往山头上走，果然看清了杨哥和他的爱人正在对门山上捆小米。于是我放声喊："杨哥！光昌哥！"

"唉！月江，你来啦？你别过来了，这山太陡，你在那里等着我们，我们一会就过来。"杨哥在那边山大声地回答。

杨光景没等他哥哥和嫂嫂过来，就去地边捆一挑树蔸自己挑着回家去了。

没多久，杨哥和他的爱人一人挑一挑小米就从那边山走过来了。

我对杨哥说："杨哥，给我也捆点树蔸挑吧，柴杠都拿来了。"

杨哥笑了笑说："坡太陡，以后再挑吧。柴杠就拿着当拐棍吧。"

其实我连走路都觉得困难，哪能挑得动树蔸蔸啊！听杨哥这么一说，也就不再坚持了。

回到杨光景家，杨哥的爱人赶紧去地里扯萝卜。杨哥赶紧去池塘里捉鸭子。我问杨哥："捉鸭子做哪样？"杨哥说："杀来吃肉呀？"我说："别杀了，太麻烦，留着生蛋吧。"杨哥说："那怎么行！好久没吃肉了，还不借你的光改善一下生活呀。鸭子炖萝卜可好吃了！"我再三劝阻，杨哥就是不听。

鸭子下锅好大一会，天都黑了，杨哥的爱人抱着一大抱萝卜回来了。饭菜都做好后，杨哥的父亲也从山上赶牛回来了。吃晚饭时，大概已经是十点多钟了，因为上山下山，我的肚子也真有些饿了。饭菜都很简单，小米掺红豆是主食，鸭子炖萝卜是副食，另有一大碗煳辣椒当蘸水，全部就是这些。他们全家5口人再加上我共6口人都围着火塘吃火锅。杨哥给我和他弟弟一人夹一只大鸭腿，又给他父亲和母亲分别夹一坨鸭肝和鸭胸脯肉。从北京回来以后，我觉得这顿饭吃得最香，也最热闹。

吃过晚饭，杨哥的爱人主动对我说："月江，今天晚上你就跟我睡吧。"

杨哥也说："对，就跟你嫂嫂一起睡吧，我和光景挤一挤就行了。"

当晚，我就和杨哥的爱人一起睡。杨哥的爱人也是我们龙家的姑娘，她的奶名叫妹仙，所以我叫她"妹仙姐"。这天夜里，我和妹仙姐说了很多很多的话。

我问："妹仙姐，你去年为什么不去北京呀？杨哥在北京工作多好呀！为什么要让他回家呀？成天上山干活儿多累呀！像我姐姐那样进工厂，太阳不晒雨不淋多好呀！"

妹仙姐说："以前我也想去北京，可是家里老人不愿意让我走。我自己也没有文化，怕去了没有事情做。还有，听你杨哥说北京的房子很紧张，到了北京没有房子住怎么办？"妹仙姐接着说："我不能跟你姐姐比呀！你姐姐是石洞乡的妇女乡长，你们的妈妈也想得开，再困难也让你们上学。你姐姐在家时虽然只上过一年学，但后来她参加过县里的妇女干部扫盲班，多多少少能认几个字。可是我呢，一天学也没上过，一个字也不认得，人家说话都听不懂，去到北京也不会好过的。"

我说："那也不应该让杨哥回来呀。"

妹仙姐说："现在比前两年好些了，政府允许农民开荒种地了。你杨哥回来，我们一起早出晚归，多出点力，多种点地，也会有好日子过。你今天不是看见了吗？你杨哥回来后，我们天天一起去砍荒烧山，播种小米，不是已经有收成了吗？力气是用不完的，一家人能在一起，再辛苦也不觉得辛苦。这些你还不懂，今后你就慢慢明白了。"

听了妹仙姐的这些话，我也不知道应该说什么好了，我只能说："你们真能干！"

第二天一早，妹仙姐又去地里扯一些萝卜装进我的背篓里，足有十多斤重。杨光景的妈妈又给我和杨光景炒了些剩饭剩菜。吃完饭，我们就和槐寨的其他同学一起上路回学校了。一路上，都是杨光景和大班的同学帮我背萝卜，快到石洞街上，他们才把背篓交给我背回家。我放下背篓，又赶紧去学校上课。

石洞小学和北京长辛店小学的上课时间不一样。石洞小学上课的时间不分上午和下午，中午也不休息。每天都是上午10点钟开始上课，直至下午3点钟放学。放学后，路远的同学可以回家，路近的同学可以上山砍柴、放牛或照顾弟弟妹妹。

当天下午刚放学，我大哥的大女儿彩荷就来教室门口找我。彩荷比我小一岁，但比我高一班，她已经读六年级了。彩荷下面有三个妹妹，所以她很能干。彩荷虽然叫我"姑妈"，但我们却玩得很好，经常睡一个被子，一起砍柴，一起打猪菜，像亲姐妹一样。

彩荷说："姑妈，今天下午我们一起上坡去砍柴吧，我有重要的事情要问你。"

我说："有什么重要的事情问我？你赶紧说。"

彩荷笑嘻嘻地说："现在不能问，到坡上再说！"

放学后，我和彩荷赶紧回家，各自简单扒了一碗凉饭，就拿着柴刀、扛着柴杠一起上坡了。路上，我急切地问彩荷："有什么事？你赶紧说！"

彩荷问："姑妈，昨天你去槐寨了吧？你去杨光景家了吧？"

我说："废话！我不去杨光景家，哪来的萝卜呀？你明知故问做哪样？什么意思？"

彩荷说："没有别的意思，我只问你，杨光景家怎么样？"

我说："挺好的呀！他的爸爸、妈妈、哥哥、嫂嫂都很能干，他们新开了一大片荒山，种了好多小米和高粱，我还上山去看了呢。只是杨光景的父母太保守，不让杨哥的爱人去北京，害得杨哥又回槐寨来当农民。"

彩荷说："这些我都知道。"

我问："你怎么知道？你又没去过他们家。"

彩荷说："这些你就别管了，反正我知道。"走了几步，彩荷又笑嘻嘻地问："你对杨光景的印象怎么样？"

这时，我才觉得彩荷的话中有话了。我有些生气地说："你问这个做哪样？你是想拿姑妈开玩笑呀？"

彩荷说："不是开玩笑，是真的。你说说，杨光景这人究竟怎么样？"

我说："杨光景是我的同班同学，挺老实的，不多言，不多语。只是……"

"只是什么？"彩荷赶紧打断我的话问。

我说："只是按照他的年纪，应该和我哥一起上中学了。"

彩荷说："可能他经常要帮家里做活路，所以耽误了读书。人还是很能干、很聪明的。"

我点了点头，表示同意彩荷的看法。可是我又觉得彩荷的话有些不太对头，于是我问："彩荷，你问这些干什么？是不是有人来给你提亲啦？"

这时，彩荷才认认真真地对我说："不是来给我提亲，而是来给你提亲！"

我说："你乱说！谁来给我提亲啦？"

彩荷这时才说："我实话对你讲吧！是杨光景家托人来给你提亲呢，是杨光景的哥哥先提出来的。还说杨光景跟你是同班同学,他了解你,他已经同意了。是前几天奶奶找我妈妈商量这件事时我亲耳听到的。奶奶说她不敢跟你说,怕你不同意,所以才去找我妈妈商量。"因为彩荷的爷爷奶奶去世得早,所以她一直喊我妈妈为奶奶。彩荷继续说:"难道你没发现?最近一段时间杨光景老躲着你,那天在篮球场玩,你刚过来他就躲开了,踢毽、打乒乓球也是这样,老躲着你,我早就注意到了。"

我问:"那我妈妈为什么不敢跟我讲?"

彩荷说:"奶奶说,因为她从小给我五爹定了亲,皮厦的杨家年年来催着要我奶奶快点给五爹结亲,怕五爹以后不要人家的姑娘。可是我五爹现在还要上学,不愿结亲,奶奶很为难。奶奶还说,那时五爹还小,还不懂事,所以由奶奶做主。现在你长大了,懂事了,奶奶就不敢再为你做主了,省得今后再受埋怨。"

我问:"那我妈妈为什么要让我去杨光景家背萝卜呢?"

彩荷说:"那是我妈妈的主意。我妈妈对奶奶说,先让你到杨光景家去看一看,如果你满意,就让杨家提着鸭子来正式定婚。如果你不满意,这事以后再说。反正奶奶觉得杨光景家挺好的,你们两个也挺般配的。"

听了彩荷的这些话,我才恍然大悟:原来这一切都是妈妈和杨哥他们精心安排的啊!我虽然有些气恼,但心里还是很感谢妈妈,因为妈妈这次没有自己做主,说明她已经吸取了为哥哥订婚的教训,她已经把我当成了懂事的大孩子。妈妈这样做,也是为我的终身大事操心。另外,我也很感谢杨哥,杨哥希望我能成为他的弟媳,说明杨哥很喜欢我,很关心我。

彩荷见我沉默不语,着急地问:"姑妈,我讲了半天,你怎么不说话呀?你究竟愿不愿意嫁给杨光景呀?"

我说:"杨光景这个人真是个老实人,跟我又是同班同学,相互也比较了解,不能说不般配。杨光景的哥哥、嫂嫂也都不错,待我很好,只是他的父母不太开明,害了他的哥哥和嫂嫂。我可没有杨哥的爱人妹仙姐那样能干,我哪有力气天天上山去开荒种地呢?我可不敢做他们家的儿媳妇啊!再说,我现在刚14岁,还想继续读书,哪能马上嫁人呢?"

彩荷说:"也可以先定婚,以后再结婚呀,像五爹那样,不是还可以继续上学吗？"

我说："那怎么行！我可不能像我哥哥那样小小年纪就定下了终身大事。"

彩荷问："听说我五爹定亲时才两三岁？是真的吗？奶奶为什么要早早地给我五爹定亲呀？"

我告诉彩荷："这是真的，是妈妈亲口对我讲的。"于是，我就把妈妈给哥哥定亲的事一五一十地告诉了彩荷……

早年，妈妈做的米豆腐在石洞街上是出了名的，又细、又嫩、又筋道、又好吃，每逢赶场天，妈妈就到石洞街上去摆摊卖米豆腐。

哥哥三岁那年，一个赶场天，妈妈在石洞街上摆摊卖米豆腐。皮厦娘也带着她5岁的女儿梅秀来石洞街上卖小鱼。卖完小鱼，母女俩就到妈妈的米豆腐摊上吃米豆腐。因为皮厦离石洞只有两三里路，大家彼此都相互认识。妈妈见皮厦娘的女儿梅秀长得可爱，大大的眼睛，白白的皮肤，就顺口夸了几句："你这女儿长得多好看呀，多水灵呀！"

皮厦娘接过话茬说："我这姑娘不但长得好看，还会撮小鱼小虾呢！今天我们拿来卖的小鱼都是这姑娘撮的。"

我妈妈听了以后又说："你女儿真能干，真招人喜欢！"

皮厦娘紧接着问："你真的喜欢我的女儿？"

妈妈说："那还有假，当然喜欢呀！"

这时，皮厦娘半认真半开玩笑地说："你要是喜欢，我就送给你当儿媳妇吧！"

妈妈说："我们家孤儿寡母，你们不嫌弃呀？"

皮厦娘说："你们家有田有地有大房子，你又这样能干，会做米粉、米豆腐、油炸粑等等，还会打草鞋卖，要是我女儿嫁到你们家，一定能学得你的这些好手艺，将来一定会不愁吃不愁穿的。"

妈妈说："既然你这样看得起我们，那我们就要定了！"

皮厦娘说："一言为定，不许反悔！"

妈妈说："一言为定，决不反悔！"

来吃米豆腐的其他乡亲也七嘴八舌地说：

"不许反悔！不许反悔！"

"谁要是反悔，我们就让她放炮洗面，赔礼道歉！"

哥哥的婚事就这样初步定下来了，皮厦娘临走时还一再叮嘱："我们回去就等着你家来提亲哟！不要只拿两只鸭子来哟！一定要抬头大猪来哟！"

妈妈说："抬大猪就抬大猪！"

没过多久，妈妈真的派人抬了一头180多斤重的大猪，还有两只鸭子、一缸米酒，放着鞭炮，热热闹闹地去皮厦给刚满3岁的哥哥定亲了。

哥哥懂事后问妈妈："您为什么要这样做？"

妈妈说："她们家叔伯兄弟多，人多，劳动力也多。梅秀是老二家的闺女，分到的田土肯定不多。咱们家人少，反正皮厦离咱们家也近，今后有什么事也好请亲家来帮忙，去接新娘来做活路也方便。再说，咱们孤儿寡母，多几个亲戚，别人也不敢欺侮咱们呀！"

哥哥是个孝子，听了妈妈的这番话，只说了一句："妈妈真糊涂啊！"

哥哥到天柱县城上中学后，皮厦娘她们多次派人来催促妈妈赶紧为哥哥和梅秀办喜事。因为哥哥始终没有点头，姐姐和姐夫他们也表示反对，妈妈只好对亲家说："孩子还小，还要读书，再等几年。"

有一次我问妈妈："妈妈，你为什么偏偏喜欢皮厦的那位姑娘呢？她一天都没上过学，一个字都不认识，今后怎么能跟哥哥在一起生活呢？石洞街上有那么多的姑娘，有许多是上过学、读过书的，那些姑娘有的也喜欢我哥哥，你为什么不从中选一个呀？"

妈妈说："这就是姻缘，那时候你哥哥才3岁，我哪能想得那么远呀！"

我说："那是包办婚姻，是不符合政策的，婚姻大事，应该由男女双方自己决定，不能由父母包办。"

妈妈说："那是现在的政策，过去没有这样的政策呀，过去都是由父母包办呀！"

我说："既然现在有了政策，那就应该按现在的政策办呀，反正哥哥和梅秀还没有结婚，那就把这门婚事退了，姐姐和姐夫也是这个意见。"

妈妈说："那怎么行！不管过去还是现在，政策虽然变了，但信用不能变呀！双方老人定下来的事情，哪能不讲信用？哪能说变就变？我们把猪都给人家抬过去了，还能去跟人家退猪呀？反正我开不了这个口，反正我没有这个脸面！今后要退，由你哥哥自己去退！"

彩荷听了我的讲述，叹了一口气说："唉！原来是这样啊，怪不得奶奶这次不敢为你的婚事做主了！真难为我五爹了！"彩荷又交代说："今天的事你千万不要告诉我奶奶和我妈哟！我给你通风报信，是想让你心中有底，反正这事得由你自己做主。"

我点点头。于是我们赶紧各自忙着砍柴，直至天黑才回到家。

从这以后，再也没有人向我提起定亲的事了，可能是彩荷向我妈妈透露了什么消息。

因为过粮食关，大家生活困难，所以石洞已经有几年过年没唱戏了。1962年农村政策有所改变，人们的生活逐步好转，春节期间大家高兴，想看看戏，于是有人就去找石洞街上的赖生拙商量，请他出来为大家编排几个节目，热闹热闹。

赖生拙是石洞地区有名的民间老艺人，大家都喊他"拙爷"。拙爷既会唱歌编歌，也会唱戏编戏，曾带队伍到县里和州里参加过文艺演出，还得过奖。拙爷愉快地接受了大家的请求，于是就召集石洞街上的一伙青年人开始排戏。

根据拙爷的安排，龙昌德和谭四妹演大戏《薛刚反唐》，胡贤宣和我演阳戏《小放牛》。

正月初五，石洞开始唱戏了。戏台是用木头和木板新搭起来的，周边十多个村寨的农民都来看戏，汉寨也来了一个戏班子。因为过去经常唱戏，老人们都认得那些男扮女装的老演员。可是这次有所不同，有好多是新演员，而且女的也能上台唱戏，大家觉得稀奇，所以来看戏的人特别多。

根据拙爷的安排，胡贤宣演小牧童，头上用红绸布条捆一个像鸡毛毽式的小辫，手上拿一根唱大戏用的马鞭，从左边出台。

我演小村姑，我的头发虽然已经长到了后背，但拙爷还嫌太短，又给接了一条长长的假辫子。头上戴一朵粉红小花。上身穿老式花边大襟花衣，下身穿绫罗大花裙。我从右边出台，两手拿着两边裙角高高举起，像一只花蝴蝶。

因为台上出来两个新人，大家都没见过，所以台下一片叽叽喳喳，有的还用手指指点点。

我一边出台，一边唱道："出得门来用目看，看那……"我走到前台，先扫一眼远处，只见人山人海，谁也看不清楚。然后再看近处，把目光转到我面前的台下。这时我突然发现台前有我们班的一个男同学正张着大嘴、瞪着大眼死死地盯着我，表现出目瞪口呆的样子。我的心"咯噔"一下就悬起来了，脸也红了，要唱的台词也忘了。幸好我的搭档胡贤宣马上小声为我提示台词，我们才马马虎虎地唱完了这一台戏。

后来，有人在学校过道的黑板上写了这样一句玩笑话："胡贤宣爱龙月江的小脚。"我看了非常生气，可是又不知道究竟是谁写的。

说来奇怪，从这以后，我再也不敢和男同学单独在一起玩了，也不好意思单独见到杨光景同学了。

# 1962：第二次进京

人生道路，弯弯曲曲。正当我在婚姻问题上左右为难、不知所措的时候，1962年春天，姐姐带着刚满两岁的女儿李敏从北京回石洞探亲来了。姐姐出去三年从未回来，这次回来主要是为了看望妈妈、姑妈和乡亲们。姐姐是当年石洞乡无记名投票选出来的第一任妇女乡长，大家都了解她、信任她。姐姐从北京回来时粮食供应虽然还很困难，但很多乡亲都来请她去做客。姐姐到谁家做客，就给谁家留下几斤全国粮票，大家都非常高兴。年幼的李敏走在街上也是谁见谁爱，人人夸奖。

姐姐在石洞只住了十来天就赶着要回北京上班，姐姐快要走时和我商量说："你姐夫在保定工作，离家比较远，不能经常回家。我一个人带孩子很不方便，有时孩子晚上有病上医院，也没有人帮忙。如果你想回北京，就和我一起回去。到北京后，小李敏可以继续送托儿所，你接着上学，放学后也能帮我做些家务，尤其是晚上，我也有个伴。"停了一会，姐姐又说："你已经15岁了，槐寨杨家来提亲，妈妈也不好拒绝，因为农村有农村的礼性，你杨哥对咱们也不错，又是你姐夫的老战友，都是熟人。如果你现在还不想考虑你的婚事，最好还是跟我回北京去，这样我们也不得罪人家。"

当时哥哥也在家里，哥哥听了姐姐的这些话，表示赞同，他说："姐姐说得很对，妹妹年纪还小，先不要考虑婚事，最好还是跟姐姐回北京去再读几年书。北京的教学质量总比咱们石洞要高一些。今后有机会就在北京参加工作，反正妹妹和妈妈已经有了北京户口，不怕没有饭吃。"

1962年春天回北京路上参观武汉长江大桥时的合影
后排左起：姐姐、我、杨宗卓大哥，前排是小李敏

我说："我已经在北京生活过一年多，那里有我的学校、老师和同学，在北京不用上坡下坡，不用上山砍柴，可以继续上学，以后还可以找工作做，我当然愿意回北京。只是我回北京就得离开妈妈，石洞离北京这么远，有几千里路，来回一趟至少要半个月。我这一去，什么时候才能又见到妈妈呀？在咱们家里，我的年纪最小，我刚出生几个月就没有了爸爸，是妈妈一把屎一把尿把我拉扯大的，妈妈最疼爱我，我也从来没离开过妈妈，我真舍不得离开妈妈！再说，我走了，哥哥回天柱上学去了，就剩下妈妈一个人在家，多孤单呀，多辛苦呀！"我说着说着，眼泪就不由自主地流出来了。

姐姐说："那妈妈也和我们一起回北京吧。""那怎么行！"一直沉默不语的妈妈说话了："刚回来几个月，又都走，这房子怎么办？这地怎么办？刚养的猪怎么办？谁来管？"妈妈一边抹眼泪一边继续说："你们走吧，不用管我！寨上有那么多亲戚朋友，我不会孤单的。月江从小就很瘦弱，小胳膊小腿的，留在石洞也做不了力气活儿，还是跟姐姐回北京去吧，以后在北京找个轻松点的活路做，我也就放心了。等你哥哥毕了业，成了家，我就去北京看你们。"

哥哥说："妹妹和姐姐放心吧，我会经常回来看妈妈的。"

就这样，我和姐姐带着李敏又踏上了回北京的道路。妈妈抹着眼泪把我们送出家门，我也擦着眼泪不断地回头看妈妈。

哥哥正好也要回天柱县城上学，他就和我们一起轮流背着李敏，走路来到润松住了一夜，第二天又走路来到天柱县城。

从天柱县城坐上汽车，经过三穗、凯里，然后再到麻江县的谷洞上火车。

在武汉转车时要等很长时间，姐姐就带我和李敏去看新建的武汉长江大桥。在长江大桥上我们又正巧遇见和姐夫一起转业在北京工作的老战友杨宗卓大哥。杨宗卓大哥是锦屏县人，也是回家探亲返回北京。于是我们就在长江大桥上照了一张合影，然后晚上又一起转车回北京。

回到北京后，我还是在长辛店小学接着上五年级下学期。我被安排在五（2）班，班主任是一位姓王的女老师，班主席是夏美容同学。虽然我在石洞小学已经学过五年级上学期的课本，但家乡的课本跟北京的课本不完全一样，尤其是数学课本中的小数和分数，北京的同学都学过了，可我一点也没学过，所以学习感到吃力。于是王老师就分配我跟班主席夏美容同学组成一个学习小组，让夏美容同学帮我补课。

夏美容同学家在长辛店大街的最南头，家里没有男人，她爷爷和爸爸都去世了，只有妈妈和一个姑姑在较远的地方上班。奶奶是小脚，在家做家务。在夏美容同学的热心帮助下，我的学习成绩逐步跟了上来。

有一次，我们班上劳动课，去长辛店东南边麦子地帮农民拾麦子，回来时夏美容要我们几个女同学去她家玩儿。有的同学不敢去，于是我说："去吧，没关系的。夏美容家很好，自己住一个小院，我在她们家学习，她们全家对我都很好。"

从这以后，我不仅和夏美容同学成了好朋友，她奶奶也特别喜欢我。

# 林子大，什么鸟都有

1962年，人们的生活逐步改善，市场上的物价也逐步上涨，可是姐姐和姐夫的工资并没有涨，每月两个人的工资总共还是50多元。除开家里四口人的生活费用，还要给姑妈和哥哥寄钱，所以家里的经济仍然十分紧张。

回北京后，我没有鞋底纳了，我得想别的办法来帮助姐姐、姐夫克服困难。因为我们家就住在长辛店火车站铁路边，南来北往的火车都要经过这里。于是我每天放学后就沿着铁道走，边走边捡从火车上掉下来的东西，其中有黄豆、苞谷、煤块、焦炭等等。有时我也和当地的一些老太太一起去捡从火车上卸下来的煤渣。煤渣是火车司机把火车头里烧过的煤灰卸下来后，煤灰里有一些没有完全被烧透的煤块。我们把煤灰撒开，等煤灰凉了就把没烧透的煤块捡回来烧。这样就可以节省一些买煤的钱，姐姐和姐夫都很高兴，姐夫还特地为我打了一把捡煤渣的铁钩。

为了节省买菜的钱，我和姐姐就在铁道边上开了几块小荒地来种东西。为了给地里的庄稼浇水，姐夫又专门给我打了一对大铁桶。我每天早晨上学前和下午放学后要挑十来挑水浇地。地里种有苞谷、高粱、萝卜、白菜、南瓜、蓖麻等等。我们种的庄稼都长得很好，尤其是我们种的大白萝卜，长得又长又大，有一大节露在地面上，用土怎么也埋不住。

一天清晨，我早早起来挑水去浇菜，发现大萝卜被人偷走了一大片，只见菜地里留下一个一个的大洞。我仔细一看，发现是天亮前刚被偷走的，地里还有穿胶鞋的鞋印。我沿着鞋印留下的新土和路上掉的菜叶子跟踪寻找，才发现鞋印是朝着离菜地很近的一家院子里去的，院门都还没有关。我断定就是这家人偷了我们的萝卜，我赶紧跑回家去叫姐姐来看。姐姐看了，也认为就是这家人偷的。我说："那就赶紧进去找呀！"

姐姐说："这家女人很不讲理，她男人也在铁路工务段工作，和你姐夫是一个单位。咱们找到他们家里去，两家肯定要闹翻脸。这样，他们丢了脸面，咱们也不得安宁。一旦他们恨上咱们，今后肯定常来捣乱，咱们更是种不成地了。"

我心里想，这铁路边有的是土地，公共厕所里有的是大粪，就是没有人肯来种菜。这家女人也不上班，也没事做，整天待在家里，也不种点什么庄稼。我天天辛辛苦苦，早起晚归的挑水浇地，她还好意思来偷！我越想越生气，就呜呜地哭了起来。

姐姐说："你哭什么呀？今后遇到这种邻舍，我们应该对他们好点，经常给他们送点菜去，然后动员他们也一起来种菜，千万不要去得罪人家。"

我听了姐姐的这些话，虽然也觉得有些道理，但我还是咽不下这口气，我说："种瓜得瓜，种豆得豆，自己不种，总想偷别人种的东西，这种人为什么还要对她好点？下次我遇上她，一定要狠狠地骂她一顿！"

姐姐说："骂有什么用？还是我们自己小心点为好。"

从这以后，我只要一放学就在地里看书，顺便看守地里种的那些庄稼。可是怎么也看不住，我们种的南瓜刚长到像碗口大就被人家偷去吃了。我左思右想，最后才想出一个办法来：南瓜花刚刚掉落，南瓜刚长到拳头大时，我就在南瓜下面挖一个大一点的地洞，把

1962年在我们自己种的苞谷地边的合影，后排左一是我

瓜放进地洞里，然后在洞口架几根小树枝，再盖上些草和土，让过路人看不见瓜。过一段时间，我去提取瓜藤，顺藤摸瓜，找出埋瓜的地方，挖出来一看，那瓜长得又大又白，只是样子长得不太好看，坑坑洼洼，有些小石头还长进了瓜缝里，这样我们自己才吃上了几个瓜。这年的夏天，我们家基本上不用买菜吃，粮食也不成问题了。

离我们家不到50米远的铁道边有一家人家，男的也是铁路上的工人，女的有40多岁，没有工作，我们都叫她顺嫂。他们家有4个孩子，生活比较困难。因为都是邻居，我们两家之间平时也有些来往，顺嫂也常来我们家借米、借物。一天下午，我放学回家准备做晚饭，顺嫂又串门来了。她一进门

就问我说："她老姨，今天你做什么饭、炒什么菜呀？"

我一边和她说话，一边打开煤球炉子掏炉灰，往炉子里加煤球，放上拔火筒，就去小屋的米缸里舀米准备做饭。这时，顺嫂也跟着我站到小屋门口。我舀好米出来，顺手把小屋的门关上，就到户外的水管洗米去了。可是顺嫂并没有跟我出去，仍留在我们家里，我有点不放心，洗好米就赶紧回家。我一边往锅里放米一边想：今天顺嫂怎么和往常有点不一样，老是在屋子里走来走去？于是我对顺嫂说："顺嫂，你怎么不坐下呀，干吗老站着呀？"

顺嫂这才坐到我们家的床边上，可是她坐的姿势很不自然，老是把腿伸得直直的。这时我才发现她的裤口袋好像有什么东西鼓鼓的。我把米放进锅后，赶紧走进小屋去看米缸。我清清楚楚地记得，刚才舀米时米筒里还剩下一把米，而且我是把米筒横着放进米缸里的，现在米筒怎么竖起来了呢？米筒里怎么一颗米都没有了呢？我再仔细一看，米缸里的米也出现了一个大窝窝，我终于明白了。

回到大屋我问顺嫂："顺嫂，你今天来找我有什么事吗？"

顺嫂很不自然地笑了笑说："没事就不能来找你玩玩呀？"

我严肃地说："今天你不是来找我玩的，你是来欺侮我的！"

顺嫂的脸有点红了，她赶忙说："她老姨，我什么时候欺侮过你呀？"

我说："就是现在，你现在就欺侮了我！"

顺嫂还装笑说："我现在怎么欺侮你啦？"

我慢慢走到她的面前，然后我一边突然用手去抓她的裤口袋，一边问："这里边装的是什么？这不是欺侮我是什么？"

顺嫂赶紧说："我这裤口袋里装的是米，是我从铁道那边刚借来的，不是你家的。我见你回来了，还来不及回家把米放下就上你们家来了。"

听了顺嫂的这些话，我更生气了，我冲着她说："你刚才还说不欺侮我！这米明明是我们家的，是刚才我出去洗米时你进我家小屋去装的！你说这米是在铁道那边向别人借的，从铁道那边过来正好是路过你家门口，你又没有什么急事，刚才你还说只是来找我玩玩，怎么不先把米放好再来？你连瞎话都编不全！"

顺嫂不吭声了，脸更红了。我接着说："你是欺侮我小，以为我没这么多心眼儿，不会注意你，是吧？其实我早就注意你了，我刚才舀米时，故意留点米在米筒里，而且是横着放的。现在你去看看，米筒是竖着放的，里面一颗米也没有，米缸里的米也有一个大窝窝，不是你干的是谁干的？"顺嫂还是不吭声。

我又接着说："如果你今天死不承认，你就是欺侮我。你要是欺侮我，你就别想走出我的家门！我姐姐已经下班了，现在是去托儿所接孩子，一会她就回来。你说这米是跟别人借的，一会我就拉你去对证，看你有什么说的。如果你不想欺侮我，如果你看得起我，你就对我讲实话。我知道你家孩子多，粮食不够吃，是借，是要，我们都可以商量。今天你想从我的眼皮底下偷米，我是一定不会放过你的！"

顺嫂听我这么一说，脸色立刻由红转白，泪水也簌簌地从眼眶里流了出来，她哭着说："真对不起他老姨！你也知道，我们家男孩子多，都能吃，孩子他爸在铁路上上班，天天又要带饭，所以粮食老不够吃。有借有还，再借才不难，可是我们上月借了，下月还了以后就更不够了，今天晚上都没米下锅了。我本来是想来跟你借米的，可是又不好意思开口。刚才看你出去洗米，我就忙着进小屋去拿了两筒，我以为你不会知道。他老姨，我错了，求求你千万不要告诉别人，也不要告诉你姐姐。我以后再不这样做了。"

我说："既然这样，咱们又是邻居，抬头不见低头见，看在四个孩子的面上，我让你把米带回去，这事我也不会告诉别人，你赶快走吧。"

顺嫂赶紧出门，还不断地说："谢谢他老姨！谢谢他老姨！"

姐姐回来后，我忍不住把这事告诉了姐姐，姐姐说："这事你做得对。这林子大了，什么鸟都会有的，今后多长点心眼就是了。"

从这以后，顺嫂对我特别好。我第一次学习踩缝纫机，第一次学做衣裳，都是顺嫂教我的。

# 哥哥，你继续上学吧

与姐夫一起参军、一起转业到北京铁路局桥梁工务段工作的天柱老乡中，有一位名叫杨天斌，他的爱人是天柱雷寨人，叫欧阳绍芝，我叫她"绍芝姐"。绍芝姐也是1960年春节后来北京的，她比我大三四岁。姐姐和姐夫从教堂胡同7号院搬出后，姐夫就让绍芝姐和天斌哥住进去，所以绍芝姐和天斌哥对我和我们全家都很好。

五年级下学期快要进行期末考试了，绍芝姐为了让我考出好成绩，就买了两支带有橡皮帽的铅笔送给我。这是我第一次用上带有橡皮帽的铅笔，心里非常高兴。我的期末考试成绩门门功课都很好，老师通知我下学期上六年级，并准备二元五角钱学费和二元五角钱书本费。可是我怎么也高兴不起来了，因为考试刚刚结束，姐姐和姐夫就和我商量。姐姐说："月江，咱们家的情况你都知道，我和你姐夫的工资都不高，每月总共才50多元钱，全家4口人，还要给姑妈和你哥哥寄钱，如果你和你哥哥都继续上学，实在太困难了，实在是供不起了。我和你姐夫商量了很久，决定让你或你哥哥其中一个人继续上学，另外一个人只好先不上了，你写信跟你哥哥商量一下，你姐夫已经给你哥哥写信了。"

我理解姐姐和姐夫的意思，也明白家里的情况，于是我含着眼泪马上给哥哥写信，信中说："哥哥，家里实在是太困难了，你继续上学吧，我不上了。"

我写的信寄出不久，很快就收到了哥哥的回信，哥哥在信中说："妹妹，你年纪还小，小学都还没毕业，你应该继续上学。我已经长大了，都18岁了，已经是高中二年级的学生了，我可以退学，退学后我可以去石洞小学教书……"

我流着眼泪看完哥哥的信，马上又给他写了一封回信，我在信中说："哥哥，谢谢你对我的关心，但我不能让你退学！你好不容易读到高中，我们石洞有几个人能读到高中呀？你现在退学太不值了，你一定要读到高中毕业！再说，你的身体也不好，常闹胃痛，回石洞教书也吃不了那份苦呀。我不上学可以帮姐姐看孩子，做家务，再过一两年我长大了，还可以在北京找工作做。哥哥，你千万不要退学呀！"

哥哥很快又给我来信说："妹妹，我真诚地希望你能再上一年学，坚持读到高小毕业，如果小学都没毕业，在北京是不好找工作的，你一定要把眼光放远一点。"

我马上又给哥哥写回信说："哥哥，我也想读到小学毕业，但我实在是不能继续上学了，因为姐姐又有身孕了，姐姐不能带着两个孩子去上班呀！把两个孩子送托儿所要多少钱呀！姐姐每月工资才20元8角。我能继续上学吗？我能看着不管吗，我虽然离开学校，但我可以一边帮姐姐看孩子一边自学呀。"

最后，哥哥给我写来了一封很长很长的信，信中说："妹妹，我真诚地感谢你！感谢你给了我继续读书的机会！我一定好好读书，用优秀成绩来感谢全家人对我的支持……希望你一定要坚持自学，经常给我写信，我可以通过写信的方式帮助你读书学习。"于是哥哥又把我给他写的信全部寄了回来，并用红笔把信上的错别字、错语句和用错的标点符号通通改好，而且坚持了很长时间。

就这样，1962年的夏天，我永远地离开了学校，告别了我亲爱的老师和同学们！

# 我想出去挣钱

1962年8月份，我失学以后，就在家里帮姐姐看小孩、做家务、做饭等等。

没过多久，我跟姐姐商量，我想用中午和晚上姐姐下班回家吃饭的时间出去割点草卖，姐姐同意了。于是，我每天就提前把饭菜做好，把镰刀和绳子准备好，等姐姐快到家门口，我就马上出门，到永定河边上去割草来卖给马场。开始我跟邻居刘嫂一起去，后来我就自己去。一斤青草卖不到一分钱，我一天割两挑草共卖得两三角钱，那我也很高兴。当时，我看见在保定上班的同院邻居从保定给他们的家属买来亚麻短袖白衬衣，9元钱一件，不用布票，我也特别想自己买一件，因为我实在是没有一件夏天穿的短袖衬衣。上次我和姐姐跟老乡们在玉米地边照相时，穿的那件短袖衬衣还是借王嫂的。我每天早晚去割草，一个月下来，也攒够了9元钱。正好姐夫也在保定上班，等姐夫星期天回来了，我便把9元钱交给姐夫，要姐夫也从保定帮我买一件短袖衬衣回来。

从姐夫拿走钱的那天起，我就特别盼着快点到星期天，盼着姐夫帮我买新衣回来。终于盼到星期天了，姐夫也回来了，可是他却说这几天特别忙，还没时间去买。我只好又等，终于又等到第二个星期天了，姐夫又说他去买了，可是没找到卖那个样子的衣服。第三个星期天姐夫又回来了，他什么话也没说。我忍不住就问姐姐。我说："姐，我姐夫到底帮不帮我买衬衣呀？他再不帮我买来，这夏天都要过去了。"

姐姐听了以后非常生气地说："他买个屁，他早就把你那钱和刘复高拿去下饭店去了。他还说不够他们两个吃一餐的。快把我给气死了！"

刘复高也是贵州老乡，也是铁路工人，星期天经常来找姐夫玩。

听姐姐这么一说，我也特别生气。我说："下次刘复高来，我再也不给他做饭吃了！"

到了秋后，没有草割了，刘嫂就去找长辛店镇办事处要求安排工作，办事处把刘嫂安排到菜站去做临时工。没过多久，我就和姐姐商量，我说："我不想在家里看孩子了，我愿出去挣钱来给孩子交托儿费。"

姐姐同意了我的要求。于是我也去办事处要求安排我去菜站工作。可是办事处的办事员就是不给我安排，他说："你还小，不能安排工作，菜站的工作很累，你干不了。"我只好先回家。

第二天，我假装去找刘嫂，亲自到菜站去看了看。然后我又去找镇里的办事员。我说："我去菜站看了，那里的工作我能干。"

办事员说："那你拿你的毕业证书来给我看看。"

我说："我只上到小学五年级，没有毕业证书。不过我认识字，我比刘嫂她们还强点，刘嫂一天学也没上过，不是照样在那里干活儿吗？你为什么给她分配工作不给我分配工作呢？"

办事员说："她是大人，你是小孩，要年满18岁才能分配工作。你回家去拿户口本来给我看看。"

我心里想，要是拿户口本给他看，那就更不行了，因为我的实际年龄还没满16周岁呢，户口本上的年龄又比我的实际年龄还小1岁，那是姐姐当初为我和妈妈申报北京户口时给弄错了。我没办法回答，只好又垂头丧气地回到家里。

第三天，我又去镇里找那位办事员，而且我打定了主意：不让我去菜站工作，我就坐在办事员的办公室里不走了！我9点多钟来到办事员的办公室，除办事员外，办公室里还坐着一个30多岁的大个子男人。我没理会他，我一进门就对办事员说："我姐姐不给我户口本，因为姐姐不同意我出来找工作，她想让我在家里帮她看小孩。我不愿在家里看小孩，我愿到菜站去工作。"

坐在旁边的那个大个子男人说："菜站要的是拿大洋镐挖坑的，你干得了吗？"我回答说："我干得了！"

于是，那大个子男人就对办事员说："那就让她跟我去试一试吧！"办事员无话可说，他无可奈何地摆了摆手说："去吧，去吧！"

于是我就跟着大个子男人来到了长辛店东山坡菜站。大个子男人又带我来到坡上，有几个男青年和两个中年妇女正在那里挖坑。大个子男人用手指着那大坑对我说："这坑是菜窖，冬天用来储藏大白菜、芹菜、萝卜等等。秋天把菜放进坑里码好，上面架上苞谷秆和干草，再盖上泥土，埋到一米以下，就不会冻坏了，到冬天再拿出来卖。"接着，大个子男人提高嗓门对那几个挖坑的人说："我给你们带人来了！"

那几个挖坑的人都用奇怪的眼神看着我。其中一个男青年阴阳怪气地说："站长！你怎么给我们带一个小姑娘来呀？"这时，我才知道这位大个子男人就是菜站的站长。

站长说："人家自己要来，我有什么办法。"停了一会，站长又说："先让她试试，干得了就留下，干不了就走人。"于是站长就把我带到一个他们正挖的大坑跟前，对着我问："你下去试一试，行吗?"

我见那坑有一人多深，有一米多宽，两米多长。我点了点头，毫不犹豫地跳了下去。那位中年妇女赶紧将一把铁锨递到我的手里。我拿起铁锨就撮起土来。这土还真是不好撮，因为这山坡全是大大小小的石头，一锨下去碰上石头，把胳膊震得麻酥酥的，又痒又痛。而且还要把锨里的石头和土撮起来扔到坑外很远的地方去。扔得不远，坑边堆高了，土和石头又会滚到坑内来。我的个子矮，力气又小，所以用铁锨挖特别费力。于是我说："我们家乡没有铁锨，我不会用这种东西。我们家乡都是用锄头挖坑刨地，拿洋镐来!"

那几个拿洋镐的男青年愣了，因为在北方都是男人使洋镐，很少有女人使洋镐的。

站长说："把洋镐给她试一试。"一位男青年赶紧把洋镐递到我的手里。这洋镐跟老家的锄头差不多，只是一头尖，一头平，比锄头重一些。我像在老家挖地那样，把洋镐高高地举起，然后用力挖下去，尽量不要让镐尖挖在石头上。当镐尖碰到地面时，赶紧把手稍稍放松，免得把手震痛，然后将镐把一掘，土和石头都松开了。然后他们就用铁锨把石头和土撮到坑外去。

站长看我挖了几下，高兴地说："这小姑娘还真行，用镐就得像她这样。"他接着说："我收下你了，你就在这里干吧。"站长说完就走了。

挖菜窖虽然很累，但我心里特别高兴，因为我终于找到自己的工作了。

几天后，菜窖挖完了，站长又把我分到一个大地窖里去跟张嫂一起翻土豆，站长说："你年纪小，正长身体，不能老干重活儿，你就和张嫂一起翻土豆吧。"

翻土豆的活的确不重，只要蹲在地下把每个土豆翻过边平摆在地面上就行，发现坏的拣出来，不让它传染给别的土豆。可是，地窖里阴冷阴冷的，我穿的又少，把我冻得直流鼻涕。

第二天，我就去找站长要求换工作，我说："站长，您把我换到地面上来吧，只要是在地面上，干什么活儿我都不怕。"

站长说："地面上只有腌萝卜的活儿，那腌萝卜的大缸齐你的肩高，缸口有一米多宽，让你去腌萝卜，万一你掉进缸里淹死了怎么办呀?"我说：

"我有办法，不会掉进去的，淹死了也不会怪您。"

站长只好同意我的请求，于是我就在地面上和大家一起腌萝卜。和我一起腌萝卜的还有一个姓宋的姑娘，她比我大一岁，跟我一样高。我们俩相互配合，动作又快又灵巧，干起活儿来也不觉得累，大家也都很喜欢我们。每次菜站开车去地里拉菜，师傅们也都叫我们俩跟车去装卸菜，如大葱、大白菜、大白萝卜、大红萝卜、胡萝卜等等，而且可以随便吃，但不准带回家。我们每次都选最大最红的胡萝卜吃，觉得挺美的。

有一次，开车的师傅带我们俩去五里店拉稻草，到目的地后，根本不用我们俩装车，当地农民自己装。开车回菜站时，师傅还在稻草堆里给我们俩做了个窝，要我们俩在里边睡觉，说这样才不会从车上掉下来，也不会被风吹着，又软又暖和，我们觉得特别幸福。

因为我们干的是季节性的临时工，男工每天的工资是1元2角钱，我们女工每天的工资是1元钱。我干了7天正赶上开支，我第一次就拿到7元钱的工资，心里特别高兴。回到家，我一分钱不留，全部交给了姐姐，姐姐也挺高兴。

时间过得很快，第二个月，当我高高兴兴地干到第二十二天的下午时，菜站的站长和菜店的店长来找我谈话。站长说："我们看你工作干得很好，经过商量，打算调你到菜店里去工作，到菜店就可以给你转成正式工了，菜店的工作主要是卖菜卖肉和其他副食，你就可以成为售货员了。"

店长接着说："是呀！试工3个月就可以给你转正，你在菜站工作的时间可以算一个半月，再到菜店干一个半月就给你转正，就成为国家正式工了。我们从菜站几十个人里选中了两人，其中一个就是你，还有一个男青年是窦文亭。"

其实，这菜店的店长和我早就认识，因为前几年长辛店只有两个国营菜店，南头一个，北头一个。这个店长是北头菜店的店长，1960年还是个小菜店，我刚来北京时，经常到这个菜店里来买菜，我和月妖姐从菜店门口走过时，他还问过我月妖姐是我的什么人呢。现在，小菜店已经翻盖成了大副食店，里面卖的东西可多了，有鱼、肉、菜、油、盐、酱、醋等等，其中有很多东西是要凭票证买的。

我一听，就有些紧张了，我说："卖东西要收钱，我不会算账呀！"站长说："慢慢学，不就会了吗？我看你挺聪明的。"我说："那我要回家去问问姐姐。"店长说："那好吧，我们等着你。"

下班后，我把情况说给姐姐听，姐姐说："只要你愿意去，我没有什么意见。你到菜店工作，今后买东西就方便了，就不用早早去排队了。"

张嫂和邻居们知道了，也都说我去卖菜好。可是我不想去，我考虑了一夜，最后我还是决定不去菜店。主要理由是：一、我不会算账，怕找错钱。二、卖菜成天要用秤称东西，我个子矮，怕提不起来。三、卖菜是服务行业，不如进工厂当工人光荣。因为有这些想法，第二天我就不敢去上班了，还叫张嫂去帮我请病假。

几天过后的一个下午，菜站的站长和菜店的店长跟着张嫂一起到家来看我。当时我正在家里做饭，觉得很不好意思。

站长一见到我就说："你不愿去菜店工作没关系，可是你的工资和工业券不能不要呀！今天我们给你送来了，也顺便来看看你，希望你再好好考虑考虑。"站长说完，便将22元工资和两张工业券递到我的手里。

我十分感动，连声说："谢谢领导！谢谢领导！"

# 进厂

20世纪60年代初期，北京地区广泛流行一种说法，比如卖菜的、做衣服的、修自行车的和看浴池的等等，都是被人看不起的服务行业，所以我也不想去菜店卖菜。我很羡慕姐姐她们的工作，因为我给姐姐送她的女儿李敏去她们厂喂奶时，曾见过姐姐她们工厂做过钥匙链，我也曾帮姐姐干过活儿，挺轻松的，挺光荣的，所以我很喜欢。于是，我就去找长辛店镇办事处要求进工厂当工人。

我一进镇政府大院，南屋里有很多人在开会，坐在门边的一个老太太是姐姐她们厂的徐书记，我早就认识。我又看见姐姐也坐在那里开会。徐书记看见我进大院，以为我是去找我姐姐的，于是她就告诉姐姐。姐姐马上出来问我："月江，你有什么事？"

我说："我不想去菜店干活儿，想重新找工作，想去匙链厂当工人。"接着，我又奇怪地问："姐，你怎么也在这里开会呀？"

姐姐说："我是长辛店镇党委的委员，我们正在开党委会议。"

然后，姐姐就跟我一起进北屋劳动科去找办事员。办事员一见到我就说："我们已经同意你去菜店工作了，你还来找我干吗呀？"

姐姐赶紧给办事员介绍说："老崔同志，这是我的妹妹，她文化不高，不想去商店当售货员，她想去匙链厂当工人。"

这时，我才知道那位办事员姓崔。老崔同志说："这是你妹妹呀？长得跟你不大像呀！那好，匙链厂正好也来要人，那就让她去吧。"

姐姐谢过老崔同志，又回会议室开会去了。

老崔同志递给我一张表格说："先填填表。"我把表格填好。老崔同志盖上大红公章，叫我自己拿着去匙链厂报到。

我非常高兴地拿着报名表来到姐姐她们厂的办公室。办公室的办事人员接过表格一看，说："这是匙链厂的招工表，是分配你去匙链厂报到，不是来我们厂的。"

我奇怪地问："我以前来过的呀，不是在这里做匙链的吗？"

办事员说："是呀，以前我们厂是做匙链的，是我们厂的一个车间。现在分出去了，单独成立匙链厂了。我们厂现在叫五金厂。"

我说："我本想和我姐姐在一个工厂里干活儿，怎么又分我到别的厂去了呢？"

办事员说："你拿的分配表是匙链厂的，我们也没有办法呀！"

我又问："匙链厂在什么地方？"

办事员说："就在二七厂俱乐部的北边山坡上。"

从五金厂出来，已经快中午了，我只好先回家做饭。中午姐姐回家来吃饭，我跟姐姐说："我本想上你们厂，离家近点，怎么又把我分到什么匙链厂去？"

姐姐说："那你上午没说要去我们厂呀，你是说要去匙链厂，还说匙链厂的工作你能做，那人家不就分配你去匙链厂呀。"

我说："我开始不知道匙链厂跟你们厂分家了，再说，我又怕他们不给我再分配工作，所以我也不敢再去找他们了。"

姐姐说："反正匙链厂离咱们家也不太远，工作也比较轻松，你就先到那里去上班吧，以后再说。"

就这样，1962年10月20日，我稀里糊涂地走进了长辛店匙链厂的大门。

匙链厂位于长辛店西北山坡上，是一个新建起来的小厂，属北京市丰台区区办集体企业。党支部书记是王永生，40来岁。厂长是孙凤书，30多岁。全厂有两个车间：挂链车间和电镀车间，还有一个供销科。挂链车间的车间主任是刘振书。电镀车间的车间主任是张玉环，副主任是小陈。挂链车间又分手工挂链组、半自动小捣机灯笼链组、链钩链圈组，还有个模具维修钳工组。

我被分到挂链车间半自动灯笼链组。组里有新来的10来个小姑娘，她们都比我大一两岁，大多数是初中毕业生，也有初中没毕业的，只有我一个人小学没毕业。其余都是些年纪较大的妇女，都是二七机车厂、通讯工厂和二炮战校的家属。

我们这些刚参加工作的工人每月工资是20元8角，早晚两班倒。半自动挂链机就像个缝纫机头，模具用一两天磨损了就得修理。修理工作由刘书祥和张宝恒两位师傅负责。

我们干一个星期后就开始有定额了，谁的机子老坏，谁就完不成定额，完不成定额就要被扣工资。刘书祥、张宝恒两位师傅总是不停地忙着轮班修理机子。有一个姓孙的姑娘老完不成定额，急得直哭，后来她就要求调到电镀车间去了。也有一些人不愿意干就自己走了。

我认为这厂子虽然小点，工资少点，但离家比较近，不用坐车去上班，不用费坐车的时间和买车票的钱，还能有一些时间帮助姐姐做家务事，所以我在这里工作比较安心。

为了不影响完成定额，每当师傅帮我修机子时我就在旁边注意观察，慢慢地我也学会了修理。不久，车间主任就把我调去当修理工，每月工资调到

22元，我很高兴。

后来我才知道，匙链厂归北京市轻工业局管，全厂共有100多人，只有书记和厂长是国家调来的干部，其余的都是集体所有制企业的工人。因为这个厂是1958年才建成的，所以规模不大，比起二七机车车辆厂来小多了。

厂里经常给我们开会，书记、厂长讲些生产、成本、供销、消耗、税收、开销等方面的事情，我都听不懂。我最关心的是这个厂今后如何发展。听书记说要发展到一定的规模，创下一定利润才能转成全民所有制的工厂。全民所有制工厂的工人才有更多的福利待遇。书记还说，光靠手工挂链赚不了钱，还要准备建新厂房，还要引进新设备，要不断推出新产品。只有这样，才能发展生产力，扩大生产规模，才能为国家创造更多的利润，才能转成国有企业。我听了很受鼓舞，并决心好好干。

我和厂里的年轻姑娘及全体职工关系都很好，他们都亲切地叫我"小龙"。我和钳工组王桂兰的关系特别好。她初中毕业，比我文化水平高。她爸爸是二七厂的工人，家有哥哥和姐姐，不用做家务，所以下班后她经常到我家玩，并帮我做一些事情。另外，还有挂链组的苏庆珍和我关系也很好。

那时我们都很年轻，干活儿不觉得累，也喜欢玩。当时育有未满周岁婴儿的妇女都有喂奶时间，上午半个小时，下午半个小时。她们去喂奶时，小苏、小吴她们就在车间里跳田玩。所谓跳田，就是在地上画些格格，然后捡来一片瓦块扔在方格里，再用一只脚跳着把瓦块踢进下一个方格，挺好玩的。因为车间地面是用水泥打成的方格，所以她们就不用再画了。

她们叫我，我也准备跟他们一起玩一会，没想到车间主任刘振书看见了，她很生气地问："你们在干吗呢？"

小吴说："我们休息一会儿。"

主任说："现在是上班时间，你们怎么能休息呀？"

小吴说："她们喂奶去了，我们还不能休息一会儿？"

主任说："喂奶时间是国家规定的，你们是青年人，哪能随便休息呀？"

小苏说："那我们也得休息休息呀，不能老干活儿呀，在学校都有课间操呀。"

主任说："这是工厂，不是学校！真是一群不懂事的孩子！快干活儿吧!"

从那以后,我们再也不敢随便休息了。

为了把工厂办好,我们年轻人天天努力工作,经常加班加点搞义务劳动,挖地基,建厂房,运砖,卸灰,卸水泥,能干什么就干什么,也不讲报酬,把工厂当成了自己的家。厂里开大会时,经常点名表扬我们,我们更加高兴,更加卖力。我也天天盼着把匙链厂建成大厂子。

# 替哥哥着急

1962年农历12月初,我接到妈妈求我表哥姚本荣写好从贵州天柱石洞老家寄来的一封信。

妈妈在信中说:"我在上月已经完成了一件心中大事,杀了一头大猪,办了三天喜事,终于给你哥哥完了婚,为你哥哥娶了媳妇。"妈妈在信中还说:"多亏亲戚朋友帮忙,你哥哥的婚事一切都很顺利,请你们放心。"

我和姐姐看完妈妈的来信,简直是哭笑不得,无可奈何。我对姐姐说:"妈妈这样做实在是不应该!妈妈自己受累不说,还害了哥哥。哥哥刚3岁妈妈就给哥哥定婚。哥哥和那位姑娘从来没见过面,一点感情也没有,妈妈就给他们完婚了,这叫什么事呀!哥哥已经上高中了,女方一天学也没上过,一个字也不认识,连汉话都不会讲一句,今后怎么共同生活呀!"

姐姐说:"你哥哥是个孝子,他不同意也不敢说,怕妈妈生气,所以一直往后拖,真没想到现在妈妈就把你哥哥的婚事办了。"

我说:"妈妈也不听一听我们的意见。妈妈样样都好,就是这一点不好。我真替哥哥着急!"

于是我马上给哥哥写信,问哥哥究竟是怎么想的,以后该怎么办。

哥哥很快就回信了,哥哥在信中说:"妈妈在家给我娶亲,我当时并不在家,也不知道。以前妈妈多次说过要给我娶亲,我总是说我还要上学,以后再说。我放假回家时，妈妈又提起为我完婚的事，我也没答应。后来，妈妈带信来要我回家，因为学习忙，我也没回去。最后一次妈妈带信来说她有病了，要我赶快回去。我心里想，准是为了我的婚事，当时我也没有回去。过了几天，我又怕妈妈真的有病，就请了假打算回去看看。我走到半路，正在凉亭里吃午饭，就遇见从石洞街上走来的二牛，他要到天柱县城办事。二牛见我在凉亭里吃午饭，就问：'你怎么还在这里吃饭呀？你妈在家里给你讨婆娘了，你怎么不回家呀？'我说：'你二牛莫乱讲哟！谁讨婆娘啦？'二牛说：'你还不相信？你妈杀了一头200多斤的大猪请客，是我去你家上坎龙家帮借的桌子，我又到杨家帮借的凳子。我今天早起，帮你妈还完东西才出来的，要不我现在都快到天柱县城了。'我听了二牛的话，才确信这是真的。我一生气就又跟着二牛一起返回天柱县城上学来了，到现在我还没回家呢。"

哥哥在信中还说："没过多久，妈妈就到学校来找我。妈妈说：'老人约定的事办完了，你们年轻人以后怎么办我也不管了。你愿意要梅秀以后就去接她，你不想要，那是你们自己的事，是离是退，你们自己决定，我不会再管了。'"

哥哥来信最后说："妈妈非要这么做，我也没办法。如果我现在说不要，会把妈妈气出病来。我只好先这样放着，反正我还要上学。"

我和姐姐看完哥哥的回信，更加感到这门亲事太古怪了。其实我们也知道是女方家的亲戚多，他们知道我哥哥上高中了，怕以后不要他们家的姑娘，所以天天派人来催妈妈为哥哥办喜事。妈妈为了表明自己说话算数，硬是为哥哥把婚事办了。听说那年寒假，哥哥连家也不回，过年时也没去把我嫂嫂接来。

1963年秋天，哥哥考上了中央民族学院，亲戚朋友们都来贺喜。临出发的前一天，我嫂嫂家也听到了这个消息，于是她们就派人把我嫂嫂送到我们家来，并逼着我哥哥当着大家的面表明自己的态度。这也是我哥哥第一次见到我嫂嫂。

我哥哥见我嫂嫂已经是一个大姑娘了，就说："随她的便！反正我得去北京上学，一去就是五年，如果她愿意嫁人，我不会有什么意见的。"

我嫂嫂紧接着用侗语说："我已经是你们家的人了，我不会再嫁人的。你去京城上学，我就像秦香莲那样来你们家看家等着，你就像陈世美那样在京城再娶一个皇姑回来！"哥哥听了这话，心里感到震惊："这女人没上过一天学，也能说出这样的话，看来她并不笨啊！"于是，哥哥就再也没说话了。

当天晚上，我嫂嫂又跟着她们家里的人回自己的娘家去了。第二天我哥哥就离开石洞前往北京上学来了。

这是哥哥到北京后告诉我们的一些情况。

# 1963：师傅领进门，学艺靠个人

1963年元月，姐姐又生了第二个女孩——李珍。姐姐休满56天产假后就上班了。姐姐也学车工，也在厂里倒班。于是我和姐姐就轮班在家里带孩子和做饭。我经常是背着李珍做家务。那时我还在挂链车间，厂里允许工人拿链子回家去挂，挂一条1尺2寸长的链子可得1分钱。为了挣钱，我也经常领些链子回家来挂。手工挂链必须是一手拿摄子，一手拿钳子，一天挂十来条链子手指都直不起来了，手指头都磨出了厚厚的老茧。

到1963年夏天，经过全厂职工的共同努力，匙链厂终于建好了一座大房子，引进了几台车床、刨床、铣床，成立了机械加工车间，专门给二七厂加工火车配件，并准备把几个年轻人调过去当学徒。原来的修理工刘书祥、张宝恒师傅也调去学车工去了，还从二七机车车辆厂请来老师傅为他们讲课。

我等了一个月也没见调我去当学徒，我着急了，就去找孙凤书厂长。

厂长说："我们也考虑你了，可是你小学都没毕业，机械加工是要看得懂图纸的，要按图纸的尺寸加工产品。我们怕你不会看图纸。"

我听了非常生气，我说："张宝恒师傅不是也小学没毕业吗？你们怎么也调他去了？"我又说："厂长，请您放心，我不比别人少一根筋，别人看得懂，我也会看得懂。二七厂的老工人，八级工中有几个是大学生？许多人都没上过学。他们不也都成了八级工和技术能手吗？"

厂长说："你这小孩，真会矫理！你先回去，我们再考虑考虑。"

从厂长办公室出来时，我一边走一边想：如果厂里不叫我去学技术，就是看不起我，我也就不在这个厂里干了。

第二天，我一进厂，厂长就通知我到机械加工车间去当学徒，我真的高兴极了！

到了机械加工车间，车间主任张书义说："小龙，你个子矮，就学牛头小刨床吧。"我说："什么难学我就学什么。"

张主任说："工厂有一句俗话：紧车工、慢钳工、溜溜达达是电工。当然是车工不好学啦，学车工必须手疾眼快。"我说："那我就学车工吧。"

就这样，从1963年夏天开始，我就跟张宝恒师傅学车工。

我在长辛店匙链厂当工人时的照片

张师傅比我早学一个月，他的车工技术也很有限。再说，他还带我的一个师姐，师姐又比我早去一个星期，所以我必须加倍努力。

后来，我们车间又从大厂子调来了几个师傅，其中有一位六级技师，每月工资60多元。新招来的学徒每月工资才18元。由于我是从维修工调去做学徒的，所以每月还是拿22元工资。

学徒的最大特点是：师傅领进门，学艺靠个人。我每天早上班，晚下班，多干活儿，比如打水、上料、清点货架、打扫卫生、擦洗机床等等，我都抢着干。目的就是让所有的师傅都喜欢我，让所有的师傅都愿意毫不保留地把技术教给我。

当时，我们厂的设备都比较落后，大多是从别的厂淘汰下来的，只有一台是新的618型车床。我们的主要任务是给二七厂加工火车零件，如火车上的水管接头、风管接头、汽管接头和车上插销等等。后来，又不断加大生产规模，也给其他厂加工配件。这些零配件大多是用皮带车床加工，车螺丝扣或车螺母时有反扣和正扣，有公制的和英制的，车不同的螺丝用的齿轮也不同，还要进行公制和英制换算，对我这个连小学都没毕业的人来讲，的确是困难不少。

有付出就有回报，有汗水就有收获。学车工虽然较难，但只要肯动脑筋，再难也难不倒活人。在学习的过程中，我慢慢摸索到了一些经验。比如，车工必须掌握各种刀具的磨法，当时都学全国劳动模范王崇伦的磨刀法。王师傅从东北到北京的几个大厂来传授磨车刀的经验，在二七机车厂举行了隆重的欢迎仪式，并在车床上做了表演。不同的材料要用不同的车刀，其中有炭钢、合金钢、白钢等等，都必须认真识别，才能选准车刀。车刀的角度要磨得合适，才能经用。还有打眼的钻头要磨成七机部618厂倪志福式的二龙吐须式才行。也就是说，钻头钻进钢铁里去，出来的铁屑要像两条龙须那样才行。

当时是比、学、赶、帮、超的年代。比，是指比学习、比技术、比进步、比干劲、比产量、比质量。单位跟单位比，车间跟车间比，个人跟个人比。学，是指学政治，我们全是用业余时间学习，每天学一两个小时，人人读毛主席的书，学习"两报一刊"（指人民日报、解放军报、红旗杂志）社论，学习国内外形势，学习先进思想、先进单位、先进人物，农业学大寨，工业学大庆，要学的东西多了去，永远也学不完。赶，是指赶先进，赶时间，赶进度，你追我赶。帮，是指先进帮后进，一帮一，一对红。超，是指超先进，超技术，超质量，超产量。当时还提出"大干快上"的口号，全国都学铁人精神，有条件要上，没有条件也要上，没有条件就创造条件上。所以我们这些年轻人当时都主动要求参加义务劳动，加班加点，多做贡献。

由于我学技术肯吃苦，学得快，常得到师傅的好评，我很快就成了一个班的班长。我车出来的部件质量都是上等，还在工序和刀具上有所改革，于是便得到厂领导和师傅们的肯定，并将我的经验在车间里推广。后来，厂里成立技术革新小组，我也是这个组里的成员之一。我们还自己创造了几台自动化拧瓣挂链机，过去的手工挂链机被淘汰了，机加车间担负着全厂的机器制造、维修和零部件加工，我们的责任越来越大，任务越来越重。

# 哥哥来北京上大学

1963年8月底，哥哥到北京来上大学了，我们全家特别高兴。

从这以后，哥哥经常带同学和老乡来长辛店家里玩，其中有北京医学院的、北京农业大学的、中央民族歌舞团的等等。来得最多的是哥哥他们侗语班的3个同班同学，其中有锦屏县的石哥、黎平县的邓哥、榕江县的杨哥。他们头一次到我们家来时，邓哥和杨哥都穿的侗家衣服，邓哥的裤子屁股蛋还补了两个大补丁，只有石哥手腕上戴一块他哥哥送给他的手表。

哥哥每次带同学来家玩，都拿一大包破衣服、破裤子来给我帮补。哥哥回学校时，我还要送给他两三元零用钱。姐姐给哥哥买衣服，我就给哥哥买裤子。姐姐给哥哥买鞋子，我就给哥哥买袜子。那时我每月工资22元，20交元给姐姐，自己留两元零花。

1964年春末，我看哥哥的衬衫没法穿了，我就和他商量："我想给你买件衬衫，你看要什么样的？"哥哥说："你要买，就买两件，我好换洗。"

于是，我就真的买了两件一样的亚麻衬衫送给哥哥。没多久，哥哥带同学回家时，我看见其中有一件衬衫是穿在邓哥的身上。我偷偷问哥哥："你把一件衬衫送给邓哥穿了？"

哥哥笑了笑说："我们的衣服不分你我，随便穿。我的被单坏了，他从家里拿来两床被单，也给我一床。"哥哥接着说："在学校，同学们见我和你邓哥穿一样的衣服，还以为我们是双胞胎呢！"听了哥哥的解释，我也忍不住大笑起来。

1964年8月，姐夫参加支援西南建设到四川凉山修建铁路去了。家里就只有姐姐和我带着李敏和李珍两个女儿。

1965年春节前，姐姐和我商量："我去四川看你姐夫，顺便回老家去把妈妈接回来吧，省得你上夜班时我去接你，孩子醒了掉下床来。"

姐姐带着两个孩子走后，就我一个人在北京过春节。哥哥怕我孤单，就带着侗语班的3个同学都到长辛店来过年。我不知如何招待，只好请老乡欧阳绍芝姐姐来帮我做饭招待他们。

1965年春节过后，姐姐把妈妈也带回北京来了。真没想到，从1962年春天以来，我和妈妈已经3年没有见面了，现在终于在北京团圆了，而且哥哥和姐姐都在北京，我心里真是有说不出的高兴。

1965年6月的一天，哥哥带着侗语班的3个同学来看妈妈，又带来了一大包破衣破裤让我帮补。哥哥告诉我们说："可能学校快要让我们去广西一年，一年后我们才能回北京。"

妈妈说："你们要去一年，那今天就把我们在院子里养的兔子杀一只给你们吃吧。老五（指我的哥哥），你去捉一只大的来杀。"

哥哥从兔子窝里捉了一只最大的兔子交给邓哥。哥哥说："你们谁会杀？反正我是只会吃不会杀，我们家过去杀鸡都求别人。"邓哥说："我只会杀鸡，是嫂嫂生孩子时逼我学杀鸡的，可我不会杀兔子。杨，你来吧?"

邓哥想把兔子交给杨哥。杨哥想接又不敢接。他们推来推去，结果一不小心兔子从手上跳了下去，一直跑出院子。于是4个大学生一起出去追兔子，追了半天，好不容易才把兔子抓了回来。他们几个一边笑，一边议论。

我哥说："看来，今天这兔子是不愿让咱们吃它。"

杨哥说："干脆把兔子的头砍下来，看它还跑不跑！"

邓哥说："砍头？那我可不敢下手。"

石哥说："砍头？那不行，血会溅得到处都是。"

我在屋里正忙着帮他们几个补衣补裤，他们的一言一行我隔着窗子都能看到听到。几个大学生，几个男子汉，拿一只兔子没办法，我真想笑。看他们为难和可笑的样子，我忍不住放下手上的活儿，出去看看他们。

这时，妈妈又要我去买点猪肉来和兔子肉一起炖，妈妈说："兔子肉没有油，没有味道，兔子肉跟猪肉一起炖就是猪肉味，兔子肉跟鸡肉一起炖就是鸡肉味。"

于是我赶紧上街去买了5角钱的肥猪肉回来，因为当时的猪肉是8角钱1斤，按人凭票供应，每人每月半斤。我买5角钱的，副食店只收半斤猪肉票，挺合算的。

哥哥他们见我们又是做饭，又是买肉，可高兴了。尤其是我哥哥，特别喜欢吃肥肉，还没等肉完全煮熟，他就开始吃起来了。

# 1968：从来没有的感觉

1968年8月中旬，哥哥从老家回来了。其实什么大事也没有，只是因为嫂嫂家里的人怕我的哥哥大学毕业后不回天柱，不要我嫂嫂，才想出了这样一个骗人的花招，使哥哥和嫂嫂的婚姻关系正式确定下来。

根据上级指示，当时的大学生都要接受工农兵再教育，中央民族学院刚毕业的学生，从哪里来，回哪里去。本来，哥哥他们这批学生，按计划都是留在北京工作的。

因为要毕业了，哥哥又带着邓哥到长辛店家里来，并从以前我给哥哥做的军挎包里拿出一块蓝斜纹布对我说："这是你邓哥买的布，想让你给他做一条裤子，不知道够不够。"

我用尺子一量，刚好六尺。又给邓哥量身高。我说："这布才有二尺七的面宽，整六尺长，又是棉布的，还没下过水，以后还会缩水。邓哥有一米七高，怎么也得做三尺长的裤子，这布肯定不够。"

我的哥哥说："那你就想想办法吧！"

我只好听哥哥的，又给邓哥量了一下腰围和裤长，便赶紧动手缝裤子。因为布不太够，我便给接了一寸裤脚，裤腰后片也接了个衩，裤腰里子和口袋都从家里找其它布用上。

我帮邓哥做裤子时，邓哥正哄着我姐姐的第三个孩子照镜子玩，他们有说有笑，后来就没有声音了。我猛一抬头，从缝纫机前面的镜子里发现邓哥正瞪着眼睛从镜子里悄悄地看着我。我们的眼睛对视了一下，只见邓哥的脸突然红了。我的脸也红了，心还扑扑地跳。于是我赶紧把头低下，埋头去做裤子。

最后，我勉强做成了一条二尺四裤腰、三尺裤长的新裤子给邓哥穿走了。

哥哥他们侗语班4个同学都被分到贵州省龙里军垦农场接受再教育，1968年9月1日以前必须离开北京。

哥哥和邓哥到了贵州龙里军垦农场，就给妈妈我们来信介绍农场的情况。每次来信都是我读给妈妈和姐姐听，姐姐总是要我给哥哥他们回信。每次哥哥给我写回信时，总是把我写给他的信修改好错别字后又邮回来给我。几个月后，我发现哥哥不给我写回信了，我只收到邓哥的回信，

我收到敏文寄来的第一张照片

而且邓哥写回信时也像我哥哥一样，把我写给他们的信也修改好再寄回来给我。可我从来不单独给邓哥写信，因为我还不知道邓哥叫什么名字，而且，邓哥的来信也都是寄到家里。

有一次，我在厂里收到一封来信，一看笔迹就知道是邓哥写的。当时我正在上班，没有时间打开。我在下班回家的路上打开信时，从信封里掉出一件东西，差点被我踩着。我赶忙捡起来一看，原来是邓哥的相片。不知是为什么，我的心"咯噔"一下子就地跳起来了，过去我从来没有过这样的感觉。

我放慢脚步，赶紧把信纸打开。只见第一页的开头就写着"小龙同志"四个字，我很奇怪。以前邓哥来信一直是写"月江妹妹"，怎么这次就变了呢？我赶紧又往下看，可是内容又没有什么太大变化，还是像以前一样汇报哥哥他们劳动和学习的情况。

我很纳闷，就把信和照片拿去给绍芝姐姐看，因为绍芝姐既是天柱老乡，又曾和我在一个厂里上班，她对我特别关心，我们之间无话不说。

绍芝姐看了邓哥的来信后说:"小邓已经不把你当成小妹妹看了,他已经把你当成大人看了。"绍芝姐还说:"你已经20多岁了,的确已经是大姑娘了,个人问题不能不考虑了。"

1968 年的我

我对绍芝姐说:"我连邓哥叫什么名字都不知道。这些年邓哥他们是常来我们家,可是我没怎么跟他们说过话,都是由哥哥、姐姐和妈妈他们接待。我只帮他们缝补过衣服,别的什么都不了解。"

绍芝姐说:"这好办,你哥哥是小邓的同学,对他肯定很了解。你写封信去问问你哥哥不就行了。"

我说:"那样不行,现在我给他们写信都由邓哥看,然后又由邓哥回信。我们都认识5年多了,一直以哥妹相称。现在我写信去问邓哥叫什么名字,这不叫人家笑话吗?"

绍芝姐说:"那就以我的口气写封信去问问你哥。"

我点头说:"这个办法还可以。"

那天,我在绍芝姐家帮她做晚饭。绍芝姐帮我给哥哥写信。信上把我收到邓哥的来信和照片的事全部告诉我哥哥。绍芝姐还告诉我:"这封信至少要过一个星期后才给你哥哥寄出去。"我问:"为什么?"绍芝姐只是笑,什么也不说。

# 是个大姑娘了

男大当婚,女大当嫁,这是老辈人留下来的传统,我们这辈人也没有办法废除。1968年前后,我虽然只有22岁,但已经是个大姑娘了。不久,妈妈又回老家去了，而且把姐姐和姐夫的两个孩子也带回老家去了。

有好长一段时间我的脑子很乱，不知道应该怎么办才好。我嘴上说不想交男朋友，心想先不要交男朋友，可是，同龄女孩都在交男朋友，而且周围的师傅、师姐、老乡都在关心着我的婚事，只要我说还没有男朋友，就有人不断地来为我做媒。

两年前妈妈还在北京时，就有一位在琉璃河火车站工作的老乡经常和姐夫到我们家来玩。他姓杨，是一位转业军人，比我大十岁。他想同我交朋友，姐姐、姐夫都不同意，可是姓杨的总上我们家来。我一见他就有气，不爱理他。我只要一看见姓杨的进我们家门，就远远地出去玩一天，等姓杨的走后我才回家。

有一次，姓杨的买了10斤挂面到我们家来求婚，求我妈妈做主把我嫁给他。当时就被我妈妈回绝了，妈妈说："别说你买来10斤挂面，就是买来10斤肉我也不能同意把女儿嫁给你呀！我可不能再包办女儿的婚事了，她自己的事以后让她自己做主吧！"姓杨的听了这话，也就无话可说了，后来也不再到我们家来了。

还有一位也是转业军人，也是老乡，是北京琉璃厂的一个干部。星期天他也经常到我们家来找姐夫玩，对我也有好感，一心想同我交朋友。我不同意，他就去找老乡绍芝姐帮忙说情。他还借用绍芝姐的名义，非要请我和他一起去照相馆照一张相留作纪念。我心里想，与我不相干的人我才不愿意和他在一起照相呢，更不愿意留作什么纪念。于是我对绍芝姐说："我可不愿同他去照相。"

绍芝姐也尊重我的意见。从那以后，这位干部几年都不到我姐姐家来了。后来他和一位山东的姑娘结了婚，才又到我姐姐家来过一次。

对于邓哥的几次来信，我也感到已经超出了一般的兄妹关系。虽然我的心里已经有了一点点底，但我还是不敢正面表明自己的态度，也不敢公开对别人说自己已经有了对象，还是觉得应该做进一步的了解。于是我就给邓哥写了一封让他很不高兴的信。

我在信上说："邓哥：我记得早就听我哥哥说过，您们这几个同学早就像我哥哥一样，都是在家定了亲的。邓哥您早就跟表妹定了亲，现在又来给我写信送相片，这不是拿人开心玩吗……"

邓哥的回信是："月江：来信看了，谢谢您的帮助，接受您的批评。有些事一下也讲不清楚。既然是误解，讲清楚就算了。有一点需要说明

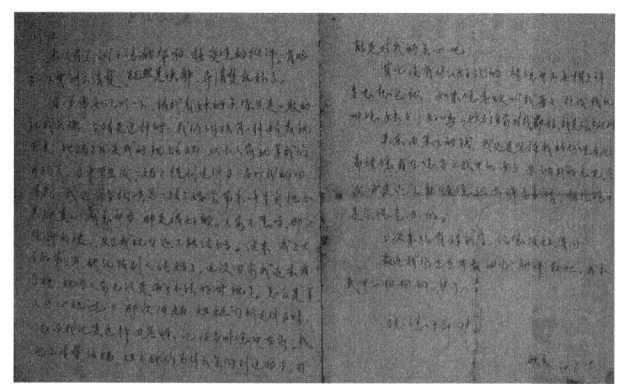

1969 年 7 月 15 日敏文给我的回信

一下，我跟表妹的关系，只是一般的亲戚关系。事情是这样的：我们侗族有一种姑表亲制度，她妈妈就是我的亲姑妈，从小人家就拿我们开玩笑。高中毕业时，妈妈提到这件事，当时我的回答是：我还要在学校读书，结了婚，会带来许多负担。如果她真心诚意等我，那是很好的。人家不愿等，那就随她的便，反正我现在还不能结婚。结果我上大学的第二年，她就跟别人结婚了。这次我回家还去看了她。现在人家已经是两个小孩的母亲了。怎么是'拿人开心玩'呢？那次伯妈、姐姐问到这件事时，记得我也是这样回答的。记得当时您也在家……买东西余下的钱，我还是坚持我的处理意见，希望您看在你哥哥武甲的面上采纳我的意见。今后必定还会麻烦您帮办许多事情，相信您也是会乐意办的。上次来信有错别字，给您改好，寄回。最近我们正在开展'四好'初评，较忙。我和武甲一切均好，勿念！祝您愉快！敏文 69.7.15 。"

1969 年 9 月，任姐收到我哥哥给她写的一封回信。任姐叫任素花，是锦屏县老乡杨宗卓的爱人，她和我在一个厂里上班，我一直把她当成知心姐姐。她和杨宗卓结婚，还是我做的媒。所以任姐也很关心我的婚事，她主动给我哥哥写信了解邓哥的情况。

我哥哥在给任姐的回信中说："对妹妹的个人问题，我是不想多考虑的，由她自己做主。过去母亲曾给妹妹找过朋友，那时妹妹还小，而且还是背着妹妹找的，所以我一直反对，有一次还弄得老人都哭了。现在妹妹已成年

了，当然应该考虑个人问题。我作为一个兄长，我也只能提出供参考的意见：找对象，别的问题可以少考虑，但一定要思想好和身体好的人，而且尽可能是同行同业，或者是附近的。离得太远了，互相不能帮助和照顾……问到邓敏文的情况，我可以随便说一下：邓是我的朋友中最好最知心的，我在思想和经济上都得到他的帮助。他的出身好，家里还有一个母亲和两个哥哥，大哥有工作，二哥是农村干部。本人年龄比我大一点，是党员，思想过得硬，忠于毛主席。身体也

我哥哥给任素花的信

好。他跟月江通信我是知道的，但只是限于一般的书信来往……"

除绍芝姐和任姐外，我还把邓哥给我的信和相片拿给和我最好的师姐苏庆珍看过。苏师姐和我不是同一个师傅，她初中没毕业就不上学了。苏师姐和我长期倒一个班，常在一起吃住，有时在她家，有时在我家，大多是在本厂宿舍里。到我家来玩时，她也多次见到过我的哥哥和哥哥的几个同学。

有一天，苏师姐约我进城玩。在天安门广场，苏师姐突然问我："小龙，你说实话，我的表哥徐明发怎么样？配得上你吗？"

因为苏师姐从小就跟她的表哥徐明发要好，当时她表哥在北京通县永乐店某部队当文艺兵，节假日常到苏师姐家来玩，我们都很熟悉。因为她们是表亲，家里不同意他们成亲。后来苏师姐找了一个东北某部队的连长，自己觉得对不起表哥，一心想把我说给她的表哥。她的表哥对我各方面也很满意。

我说："你想用我来做你的替身呀？你表哥各个方面都很好的，人长得也很帅。可惜……"苏没等我说完，就赶紧问："可惜什么？"

我慢条斯理地说："可惜你表哥不是我要找的目标。"

苏又焦急地问："为什么?"

我说："徐表哥和我不是一个民族的,我想找我们侗族的人。"

苏说："找你们侗族的人有什么好?"

我说："语言相同,生活习惯相同,这就够了。语言不同,怎能交流呢?习惯不同,怎能生活在一起呢?"

苏说："你在北京这么多年,你的语言、生活不早就跟我们汉族一样了吗?为什么还要去找侗族人呢?"

我说："我们侗族有很多的东西你们汉族没有,我们有很多习俗和你们不一样。"

苏问："你们侗族有什么习俗和我们不一样?"

我说："我们侗族人爱吃酸鱼、酸菜、油茶、糯米甜酒等等。我们侗族人爱唱山歌,男女青年交朋友不用别人介绍,我们用对歌来找自己相爱的人,多自然呀!哪像你这样,媒人帮你介绍了好多个男朋友,说的都这么好那么好,等到一见面,不是这不行就是那也不合适……"

苏打断我的话说："得啦得啦!在北京,你们侗族就那么几家,上哪里去帮你找你们侗族人做对象呀?"

我对苏说："谢谢你对我的关心!不用你帮我找了,我自己找到了。"于是,我只好对苏师姐说了实话。

回到家,我把邓哥给我的来信给苏师姐看了,并且希望她能暂时为我保密。

在我姐姐家,苏师姐也多次见过邓哥。苏师姐的意见也是让我先和邓哥通信试试看,她说:"因为邓是大学生,对他得用一段较长的时间来考验。"

由于苏师姐对我和邓哥交朋友的事还有点不放心,所以还亲自给邓哥写了一封信去试探。她给邓哥的信是这样写的:

最高指示:

提高警惕性,团结起来保卫祖国,准备打仗。

邓敏文同志:

您好！您接到我的这信一定感到很奇怪吧！不奇怪，请看如下：

邓同志，您还记得吗？在一年前，您和几位同学一起来龙武甲家、也就是小龙的家玩时，我和小龙的几个同事也到她家去玩，小龙就给我们介绍过你们几个是她哥哥的同学。当时我知道您姓邓，不知叫什么名字……您是小龙哥哥的好朋友，我们为你们感到高兴。祝你们永远团结在一起，胜利在一起。

我是小龙的好朋友，邓同志，您想起来了吗？想不起来也没关系，您写封信问一问小龙就知道了。我和小龙的关系就像您和龙武甲的关系一样。我和小龙在一起工作好几年了，我们成了知心的亲姐妹，互相关心，互相爱护，互相帮助。我们之间是心交心，无话不说，无话不讲。我们的关系是亲如手足。我家的一切情况小龙也一样了解，一样关心。这些就不用多说了。

邓同志：现转入正题，我问您一件事：自从您分配工作后，我见您给小龙来了几封信，信的内容也有所了解，看得出您对小龙同志有想法。只是小龙这个人总爱面子，不好意思说出来，我了解她。

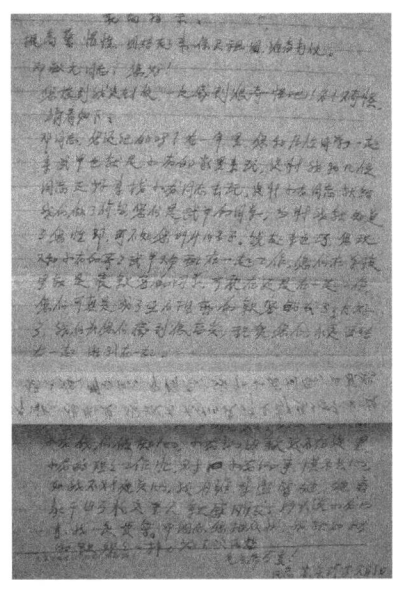

我的好友苏庆珍写给敏文的信

1970 年我与苏庆珍的合影

邓同志：如果您对小龙有心的话，您可直接来信跟我讲明……小龙的工作由我来做。小龙也还没有交男朋友，在北京也没有几个亲人。她的姐姐工作忙，也关心不了她。如果我不关心她，还有谁来关心她呢？所以小龙的事我一定得管。邓同志：请您相信我吧！我就如同小龙的亲姐姐一样。好了，下次再谈！

毛主席万岁！

同志 苏庆珍写于（1970年）元月1日

苏师姐的这封信是邓哥收到后又给我转邮回来的。从那以后我和邓哥的来往信件又多了一些内容。

# 恋爱的开始

就在绍芝姐帮我给我哥哥写信的前前后后，支左解放军也要给我说对象，还有厂子里的大姐姐们也经常给我说对象，可我从来不予理睬。几个和我玩得很好的姑娘中，小孙结婚了，小苏和小王也正在积极找对象。为小苏和小王交朋友的事我也费了不少的心思，她们也处处留心为我物色对象。我们仨都有一个共同的想法：就是当一辈子的老姑娘，也不找小厂子的工人！

有一次，小苏要我陪她到石师姐家去看石榴，说石师姐家种的几棵石榴特别好看。我们到石师姐家一看，确实有几棵石榴树结了不少石榴，特别好看。

不一会，石师姐家来了一个男青年，说是要借钳子修什么电表，跟我们也说了几句话。

在回家的路上小苏问我："这人怎么样？"我说："谁怎么样？"小苏说："就是借钳子修电表的那个男青年呀。"我说："我没在意，只见那么一面怎么知道人家怎么样呀！"

小苏说："这是石师姐成心为你安排的，要我带你来和男朋友见面，你怎么不留意看呢？"我说："你知道，我还不想交男朋友，你干吗要带我来和人家见面呢？"小苏有些生气地说："那以后我就不管你了。"我说："谁让你管我来啦?"

就这样,后来我和小苏都不再提这件事了。

在这以前,丰台区轻工业局有一个年轻技术员姓宁,我们都叫他宁老师。宁老师经常陪同区里的领导来我们厂检查工作,有时候他也来给我们讲技术课或指导我们厂的青年学习。我当时又是厂里的青年技术骨干,所以宁老师每月都专门给我邮来一本《支部生活》杂志。当时的《支部生活》只有党支部和团支部才有。宁老师每次到厂里来,都要借打开水的机会到我们车间来看看,有时就站在我的机床旁边问这问那,有时也帮我干点活儿。时间长了,我们相互之间也就比较熟悉了。大家也看得出宁老师对我产生了好感,于是我们车间里的人只要有人看见宁老师进厂来,就马上来告诉我说:"姓宁的又来了!"

果然,过一会,宁老师就会提着两个水壶去开水房打开水,然后又到我们车间来走一趟,跟我打个招呼,才回办公室干他自己的事。

一个星期六的下午,厂里办公室的出纳员跑来要我去办公室里接电话。因为从来没有谁给我打过电话,我说:"你乱说,谁会给我打电话?你骗我,我不信!"出纳说:"是真的,是丰台区轻工业局的宁技术员给你打来的。"

我不知道是什么事,就去接了电话。

宁老师在电话里说:"我前几天的工作太忙,忘了去邮局给你邮学习材料。明天是星期天,我有时间,我把学习材料给你送过去。"

我一听,没过脑子就说:"不用了,天气太热,我们学不学都行。"

宁老师忙说:"没事的,你上午9点至9点半在长辛店北口汽车站等着我。"宁老师说完,没等我回话,就把电话挂了。

没办法,第二天我只好准时到车站去接他。我刚到车站,就看见宁老师远远地骑着自行车戴着个草帽来了。他来到我的面前,赶紧跳下车过来和我握手,闹得我很不好意思。

我问:"你到工厂里去吗?"宁老师说:"我不去厂里。"我又问:"那你上哪里呀?"宁老师说:"随便到什么地方凉快凉快就行了。"

于是我们就推着自行车在路边走了走,又在一棵大树下坐了一会。到10点多钟,我说:"到我家去,我给你做点饭吃吧?"

宁老师说："不去啦，以后有机会再去，咱们随便到一个饭馆去吃点面条就行了。"

我说："何必呢！你不去我家，那就到我的一个老乡家去吧！你今天这么远到长辛店来，就得听我的安排，跟我走吧！"我没等宁老师答应，站起身来就走。宁老师只好在后边跟着。

到了绍芝姐家，我把情况简单介绍之后，就开始做凉面条吃。宁老师直说我们做的面条好吃，可他就吃了一小碗。

同院住的徐英荺姐见我带来一个男青年，也过来坐坐。徐跟绍芝姐也是好朋友。

在我送宁老师回去的路上，宁老师跟我商量说："我有一个姐姐，下个月要盖小厨房，你能不能去帮她们做饭？"

我不知道应该怎样回答，只能支支吾吾地说："等到了下个月再说吧！"

送走了宁老师，我又回到绍芝姐家，我问："这到底是怎么一回事呀？他姐姐盖小厨房，为什么要我去给帮做饭呀？"

绍芝姐笑了笑说："我的傻妹妹呀！这不是明摆着要你去做人家的媳妇吗？要不然，大热天的又是星期天，人家跑这么远的路来干吗，你可要自己拿主意呀！不能脚踩两条船啊！"因为绍芝姐知道邓和我有书信来往。

英荺姐也说："是的，他就是想跟你谈对象。这是人家拐着弯地告诉你，他有一个姐姐，帮做什么饭呀？是向你摊牌呢！问你是同意还是不同意。同意你就答应去他家，不同意你就别去，这你可不能含糊。依我看，这小伙子长相还不错，个头也不矮，是个有知识的青年。不过，大主意还得你自

1965 年我与绍芝姐，徐英荺的合影

己拿。"

从那天起，我的脑子很乱很乱：宁和邓我选择谁呀？各人有各人的长处，不知道应该怎么办才好。我头都大了，失眠了。

不久，我哥哥给绍芝姐回信了，哥哥在信中说："邓敏文出身中农，也是从小没有父亲的苦孩子，上有母亲和两个哥哥，一个姐姐。他是共产党员，思想好，人很可靠。就怕我妹妹不配。妹妹没有多少文化，从小又被妈妈娇惯，非常任性。其他的我也不好说什么，就看妹妹有没有这个福气了……"

绍芝姐把我哥哥给她写的信给我看了，这时我才知道邓哥原来叫邓敏文……

从这以后，我和邓哥的来往信件都改变了称呼，他叫我"月江"或"江"，我叫他"哥文"或"文"，也许这就是人们所说的"恋爱的开始"。

# 1970：心中的秘密

二十世纪六十年代，女孩子长到二十二三岁就算大姑娘了。你不去找别人，别人也会来找你。有邻居们来说媒的，有本工厂的师傅们来帮介绍对象的，有师兄师弟直接找你提出谈朋友的，也有相互吃醋的。总而言之，如果你不说你有了对象，麻烦事就不断会出现。

有一个和我一起学徒的小师姐，我们俩共一个师傅，她比我早学徒一个月。我们的师傅姓张，是个很好的人，小学没毕业就开始上班，干活儿不怕苦不怕累，对技术肯学肯钻。小师姐经常到师傅家去帮师傅洗衣做饭，我们大家都知道她已经和师傅谈朋友了。师傅对我也一直很好，他喜欢我聪明好学，爱动脑子，他常在车间里拿我加工出来的零件给工友们看，要工友们照我的样品加工活儿。

当时，社会上流行一种说法"罗马尼亚电影是搂搂抱抱，越南电影是飞机大炮，朝鲜电影是哭哭笑笑，中国电影是新闻简报"。长辛店影院一个月也放不了几场电影。有一次，二七厂俱乐部演电影《董存瑞》，师傅高兴，开工资时给了我5角钱，要我和苏师姐下早班后路过二七厂俱乐部时，去买几张电影票来给工友们看，每张票是5分钱。大家都很高兴。

　　第二天一早，我和苏师姐来上班时，一进车间就有人问我："你们昨天买电影票了吗？你们走后你的小师姐生气哭了。她跟我们说，你不应该接她男朋友的钱去买电影票，应该由她去帮买票来分给我们看，这样才是名正言顺。"

　　我当时很吃惊，也很后悔自己没长那么多的心眼，就接师傅给的钱了。可是，我再一想，觉得张师傅虽然是她的男朋友，但也是我的师傅呀，于是我说："是师傅要我帮买的电影票，又不是我跟师傅要钱去买电影票，这点小事算什么呀？"我想：小师姐真是个小心眼的人，师傅再好也不是我的心上人呀！小师姐怎么这样爱吃醋呢？

　　从那以后，我和苏师姐就不爱理小师姐了。车间里的同事们也都知道小师姐小气，爱吃醋，也不爱和小师姐一起玩了。

　　当时青年人结婚，工厂里的职工兴凑份子送礼，一般是每人送3角钱。最好的朋友结婚，一般也只送5角钱。然后统一将这些钱拿去买纪念品送给新婚夫妇，如脸盆、茶盘、枕巾、水杯、毛主席像、毛主席著作等等。张师傅和小师姐结婚时，我们全车间的人看在张师傅的面子上，每人只送1角5分钱。在我们厂，每人只花1角5分钱给新婚夫妇凑份子，这还是第一次，也是最后一次了。

　　从那以后，苏师姐才开始把我和邓哥谈朋友的事有意宣扬出去，说"小龙早已经有男朋友了"。我也有意把邓哥邮来的信和照片拿给那些和我相好的姐妹们看。于是，车间里的人都说："原来小龙跟谁都说先不搞对象，闹了半天，她心目中早有了一位大学生！"

　　1970年初，我和邓哥的关系在同事中公开后，我的心也踏实多了。我每次收到邓哥的来信，就马上给他写回信。我们的信也是公开的，都说一些当时各自的学习和工作情况，没有什么特别的秘密。有时候，邓哥给我邮来一些他们矿山的宣传资料、革命样板戏剧本、革命歌曲、毛主席诗词等等。

有一次，邓哥用小楷毛笔抄了一首毛主席诗词寄来给我，我正在厂里的学习班上学习。我看完信，就顺手把信和诗词放在办公桌上。我们厂的王书记见到后说："小邓的小字写得不错。"于是王书记就天天拿来做样子学写小楷。

孙厂长见到邓哥抄的毛主席诗词之后，却为我担心起来。孙厂长语重心长地对我说："小龙呀！你可得好好地考虑考虑呀！人家小邓是个大学毕业生，是个有才华的文化人。你可是小学都没上完啊，是个工人啊，以后你们能合得来吗？"

我很自信地对孙厂长说："厂长，请您放心，我虽然没有那样高的文化程度，可我的脑子并不比别人少一个细胞。邓吃文化饭，我吃技术饭。没有我们工农兵，光有文化也是不能当饭吃的。我靠自己的双手也能找饭吃，不怕邓以后跟我合不来！"

孙厂长笑了笑说："你的口气真不小，还挺会说！"我又补充一句说："再说，是邓先看上我的，是他先给我写信的，又不是我非要去追他。我对邓已经有了一些了解，他会对我好的，请您老人家放心吧！"孙厂长只好点点头，没有再说什么。

1970年5月，邓哥来信说："我已经工作一年多了，可以有一个月的探亲假了。我离开北京已经快两年了，很想用假期回北京来看看。"

我马上给他写回信说："你来北京我没意见，只是不能在7月份来，因为我们厂正在选拔技术人员准备送去上海学习。如果因为你来了，厂里不送我去上海学习，那可不行！学习多长时间还没有定。等我从上海学习回来，咱们再商量你来北京的事。"

邓哥在回信中同意了我提出的条件。

# 向上海工人学习

1969年夏天，上级下达文件说学徒工可以评级了。文件规定，三年学徒出来一般可以定为二级工，二级工的工资是每月33元。表现好的、成绩突出的可以定为三级工，三级工的工资是每月37元。

听到可以出徒定级的消息，大家都很高兴。经过考核评定，男车工张师傅、模具工刘师傅、电工赵师傅、女模具工王桂兰、车工苏庆珍和我6人都被评定为三级工，工资一下子从22元长到37元，我们都很高兴。而我的小师姐、小师兄和其他十多个同龄工友却只能定为二级工。

我的第一份"家产"—木箱子

拿到补发的工资之后，我立即花15元钱去买了一个木箱子。这也是我参加工作之后用自己挣来的钱购买的第一份"家产"。

厂里逐步恢复正常生产，提出"抓革命，促生产"的口号。然后厂里派人到市场搞调研，买回上海匙链厂生产的匙链，大家觉得很好，并决定向上海匙链厂学习，搞自动化生产匙链的机器。

为了增加品种，随后厂里又决定生产砂轮机。厂里成立技术革新小组，我也是革新小组成员之一。于是厂领导决定派几个人到上海去学习。当时，我厂属北京市轻工业局管辖下的集体所有制工厂，想派人到上海去学习，必须先请示长辛店镇政府批准，然后再把报告送到丰台区轻工业局审批，再送北京市轻工业局批准。最后才能跟上海市有关部门一级一级地联系。就这样批来批去，足足用了将近一年时间。

在这段时间里，我们厂领导也在积极考虑去学习的人选。到底派谁去呢？派谁去能把技术学回来呢？厂领导经过多次研究，最后决定由三方面人员组成：绘图技术员张柄扶，车工和钳工师傅张宏彬和张宝恒，钳工王桂兰和车工龙月江。

厂领导把我们5个人召集在一起开了半天会，把本厂发展的必要性，申请派人去上海学习的经过和我们去学习的任务、注意事项等等都作了详细交代。王书记说："你们这次不是一般的出差，而是对你们的一次技术栽培。"

我们几个人都很高兴，都一一表了决心：一定向上海工人好好学习。

1970年7月初的一个晚上，我们5个人怀着喜悦的心情坐上了开往上海的硬座列车。除我之外，其余4个人都没有出过远门，也没有坐过这么远的火车。我们的心中都有一种说不出的滋味，都觉得这次任务重大。张宝恒师傅是带队的，他严肃地对我们说："谁也不许单独行动，有事必须大家一起商量。"

我们坐了一夜的车，说了一夜的话，谁也不想睡觉。经过10多个小时的旅行，我们终于来到了上海。走出火车站，我才发现上海并不像电影《霓虹灯下的哨兵》那样灯火辉煌。当时正好是梅雨天气，所有的楼房都是灰扑扑的。街道也很狭窄，都是些老房子。阳台上挂满衣服、裤衩、被单等乱七八糟的东西。许多人家的门口放着马桶，男人们在街边的半边矮墙里撒尿。小胡同里没有风，给人一种非常潮湿和非常闷热的感觉。

我们拿着介绍信边走边问，终于找到了上海市二轻局招待所。我们把行李放下，就开始了解情况。下午就到砂轮机厂去联系学习的事。砂轮机厂领导见到我们很热情，看完介绍信后，就由一位四十多岁的男同志领着我们在砂轮机厂的各个车间转了一圈。每到一处都介绍我们是从北京到上海来学习技术的。

上班时，车间里的工人一个个黑黑的，衣服也特别脏。下班后，他们洗完澡，换上衣服，我们都不认识了。

晚饭后，我们开会研究工作，并作了分工。我们每人学一种加工工艺，谁在学习上有困难，晚上回来大家再碰头商量解决办法。

我们学习的主要内容是制造落地式砂轮机。我的主要任务是学习机械加工方面的工艺。砂轮机的主要部件是机身和电机。电机又分为机壳和机罩。机罩里面有定子和转子，都用硒钢片和漆包线制作。转子正中有一根中轴。中轴两头是一反一正的螺丝扣和螺丝帽，卡砂轮片处各有一个垫圈。大家一致认为，砂轮机没什么难制造的，只是卧漆包线工序复杂一点。

我用3天时间就把砂轮机各个部件的基本制造工艺学会了，其中还包括加工这些部件的卡具制作。

第四天，我们决定到上海匙链厂去学习。我们只是去了自动挂链机车间。车间里有灯笼链机、蛇皮链机、珍珠链机。一进车间，只听到机器有节奏的响声，基本听不见人的说话声。这些自动化机器比较复杂，真像机器人，有的比人还灵活。每台机子可能有100多个零件。原材料从这边进去，成品就从那边出来。我们真是大开眼界了。

在匙链厂学习的3天时间过去了，绘图的技术员张柄扶提出，她一个人绘图有困难，每一台机子有这么多个零件，用半年时间也画不完。这可真是个大问题。大家商量了半天，也想不出更好的解决办法。于是我提出建议："能不能跟厂要一份图纸？我们可以对照图纸来学，看不明白图纸再去看实物。"大家觉得我的建议很好。

我们就找厂领导谈，请求他们送我们一份灯笼链机的图纸。厂长当时就答应说："我马上请技术员去复制一份图纸，下班前给你们。"我们听了都很高兴。晚上，我们把图纸铺在床上一直看到半夜。

第五天，我们又拿着图纸去对照机器结构，看各个部件的运行情况。晚上，我们又回来总结，想想还有什么不明白的地方。

第六天和第七天，我们再去匙链厂仔细学习那些还不够明白的问题。与此同时，我们也去砂轮机厂要来了一份生产砂轮机的图纸。我们对上海工人阶级的大公无私精神很是敬佩。当时全国各地正在上演革命样板戏《龙江颂》，大家都说："这才是真正的龙江风格！"

最后一天的下午，张师博说："咱们来一趟上海，把所需要的图纸都拿到手了，技术也学了不少，今天下午咱们放松放松，去看一下上海外滩。"

我们来到外滩，我第一次看到大海和轮船，非常兴奋。然后我们又逛了几条街，我花了3元钱买了一副皮手套打算送给姐夫；花7元钱买了一件凤凰尾样的毛背心打算送给姐姐的大女儿李敏；花了2元钱买一顶童帽打算送给周淑萍师傅的小儿子；最后我又花3元钱买了一个圆形玻璃罩。玻璃罩里有一棵小松树枝，树枝上挂着五个红灯笼，灯笼上用金纸写有"毛主席万岁"五个小字，这是我去上海留给自己的唯一的纪念品。

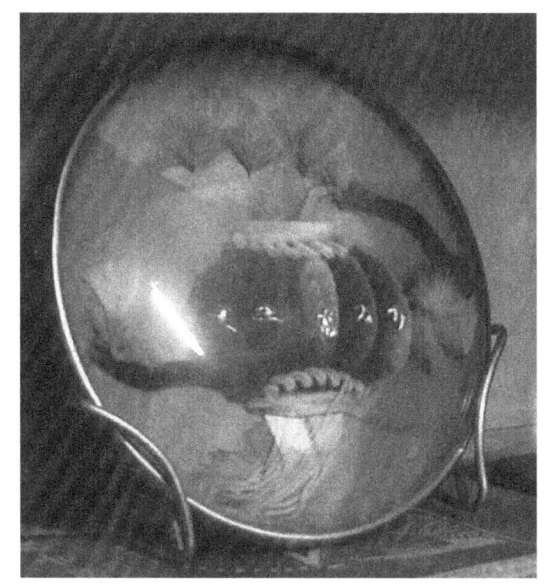

我去上海学习购买的纪念品

　　我们5个人一起出去，一起逛街，一起往回走。大家都很高兴，一路上有说有笑。走着走着，快到招待所了，我们突然发现绘图的技术员张扨扶不见了！我们赶紧回头去找，可是怎么也找不到她的人影。这下可把我们急坏了，因为晚上我们就要到火车站去买车票回北京，如果找不到张扨扶，我们就不能走了！

　　我们吃完晚饭，张扨扶终于赶回来了。

　　张师傅问她："你到哪里去了？"张扨扶答："我去上厕所，从厕所出来就找不到你们了。"张师傅又问："那你为什么这个时候才回来？把我们给急坏了！"张扨扶不慌不忙地说："我从厕所出来找不到你们，就自己去照相馆照了张相。"我们大家一听，都气坏了，于是我们就七嘴八舌地数落她："你想去照相，也应该跟我们说一声呀！""你要去照相，我们也可以陪你去呀，我们也可以照一张相呀！""你这样无组织无纪律，害我们为你着急，到处去找你！"

　　张扨扶却不气不恼，只是默默地收拾行李准备和我们一起回北京。我们大家都不理睬她。其实我也后悔，去了一趟上海，连一张相都来不及照就回北京了。

在火车上，张宏彬师傅为了缓和气氛，开玩笑说："多亏张枥扶提出画不完图纸，要不然，咱们不会这么快就能回北京，也不能这么快就把自动挂链机的技术学到手。"

张枥扶接过话茬说："我是技术员，没有图纸我是干不了事的。"她接着说："有一次，我婆婆要我蒸窝头吃，我对我婆婆说：'我不会做窝头，你要是非叫我做窝头，那你就画一张做窝头的图纸来，我可以照着做。'从那以后，我婆婆再也不叫我做窝头吃了。"她还一本正经地告诉我们："这事是真的，我们大院里的人都知道。"大家听了，把肚子都笑痛了。

我们从上海一直坐到丰台火车站下车，然后又转慢车回到长辛店。因为我姐姐家就住在车站旁边，我把行李放好后又跟着张师傅他们一起高高兴兴地回工厂。

真没想到，王书记、孙厂长见到我们，不但不高兴，反而大吃一惊。王书记冲着我们直嚷嚷："你们是怎么回事？怎么才去十来天就回来了？你们想家了呀？你们几个怎么这点苦都吃不了呀？是不是到那边吃住不习惯呀……"

我们几个谁也不敢说话，带队的张师傅只是摆头表示不是。

王书记接着说："你们为什么这么快就回来？为什么呀？厂领导考虑再三，才送你们出去学习，是为了栽培你们。你们不去半年也得去三几个月才能把技术学回来呀！你们才去十来天就跑回来了，能学到什么技术呀？你们去之前我就已给你们开会说过，申请这次学习计划用了快一年的时间，很不容易呀……"

这时，孙厂长才对王书记说："你先别着急，让他们自己说说，为什么这么快就回来啦？"

张宝恒师傅先发言，他说："我们已经拿来了图纸，回来照着图纸生产就行了。我们不想在那里浪费时间。"

张宏彬师傅也接着说："我们得到图纸就好学了，有了目标，学得也快。在上海，我们每天晚上都开会研究，哪里还不明白，还有问题，第二天就着重去那里学。我们按图纸的要求仔细分工，每人掌握几个部分，回来生产没问题。"

我也说："我学的那部分保证没有问题，我保证能做出来。"

这时，书记和厂长脸上才开始露出一点笑容。

第二天，召开全厂大会，宣布成立技术革新小组，要生产自动化挂链机，并要求材料科做好一切用料准备。

张宝恒师傅是技术革新组的组长，除我们5人外，又加上小刘师傅是副组长，还有小董、小王师傅和几个模具工，此外还有技术员马师傅等。

我们只用了一个月的时间就把所有的机器配件都安装好了。机器立起来也能动了，看上去跟上海的机器没有什么区别，可就是挂不出链子来。我们几个非常着急，每天只睡两三个小时的觉。有时研究到半夜，有时连觉也不想睡，总是在考虑问题出在什么地方。厂领导怕我们把身体搞坏了，经常到车间来赶我们下班，要我们早点儿休息。书记、厂长也经常跟着我们到半夜才回去睡觉。

王桂兰和我都住在厂内，我们两个经常试验到凌晨一两点钟多才回去休息。有时候我们两个回去休息一两个小时又起来干活儿。

有一次，王书记夜里起来上厕所，听见车间里又有人开刨床。他到车间一看，才发现王桂兰和我正在干活儿。王书记马上批评我们两个说："你们两个不注意休息，不劳逸结合，把身体搞垮了怎么行呀？"

我和王桂兰解释说："我们认为有个配件的尺寸做小了几毫厘，需要晚上备出料来，明天才能让模具工做。这样才不耽误时间。不干完活儿，我们怎么也睡不着觉。"

王书记只好边点头边说："干完活儿赶紧睡觉去。"

经过多次修改配件和模具，1970年国庆节前，我们制造的自动挂链机终于挂出了一条2尺多长的链子，厂领导十分高兴，王书记在全厂大会上表扬我们说："这是献给国庆节的最大礼物。"

上级部门见我们的自动挂链机挂出了2尺多长的链子，就要我们停住不要动了。然后他们组织长辛店镇其他厂子的工人来参观。等来人参观时，再让我们演示给其他工厂的人看。这样，我们接待参观的人就忙了一个多星期。

与此同时，我们厂又兼并了一个在长辛店东北头的砂石厂，并将这个厂的地基用来建冶金翻砂车间，生产铸造砂轮机的机身、机壳和砂轮垫圈等等。落地式砂轮机的投产，使我们厂一下子进来了很多新人，其中有一大批是上山下乡的剩余人员，他们都是因为家里有特殊困难或因为残疾而不能上山下乡的知识青年。厂领导还让我去接来两批身体健康的初中毕业生，并让我带一男一女两个徒弟。这样，我从学徒工变成师傅了。

# 他终于来了

从上海学习回来，因为工作学习都很紧张，两个月很快就过去了。

1970年9月21日下午，我们正在厂办公室里开会，突然有人带我姐姐的大女儿李敏到办公室门口来找我。

李敏见我出来就说："姨，是我妈妈要我来找您，要您下班后回家去。"

我吃惊地问李敏："有什么事?"

李敏在我耳边小声说："是那个人来了。"

我听后心里咯噔一下，心想："这家伙没给我来信就跑来了!"

我送走李敏，回到学习班，思想怎么也静不下来。正在和我们一起学习的有王书记、刘振书、陈书珍、张香兰、孙文芝、王桂兰和支左解放军等八九个人。当时王桂兰跟我玩得最好，她还没有交男朋友，我们一起住在厂里的女工宿舍。

下班后，我跟王桂兰说了声就回家了。我一进院子，就见姐姐正在门口做饭。

姐姐对我说："小邓来了。"

我说："听李敏说了。"

我走进屋，见一个男人正坐在大屋的床边上。他头上戴着一顶褪了色的黄军帽，上身穿一件黑工作服，下身穿一条掉了色的人造棉裤子，脸又瘦又黑又脏。我心里想："两年没见面，他怎么变成了这个样子？"当时我怎么也高兴不起来，心里不是滋味，幸好眼泪没流出来。我低着头轻轻问了一声："你来啦？"

邓见我进屋，马上站起来说："月江，你下班啦？"

我只"嗯"了一声，就再也没什么话说了。

我的心在扑扑地跳，脸有点发热。我不好意思正面看邓一眼，就把脸转过去，假装做别的事去了，然后我又出去帮姐姐做饭。

吃晚饭时，姐姐问邓一些家常事。我在一边听着，也说不上话。

吃完晚饭，姐姐说："月江，你带小邓去大街浴池洗个澡吧！我这里有澡票。坐了几天几夜的火车，又脏又累的，洗个澡轻松轻松。"

我说："我这里也有澡票。"

我们从家里出来，天还很亮，这时我才察觉邓比以前长高了。我在前边领路，邓在后边跟着，我们一路也没话说。

大约走了十多分钟，就到了大街浴池。我跟浴池里的服务员大姐很熟，我告诉浴池大姐："这是我哥哥的同学，用我的澡票洗个澡，请您带他去男浴池好吗？"

浴池大姐以前也想给我说对象，见我带一个男青年去了，一个劲儿直问："是不是你交的男朋友哇？"我没有正面回答，只轻轻地点了点头。

我洗完澡，从女浴池里出来，电灯已经亮了。我刚跨出女浴池门口，就从门厅对面的镜子里看见一位年轻小伙子端端正正坐在长椅上。他浓眉大眼，额头宽阔，上身穿一件白色衬衫，下身穿一条带裤线的深兰裤子，脚上穿一双黄色翻毛皮鞋，还挺精神。

我走到门厅，转身一看，原来那年轻小伙子就是他呀！我的心一下子豁亮多了。

在回家的路上，我的话多了起来，脚步也比来时慢多了。我跟邓说了一些我们学习班的情况。邓还是不言不语，听到高兴处，他只是"嘿嘿"地笑两声。

回到家，我给邓安排住在我原来住的小屋里。大约十点多钟，邓送我回厂里的女工宿舍住。我只让他送到我们厂子的门口，就让他回去了。

第二天，我们学习班的几个师姐都知道邓敏文来了。下班后，王桂兰跟我一起到我家来看邓。

从第二天起，邓每天在家帮我们买菜做饭。我每天中午、晚上都回家来吃饭。我和姐姐上班走后，邓觉得无聊，就叫我帮他找一把二胡来拉。有时，他也拿起我织的毛衣来学着织。

第三天晚上，我们学习班的五六个师姐都来我姐姐家打算看邓。师姐们在大屋坐了半天也没见到邓的人影，就出外屋东找西看。其中有一位师姐见外屋的墙上有一个小窗口，小窗口上挂的电灯正亮着，那是为了让里外屋都能照着，节省电费。

刘振书推开小屋的门往里看，然后惊叫起来："哟！这里边还藏着个大活人呢！"

大家都围了过去，你一句，她一句地嚷嚷起来：

"这是谁呀？干吗在这里藏着呀？"

"又不是大姑娘，干吗躲在小屋里不敢出来见我们呀？"

"人家是大学生，不愿意理咱们呗！"

"小龙，你干吗把人家给藏起来呀？干吗不让他见人呀？"

邓一句话也没说，只是"嘿嘿"地笑。

我赶紧走过去风趣地说："他叫邓敏文，是个哑巴，不会说话，只会笑！"

这时，我又请大家回到大屋来坐，邓也跟着走出了小屋。大家有说有笑，邓还是只会"嘿嘿"地笑。

第四天中午，我吃完午饭要去上班，邓赶紧跟在后面送我。没走多远，邓红着脸对我说："月江，我有件事要和你商量。"

我问："什么事？你说吧。"

邓说："我这次来北京玩，是请的探亲假。文件规定，探亲假只能探自己的直系亲属，未婚的只能探自己的父母，否则是不能用探亲假的，路费也是不能报销的。"

我一听，就有点急了，我对邓说："你没回老家看你母亲，却跑到北京来看我，路费不能报销，那我有什么办法呀？"

邓说："没关系，只要有一张结婚证明书就能报销路费。"

我明白邓的意思，于是我故意问："是吗？是这样简单吗？"

邓赶紧回答："是的，是这样的，文件上有规定，我问过我们单位的人事科长了。"

我笑着说："如果只要一张结婚证明书就能报销，那好办，明天咱们去长辛店镇政府领一张就是了。"邓有些高兴。

我继续说："不过，听说要有男女双方所在单位的证明才能领结婚证明书。"

邓赶紧说："我的已经从我们单位开来了，只要你们厂再开一张来就行。"

我说："那好吧！今天我早点回来，咱们先去一趟丰台，因为丰台有几家老乡对我都很好，我得先带你去见见他们。"

邓点头答应，便转身走回姐姐家去了。

我下班后，邓和我坐上通勤火车打算到丰台张宏恩大哥家看看。张大哥是天柱石洞井美银侗寨人，1950年和我姐夫一起加入志愿军抗美援朝，1957年又一起转业到北京铁路部门工作。张大哥的爱人刘姐是石洞汉寨人，与我家又是亲戚，所以我一直把他们当成自己的亲人。

张大哥和刘姐见我领着一个男青年去看望他们，特别高兴，赶紧给我们做晚饭吃。

吃饭时我跟刘姐说："因为我没有时间到别的老乡家去了，请您转告他们，我们这次来是请你们几家十月一日那天到长辛店去玩。"

刘姐虽然没上过学，但很聪明，她问："你们是不是十一结婚呀？"

我说："还不一定，你们只当去玩玩吧。"

吃过晚饭，已经是晚上8点多钟了，已经没有去长辛店的火车了，下一班车要等到10点多钟才有。坐汽车又不太方便。于是我说："咱们走路回家吧？我们以前来丰台开会，经常是走着回去的。我认得小路，不太远。"邓点头说："我听你的。"

我很高兴，因为这些年我和邓谈朋友，都是在纸上谈。纸上谈情，总是盼望的多，想象的多，没有实际内容。我心想："今天晚上我可以体验一下男女青年交朋友的真实感受了。我和他还没有单独在一起好好地说过心里话呢！今天晚上终于有机会说心里话了。"

那是1970年9月24日，正好是农历八月二十四的夜晚。天空中没有月亮，只有几颗半明半暗的星星。我们是在黑暗的夜幕里行走。开始我还跟邓说这说那，可是我说什么他也只是"嘿嘿"地一笑。后来，我也不想说话了。我们默默地行走，彼此之间的距离也越拉越大。我走马路东边，他走马路西边。有时候走在一边马路上，两人也相距好几米远，谁也不好意思走近一点。

一路上，我心里琢磨："这个大学生是怎样一个人呀？他在信上说的挺有人情味，可实际上呢？他为什么要离我这么远呢？像这个样子走路，怎么说心里话呀？路边虽然有路灯，可也有大树呀，还有草地呀。路上根本没有别人行走，来往的汽车也很少。万一从路边窜出一个什么东西来，还不把我吓一跳？万一有什么意外，他能保护我吗？他靠得住吗……"

我越想越怀疑，越想越害怕，越想越有气，越想脚步也就越加快，不知不觉就走到了我们的厂子门口。我没好气地对邓说："你回家吧！"

邓提醒我说："明天你从厂里开结婚证明，用我来吗？"我没好气地回答说："不用！"

随后我便头也不回地跨进工厂大门，回女工宿舍睡觉去了……

# 她为什么哭得这样伤心

1970年9月24日晚上10点多钟，我从丰台回到厂里。我一进工厂大门，就看见王书记、孙厂长、王桂兰和电镀车间的张师傅等几个人在院子里坐着。他们正在跟王桂兰开玩笑闹着玩，看见我回来了，就把话题转到我的身上。

王书记问："小龙，你到哪里去啦？怎么这么晚才回来呀？"

孙厂长笑着说："你不回来，王桂兰不敢回宿舍睡觉。"

我实话实说地告诉他们："我去丰台老乡家了。"

孙厂长又笑着问："就你一个人去呀？"

我还来不及回答孙厂长的问题，王桂兰就把我拉到一边去小声问："他们都说你要结婚了，是吗？"

我反问王桂兰："你听谁说的？我没跟任何人说我要结婚呀！"

王桂兰说："我就说嘛，你要是结婚，也得先告诉我呀！"

我小声对王桂兰说："不过，邓跟我说，要领张结婚证他才能回单位去报销路费。这也是我们刚决定的。领结婚证的事我还没跟任何人说呢，现在我正式告诉你。"

王桂兰说："那刚才他们是瞎嚷嚷的！"

我说："他们爱嚷嚷就嚷嚷去，反正咱们迟早也要结婚……"

我和王桂兰聊到将近12点钟才回女工宿舍去睡觉。因为我走了几十里路，有点累了，躺下就睡着了。

我半夜醒来想上厕所，才发现王桂兰的床上没有人。我以为她也上厕所去了，我到厕所一看，却没有人。我心里有点纳闷，半夜三更的她上哪儿去了呢？

我竖起耳朵听，才听见有人在轻轻地哭。我循着哭声走去，才发现王桂兰坐在放钢材的棚子下面正哭得伤心，我走到她身边她都不知道。

我问她："你为什么哭呀？为什么哭得这样伤心呀？"

王桂兰只是摆头不说话。

我不知道王桂兰为什么哭，也就不好说什么别的，于是我只好在她的身边坐下。

过了几分钟，我才小声地劝王桂兰："咱俩是最好的朋友，跟亲姐妹一样。你有什么不顺心的事可以跟我说说。你别哭了，哭管什么用？你的命比我好，你的文化水平比我高，你的工作又是搞模具钳工，不像我这样累，也没有危险。你还有父母，你的父亲又是二七厂的老工人，有退休金。你还有哥哥、姐姐、嫂嫂，他们也都有工作。你的家庭多好呀！"

王桂兰还是哭。

我接着说:"你多好呀,自己领工资自己花,家里不要你的钱。你看我,在厂里吃,在厂里住,每月开支还得给姐姐送钱去,过年过节还要给妈妈寄钱去。我参加工作都快10年了,连一件好衣服、一双好鞋子都没有……"

我自言自语地说了半天,王桂兰才不再哭了。我又问她:"你为什么这样伤心?"王桂兰说:"为你!为你伤心!"

我很奇怪,于是我又问:"为我?我又没气你!又没伤害你!你为我伤什么心呀?"

王桂兰说:"昨天夜里我就在被窝里哭来着,你不知道?今天我还想哭,又怕把你吵醒,所以跑到这里来哭。"我更糊涂了,我急着问:"那是为什么?"王桂兰说:"我一想到你要结婚,我就想哭。"我说:"我结不结婚跟你有什么关系?"

王桂兰说:"你们都结婚了,不管我了,我没有伴儿了。小孙、小苏、小邵你们都结婚了,自己过自己的日子去了,小冯比咱们小,再说她又不住宿舍,就剩下我一个人了,我还怎么在宿舍里住呀?"

这下我明白了。我又劝她说:"我先领结婚证,又还没真的结婚。再说,我就是结了婚,也不离开这个厂子,也不会离开你呀。我还在这个厂里上班,我还在这个厂里住宿,咱们还可以经常在一起呀!"

我又说:"苏庆珍的爱人张连长不是说也要给你介绍一个他们部队的军人吗?听说过几天这个军人就要来了,你们很快就能见面了,你怎么能说我们不管你呢?老辈人说,男大当婚,女大当嫁,咱们人人都得找对象结婚,不可能永远在一起过单身生活。以前咱们说过,找对象也要找在一起的,住也不能离得太远,让他们几个男的在一起玩,咱们几个女的也还在一起玩。看来,咱们的这种想法是很难做到的啊!世界上没有不散的酒席啊!"

我和王桂兰在那个钢材棚子里坐了很久很久,说了很多很多……

# 青春就这样结束了

第二天（9月25日）上午，我到办公室找管人事的邵俊霞姐。我把情况向她作了说明，然后请她给我开个结婚证明信。

邵姐也在学习班里学习，是我的好朋友。她了解我和邓的关系，所以她很痛快地就把证明给我开了。

开好证明，我就回家叫邓一起去大街百货商店买一斤水果糖，然后就去长辛店镇政府。

走进政府大院，我见所有的干部都在北屋里学习，这些人我都认识。我心里想：我该怎么跟他们说呢？

我叫邓先在院子里等一下，我一人先走进北屋办公室去。办公室里的人都在睁大眼睛看着我。我把水果糖往桌子上一摆，说了声："请大家吃糖。"

有人还没明白过来，就问："这是干吗？小龙今天为什么要请我们吃糖呀？"

张桂兰开玩笑说："小龙这一手厉害呀，她先用糖堵住你们的嘴，看你们还说什么！"

有人说："小龙，你是用糖衣炮弹袭击我们呀！"

我什么也没说，转身到屋门口叫邓进屋，然后掏出两张结婚证明信摆在桌子上。大家都高兴地和我开玩笑。也有人出于好奇心，问了一些关于邓的情况。

这时，李萍大姐站起身来说："走，咱们到南屋去，公

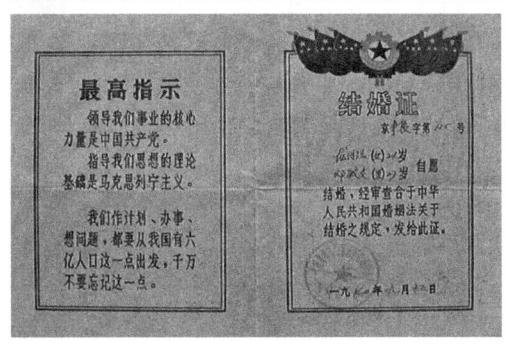

我和敏文结婚证

章在南屋。"

后来我才知道，我一走出工厂大门，邵姐就把我开结婚证明的消息传到了厂学习班里。学习班里的人一听到这个消息，就都坐不住了。刘振书出主意，当天就要给我们举行婚礼。她们还作了分工，谁当司仪，谁买东西。

厂里的同事们又马上派人去找我姐姐商量，并告诉我姐姐说："小龙今天上午已经领了结婚证，干脆今天就给小龙他们举行婚礼算了。"

我姐姐对我的同事说："我上午见到月江和小邓从百货商店出来，说是要去镇政府。我可没听月江说他们哪天结婚。我也没有什么准备，连被子都没给做一床。"

我的同事说："不用什么准备，小邓来一趟也很不容易，又不在北京常住。只要你告诉小邓今天下午多买点菜，多做几个人的饭。我们下班后来几个人，在你们家热闹热闹就行了。今天给他们举行婚礼，也免得小邓天天还要送小龙回厂里宿舍去住。"

姐姐答应了。中午回家吃饭时姐姐就把这些情况告诉了我和邓。

上午我和邓到百货商店买糖，在商店门口确实见到我姐姐也去百货商店。我还给姐姐10元钱，请姐姐帮买一个搪瓷脸盆带回家去。没想到姐姐只花3元钱买了一个生铝脸盆回家，连条毛巾也没给买，全家人洗脸没有一条新毛巾。

午饭后，我拿出以前准备的一套新的被里被面，姐姐也找出一套新的，然后请隔壁的王嫂过来用旧棉套做了两床新被子。邓把我以前睡的单人床板加宽了两块板子。

下午，我下班后又和邓一起去买了一个带两个抽屉的小柜子和5斤水果糖。小柜子花29元钱，摆在小屋门的对面。柜子上边挂一张毛主席像。门后放一个

我们结婚时购买的唯一的一件家具

我以前花15元钱买的带"忠"字的小箱子当凳子坐。

姐姐觉得两床被子太少，不好看，又拿出她的两床被子来摆在床铺上。姐姐还拿出一条以前姐夫买的毛毯来对我说："你姐夫来信说，等你结婚时把这条毛毯送给你。"

这就是这间只有5平方米左右的洞房的全部新婚用品。

下午6点多钟，邵俊霞和周淑苹两位大姐合着买了个脸盆架送到家就走了，她们说还要回家给小孩做晚饭吃。

天快黑时，我们学习班上的几个好姐妹刘振书、陈淑珍、张香兰、王桂兰和孙文芝等都来了。

刘振书说："真对不起，因为我们下班后还去商店买东西，所以现在才到。"

王桂兰一手提着个大红花搪瓷脸盆，一手提着个大兰花暖瓶。王桂兰对我说："苏庆珍快要生小孩了，她不能来参加你们的婚礼。这个大红花搪瓷脸盆是她给你买的，要我帮她带来给你，还让我代表她祝你们新婚幸福！"王桂兰含着眼泪接着说："这个兰花暖瓶，是我送给你们的，祝你们今后生活永远温暖！"我含着眼泪默默地表示感谢。

学习班上的其他姐妹们合着买了一个茶盘和几个茶杯，还有一尊毛主席的半身塑像。

给我们主持婚礼的司仪是孙文芝。我们每人手里都拿一本毛主席语录。孙司仪先读两条毛主席语录："领导我们事业的核心力量是中国共产党，指导我们思想的理论基础是马克思列宁主义。""我们都是来自五湖四海，为了一个共同的革命目标，走到一起来了……我们的干部要关心每一个战士，一切革命队伍的人都要互相关心，互相爱护，互

厂里的同事们送来的结婚纪念品——毛主席塑像

相帮助。"

然后我和邓向毛主席像三鞠躬，再转过身来向各位来宾三鞠躬。

接着司仪让我和邓介绍恋爱史。我说："我们没有恋爱史，我们的恋爱都是在邮电局里进行，我们的来往书信大家都看过了，没有什么可介绍的了。"

邓还是穿那身工作服。他没有说话，只会"嘿嘿"地笑。大家也都笑了。

接着大家让我和邓用嘴叼糖、啃苹果、闹洞房。因为屋子特小，只能站五六个人，其他人只能站在外屋。

窗外有院子里的大人小孩看热闹。我的同事只好从窗户把喜糖扔出去，让孩子们在院子里抢。最高兴的是我姐姐的大女儿李敏，她进进出出地来回拿糖分给自来水胡同同院的小朋友们吃。

大约闹到10点多钟才开始吃晚饭，可是谁也吃不下去了。

同事们走时，我想送送她们，可是，她们说什么也不让我送。

孙文芝说："北京有个讲究，新婚之夜新娘送人不让出大门。"我只好听她们的。

姐妹们走了。我把姐姐拿过来做样子的两床被子又还给了姐姐。

夜深了，姐姐把外屋门关上，把外屋的灯也关上，然后就和小李敏进大屋睡觉去了。

邓关上小屋的门，打开新被子自己躺下了。

我总觉得不好意思躺下，看看这，望望那。小屋里连一个凳子都没有，我只好一个人默默地坐在床边。

这时，邓说话了："太晚了，姐姐她们已经睡了，咱们也睡觉吧!"话音刚落，他就把电灯给关了。

我在一片漆黑的小屋里坐着，我越琢磨越不是滋味。

我心里想：今天我都干了些什么呀？我身边躺着的这个人到底是个什么人呀？我对他还没来得及深入了解，连话都还没听他当面说过几句。今天我就这样稀里糊涂地和他结婚啦？今晚我就这样出嫁啦？我的青春年华就这样结束啦……

我接着想：家里的妈妈、哥哥都还不知道我要结婚，更别说其他的亲人了。姐姐虽然在我身边，可是姐夫还在大西南修铁路。妈妈又把姐姐的两个孩子带回贵州老家去了。哥哥分到帮洞（指地名）中学教书，嫂嫂还在老家种田。全家人四处分散，不能团聚，妈妈的命真苦啊！我今天结婚，跟妈妈都来不及打一声招呼，我就这样自己出嫁了！妈妈辛辛苦苦把我养大，连一块糖都没吃上，更不用说喝喜酒了，养女儿有什么用啊？要是妈妈也在身边该有多好哇……

我知道妈妈没有什么东西送我作嫁妆，我也不希望妈妈送我什么。我只是想起10年前妈妈带我离开家乡出来时的情景，只是想见到妈妈，只是想让妈妈亲自看着我已经长大成人。妈妈，您的女儿现在是多么想念您呀！

我一边擦眼泪，一边又想起老家的姑娘们出嫁的情景：先是热热闹闹地喝定亲酒，接着是过彩礼。结婚的头一天，姐妹们要陪新娘唱一夜的哭嫁歌。出嫁时，哥哥要背着妹妹出家门，一路打着红伞，抬着嫁妆，热热闹闹。还有伴娘陪着新娘三天三夜，还要办三天三夜的喜酒。可是我呢？已经参加工作八年多了，穿的、用的什么也没买，连一尺红头绳都没人给买。我就这样孤孤单单地出嫁了，就这样结婚了！

我又想：从此往后，我就是人家的媳妇了，人家再也不把我当小孩看了，也不把我当姑娘看了。明天我就是大人了，就是家庭主妇了，家庭的责任就要套在我的身上了……睡在我身边的这个人真像哥哥所说的"可靠"吗？我怎么一点也感觉不出来呀？昨天晚上从丰台到长辛店走了那么远的路他怎么没有一句知心话呀？他怎么离我那么远呀？今天他就要和我睡在一张床上，这到底是怎么一回事呀？我现在这么伤心他怎么连问都不问一声呀？今后我怎么能跟他过一辈子呀……

我越想越觉得害怕，越想越觉得委屈，越想越感到伤心，于是我就趴在新买的小柜子上"呜呜"地痛哭起来……

# 新婚之夜

我在新婚之夜里哭了很久，想了很多，脑子里像过电影一样想起很多很多的往事。

小时候，妈妈第一次带我去皮厦嫂嫂家吃喜酒，那是给我嫂嫂的弟弟毛二娶媳妇。婚事办得很热闹。新娘我也认识，她比我大几岁，可是她那年也还不到十岁，是我们坝坪寨上后山龙家的女儿。

新娘进屋后，就在新房里坐着，连门都不出。我挤进新房里去看新娘，见她坐在新床上直哭。伴娘在一旁帮她擦眼泪。我很奇怪，就跑出来问妈妈："妈妈，都说结婚是办喜事，吃喜酒，大家都应该高兴，她为什么要哭呀?"

妈妈说："她还小，不懂事，不懂什么是喜事。"

从那时起我才明白：不能年龄小就出嫁，不能从小就去做人家的媳妇，要不然会哭的。

可是现在我已经不是小孩子了，已经是大姑娘了，我为什么还要哭呢？难道我也是不懂事吗？不，我不是不懂事，我是在想娘家的亲人啊！我实在是想妈妈了！妈妈为了回老家帮哥哥看孩子，从北京又把姐姐的两个孩子也一起带回老家去了，我结婚妈妈都不能来北京看我一眼。我想起和妈妈在老家生活的情景：妈妈为了养育我和哥哥，白天在田地里干活儿，晚上还要打草鞋去卖，天还没亮又得起来舂米、煮猪食，妈妈好辛苦呀！女儿出嫁了，她连一块喜糖都没吃上，我能不伤心吗？

邓还是一声不吭地在床上躺着，连问都不问我一声。我越想越生气，越生气就越想哭，越哭就越想妈妈。

我又想起当年老家上坎杨泽灿结婚的情景：新娘是谢寨罗家的姑娘，小名叫妹妮。头天，新郎家就找来几个兄弟，挑着礼品到新娘家去接新娘。新娘家要办出嫁酒，晚上要唱哭嫁歌。还要"画腊少"，就是到新娘家来陪嫁的姑娘们用锅底烟加猪油把去接亲的小伙子们画成花脸。然后大家一起唱歌，一起说笑，十分热闹。

接新娘那天上午，谢寨娘家来了很多人，有挑嫁妆的，有送亲的，还有伴娘给新娘打伞。伴娘就是我现在的叔伯三嫂。后来，接我三嫂也是同样的热闹，同样的过程。

新娘进门时不能看见新郎，新郎必须到别家去躲三天，等第三天新娘回娘家后新郎才能回自己的家里来住。

新娘进门时，门边要放一只喂猪用的潲桶，潲桶里放个舀猪潲的瓢。新娘一进门，就得拿起瓢在潲桶里转几下，表示以后新娘养猪长得快。

新娘进了新房就不出来了，一直到吃晚饭时新娘才来给客人敬酒。晚上，那些去接新娘的小伙子们要让新娘给大家煮油茶吃。煮油茶时，小伙子们千方百计给新娘出难题：新娘洗好锅刚放到撑架上，小伙子们就抓一把火灰放进锅里去，又让新娘重洗，还不让她拿布擦锅里的水。就这样反反复复，新娘还不能气恼。新娘洗好锅，必须把锅底朝上放在火上烤，等水干后又必须把锅拿到一边去把油倒进锅里，再把锅架到火上。小伙子们见锅里有了油才不再把灰撒进去。

吃完油茶，小伙子们又让新娘去井里挑水，伴娘和小伙子们也跟着去。新娘打水时，不能放下扁担用桶打水，只能把桶挑在肩上一只一只去井里打水。当新娘用另一只桶打水时，那只已经装满的桶里的水又被小伙子们倒掉了。他们就这样你拉我扯，反反复复地嬉闹，弄得新娘哭笑不得。新娘好不容易打得一挑水，可是在挑回来的路上，小伙子们又把泥土和杂草扔进水桶里去。新娘不得不把脏水倒掉，不得不重新到井里去打水……

那个陪伴新娘的伴娘和本寨子的姑娘们，也尽力地帮助新娘。就这样，男的一边，女的一边，你推我拉，说说笑笑，好不热闹……这些都是我亲眼看到的。

听妈妈说现在简单多了。过去礼数更多，光是新娘出门、进门就得闹半天。去接新娘时，新娘家的妇女、姑娘们用桌子、凳子、纺车、竹子、酒壶、酒杯和酒坛等摆设在家门口或路口，这叫"拦门"或叫"拦路"。新娘家还要事先找一些能说能唱的妇女来拦路，新郎家也得找一些能说会唱的男人去接新娘，于是双方开始对歌。来接亲的男人们对赢一首，新娘家就拿走一样东西，直至把摆设的东西都拿完了才让进门。进门时还要敬酒。如果实在是对不上歌来，就被女方戏笑，或被罚酒，或被画花脸。新娘出门时，还得要亲舅舅或亲哥哥背出去才行。

随后，我又想起我的师姐和好朋友苏庆珍结婚前的情景：苏庆珍的姐夫在东北给苏介绍了一位支左的解放军，他姓张，是一个连长，老家在石家庄。

1968年冬天，张连长利用回家探亲的机会到长辛店来和苏见面。那天下午，张连长刚到苏家，我和王桂兰、冯肖英等人下班后也跟着一起去苏家看张连长。我们走到苏家院子时，天已经黑了。苏庆珍家住两间小南屋，外屋放张单人床和家具，里屋是个大连土炕，占去大半间屋子。屋子没挂窗帘，我从院子里透过玻璃窗往屋里看，只见一个穿着军棉衣的人盘腿坐在炕上。我们在院子里嘀咕了一会，苏庆珍就先进屋去了。

我们在院外等了不到十分钟，苏庆珍就跑出来了。她对我们说："这张连长可能个子不高，眉毛像八点二十，大嘴巴，长得一般，不大好看……"

我一听，急了，便对苏说："你又不是选美男子，要长得那么好看干吗？"

冯肖英说："看人得看各个方面才行，不能光看长相。"

王桂兰也说："反正他今天就住在你家，你多和他聊聊。"

我们七嘴八舌地说了半天。最后我说："你快回屋去吧，我们光顾着为你相对象，饭都还没吃呢……"

苏把我们送到胡同口，我们就各自回家了。

第二天一早上班，我们就围着苏庆珍问："谈得怎么样？还满意吗？"

苏说："吃饭时张跟我爸爸一起喝酒，挺能说的。昨晚他和我爸有说有笑，聊到半夜。我爸和我妈都没意见，都劝我要相信我姐夫，听我姐夫的没错。"

苏接着说："我昨晚回到院子时，没直接进屋，在外面站了一会，从窗户外边偷偷地看了一下。张可能是喝了酒的原因，脑门挺宽挺亮的，红光满面，像个有福相的人。张早晨起得很早，我来上班时他也出来送我到街上。张说要我明天跟他去石家庄玩玩，去他的老家看看。我不愿让他同我一起在大街上走，就让他回去了。我说等我下班回来再说。"

苏接着问我："小龙，我想听一听你的意见。"

我听了苏说过的这些话，知道她对张连长已经产生了好感，我还能说什么呢？于是我说："好，我支持你去他家看看，不用发愁请假的事，我帮你跟领导说说。"

下班后，我和王桂兰、冯肖英等又都到苏家去跟张连长见面，并帮助苏庆珍准备去石家庄的行李。

十多天后，苏庆珍从石家庄回来了，并及时向我们汇报了有关情况，她说："张连长这人还可以，一路上很关心我，自己大包小包地拿行李，不让我拿。到家后，他还为我拿毛巾、香皂洗脸，还帮我洗头、梳辫子……"大家一听，都很高兴，都认为有戏了。

张连长在长辛店又玩了几天，就回部队去了。从此，苏和张经常通信，有时，苏也把张的来信拿给我看。

1969年12月的一天，张连长又到长辛店来了，这次回来是要苏和他一起去石家庄老家结婚的，可是苏什么也没准备，第三天苏就跟张走了。

苏走后，我跟王桂兰说："他们就这么走了，到石家庄结婚去了。可是，回来总不能像上次一样和父母睡在一个大连炕上呀。苏家还有一间装旧东西的小屋，咱俩去找找苏的父母，看看能不能把小屋给腾出来，咱们去帮她收拾一下，等他们回来也有自己的屋进呀。"

王桂兰同意我的意见，于是我们就去找苏庆珍的父母。苏的父母十分高兴，赶紧让苏庆珍的弟弟小老去给我们开小屋的门。我们把小屋里的破旧东西搬到院子角落，堆到去厕所的过道上，又让小老去买点石灰和一些白纸来，我们三人一起动手刷房子、糊窗子。然后我和王桂兰又凑了50元钱帮小苏买了一个两屉小柜子，柜上有茶壶、茶杯，还买了毛巾、洗脸盆和洗脸盆架等等。苏庆珍的母亲拿出新被面和新布让我帮做新被子、新床单和新枕头。样样都摆好了，墙上又挂一张毛主席像，一间新房就布置好了。

苏庆珍和张连长去石家庄十多天就回来了。苏看到我们给他们布置好的新房，特别高兴。张连长也特别感谢我们。

我跟张连长开玩笑说："谁叫我们和苏庆珍是亲姐妹呀，自己的姐妹有事我们就得管！你不用谢我们，今后你多关心苏师姐就行了！"

苏庆珍马上当着张连长的面夸奖我说："别看小龙比我小，她是里里外外一把手，在我们这几个姐妹中她最能干。她自己会裁衣服、缝衣服、做鞋子。我穿的许多衣服都是她做的。"

我对苏说："别夸我了，快给我们拿糖来吃！"

我又冲着张连长说："新郎官快给我们钱！"

张莫名其妙地问："给什么钱呀？"

我指着摆在新房里的东西说："给嫁妆钱呀！这柜子、茶壶、脸盆难道不要用钱买呀！您娶媳妇，我们出力，可不能再帮您出钱呀！"

就这样，我们在那间小小的新房里闹到半夜，我和王桂兰等才回工厂宿舍睡觉。

想到这些，我的心渐渐地平静下来了。这时我才发现在我身边躺着的邓也不像是睡着的样子。我轻轻地走出小屋，来到外屋擦了把脸。我看见窗外已经发白，天快亮了。我怕惊动姐姐她们，所以又回到了小屋。我觉得有点冷，便掀开被子躺在邓的身边，两只脚仍伸在床外，连鞋子都没脱……

# 第一次感受夫妻离别

按照国家规定，结婚有三天婚假，加上一个星期日，我可以休息四天。前两天我没上班，在家洗衣服，做饭，收拾屋子。

第三天的早上8点多钟，王桂兰就到我家敲门来了，她说："小龙，你还真的想休三天婚假呀？厂里这么忙，你在家也待得下去？"

没办法，我只好跟着王桂兰一起到厂里上班去了。

下班回家，邓已经把晚饭做好了。我们吃完晚饭，天还大亮。我对邓说："我带你去二七公园走走吧，你还没去过呢。"邓点头答应。

我们沿着铁路边走，过了自来水塔那座山坡，便进了二七公园。我们走了一会，就找一处面对火车道的小树林肩并肩坐了下来。我们看着南来北往的火车，有客车，有货车。山下就是长辛店火车站，坐火车的人们出站进站，忙忙碌碌。突然，从南方开来的一列火车长鸣一声，把我从沉静中唤醒。

这时，我才发现邓已经把他的一只手搭在了我的肩上，我突然觉得全身暖暖的。然后邓又将另一只手握着我的手说："看你，整天在车床上干活儿，手都磨出茧子来了。"

我听后心里有一种感动，我心里想：可能这就是交朋友谈恋爱时的幸福感，过去我可从来没有过这样的感觉啊！今后，可以有人关心我、体贴我了。

我轻轻把手收回，半认真半开玩笑地说："我们工人的手就是这样，哪像你们知识分子的手啊！"

邓说："我也经常到矿井里去和工人师傅们一起干活儿，我的手也有一些茧子。"我说："我不信，你把手伸出来看看。"邓乖乖地把右手伸到我的面前。我摸了摸邓的手，的确有些茧子，于是我说："那只呢？"邓又乖乖地把左手伸到我的面前。

于是我从自己的手上取下那块刚买不久的北京牌半钢手表戴在了邓的手上。邓推辞不要。我说："你走南闯北，没有手表哪能行呀！"邓很激动，含着泪一把就把我搂在了他的怀里……

国庆节的头天下午，住在丰台的老乡张宏恩大哥和他的爱人刘姐带着孩子坐着通勤火车来了。同样住在丰台的老乡高长明大哥和他的爱人邰姐也带着孩子来了，一共七八口人。他们每家还给我们买了一床花被面作为礼物。

刘姐说："我们原来打算'十一'早上再来，又怕带着孩子不方便，怕赶不上通勤车，参加不了你们的婚礼，所以就提前来了。"

我心里想：幸亏没等到"十一"结婚，要不然可怎么办呀？房子这么小，人这么多，孩子又小，大的才5岁，小的才1岁，多乱呀！

从丰台来的老乡在我们家住了一夜，这下可热闹了。除了要招呼四个大人的吃、喝，还要关照三个小孩的拉、撒。孩子们一会儿哭，一会儿笑，一会儿要喝水，一会儿要尿尿。尿布带的又不多，洗好后必须放在火炉边上烤，弄得满屋都是尿臊味。

国庆节这天，厂里的几个师兄弟、师姐妹和同事们也都来看我们来了，因为没有地方坐，我只能给他们一个一个剥糖吃，茶都顾不上给他们倒，因为没有那么多杯子。他们看了看我们的小新房，没待多久就走了。当天下午，从丰台来的老乡也都走了，家里才清静了下来。

从10月2日起，我又全身心地投入了厂里的工作。当时我是车工，必须两班倒。我除了当班完成本职任务，下班后还要参加革新小组的工作，有时还要参加各种学习班或青年义务劳动。除了吃饭、睡觉的时间，我都在厂里忙这忙那。那时候，我们真是以厂为家啊！

每到我上晚班的时候，邓总是10点多钟就到我们工厂去接我，有时还在我的车床边帮打点下手。

我们厂的王书记来到车间看见邓在帮我干活儿，就说："小邓，你别在这帮小龙干活儿啦，咱俩到办公室下棋去，到办公室去等着小龙。"就这样，每晚邓一来到厂里，王书记就来找他去下棋，直至深夜12点等我下班才一起回家。

1970年10月20日我上夜班，一大早邓就对我说："月江，今天我想去买火车票回单位去了。"

我问："为什么？你不是说过，这次来北京有30天探亲假，连国庆节和婚假共有36天吗？你是9月21日来的，现在还没到30天呢。"

邓说："我头一次休假，时间太长了不好，单位也还有很多事等着我去做。"

我说："不对，不是那么回事！在这一个月里，咱们一家4口人的生活都是花你的钱。是你买的菜，你做的饭，你又不好意思跟姐姐要钱。我知道你是没钱了！再住下去你就没有路费回去了，对吗？"邓"嘿嘿"一笑，点了点头。

我从小柜橱的抽屉里拿出一个存折递到邓的手里，说："给你，这是今年6月你给我邮来的50元钱，说是让我去上海学习时用。我从邮局出来就进了银行，一分没动。"

邓看了看存折，说："我不是在信里说得很清楚吗？我不知道你喜欢穿什么，缺少什么，我工作的地方贵州独山也没有什么好东西卖，你去上海学习也要用钱呀，你为什么不动这钱呢？"

我说："咱们一天没结婚，就还不是一家人，我哪能随便用你的钱呀！"

邓说："咱们没结婚前，你不是叫我哥哥吗？哥哥的钱难道妹妹也不能用？再说，以前你不是也给过我钱吗？"

我说："那是两回事，以前你上学，我工作，给点零花钱，跟这不一样。"

邓说："怎么不一样？不都是钱吗？"

我说："这是彩礼钱，是嫁妆钱，我哪能随便用呀！"

我们的结婚照

我和邓与姐姐大女儿的合影

邓说："你这小精灵，我说不过你，那我就再住几天吧。"邓接着说："对了，咱们还没照一张相呢，今天咱们去照相馆照一张合影吧！"

姐姐的大女儿李敏一听我们要去照相馆照相，赶紧说："我也去，我也要和你们一起合影。"

吃过早饭，我们便带着李敏一起去长辛店照相馆照相。这也是我和邓第一次在一起照相。

10月25日，我下早班，邓约我和他一起坐汽车去北京火车站买回去的火车票。刚到丰台路口，我就开始晕车。到广安门转车时，我一下车就吐了。

邓看我吐了，就说："咱们走路去吧？反正也不太远。"

我点头同意了。因为早上没吃东西,肚子有些饿了,我们便走进一家小饭馆吃饭。因为我喜欢吃豆腐,我们便花2角钱买了一盘锅塌豆腐,每人又要了3两米饭。这是我和邓第一次在饭馆吃饭,我们觉得饭菜都特别香。

在北京火车站买好第二天的火车票,我们又到天安门转了一会,就坐下午的通勤火车回长辛店了,因为坐火车我不会晕车。

到家后,姐姐炒菜时我一闻到炝锅的油味,又哇哇地吐起来了。

邓见我又吐了,以为还是晕车,就扶我回小屋去休息,让我躺下,并帮我盖上被子,然后出去帮姐姐做饭。

我在小屋里听见姐姐问:"小邓,月江一闻到炝锅的油味就吐,是不是怀孕了?"邓答:"不会吧,她是晕车。"姐姐说:"前几天我没见月江来例假,平时我俩都是一起来的。"

我听到姐姐这么一说,真是吓了一跳,差点没哭出来!我心里想:我怎么就怀孕了呢?我还没当够小孩呀,也还没当够大姑娘呀!妈妈不在身边,邓明天就要走了,有了孩子可怎么办呀?我急得哭了起来。姐姐和邓几次叫我出去吃饭我都没去。

邓吃完饭,又来把我拉出去吃饭。

姐姐看我吃不下饭,便对我说:"你可能真是怀孕了,明天去医院检查化验一下。"

我低着头,什么话也说不出来,只是默默地流泪。

1970年10月26日,是我一生中第一次感受夫妻离别的滋味。为了送邓走,我跟车间里的同事倒了班。姐姐早早就起来做饭。

吃过早饭,姐姐和小李敏一起送我和邓到长辛店火车站。我们准备坐早上的通勤火车到北京火车站再让邓坐上南去的火车。

火车快开动时,小李敏边哭边说:"邓舅舅,您别走!您别走……"

火车开动了,小李敏边跑边喊:"邓舅舅,再见!邓舅舅,再见……"

当时北京还没有直达贵州的火车,邓是坐北京至郑州的火车,然后才能倒由郑州去贵州的火车。

车站提前半小时检票。我把邓送上火车。邓把行李放好,就对我说:"你快回去吧,你还要回去上班呢!"我默默地点头,也不知该说什么才好。

邓把我送出车厢，来到站台，我的眼泪就忍不住流出来了。我不敢回头看邓，就一直走出了车站……

# 鸿雁传书

走出车厢，我不敢回头看邓，就往车站出口处走。走出车站，我不想马上回家，也不想马上回厂，因为怕见到姐姐和厂里的同事时控制不住自己的眼泪。于是我就一个人低着头孤孤单单地往天安门方向走。来到天安门广场，看到成双成对的男女青年和带着孩子的夫妇从自己的身边走过，我更感到自己非常孤独。

我大概在天安门广场上无目的地转悠了两个多小时，才开始坐公共汽车往长辛店走。因为怀孕，一路晕车，一路想吐，直至中午1点多钟才回到家里。这时，姐姐已经上班去了，小李敏也上学去了，家里空无一人。我饭也不想吃，就匆匆走进那间简陋的"新房"。见到同事们送给我们的结婚纪念品还静静地放在那里，于是我便倒在床上用被子蒙着头呜呜地哭了起来，但又不敢大声哭泣，怕隔壁邻居听见。

因为下午3点钟要去厂里上夜班，两点半钟我才赶紧爬起来擦了把脸，然后又赶紧去厂里上班。一进厂门，正好遇见孙厂长。他笑嘻嘻地问我："小邓走啦？"

我不敢正面回答，只点点头，就径直往车间走，赶紧换工作服，然后便开始埋头干活儿。

下了夜班，我也不想回家，害怕再走进那间简陋的"新房"。于是我不由自主地又走回厂里的集体宿舍。一进门，好友王桂兰便对我开玩笑说："邓敏文走啦？你怎么不跟他走呀？你又回集体宿舍睡觉来啦？"

我也半开玩笑半生气地说："你别着急呀，我早晚要跟他走的！嫁鸡随鸡，嫁狗随狗，嫁给扁担扛着走。"

王桂兰说："你一年半载还走不了，你就老老实实地跟我在集体宿舍里住着吧！"说完，她就把自己的被褥打开，拉我和她睡在一个被窝里。因为结婚时，我已经把我的被褥搬回了姐姐家里，还来不及再拿回集体宿舍。

这一夜，我和王桂兰根本没有睡觉。因为在我结婚期间，苏庆珍的爱人张连长曾经给王桂兰介绍过一个对象。这个对象姓郭，是张连长他们部队的一个排长。

我不想让王桂兰继续说我和邓的事，于是，我以攻为守地问王桂兰："你和郭排长的关系怎么样啦？"

王桂兰美滋滋地说："还行，他前后在我们家和我哥哥一起住了十多天，跟我哥还很合得来。"

我听了以后，真为王桂兰着急，但又不知该怎样对她说明。因为此前我已经知道郭排长并不喜欢王桂兰。我只好给她降降温，我说："我看那小子太傲气，不就是个小排长吗！行就行，不行今后我们从支左解放军里再给你找一位。前两天，我姐姐厂里的支左解放军还要给我介绍对象呢。"

王桂兰听后没有答话。这时，天也亮了，我们又要起床上早班去了。

大约过了10来天，邓来信了。这是我们结婚之后邓给姐姐和我寄来的第一封信。来信是这样写的：

姐姐、月江：

您们好！我26号离开家，27号夜里两点多钟到郑州。我到郑州后，把行李寄存在车站，到旅社睡了一觉。天亮后又到郑州各主要街道玩了几个钟头。当天下午两点多钟乘61次直快列车离开郑州。在郑州上车时也是对号入座，我的座位又正好靠窗子边。列车29号上午8点钟准时到独山。我9点钟到矿山报到。路上各方面都好，请别挂念。

因忙，到矿山后，我脸都来不及洗就上班了……

给姐夫和孩子们带来的东西，我想办法送去。如实在抽不出时间，就邮去。给孩子们的药忘记带了，你们想办法直接邮去。

照片取回来后，请马上给我邮来一份。其他就没有什么了。

祝全家好！

敏文　70.10.30

信上所说的"孩子们"是指姐姐和姐夫放在贵州省天柱县石洞乡老家的两个孩子。信上所说的"照片"是指我们的结婚照。因为邓走时还没有洗出来。于是我马上给邓写回信，简单介绍了邓走后我和姐姐的一些情况，并把相片给邓邮去。

没多久，我又收到了邓从贵州独山铁矿寄来的第二封信。信上说：

江：

您好！

来信在盼望中收到了，高兴极了！看了咱们的相片，我想得很多很多……

江，您比我聪明、能干，更比我会安排生活，所以生活上的事我不想多发表意见。家里有您安排，我一百个放心。只希望您有什么困难，及时给我来信，咱们一块儿商量。您的担子重啊！

到矿山后，我各方面都很好。目前，学习班已经结束，全矿正在掀起活学活用毛泽东思想的新高潮。我最近的主要工作是清理全矿职工档案，也比较忙。

您亲手给做的和亲手给买的衣服我都穿上了，挺合适的。特别是那件草绿色军上衣，我穿在身上，别人都说我年轻多了。我说："这是我爱人自己做的。"人家都说："你爱人真不简单！"我除了感到自豪之外，还能说什么呢？棉衣给武甲邮去了一件，您做的那件我留着自己穿。

江，您的皮手套和热水袋买好了吗？毛衣、棉衣、棉裤都做好了吗？北京比这里冷得多，您也该为自己考虑考虑了，可别冻着！

看来，我还抽不出时间到天柱去，姐夫和孩子们的衣服，武甲的床单，以及黎平妈妈的眼镜，孩子们的毛领和书包我都给邮去了，请放心。姐夫可能12月底才能迁到贵州来。我马上写信叫武甲将姐夫的衣服邮去，请姐姐放心。

黎平家里我一回来就给他们写信了。您现在也该给他们去信了。第一次怕您不知写什么，我起了个草，看行不行？如行，您就抄一遍，连同咱们的照片一块邮去。这不是"包办代替"吧？家里的情况，现将我过去填表的底稿给您邮去，仅供参考。

另外，今天除收到您的信外，同时还收到武甲和军垦农场一位同学的来信，也给您邮去，对您了解贵州的情况和我们的思想、工作、生活情况是有帮助的。其他下次谈。

向姐姐问好！

文 70.11.10夜

因为当时电话还没普及，更没有网络和QQ，所以我和邓的联系基本上都靠书信往来。从北京邮一封信到贵州独山，一般要一个星期，最少也要5天，再从独山写回信寄到北京来，至少要10天以上。所以我们每月最多只能读到来自对方的两三封信，而且要及时回信才行。每当信一发出，就天天盼着对方回信。

从这些当年的书信中，既可以了解到当时我们真实的思想感情，也可以反映出当时我们的生活情况和社会情况。下面是邓于1970年12月6日给我的来信：

江：

（11月）26号的信我（12月）3号盼到了。当时姐夫我们正在喝酒，通讯员推开门很高兴地说："北京来信！北京来信！"我饭也顾不上吃，一口气把信看完。因为信上有些"机密"的东西，我没有给姐夫看，只把信的大概内容跟他说了说。咱们的照片也给他看了。

江，没想到您还会写诗呢！写得不错，真变成"土秀才"了！

生活上的困难我早就已经估计到了。在北京时，您一片好心，要给我买这买那。我当时不同意，原因也就在这里。往后的困难日子还长着呢！

江，您不会嫌咱们"穷"吧？人穷志不穷，如果咱们是很有钱的人，您肯定写不出这样好的诗来，对吧？

对你们"打会"这件事，因为牵连到其他同志，当时我不好表态。离京时给您留了点钱，满以为您能够把最近一两个月的生活安排下来，没想到您又借给小孙买表去了。

江，生活上的节俭也不能让脚给冻坏呀！我在工作中遇到过很多困难，从来没掉过眼泪。看了您的来信，我心里非常难过，也不知道是为什么。

回矿山后，我想存点钱，好让您春节回来的时候用，所以一直没给您邮钱去。这次姐夫调动工作，在成都不小心把钱粮都弄丢了。他走时我给了他25块钱，5斤粮票，加上买车票等，共花了30来块钱。除掉我的基本生活费外，余下的30元都给您邮去，希望您马上买一双棉鞋，一双皮手套及其他防寒用品。如果够用，再把那一丈多布票处理了。

江，为了咱们的孩子，您一定要想办法多吃点东西！一定要注意身体！其他我听您的。这方面您一定要听我的，行吗？

关于回家的事，我仍然坚持我的意见，最好是姐姐你们一块儿回来。经济问题，先回来再说。没有钱回去，就在家或在我们矿山待着，什么时候有钱，什么时候再回去，有饭吃就行了！听姐夫说，打算让姐姐把妈妈和孩子们接回北京。姐姐回来，主要也是为了看看孩子。如果北京一定要留人看家，我的意见是您回来把妈妈和孩子们接回去。这个意见我不好直接跟姐姐讲，您可以跟她商量。您十来年没回过家，黎平家里大人小孩还不知道您是什么样子。加上现在您的身体情况，完全有理由先回来。您不会说我"自私"吧？

我的初步意见是你们在元月10号左右离开北京，到郑州转61次直快。如果姐姐你们一块儿回来，就直接买通票到谷洞，事先把具体时间告诉我，我在独山车站等你们。如果是您一个人回来，可以在独山下车，休息几天咱们再走。您看怎么样？具体办法下次去信再商量。

江，您春节一定回来！

另外，我这里很"穷"，什么家底都没有，现在买，经济也不允许。所以，您回来的时候，请从家里带回一床双人床单，一对枕头外套，一块枕巾（上次我只带回一块，您把另外的那块带来凑成一对）。被面上次我带回两床，给武甲邮走一床，剩下的一床准备留给自己用。可是我们单位有一位同志要结婚，一时又买不到被面，知道我有，一定要跟我要。我说是别人送的礼物。他说："别人送的更有意思，以后叫小龙再给你一床。"弄得我哭笑不得。我这人心肠软，就给了他。以前去信都不敢跟您说，怕你骂我是"败家子"。好了，回头再向您"低头认罪"就是了。不过，被面您还是要带一床回来，否则，您也得睡我的"锅底被"啊！被里我最近买了一床新的，不用带了。上次你给我打背心时余下的几两毛线用了吗？如果还没用，以后再买几两，您回来时没事干，可给我的两个哥哥的孩子打两件毛线背心。"乡巴佬"们还没见毛衣是什么样子呢！加上是您给打的，他们一定很高兴。其他就不必买什么了。

也不知道从哪里来的这么多话，越写越多。算了，再写下去这封信又要超重了！等您回来的时候，咱们再说它几个通宵！

我身体很好，工作顺利，勿念。向小王、小孙、小苏、小冯等问好！

给姐姐、老王、老孙的信请面交。

请及时回信！

祝愉快！

文　70.12.6

信上所说的"武甲"就是我的哥哥龙武甲，他和邓是大学时的同班同学，也是最好的朋友。可能是习惯了，邓始终称我哥哥为"武甲"。我哥哥也始终称邓为"敏文"。信上所说的"姐夫"，就是指我的姐夫李复寿，他1950年参加志愿军，1957年转业到北京铁道部第五工程局当工人，1964年支援三线建设到四川修成昆铁路，1970年底调到贵州省镇远县修湘黔铁路，顺便到独山看邓并借钱。信上所说的"小王、小孙、小苏、小冯"都是当年我在厂里的好朋友，至今还经常有来往。信上所说的"老王"，是指当时我们厂的党支部书记王永生。信上所说的"老孙"是指当时我们厂的厂长。

邓是大学生，所以他的来信总是长篇大论。有时，邓还没等到我回信，就又给我来信了。我也尽可能及时给邓写回信。因为我的文化水平不高，所以写回信时总是先起个草，反复补充修改，然后再抄写誊正寄出。虽然花了很多时间，但对我来讲，这是一种学习和锻炼。这也是邓给我出的主意。没想到这些信的草稿现在有用处了，虽然我给邓写的信大多已经散失，但当时我给邓写信的部分草稿却还留存。下面这封信就是1970年12月10日我给邓写回信时的草稿：

敏文：

　　您的两封来信我都收到了。给老王、老孙和姐姐的信我也已经转交给他们了。钱也收到了，您放心吧！

　　看来，我前两天给您写的回信还来不及邮就作废了。本来，我想收到您和大哥的信后就做回家的经济打算，叫您把钱留着回家用。可是我写的信还没邮出，您就把钱邮来了。这怎么办呀？不过，钱我可以带回去，就是浪费了几角钱的邮费。

　　大哥来信说，母亲希望咱们回去过春节。我也同意您的意见，咱们下个狠心回去一次。不但家里的人想咱们，咱们也同样想他们呀！

　　我把家里的来信和希望跟厂里的党支部说了，他们都认为现在回去较好。看来，请假是问题不大。经济方面，小王和小孙说帮我解决来回的路费问题，可就是您那里的钱花光了，等回到家咱们用啥？小孙下月还我的钱，我用来买点糖带回去。我打算先借一百元，等会钱下来就还给人家。

　　姐姐回不回去还不知道，我问她或别人问她时，她说："想去，哪来的钱呀？没钱怎么回去呀？"

　　敏文，姐回不回去我看与咱们的关系不大。我大体上是同意您的意见，决定回去一趟，准备在路上多用几天时间，最少也得提前20天动身。不过，到临走时也还得看看我的身体行不行。我想过了阳历年就上医院检查检查去。我觉得现在我的身体比上月好多了。以前不想吃饭，每顿吃一二两粮食，觉得没有力气，总想吃点零食。现在比以前能吃点了，每天三顿饭，每顿可以吃三四两了。看来我的身体还不错，就怕路上受不了。下月我得多上北京跑几趟，看还晕不晕车，到我们家可以找二哥找车坐。到你们家还要走多少山路呀？谁知道我能不能走呀？我把这些问题都考虑到了。如无特殊情况，就照您的计划办。

　　临走时，我再跟姐姐商量一下。姐姐能回去更好，如姐姐不回去问题也不大，您就放心好啦！咱从小就走南闯北，还怕什么？丢不了的！就是丢了，现在也有您去找，我就更不怕了！您说对吧？

文，咱写的诗真的好吗？真不简单吗？我这个斗大的字都不识半升的人，还受到了您的夸奖，真高兴啊！嘿，别管诗写得好坏，咱们的心不坏就行了。那上面的字很多都是错的，只要内容别错就行了。您要知道咱是心有余而力不足啊！

我理解您等我的回信是等去等来的，可是我这个"土秀才"实在是土得要命，写封信都费九牛二虎之劲。这又有什么办法呢？谁让您的命就是找这样一个"土秀才"的命呢？

文，您不恨您自己的命苦吗？细细想起来，我的确对不起您。您在各方面都比我强，想的比我周到，也能让人。我在您身边总觉得自己像个不懂事的小孩一样，想怎么着就得怎么着，想发脾气就发脾气，可您从来不生我的气。所以，我现在离开了您心里总觉得委屈，这也不知是为什么。说实话，10月以前我还没有这种感觉，也可能是因为咱们当时还没见过几次面。现在才真正体会到人们常说的"一日夫妻百日恩，百日夫妻似海深"。我看……好了，不说这些了。

另外，您以前还说过想给黎平妈妈买双棉鞋，还买吗？买多大的呀？我给二哥和妈妈写的信至今还没有回音，也不知收到没有？除买点糖以外，还需要买什么东西，请来信告诉我。现在贵州有水果卖吗？我现在对猪肉是一口不吃，不吃水果可不行。要是贵州没有水果，我好带点回去。

具体我什么时候回去，到时我再给您去信或发电报。别的不多说了。

祝您一切都好！

月江　70.12.10晚


信上所说的"黎平妈妈"就是指邓的妈妈，我的婆婆。邓的老家在贵州省黎平县岩洞乡竹坪村，我还没去过，据说离县城还有70多里山路。

信上所说的"大哥"，是指邓的大哥邓敏捷，当时他在乡里的农业银行营业所工作。

信上所说的"二哥"，是指我的叔伯二哥龙启甲，他也于1950年参加志愿军，后来转业到贵州省凯里运输公司一队当书记和汽车司机。

信上所说的"打会"，就是当时厂里的同事自愿参加的经济互助会。发工资时，由会头负责向参加"打会"的人收钱，我们的会费是每人每月交10元，会头先用，其余的人按抓阄排定顺序使用，也可以自愿调节。每会10人，以一年12个月为一周期。

信上所说的"诗"，是指我仿照毛主席诗词胡乱写的一首顺口溜。原文已经找不到了，大概内容是："天高云淡，望断南归雁。不到独山非好汉，来年贵州相见……"为此，邓也和了一首，还特地用毛笔在另外一张纸上抄写好寄给我。其大概内容是："天高云淡，盼望月儿现。待到春花开满山，江河更加好看……"因为邓写的诗中含有我的名字"月江"二字，又是用毛笔工工整整地书写，所以我们厂的王书记、孙厂长等见了都赞不绝口。

为了回家探亲，我和邓反复商量了好几个月。下面是1970年12月26日邓的来信：

江：

您好！

上次邮去的信和火车时刻表收到了吗？这些天来，我一直在为咱们回家的事动脑筋，有时半夜还睡不着觉。我最担心的还是您的身体。记得有一次咱们进城玩，才坐了几站路的公共汽车您就晕车了，而且下了车还吐，对吧？如果您回来，要连续坐四五十个钟头的火车，还要坐两天多汽车，又是山路，您能受得了吗？现在您的身体跟以前又不一样了，长途乘车，加上劳累，后果会怎么样呢？如果您在路上出了事，我怎么办？

江，您到医院去检查过了没有？医生是怎么说的？能告诉我吗？如果不行，我就提前请1971年的探亲假上北京去。反正我明年五六月份要到东北去出差。当您最需要我的时候，我会回家来看您，请放心吧。不管怎么样，到时候我不会扔下您不管的。如果您回不来，元月19号就给我发电报，我马上请假，先回天柱去一趟，跟姐夫和武甲商量，也叫姐夫请探亲假，我俩一块儿把妈妈和孩子们送回北京去。黎平的家我也顺便回去看看。如果黎平那边的妈妈离得开家，也让她跟天柱的妈妈一块上北京去一趟，看看您，看看我们伟大祖国的首都北京。她老人家一辈子生活在山沟里，连汽车都还没坐过，把我们拉扯大，很不容易。让她老人家到外面见见世面，我看也是应该的。

从您的身体情况看，也很需要有个老人在身边，即使是做做饭，看看家也可以。粮食户口，我看问题不大，可以从家里开证明办临时户口，再把妈妈的口粮

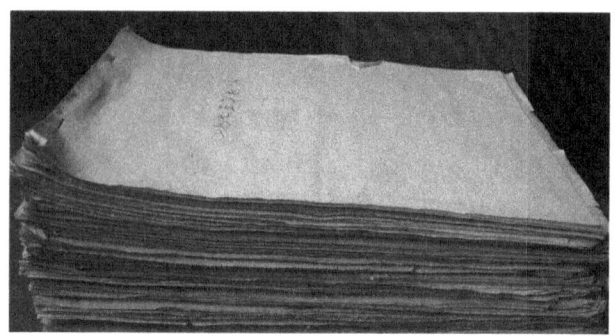

1970年至1975年我和邓的部分来往书信

换成粮票带去，住上年把或十来个月是不成问题的。老人没有劳动力，加上我们的具体困难，你们那里的组织也不会把妈妈赶回来的，对吧？等咱们的小孩能离开您的时候，再让妈妈带回老家，每月咱们邮去一二十元钱也就足够了。交给妈妈总比送托儿所强得多，您说呢……

江，直到现在，咱们都还没有一个自己的"家"，一想起来我心里就难受。如果这次您不能回来，让我上北京去，还可以协助您安排安排咱们的"小家庭"，就是还没找到房子，也可以做些准备工作。我不能把这些事都放在您一个人的肩上……

今天是星期六，干部参加劳动。我有些累，想休息了，其他以后再谈。望您及时回信。

文 70.12.26

邓每次的来信，我都认真珍藏，有空儿时就拿出来反复看看，品尝其中的酸甜苦辣。没想到这些来信现在还派上了用场。

# 1971：半个豆腐

邓走以后，可能是怀孕的原因，加上心情不好，我经常闹口，不想吃饭，还经常呕吐。师姐们多次催我去医院检查。一个月后，我才去医院，检查结果真的是怀孕了。

我虽然不想吃饭，但总想吃一些新鲜的东西，如水果、窝窝头、豆腐等。因为当时没有钱买水果，我只能每天到街上去买脆萝卜吃，北京人叫"心里美"。厂里的同事见我每天吃脆萝卜，也都跟着我吃。尤其是王书记，他有脂肪肝病，吃了脆萝卜之后，他觉得比以前舒服多了。于是他说："萝卜真是个好东西！"

王书记家在河北农村，他经常留着白面带回家去给孩子吃，然后又从家里带玉米面来，让食堂帮他每餐蒸两个窝窝头吃。所以我也经常用馒头跟王书记换窝窝头吃。

当时买豆腐要粮票，一般人很难买上，我又特别喜欢吃豆腐。有一次，我们去东山坡电影院开大会，出厂门时我见食堂张师傅用自行车推一板豆腐进厂，我心里想："这回该有豆腐吃了！"

散会时，已经是中午11点半钟了，从电影院到我们厂还有四五里地，同伴们约我在街上随便买点东西吃算了。因为我很想吃豆腐，所以坚持走回厂吃午饭。没想到回到厂里，豆腐已经卖完了，我心里觉得特别委屈。这时，我又想起了妈妈。小时候，妈妈经常给我们做豆腐、米豆腐、米粉和糯米甜酒吃，可是现在想吃什么没有什么，觉得非常委屈。想着想着，泪水就往眼眶里涌。我怕别人看见，就假装到食堂里的水池边去低头洗碗。这时，正好我们厂的王书记也去洗碗。他见我就问："小龙，你怎么也不在大街上吃饭呀？"

我不敢吭声，继续低头假装洗碗。王书记见我低头不吭声，又见我眼眶里含着眼泪。才奇怪地问："哟！小龙，你怎么啦？怎么哭啦？谁惹你啦？为什么呀？"

这时，我的眼泪再也忍不住了，就"吧嗒吧嗒"地掉了下来。

这时，食堂里的张师傅才接过话茬来说："为吃豆腐，她大老远地赶回来吃午饭。豆腐卖完了，没吃上，受委屈了。"

王书记一听，笑着说："嗨嗨，那架子上不是还有豆腐吗？给她炒点，快给她炒点。"

张师傅说："我这一桶煤已经倒进炉子里去了，已经封火了，要不然我早就给她炒了。"

王书记说："那就别哭了，等晚上再吃吧。"

我听了王书记和张师傅这么一说，心里也不觉得委屈了，心情也平静下来了。

下午，因为我要干完手头一件活儿，没能按时去吃饭。等我干完手头的活儿走进饭堂，卖饭的张师傅见我排队买饭，这才惊叫起来："坏了，我又忘记给小龙留豆腐了。刚才剩下的半个豆腐也已经倒在杨师傅的饭盒盖里了！"

杨师傅和我也都相互认识。刚买好饭正转身准备离开卖饭窗口的杨师傅听见张师傅这么嚷嚷，便又转过身去非常和气地对张师傅说："我还没吃呢，叫小龙过来，把这半个豆腐卖给他。我吃什么都行。"

于是张师傅赶紧把我叫了过去，并认认真真地将杨师傅饭盒盖里的那半个豆腐轻轻地倒进了我的碗里，还一再说："对不起！对不起！"

见到师傅们对我这样关心，我也非常激动，泪水不由自主地又在眼眶里打起转来了。

# 回乡探亲

根据我和邓几个月在信上的反复商量，我们结婚后第一次回乡探亲的日子终于到来了。

因为有两个家都需要探望：一个是贵州省黎平县竹坪村邓家，也就是我的婆婆家；一个是贵州省天柱县石洞乡龙家，也就是我的娘家。两家都有老人和许多叔伯兄弟等亲戚朋友，都需要回去探望。为此，我购买了一些礼物，给邓家买了10斤水果糖，3件小孩穿的衣服和几顶小帽子，还有给婆婆买的一双棉鞋等；给龙家买了5斤水果糖；一件连衣裙是给我哥哥的女儿彩云买的；加上我自己的换洗衣服和其他用具，足足装了两大行李包。其中的一个行李包是我新买的，那上面印有天安门的图案，还有"北京"两个非常显眼的大字，另一个包是跟我的好朋友苏庆珍借的。

我向厂里请了一个月的假，买了从北京到贵州独山的直通火车票。1971年1月10日开始我从北京出发，好友王桂兰、冯肖英一直把我送上火车，并一再叮咛我要注意安全，保重身体。

从贵州往返北京这条路我已经走过了三次，这是第四次。每次的心情都很不一样。1960年第一次从贵州到北京，当时我还是个只有13岁的孩子，思想也比较单纯，一路都觉得稀奇，又有杨哥带路，还有母亲陪伴，所以无忧无虑。1961年从北京回贵州，是我独自带着母亲回家，一路虽有张大哥热情关照，但我心里还是十分紧张，而且思想上也很不情愿离开北京。1962年从贵州回北京，虽然有些留恋母亲，但一路有姐姐相互关照，又能回北京上学，心情比较好，总的来说还是比较愉快的。这次从北京回贵州，是时隔9年之后的一次单独远行，是为了去见那些爱我的人和我所爱的人，其中有婚后不久就离我而去的丈夫，有久别多年的母亲和哥哥，还有从未见过面的婆婆等等，加上我有孕在身，所以我总觉得火车开得特别慢，真希望一下子就能飞到自己亲人的身边。在郑州转车时，虽然又背又提，还穿着大蓝布棉猴，但并不觉得怎么劳累，也许是因为回家心切吧。

经过两天三夜的漫长旅行，1971年1月13日上午我乘坐的火车终于开进了独山火车站。根据我和邓在信上事先约定，快进站时我把车窗打开，然后手里拿着一本杂志伸出窗外摇晃。这时，只见一个熟悉的身影跟着我乘坐的列车奔跑。因为车外的人很少，我一眼就认出那是我日夜思念的丈夫。列车停下来了，我赶紧把行李从车窗递给在车外等候的他，然后就往车门走去。没想到独山车站的站台很小很矮，必须从踏板上跳下去才能下车。邓见我要跳，赶紧把手上提着的行李往地上一扔，想来接我。可是已经来不及了，我的双脚已经重重地蹾在了地上，差点把邓撞倒。邓赶紧把我扶住，并十分生气地说："你怎么这样莽撞！"

我说："没关系的，我和咱们的孩子没那么娇气，不用担心！"

邓"嘿嘿"一笑，然后提着行李把我带上一辆拉矿的翻斗车。

我第一次来到独山，在通往矿山的路上经过一个大坝子，邓进行了介绍。

我不感兴趣，只想尽快到达邓的住处好好休息一下。大约过了半个钟头，翻斗车终于在一座大山脚下停下来了。邓的右手单独提着一个大包，左手和我共抬一个大包。我们肩并着肩登山而上。这山很高，路也很窄，弯来拐去。我们都气喘吁吁，很少说话。突然，邓把那只抬包的左手一松，然后往我身后一退。行李包重重地砸在我的腿上，差点把我砸倒。

我很生气，便大声嚷嚷起来："你干吗？"邓用手往前一指，说："前面来人了。"

我仔细一听，果然有人说话的声音，但还不见人。过了一会儿，才见有两个人迎面走来。来人跟邓打了个招呼就侧身走过去了。

等那两个人走远了，我才生气地对邓说："结婚前你不敢和我走在一起可以理解，现在都什么时候了，你还这样封建！"

邓低着头不吭声。等我把话说完，邓才笑嘻嘻地说："路这么窄，又这么陡，咱们并排着走，别人怎么过去呀？"

我说："那你也该跟我打个招呼呀！你猛一松手，我摔下山去怎么办呀？"邓说："我低头认罪，还不行吗？"

我们都不说话了，又默默地往山上走去。大约走了半个钟头，终于来到了邓的住处。这是一座简易的两层砖房，楼上是办公室，楼下是集体宿舍。周围都是用油毡临时搭起的工棚。

邓把我带进一间单身宿舍，里面放着两张上下铺的双层单人床，但只有一张单人床上有铺盖。邓介绍说："这就是我们的宿舍，原来住三个人。说你要来，同宿舍的另外两个同事都暂时搬出去了。"

我心里想："这怎么住呀？床这么窄！"邓可能看出了我的心思，赶紧说："要不把两张床并起来睡？"我说："就一床小被子，一个草垫子，一块小床单。把床并起来又有什么用？将就住两天吧。"

邓不再说什么了，便提着水壶去打水。

邓打水回来，便对我说："您先洗个脸，然后睡一觉，您已经几天几夜没睡觉了。我把房门锁上。我到办公室去，还有一些事等我去处理呢。"

我说："干吗要锁上，还怕我跑了不成？"

邓说："不是怕你跑，是怕有人来捣乱，怕你不能好好休息。"

我说："我把门插上，除了你，谁我也不给开门。你该放心了吧？"

邓上班去了。我赶紧把行李包里的新床单拿出来铺上。可我怎么也睡不着觉……

中午，邓从办公室回来拿碗去食堂打饭吃。随后便进来一大帮人，总共有七八个年轻人，每人手里拿着一个装满饭菜的大饭碗。邓一一向我做了介绍："这是北京大学毕业的吕忠卫，这是武汉大学毕业的肖镇云，这是贵州工业学院毕业的张筑岭、李璞、李维武、杨梅书……他们都和我一样是来接受工人阶级再教育的，都是'臭老九'。"可是我谁也不认识，只能一一点头表示认识他们很高兴。

大家边吃饭边商量晚上如何为我接风洗尘的事情，最后决定去找一只鸡来煮了吃。

吃晚饭时，北京大学毕业的小吕果然用脸盆端来了半盆连汤带水的鸡肉，里面还放有一些萝卜白菜。随后，那帮"臭老九"也都端着饭碗进来了。还没等小吕把盆放稳，他们就像饿狼一样你一块他一坨地抢起鸡肉来了。我又好笑又好气，我心里想："这哪里是为我接风洗尘啊，明明是他们自己馋得忍耐不住了！"可是我又不好说话，也不好意思去和他们抢鸡肉吃，只是盘腿坐在床上看他们抢吃。

这时，小吕给我递来一大碗饭，邓又往我的饭碗里夹了些萝卜白菜。我吃着吃着，突然发现饭碗里藏着一只鸡大腿！这时我才明白这些同志还是有些心计。说心里话，我也有10多年没闻到鸡肉味了，没想到在这样一个穷矿山里还能吃到鸡大腿。我细嚼慢咽，觉得这鸡肉是那样的香，那样的甜……

我在独山铁矿住了三个晚上，第四天就准备和邓一起回老家了。据邓说矿里有车要去锦屏拉木头,我们打算坐矿山的便车先去锦屏。没想到当我们走到山脚油库上车时,矿里的车已经开走了。我们只好又步行10来里路走到麻站车队。邓很着急,也很伤心,因为没有车我们就赶不上回家过年了。于是邓流着眼泪给矿长王佐库打电话,诉说我们的困难。王矿长非常理解我们的心情,决定当天再派两辆翻斗车去锦屏拉木头,顺便把我们捎走。吃过午饭,我们就上车了。因为每辆车都配两名驾驶员,驾驶室没有空座位。我和邓只好坐在翻斗车的翻斗里,无遮无盖,冷风刺骨,幸好我身上穿着棉猴,才免遭冻坏。也许因为已经到了年关,司机不情愿出车,加上都是土路,坑坑洼洼,车子颠颠簸簸。车上还有两个汽油桶,汽油味一个劲地往我的鼻子里灌。我本来就爱晕车,这样一来,车子没开出多远我就开始呕吐了,一路上黄疸水都吐了出来。邓很着急,可是又没有什么好办法,他只好把我紧紧地搂在怀里。他这一搂,我不但觉得身上暖烘烘的,而且也觉得再大的困难我都能克服。

车子开到都匀,天就黑了。我们在都匀住了一夜。第二天一早就开车前往锦屏。直至下午4点多钟车子才开到锦屏县城,我们才来到当年我和妈妈离开家乡时的第一个城市。锦屏县城几乎没有什么变化,还是那条河,还是那些街道,还是那些房子。因为矿车只到锦屏,下了车,邓赶紧去车站购买前往黎平的车票。运气还好,邓很快就把车票买回来了,是第二天早晨的班车。于是我们又在锦屏住了一夜。第三天中午,我们终于来到了黎平县城,并找到了在县城工作的邓的叔伯哥哥邓敏恭,在他家吃的晚饭。可能是敏恭哥打的电话,一早邓的两个侄儿开谟和开科就来到县城接我们来了。

从黎平县城到邓的家乡竹坪村还有80多里路程。虽然公路已经修到岩洞,但当时还没有班车,十天半月才有一两辆拉粮食或拉木头的卡车前往。我们回家心切,又很快就要过年了,我们只好决定步行回家。第二天早早就从县城出发,好在有两个侄儿帮我们挑行李,加上当时年轻,走起路来也不觉得十分劳累,当天下午5点多钟就到了岩洞。

我们在敏捷大哥他们单位岩洞营业所里又住了一夜,第二天一早便赶往竹坪。这时已经是腊月二十七了。当时从岩洞去竹坪还没有公路,只有20来里山路,上坡下坎,非常难走。快到竹坪村时,见到许多人正在修公路,邓对我说："下次回来，咱们就不用吃这么多苦头了。"

我回答说："这路不知什么时候才能修通啊！"

那些修路的人大多都穿侗族衣服，妇女们头上都挽有发髻。他们见到我们，都用侗话热情地和我们打招呼："抹啦？抹啦？"（意为：回来啦？回来啦？）因为他们讲的都是南部侗话，我虽然不能全部听懂，但也能猜出一半。

进了邓家，邓的母亲非常高兴，赶紧拿凳子给我坐。可是她说的话都是南部侗话，我一句也听不懂。婆媳俩只好一个拉着一个的手对着笑。

吃过晚饭，寨子里的亲戚朋友都来看望我们，有大人，也有小孩，有女人，也有男人，屋子里坐得满满的。然后我从行李包里把水果糖拿出来让邓的母亲、我的婆婆散给大家。大家都很高兴。因为女人们基本上都不懂汉话，我只能和男人们聊天。大家问这问那，直至深夜才渐渐散去。

第二天天还没亮，妇女们就起来舂米了，然后是蒸糯米饭，舂粑粑。男人们开始杀年猪。大家都忙这忙那。

快吃早饭了。我说："不想吃。"邓问："为什么？"我说："你们家都吃糯米饭，我吃不惯。再看那些妇女，连手都不洗，都那么黑，那么脏！"

邓笑着说："这糯米饭是特地为咱们蒸的，快过年了，哪能不吃糯米饭呢？你吃不惯，可以让他们煮籼米饭吃。那些妇女的手是染布时被蓝靛染黑的，不是他们不洗手。"于是邓便叫母亲用小鼎罐单独煮点籼米饭给我吃。

大嫂知道了，用很不熟练的汉话笑着对我说："你这新媳妇，不吃糯米饭，要吃鸡饭。"因为大嫂曾经跟邓的大哥在黎平县城住过几年，懂得一些汉话。我问："什么叫鸡饭？"大嫂说："用小鼎罐煮的籼米饭都是用来喂鸡的，所以叫鸡饭。"我听了以后笑了。大嫂也笑了。

在邓家吃的、住的虽然不太习惯，但也能克服。最不习惯的是上厕所。一早起来我去上厕所，那厕所是建在鱼塘上，只有一根独木梯上去。独木梯上又长有青苔，滑溜溜的，我穿着雨鞋提心吊胆好不容易才爬上去。那茅坑也只有几块用半圆的杉皮板架的，下面是用大木桶做成的粪坑。我穿着雨靴踩在那杉皮板上，一不小心，一只脚就滑到粪坑里去了，一屁股就坐在了杉皮板上。幸好我穿的是长筒雨靴，而且我的腿也不太长，那粪才没有灌进靴子里去。

在邓家，还有一件事情让我终生难忘。那是在春节的前一天，我高高兴兴地把从北京带来的礼物分发给哥哥嫂嫂的孩子们。因为孩子很多，我又不认识他们，只能让邓的母亲和大嫂帮我分发。分完之后，我又将给天柱我哥哥的女儿彩云买的一件连衣裙拿出来让他们看。我还明确地告诉她们："这是给我哥哥的女儿彩云买的。"可能是他们没听懂我的意思，便将那件连衣裙拿给一位刚走进屋来的小女孩穿上了。我以为她们是拿来试穿一下，结果是那孩子穿上就不愿脱下来了。我也不知道那是谁家的女孩。于是我让邓赶紧用侗话告诉她们，那件连衣裙是给我哥哥的孩子买的。让那女孩子赶紧脱下，免得弄脏了不好送人。

邓却说："既然那孩子已经穿上了，就别让她再脱下来了。谁让你把衣服拿出来呢！"

我说："给你们家的礼物我都送了，给我们家就买这样一件东西，你们都不让我拿去。这像话吗？"

邓小声说："咱们到黎平再买一件不就解决了吗？"

我更加生气地说："那是我从北京带来的，那是我的心意。再买一件算是什么呀？今天不把这件衣服退回来，我就马上离开这个家！"说完，我的眼泪也流出来了。

邓不再吭声，也不去拿衣服，气鼓鼓地上楼去了。我说的这些话可能是被邓的大哥听见了。

过了一会，邓的母亲端着一大筐刚蒸熟的热腾腾的红薯来到我的面前，并拿起一个最大的红薯满面笑容的递到我的面前来说："吃，吃。"

见到老人这样热情，我的气消了一半，泪水也止住了。我从婆婆的手里接过红薯，便低头吃了起来。这红薯的确很甜。

又过了一会，大嫂终于把那件连衣裙拿回来了，而且一再向我解释："误会了，误会了。是拿去试穿的。"

我解释说："这是我从北京给我哥哥的孩子买的唯一的一件礼物。我不该拿出来给大家看。大家都误会了。"于是我赶紧把连衣裙收进我带来的行李包里。

一传十，十传百，寨子里的亲戚朋友知道我们从北京回竹坪来探亲，都给我们送来了礼物，其中有鸡蛋、鸭蛋、粑粑、糯米饭、胺鱼、花带、袜垫、饭帕、绣帕等等。胺鱼是侗族人特有的一种食品，是用上等的鲤鱼与辣椒、糯米饭、花椒等物混合搅拌之后，经过腌制、发酵制作而成的，又酸又辣又甜，还能帮助消化，十分可口。花带、袜垫、饭帕等都是姑娘们精心制作的手工艺品。

因为假期有限，也为了赶去天柱石洞我娘家过元宵节，正月初六我们不得不离开竹坪返回岩洞。临别时，许多亲戚朋友都来送行，邓的母亲、我的婆婆含着眼泪拉着我的手说："别走太久，明年带孩子再来。"我也含着眼泪告诉婆婆："您老人家一定要保重身体，回头我们接您去北京住几年。"就这样，我和邓的母亲洒泪而别。

我们来到岩洞住了一夜。第二天，正好有一辆解放牌汽车来岩洞粮库拉粮食，许多人都在粮库门口等候搭车。我见车门上写有"凯里运输公司"的字样，便走过去和司机聊天。我说："大哥，你认识龙启甲吗？我是他的妹妹，是从北京来这里看望婆婆的。"

司机说："认识呀，他是我们队的书记。"我说："我要去天柱看我哥哥，我走不动了，您能不能带我走？"司机为难地说："这是拉粮食的车，没地方了。"我说："我就站在车门外面。"司机说："那太危险了。"我说："没关系，摔死不用您负责。"

司机既不点头，也不摇头。我就赶紧站到车门外面去了。司机把车窗玻璃摇下一点。我穿好棉猴，戴上手套，伸手进去抓住门把，用胳膊紧紧夹着车窗玻璃，并告诉邓："你先走。"

邓见我站在车门外面，嘱咐我说："千万小心！"然后挑着行李先出发了。

车子开出岩洞不远，便停下来装几捆柴。这时，司机对坐在驾驶室里的男押车员说："你也看得下去？让一个从北京来的孕妇站在车门外面？"押车员说："那有什么办法？"司机说："你不能爬到粮食堆上去睡觉？"我说："不用，不用，我就站在这车门外面。"司机严肃地说："这是不允许的！"

押车员听司机这样一说，就把驾驶室的座位让给了我，他自己爬到车厢的粮食堆上睡觉去了。

装好柴，车子又向前开动。没走多远，我看见邓挑着行李正从小路爬上来。我赶紧对司机说："那是我的爱人，能不能让他把行李放到我的脚下来。"

司机把车开到路边停下了。我赶紧大声喊邓把行李挑过来放到我的脚下，并让邓站到车门外面跟我们一起走。

邓摇摇头说："不用，不用。你们走吧。"然后邓就往前走了。

司机打开油门，又快速地把车往前开动了。

到了黎平县城，我找旅店住下，洗了个澡，睡了一觉。直至傍晚，才看见邓没精打采地往旅店这边走来。他见到我，便笑着说："你想把我给饿死呀？"

这时，我才想起刚才只顾把行李放到车上，却忘记给邓留下午饭了。看到他这样狼狈，我心里酸溜溜的。

我把邓带到旅店，让他先吃口糯米饭。我们又赶紧去车站打听去锦屏的车票。来到车站，挂在售票窗口上的牌子写着："三天内的车票已经售完"。原来，当时开往锦屏方向去的班车是三天一班，所以必须在黎平再等六天才能坐上去锦屏的班车。我们无可奈何，只能听从车站的安排。第七天，即正月十四，我们才坐上了去锦屏的班车。

我们在锦屏县城住了一夜，正月十五一大早，天刚蒙蒙亮，我和邓便开始从锦屏县城出发。邓挑着行李，我背着大包，便沿着1960年春天母亲带我离开家乡时的山路步行去天柱石洞。因为已经时隔10年，过去的山水树木都发生了很大变化，我只能尽量回忆这条曾经走过的路的模样，而且一见到人就向他们打听，免得走错路。来到井广坡，山还是这样陡，但山上的树木已经被砍光了。我一边走一边给邓讲述10年前离开家乡时的故事，然后我们在半坡路下的那口小井旁边吃午饭。

吃过午饭，天开始下起了小雨，路很滑，好不容易爬到井广坡头。我们在凉亭里坐了一会，然后又继续赶路。

过了槐寨，天渐渐暗下来了，加上雾气很大，虽然是正月十五，但月光十分暗淡。我们没有手电筒，只能慢慢地摸黑探路前行。好不容易摸到背口，也就是埋葬我父亲的那座山口，这才见到远处有些星星点点的灯火。于是我高兴地对邓说："快到家了!"

经过石洞街，走过溪边田埂，终于来到了我熟悉的家门口。可是大门已经关上。我大声呼喊："妈，妈，开门!"

"是月江吗？你们怎么才来呀？孩子们都睡觉了。"妈一边说一边赶紧来给我们开门。

进了屋，妈妈继续唠叨："盼你们来过年，你们没来，我就猜想你们先去黎平了。以为你们来过十五，等到天黑也不见你们回来，还以为你们回北京了。"

我说："哪能不来呀! 我们初六就从老邓他们家出发了。一路没车，今天我们才从锦屏走路来的。"

"造孽啊! 快洗洗脸，烫烫脚。我去给你们热饭吃。"妈又开始为我们忙碌起来了。妈妈一边热饭一边说："你姐姐也带孩子回来过年了。"

邓在石洞住了三夜，正月十八，便动身回独山铁矿上班去了。

我回到妈妈身边，自然感到非常高兴。第二天妈妈赶紧给我做米粉、米豆腐、甜酒等。可是，当我看到妈妈那样辛苦，不但要种地种菜，砍柴做饭，养猪喂鸡，还要照管姐姐的两个孩子和哥哥的孩子时，我又感到非常伤心，非常内疚。妈妈真是一辈子有干不完的活儿，有操不完的心啊!

日子过得很快，一个月的假期已经过了，我不得不再次准备离开妈妈回北京去，于是我在石洞街上买了个竹背篓准备带回北京。

# 钱包被盗

再次离开妈妈的日子到来了。根据姐姐和姐夫的意见，二月初六（3月2日）我带着他们7岁的二女儿李珍动身回北京。在凯里运输公司工作的二哥开车来接我们去上火车。3月4日上午，二哥把我和李珍送到麻江县谷洞火车站坐上从昆明开往郑州的62次直快列车。

列车开动不久，就听见车上广播验票。随后便有一位年轻的女列车员过来验票。我从裤兜里拿出钱包掏出车票给列车员看。验完票，列车员又回到我的座位来和我说话。

列车员指着李珍问我："这小姑娘是谁的孩子呀？你们是去北京探亲还是回家呀？"

我回答说："这是我姐姐的孩子。我是回贵州来探亲，顺便把姐姐的孩子带回北京去上学。"

列车员问："刚才验票时，我看见你的钱包里有一张相片。是哪个电影明星呀？"

我非常奇怪地说："我没有什么电影明星的相片呀！"于是，我不由自主地从裤兜里掏出钱包，翻出照片来给她看。我解释说："这是我的相片。"

列车员接过钱包，边看相片边说："你长得真好看，这相片也照得很好，还是北京照的相片质量好啊！"因为那张相片的右下角印有"北京长辛店"五个字。

列车员跟我说了一会儿话就走了。我也随手把钱包放回裤兜里，然后又将棉猴盖在自己的腿上。

到了麻尾站，有人下车买回来一大捆甘蔗。我问："花多少钱？"那人回答说："一元钱一捆。"

我想："我回一趟家，什么东西也没买，只买了个空背篓，不如买些甘蔗带回去分给厂里的姐妹们。"我正要下车，可是已经来不及了，火车的汽笛已经拉响了。

坐在我旁边的人说："下站还有，你到下站再买吧。"

我点头表示感谢，并盘算着："买一捆太多，我拿不动。买半捆就够了，我和李珍还可以吃着玩。"于是我又从裤兜里掏出钱包，拿出5角钱捏在手里，然后又把钱包放进裤兜里去。

到了下站，大概是金城江站，我把棉猴递给李珍，左手伸进裤兜捏着钱包，右手拿着准备买甘蔗的5角钱，随着下车的人来到站台。

站台上有几位警察在来回巡视，广播里不停地广播："各位旅客买东西时不要拥挤，要注意安全，注意自己的钱包……"

买甘蔗的人很多，都是些高个子的男人。我好不容易才挤到甘蔗堆前，正想递钱去买甘蔗。一位刚买好一捆甘蔗的男人转身时将甘蔗碰了一下我的脸。我赶紧把捏着钱包的左手从裤兜里抽出来擦了一下脸。等我的左手再伸进裤兜时，钱包已经不在了。我回头大声说："谁偷我的钱包啦！"

那些围着买甘蔗的人听说有人偷钱包，都散开了。

我特别着急，赶紧去找警察。警察赶紧向站长报告。我一五一十地向站长做了汇报。他们也做了记录。可是我的钱包怎么也找不回来了。站长劝我不要着急，并带我去找列车长。他们交换了一下意见，便叫我赶紧上车。为了我的钱包，列车晚开了3分钟。

上了火车，车长又劝我不要着急，问我坐几号车厢，几号座位，并叫我回自己的座位去坐，不要离开。

我回到自己的座位，见到李珍，特别着急，脑子"嗡"一下就倒在座位上了。

李珍着急地呼喊："姨，姨，您怎么啦……"周围的旅客用奇怪的眼神看着我。其中的一位旅客指着我说："她的钱包被小偷偷了。"

李珍见我不说话，又听说我的钱包被偷了，便拿出一个像火柴盒大小的红色毛主席诗词封皮来对我说："姨，你的钱包丢啦？别着急，我这里有钱。"随后她从封皮里掏出一张很旧的5分人民币递到我的眼前。

见小李珍这样懂事，还会安慰我，我更加着急，更加感到内疚。我心里想："我怎么会把钱包丢了呢？还有几天几夜的路程，这可怎么办呢？我们怎么回到家呢？我可以不吃不喝，可孩子要吃要喝呀……"想着想着，我就哭了，并把李珍紧紧地搂在怀里。李珍见我哭得伤心，她也哭了。座位周围的乘客见我们哭得伤心，都过来安慰我们。

不大一会，那位看过我的相片的女列车员来到我的面前。她说："是你丢钱包啦？"我点点头。她说："你跟我来，我们车长找你。"

我跟在列车员后面走。她边走边对我说："你别着急，我帮你作证。你是有车票的。"

来到车长办公室。列车员告诉车长："我查过她的票了，是从谷洞直达北京的通票。她的钱包确实是鼓鼓的。"

列车长问："你的钱包里有些什么东西？"我说："有28块钱，15斤全国粮票，有北京和贵州的5丈多布票，有几张北京工业券和证明信，还有本人相片等。"

车长说："根据分析，你的钱包早被人盯上了，是有人成心偷的，不容易找到了。不过你别着急，你的情况属实，我们会帮助你的。现在是新中国，是毛主席共产党领导下的新社会。我们的列车是为人民服务的，跟旧社会不一样。要是在旧社会，像你这样的年轻妇女，又带着孩子，背井离乡，几千里地，丢了钱包，只能是讨米要饭，流离失所，后果不堪设想。"车长接着说："你先回到座位上去，我们研究一下，我们会帮助你的。"

我回到自己的座位。不大一会儿，餐车服务员就到车厢来开始订饭。当她来到我的面前时，我含着眼泪摇头表示自己不吃饭。服务员有些奇怪。旁边的旅客说："她的钱包丢了，没钱吃饭了。"

服务员说："啊，原来是你丢钱包了！没关系，我们车长交待了，不收你的钱，你想吃什么只管订。"我还是摇头。服务员说："那你先考虑一下，我先去给别人订饭。"服务员说完，她就给别人订饭去了。

送饭时，餐车服务员照样给我和李珍送来两盒饭菜。我感动得又哭了，只能抽泣着说："谢谢……谢谢！"可是我怎么也吃不下饭。

李珍见我不吃饭，她也不吃。我只能搂着她流眼泪，什么话也不想说。

又到下一餐该订饭的时候了，服务员就干脆先给我们送来两盒饭菜。服务员见我们还是不想吃饭，就把饭盒拿了回去，然后又送来两碗面条，面汤里还有鸡蛋。我心里更加难受，更加不想吃东西。于是我叫李珍把鸡蛋吃了。

新上来的旅客见到这种情况，觉得奇怪，就小声问身边的其他旅客："这两位是什么人呀？服务员怎么对她们这么好呀？是不是列车长的什么亲戚呀？"

其他旅客回答："不是什么亲戚，他们是丢了钱包的普通旅客。"于是，半节车厢的人都议论开了。他们都以同情的目光看着我们。有的过来安慰我们，有的还给我们送糖、送饼干、送面包、送水果，把座位前边的小桌子堆得满满的。他们大多是军人、工人或者干部，但我一个也不认识，也没有留下他们的姓名。我感动得又哭了。

　　列车员见我总不吃饭，就给车长汇报。车长又过来把我们带到餐车，并叫餐车的师傅们给我们做病号饭吃。从那以后，列车员每次开饭都叫我们到餐车去吃，有面条，有鸡蛋炒饭等，真是照顾得无微不至。我的心情也好些了。

　　第二天下午，列车员告诉我："车长通知你去餐车开会。"

　　我来到餐车，见有几个乘警坐在那里，还有几位其他我不认识的男人。

　　车长让我坐下之后就说："你们几位都是在本次列车上丢了钱或车票的乘客。你们每个人的情况各不相同，本次列车解决的方式也不一样。"

　　然后车长指着其中一位男人说："根据了解，你有票上车。虽然丢了钱包和车票，但本车不叫你补票，在车上也免费让你就餐。下车之后你就自己解决了。"

　　说完，车长又指另外一位男人说："根据了解，你有票上车，又有你们单位的同事随行。你的钱包和车票丢了，本次列车可以给你开个证明，你可以拿这个证明回单位去报销车费。在车上就餐也免费，但下车以后你们就自己想法解决了。"

　　接着车长又指第三位男人说："这位同志中途上车，还没买票，你说你的钱包丢了。本次列车可免费让你坐到下站。到了下站你必须下车，我们将交给车站酌情处理。"

　　最后，车长指着我说："这位龙月江同志丢了钱包，经过调查了解，情况属实。她确实已经买了至北京的列车通票。她本人身怀有孕，又带着一个小孩，确有实际困难。本次列车不但要免费让她们就餐，还要负责开具通行证明，让她平安到达自己的工作所在地北京。"车长停了一会又说："不过你要记住，到了本次列车的终点站郑州，你千万不要出站，你必须拿着我们给你开具的通行证找车站负责人为你安排转车，要求越快越好。出了车站，他们就不认你了，你就进不去车站了。通行证明一式三份，你拿一份，我们留一份，交给郑州车站一份，千万不要再丢失了！"我点头表示理解，也表示感谢！

　　到了郑州，我向列车长和列车员表示感谢就带着李珍下车了。我们没有出站，直接去车站办公室请求他们帮助我们安排转车，可是办公室里的人不理不睬。没办法，我只好带着李珍坐在车站办公室外面的台阶上等候。看看那些南来北往的列车，见到那些匆匆进站和出站的旅客，我真是心急如焚。于是我细心观察来往的工作人员，想看看谁是站长，谁能帮助我们解决眼前的困难。等了5个多钟头，终于有一位中年男子走过来了，而且手臂上还戴着"站长"的袖标，我赶紧过去拿通行证明给他看，并简单诉说了我们的情况。

站长说："再等半个钟头，就有一趟列车开往北京。你们做好准备，就坐那趟车吧。列车到站时，车站里都要广播，你要注意听。"

天快黑了，开往北京的列车终于来了，我和李珍赶紧上车。上了车，我的心才稍稍平静了下来。

因为是中途上车，我们没有座位。只好在过道里挤。我让李珍坐在我从老家买来的那个背篓上。这时，我才感觉到又饿又累，但我们没法去餐车吃饭，于是就把在62次列车上好心人送给我们的饼干拿出来充饥。到了石家庄，我们才找到一个座位，我和李珍就共同挤坐在这个座位里，直至北京。

到了北京，我们不敢出站，就在站内找了个电话给厂里打电话，叫王桂兰和小冯来车站接我们。我和李珍在站内等了一个多钟头，王桂兰他们终于来了，然后我们就一起回长辛店。

回到单位，我赶紧给62次列车的乘务员们写感谢信。感谢信是这样写的：

### 最高指示

白求恩同志毫不利己专门利人的精神，表现在他对工作的极端负责任，对同志对人民的极端的热忱。

### 感谢信

62次列车全体乘务员同志们：

你们好！

我是北京市长辛店匙链厂的普通工人。今年年初回贵州探亲，三月四日乘坐62次直快列车返京，因身体不好，带着孩子，加上途中丢失钱包和车票，遇到很多困难，非常着急。在这种情况下，你们活学活用毛泽东思想，对我们亲切关怀，热情照顾，在几千公里的旅途中，使我像在自己的家里一样，感到在毛主席领导下的革命大家庭的温暖。在你们的亲切关怀和帮助下，我已经于三月七日上午平安地回到了毛主席他老人家的身边——北京。

同志们，你们这种毫不利己专门利人的精神和对工作极端负责任、对同志对人民极端热忱的高贵品质是永远值得我尊敬和学习的。我一定像你们那样，回到自己的战斗岗位，努力活学活用毛泽东思想，以抓革命促生产的良好成绩来感谢用毛泽东思想武装起来的人民乘务员！

致无产阶级的革命敬礼！

北京市长辛店匙链厂工人 龙月江

1971年3月15日于北京

我这次回乡探亲，经历了这么多的磨难。有时我自个儿琢磨：这个世界是怎么啦，好好的一个家庭为什么要四处分散？这么多亲人为什么不能团聚？眼下，妈妈、嫂嫂和姐姐的另一个孩子小三还在贵州天柱石洞农村，哥哥在天柱县城教书，我和姐姐在北京工作，姐夫在贵州镇远修铁路，我的丈夫在独山铁矿，我的婆婆在黎平乡下。为什么要这样呢？这些亲人什么时候才能团聚呢？我想不通，真的很想不通！

# 自己的家

1970年9月26日，我和邓是在长辛店自来水胡同21号姐姐家的小屋里结婚的。当时我们没有自己的房子，也没有自己的家具。结婚后一个多月邓就离开了北京，回贵州上班去了，于是我又回厂里住集体宿舍。因为集体宿舍比较背光，后来只剩下我和王桂兰两个年轻姑娘住在那里，不太方便，就搬到厂里的档案室去住。

回想起来也可笑，这次我刚从老家探亲回来，孙厂长见到我就对我说："我帮你找好了一间房子，你抽空儿过去看看。"

当时我不但不知道谢谢厂长，还反过来问他："您帮我找房子干吗呀？"

孙厂长说："我总不能看着你把孩子生在档案室里吧！"

过了半个多月，王桂兰说："咱们去看看老孙帮你找的房子吧？听说离厂里很近。"于是我就去找孙厂长问地址，要钥匙。

孙厂长把钥匙递给我后说："房子就在厂子的大门口西边第二个胡同，叫永兴里胡同25号院。上到坡顶从西过来第二个大门，院里有一排五间北房，你的房子就是东头那一间。"

我和王桂兰吃过午饭，就找到永兴里胡同25号院门口。只见两扇大黑门虚掩着。我们喊了几声门，没人回应，就自己推门进去了。迎面有块影壁墙。绕过影壁墙，便看见一个大院子。这是一个普通的老四合院。院子西边有三间西屋，院子北边有五间北屋。北屋正中的三间是正屋。正屋东西两头各有一间小偏房。东边是一面半砖半土的墙，好像过去也有三间东房，房地基还在。

我和王桂兰走过西屋和正屋门前，来到东头那间小偏房门口。小偏房的门和窗子都是用纸糊的。窗子正中有一小块玻璃。窗子的上半节是活的，可以支起来。

正屋里有几个老太太正在说话，她们看见有人来看房，马上就出来问这问那。其中一位个子不高的60多岁的小脚胖老大娘跟我们说："这北房东边和西边这两间偏房原本都是我们家的，是'文化大革命'前租出去的。'文化大革命'中就把我们的房子收去了，现在归房管所管。"她接着说："前二年东边这间住着一个女人带着一个小男孩，半年前她们就搬走了。西边那间现在住一家4口，男的姓李，在通信工厂开车，他媳妇和两个孩子都是农村的。现在他们都回老家去了。"

我说："您这院子还不错，很清静。您家姓什么呀？有几口人呀？"

老太太说："我家老头子姓郑，平时就我和老头子俩人。我有五个男孩和两个女儿，他们都结婚了，都不在家里住了。"她接着问："你们是谁要来住房呀？来住的是多少人呀？"

我回答说："就我一人。"

老太太看了看我说："就你一个人呀？看你已有几个月身孕了，你的爱人在哪呢？"老太太问起话来没完没了。

我和王桂兰一边开门进屋看房，一边简单回答老太太的问话。随后我对老太太说："大妈，我们到点了，该上班去了。今后少不了要给您添麻烦。"

老太太把我们送出大门，然后把大门关上，就回屋了。

我和王桂兰走出大院，王桂兰说："这房子有十来平方米，只有前窗，没有后窗，门上和窗户上的纸都没了，白墙也发黄了。"

我说："那就得去买几斤白灰和几张白纸来重新粉刷粘糊一下。"

厂里的同事和我的师兄、师弟们有人要来帮我刷房子。我考虑到厂里的同事工作很忙，星期天也常常不休息，平时还要加班加点，我不愿让她们为我的私事请假，所以我没请厂里的人来帮忙。可是，我觉得自己的身体一天比一天笨重，不能像以前那样什么都能干了，如果我现在还不粉刷房子，再拖下去就更不行了。

到了星期六，天气很好，我就请了一天假，自己去石灰商店买来几斤石灰，又从厂里借来一只水桶，然后请小苏的弟弟"小老"来帮我刷房子。北京人称最小的弟弟为"小老"。

我带着小老去胡同口南面的公共水管提来一桶水泡好石灰，又带着他一起去厂里借来两根长木凳子，然后就一起刷起房子来。

到了中午，王桂兰也来帮我糊窗户纸。房子粉刷好了，窗户纸也换新的了，可是屋内除了从厂里借来的两根长凳子外，什么家具都没有。王桂兰说："等下个星期屋子干了，我帮你再跟厂长说说，把咱们俩睡的床板也借来铺上就能睡

这是当年我结婚后第一次租住的房子

觉了。"

我说:"那你也来这里和我一起睡,这院里只有两个老人,我一个人害怕。"我又指着刚糊好的门窗说:"你看看那门和那窗户,都是纸糊的,把纸捅破,伸手进去就能开门。"王桂兰点点头表示同意。

没想到,刚过几天,王桂兰的父亲病重去世了,她要陪她妈妈在家里住。所以我一个人也不敢去我的新屋住。

又过了一个多月,我自己从厂里借了一块单人床板,请厂里的同事帮我搬到我的新屋来。我和王桂兰每天中午都从厂里打饭到我的新屋来吃。没有吃饭的桌子,我们就把饭菜放在床板上,然后一人坐一

这是当年我买的小凳子,用了50多年都没坏

边歪着身子吃饭。后来觉得这样很不方便,我们就去长辛店大街日杂商店买来一个小方凳子,吃饭时,一人坐在床边,一人坐在凳子上。吃完饭我们就在屋里休息一会,然后再去上班。

1971年6月中旬的一天,我跟姐姐商量,我说:"厂里帮我找的房子已经刷好了,我把我的东西搬到新刷的房子里去吧,那里离我们厂很近,找个时间您去看看。"姐姐说:"行,那就搬吧。"我接着说:"能不能把我放小箱子的木架子也送给我?"姐姐说:"行。"

下班后,我在厂里吃完晚饭,就请厂里机加车间的车间主任张书义和厂里管后勤的杨淑萍主任、还有王桂兰帮我去搬东西,因为他们都认识我姐姐。我们从厂里借了个小推车,把我的一个小箱子和结婚时买的一个小柜子搬上车。小箱子里装我的衣服,柜子里装两床被子。姐姐还给了我一个旧的小炒菜锅和用旧灯罩做的旧锅盖。我们四人推着一个小车,把我的全部家当从自来水胡同21号院一路上坡搬到了永兴里25号院。从此,我才真正有了自己的新家。王桂兰也天天来和我一起吃住。我们每天从厂里的食堂打饭、打菜、打开水来喝,倒也觉得挺自由的。

# 接谁来北京

1971年3月12日，我从老家贵州探亲回到北京。因为这次回乡探亲，一路都很辛苦，遇到了许多不顺心的事情，加上在回北京的路上又丢了钱包，我的心情非常苦闷，所以没有及时给邓写信。直至3月21日收到邓的来信之后，我们的夫妻生活才又在没完没了的来往信件中继续。

我在3月21日给邓的回信中是这样写的："敏文，您的来信我今天收到了，信情尽知，请放心吧！可能您会奇怪，像今天这样及时给您回信还是第一次，您一定得说是因为您上次发了脾气我害怕您了 …… 其实我心里总是想马上给您写回信的，好让您放心。不过，我拿起笔来就觉得为难了，不知道应该说些什么才好。我什么都想说，可是什么也写不出来，所以也就不能很快地给您回信。由于这次回家探亲，来回都很辛苦，回来时路上又丢了钱包，再加上坐了几天几夜的车子，心情不大好。同事们说我这次回家把肉都丢在老家啦！只剩下皮包骨头回来了。她们对我都很关心，要我去医院检查检查。我去医院检查过了，大夫说小孩动得很欢，心跳很正常，我的血压也正常。大夫只是说我缺少营养，需要多吃些营养的东西。可是我不知道应该吃些什么有营养的东西。不过，我现在的食欲很好，比以前能吃多了，特别是早上不吃东西可不行。粮食方面家里不但够吃，还有剩余的。请您放心吧！关于安家和家具问题，我想不着急也不行了。眼看就已经快到7个月了，可是什么都还没有，同事们也为我着急，好几个人都说要借钱给我买东西。可是我又不知应该先买些什么。床我已经去信跟我二哥说了，请他帮忙。妈妈、嫂嫂们给我的布票在路上也都丢了 …… 不过，我们在回来的62次列车上还好，车上的人对我们都非常好，车长还给我们开了证明，现把这证明也给您邮去，希望您注意永远保存 ……"

这封信写得很长，主要是说我在回京的路上钱包被偷的全部经过，共3页纸。这封信发出之后，很快就收到了邓的回信。

邓在回信中说："您21号晚上写的信我27号就收到了。当时我刚吃完晚饭，准备到办公室起草明天纪念巴黎公社一百周年大会发言稿，通讯员小王看到我说:'老干部(他们单位的年轻人都称邓为老干部),有你的信,北京来的。'我以为是开玩笑。结果是真的! 江:这些天来您没把我给气疯了! 盼了一个月时间,还以为不会再看到您的信了呢! 上星期我给您哥哥武甲去信打听您的情况,前天又给二哥启甲去信打听您的情况,到现在都还没收到他们的回信。我想,这么久不来信,肯定出了什么事了。厂里的领导和同事们也都为我着急。您给打电话的老王还问过我好几次呢。如果这个星期还不见您来信,星期天我准备到城里给你们厂发电报问一问……好了,信收到了,我也就放心。希望您以后不要再这样了,好吗? 咱们半年多还见不上一次面,如果连信都不想写,那还有啥意思呢? 忙也是事实,不过发一封信的时间总是有的。有话多写点,没话就少写点,就是邮个空信封,对人也是一种安慰,对吧? 家里的生活,您觉得怎样办好就怎样办,困难肯定不少……这次回家各方面都是由您安排的,现在您可能连吃饭钱都没有了吧? 等星期天我进城先给您邮去50元钱,解决您目前的困难。您一定要注意身体,多吃点东西,多穿点衣服,可能还没买棉鞋吧? 我建议您马上到商店买一双,因为北京还在下雪。跟别人借的账,能还多少就先还多少,下个月我再想法邮钱去还。床铺等家具问题,您可去信跟您二哥商量。他有车子,比较方便,到乡下去买也比较便宜。独山这地方在铁路边,木头家具也很贵,一铺床也是40多块钱。如果二哥能帮买,下月我想法给他邮钱去。不仅买床,还可以买其他必需的东西。等我下次上北京时,让二哥送到谷洞,我再到谷洞去办托运手续,这样比较省钱。如果邮去,那就花钱太多了,还不如在北京买。房子等天气暖和了可以去收拾收拾。家具一下子买齐有困难,这方面可多来信商量。虽然我不能给您什么帮助,但可以提供些参考意见。我最近各方面都还算好,除了为您担心瘦了一些而外,工作上还顺利……您来信问到先买什么东西? 民以食为天,吃饭第一,先解决吃饭问题。您每次去医院检查大夫都说缺乏营养,现在有了房子,为什么不可以自己弄点东西吃呢? 买个炉子,买一口锅,买两个碗,我看问题不太大吧? 您那里的条件总比我这里好吧? 十来分钟就可以上大街买回东西来。江:咱们都不小了,妈妈还能为我们操心几年呢? 总有一天要由咱们自己来安排生活。我下次上北京也不想长期做客了……我不同意借钱买东西,依咱们自己的能力，能买什么就买什么，当家方知柴米贵这话不错。以前总是稀里糊涂的，今天我们该尝尝自己当家的滋味了！当然，也会有人在看我们的笑话，那就让他们看去吧！我们会比过去生活得更好的……还有，接妈妈上北京的事你们是如何商量的？能告诉我吗？我的意见是早点商量，不要到时候干着急……"

邓的这封回信写得密密麻麻，从单位工作说到家里生活，吃的、穿的、用的、住的、想的、关心的，一共写了4大篇。最后他还在这封信的末尾加了一句："顽强地生活下去！"

4月1日我收到邓的来信后，4月2日我马上给他写回信。我说："您3月27号夜里的来信我昨天收到了，邮来的钱也如数收到了，放心吧！上次我回信总觉得有些事情没说清楚，可是这次又收到您的信了，所以我更不知先说什么才好。——说吧，我的时间和水平又有限，怎么办呢？先捡重要的说吧！如果您认为是婆婆妈妈的话，那您就别听好啦。我知道话说多了您也不爱听。关于接谁来北京一事，我记得已经跟您商量过。我的意见是谁来都行，谁都不来我也没意见，这个大主意由您拿，因为您是我的丈夫。虽然说'民以食为天'，可是'夫'字比'天'字还要出个头……既然您问到我在家是怎么跟我妈妈商量的，我就把这个过程给您说说。我跟我妈妈商量时，我妈妈同意来北京，不过得带我哥哥的一个小孩来。妈妈说，跟我一起来也可以，等到六七月份来也行。我听妈妈对别人也说：'到时候无论如何也得去北京，不去不放心，也对不起月江，手心手背都是肉。'所以，我在家时，妈妈要我给她买头小猪来养，用去了十多元钱。妈妈知道咱们花的钱太多了，经济上一定有困难，所以妈妈说养个十多斤的猪，等到六七月卖了猪就得几十元钱，就有路费上北京了，就可以减轻点咱们的负担了。可是，我跟我哥哥商量，哥哥不同意妈妈去北京。哥哥说：'现在妈妈不能去北京，妈妈要是上了北京，你嫂子就不能出工了。不能出工，在家等着买口粮吃的话，以后她会越来越懒。妈妈不在家，你嫂子不养猪，连菜都不种，这个家也不像个样子，今后会给我造成很大的负担。'因为这样，所以我当时没敢把妈妈接来。以后能不能来，再商量吧……不知为什么，我特别生我哥哥的气，他自己成了家，有了老婆，什么事都还指望妈妈去干，好像离开妈妈他这个家就过不下去了。妈妈能管他们一辈子吗？我不想跟哥哥争妈妈，也不想给哥哥写信，所以也没再和哥哥商量。您知道后一定会说我的，不过我说的是实话。您应该理解我现在的心情。另外，您邮来的钱我当天就取回来了，到厂里就还了张香兰。我什么也没买，我的想法也跟您一样，不但不同意借钱买东西，就是借人家的钱用，心里也不舒服。我三月份上了十几天班，开了20多元钱。还去刚回北京时借的10元吃饭钱后，还剩10多元，够这个月吃饭的。就是我那打会的份钱还没给人家。这事我们几个人已经说好了，下个月轮到我用打会钱时，少给我一份就行了。下个月轮到我用的第二次打会钱总共是120元，除了还王桂兰的80元外，剩下40元钱可以用来买些家具和日用品，您就不用再邮钱来了，留点钱等您6月份来北京时用。房子已经有了，也粉刷好了，就在我们厂子门口的胡同里边，用不了3分钟就能走到。每月房费是2元零7分。可我还没去住，也没买家具，因为那个院里人少，没有伴儿我有点怕，把东西放在那里也怕丢失。另一方面，姐姐家的小二、小三都回北京来了，姐姐有时出去学习开会回不来，我不去姐姐家看着她们也不放心。所以我想先等一等，看妈妈能不能来北京再说。这里买东西很方便，等您们来了再买，行吗？当然，小孩子用的我会有准备的，这些不用您管。得了，不多说了，我今天费了半天劲给您写信，如果我们在一起，您早就听不下去了，不是看书就是睡着了。现在已经是11点钟了，我也该休息了。因为工作需要，我又上倒班了，明天是我的早班。写的太乱，请耐心看吧！另外，我前几天已给黎平的家里写信去了，我没提丢东西的事。祝您睡觉别做梦！"

我4月3号上午把我昨天晚上给邓写的信发出之后，不久又收到了邓4月7日给我的回信。他在回信中是这样写的："江：您4月3号上午发的信我7号下午就收到了，邮局的同志真能理解我们的心情，把信送得这么快！我本来应该昨晚把回信写好，今天就可以交给通讯员拿去发。可是昨天一整天都在编印矿山的简报，一直忙到深夜12点多钟，所以这封信是抽今天晚饭后的时间给您写的，吃饭的碗都还没洗呢。写到哪里算哪里，晚上我还要去参加学习。学习回来再接着写，写不完我不睡觉。这封信保证明天中午以前寄出去。妈妈回京的事还没定下来？那就等吧！再等几个月也行，再等几年也行，反正我下了班拿碗就到食堂打饭吃，着什么急呀……'大主意'您早就拿定了。您不是说妈妈卖了猪就可以解决上京的路费吗？亏您说得出口！记得这类话您不止跟我说过一次。前次我上北京来，您也跟我说过了。因为当时咱们刚结婚，我不想跟您争这些。您真'精'啊，还会给妈妈放'高利贷'了。月江同志，在经济问题上您哥哥是很了解我的，您也到过独山了，也到过黎平家里了。我的全部家底您都看过了，虽然每月拿四五十块钱，可到现在连一块破表都还没戴上。我在您面前发过半句牢骚了吗？工作两三年了，也应该像个样子了。有人也对我这样说过，但我不想这些……

江：说老实话，如果咱们是为了钱，您不会嫁给我，我也不会娶您。钱多了有好处，但也有坏处。依我看，坏处比好处多。为什么呢？过去我在学校每月只有几块钱的伙食费，思想上倒挺愉快的，什么也不想。现在每月四五十元钱，反倒弄得很伤脑筋。由此可见，钱不是个好东西。为了钱，闹得人与人之间不和睦，为了钱……好了，说多了您会以为我发疯了！我这个人，平时不太爱说话，特别讨厌在别人面前叽叽喳喳，不过我心里是很明白的，什么对，什么不对，我心里全有数。我认为一个人应该老老实实地办事，太'精'了总有一天会吃亏的……为了搞好清队工作，最近几天我们这里正在开展忆苦思甜。刚散会，本来还有点别的事要做，为了给您赶写这封信，我把其他事情推到明天再做。接着再往下写。您问我为什么说您骗人？您心里有数，您干吗还要问我呢？您丢了东西我并没有生您的气，我没有责怪您半句话。丢了就丢了，以后注意点就是了。记得我是在我还不知道您丢东西的时候就给您邮钱的。就是不丢东西，我也会意料到您到北京后没钱吃饭。这些我也不多说了，只要您能理解我的心就行了。您来信说您现在还不想买东西，这是假话。明明是吃饭钱都成问题了，怎么还说是不想买东西呢？干脆点就说没钱买不好吗？江：我又不是三岁的小孩子，我是将近三十岁的'半老头'了，何况还喝过几十年的墨水，这点常识还是有的，不像您所想象的那么'傻'……您来信说您给黎平家里写了信，我很高兴。说明您还是我们邓家的好媳妇。上次咱们回家，全家都很高兴，那么多人来接我们，看我们。可惜有很多话您听不懂……好了，已经写了好几大篇了。我没有表，估计时间也不早了。肯定有些话说过了头，我等着挨骂吧！不过，我再申明一遍，这也都是我的心里话。祝您多做几场梦!"

邓的这封长信写了5大篇，主要是提醒我要老老实实做事，要低着头、夹着尾巴做人，跟家里人要搞好团结，有困难要相互帮助，要跟领导搞好关系，要跟同事搞好团结，不要只跟几个人好，要跟大多数人搞好关系。来信还批评我第一次回黎平老家探亲时为一件小连衣裙就闹得不愉快等等。

我看完邓的这封来信，心里很不舒服，觉得非常委屈。就说那件小连衣裙，怎么能怪我呢? 当时我不会说南部侗话，叫邓帮我解释一句他都不肯开口。再说这事都已经过去了，我也向邓当面做过解释，他怎么还提这件事呢? 从来信的口气上看，好像我跟谁都搞不好团结。我从来没跟院里的哪家人或厂里的什么人闹过什么意见，他们对我都这么好，所以我不服气。因为当时有气，所以我没及时给邓回信。过了好多天后，我再把这封信拿出来看时，又觉得邓说的也有些道理，从自己的切身体会中也觉得搞好团结非常重要。所以，"五一节"前我又给邓写了回信，说了一些厂里的工作和学习情况，并给他邮去了一本火车时刻表。

不久，我就收到了4月30日邓给我的回信。他在信中说:"你的来信是昨天晚上收到的。今天白天编印矿山简报，也没时间给您写信。明天是'五一'国际劳动节。今天晚上矿山放电影《奇袭》，我过去已经看过一次，觉得不错。这封信是我看完电影以后写的。明天虽然放假，但我有很多事要做，除工作外，还要洗衣服 …… 首都的'五一'节一定很热闹，以前我参加过几次'五一'游园活动 …… 您们厂有什么活动? 下次来信告诉我 …… 关于接妈妈回北京的事情，我探亲回来之后，已经给武甲去了两封信，但现在也没收到回信，不知妈妈能不能去北京 …… 近来您的身体怎么样? 从现在起，您更应该经常去检查身体，以防发生万一。既然缺乏营养，就应该想办法加强。咱们苦点问题不大，家具有钱就多买，没钱就少买，可不能影响下一代啊。另外，您要注意休息，每天要保证八小时的睡眠。家里的事情您能考虑多少是多少，不能考虑的以后再说。时间又不早了，睡觉吧。"

为接哪位老人来北京照顾我生孩子的问题，邓和我在信上商量了好多次，但始终定不下来。从我内心来讲，我很希望自己的亲生母亲来到身边，而且母亲过去已经在北京生活过几年，已经习惯了北京的生活，能帮助我做很多事情。可是我的哥哥又有实际困难，因为哥哥的第二个女儿也刚生下几个月，他舍不得母亲离开石洞老家。从邓的几次来信中我也感觉得到，他很想让自己的亲生母亲也能到北京来看看，因为老人家连汽车都还没坐过，更不用说坐火车了，但邓又不好直说，怕伤我的心。我也希望邓的母亲能来北京看看，可是又考虑到她连一句汉话都不会讲，更不用说讲北京话了。如果邓的母亲真的来了，是我照顾她，还是她照顾我？想到这些问题，我的脑子觉得很乱，也觉得很累。在信上讨论几次都没有结果，后来我就连信也不想写了，随他们的便吧！

大概是5月27号左右，我收到了邓于5月22日晚上给我写的一封信，并将我哥哥给邓写的一封信转来给我。邓的来信是这样写的："我接连给您邮去的两封信可能你已经收到了。现在已经是星期六晚上了，我还不见到您的回信，是忙吗？身体不好吗？还是什么别的原因……上星期已经收到武甲的来信，看来他是不想让天柱妈妈上北京了……黎平的妈妈上不上北京来，我听您的……让黎平的妈妈去北京，即便不能帮您什么忙，也能给您做个伴儿，看个家，免得您害怕……今天已经是5月22号了。我准备下月10多号动身去北京，只有一二十天时间了。希望您收到信后及时回信，好让我做些准备。您着急我更着急！另外，回信时再把上次您的体检表给我邮来，我请假时好用。不行的话，就在6月10号左右给我发个电报来。盼回信！！"

我哥哥给邓写的信是这样的："敏文：你的两次来信我都收到了，请勿念。关于要接老人上京一事，我的意见是这样的：最好是要月江自己克服困难。因为北京条件要好一些，生产以后，可以把孩子送交托儿所。据说月江他们厂有托儿所，不知一个月要多少钱？也可能不要钱，或可以报销。这可与月江商量。这样虽然苦一些，但是可以锻炼人。如果不行，如果非要老人上京不可，就让黎平的老人上京一趟，让老人去见见世面。困难总是存在的，但可以慢慢克服，语言不通只是暂时的现象。即使黎平老人上了北京，恐怕也不愿在北京待太长时间，最多一两年，因为老人总是一心挂两头的。至于天柱的老人，我是不准备让她走了，原因你是知道的。再说，我母亲已经在北京、贵州之间往返好几次了，现在回来料理这个家也是必要的。在这个问题上不是我自私，而是这样处理要合适一些。你何时动身，请告知！祝工作顺利！武甲 1971年5月5日。"

我见到这封信后，心里很不舒服。妈妈不能来了，女儿生孩子时是最希望妈妈在身边的。因为我的妈妈什么都会做，侍候坐月子的人她是最有经验的。我妈妈不能来，邓又不能在京久住，这叫我怎么办呀？要黎平的妈妈来，她对北方的生活什么都不懂，什么也不会做，能帮我什么忙呢？我们之间连语言都不通，可能还会给我增加许多负担。我想到这些，心里更烦了，所以我一直不表态，省得以后有了矛盾邓又批评我，又说是我自己请来的。为这事，我越想越头痛，也不愿回邓的信，也没给他发电报。

到了6月底，邓带着黎平的妈妈到了北京。他们先进我姐姐家，然后邓自己到厂里来找我。我带邓去认我们自己的住处。进了家门，邓特别兴奋，他说："北京终于有了自己的家了！"

我们在小屋里待了一小会，商量暂时在姐姐家吃一两天饭。先让妈妈也在姐姐家住一两天。我对邓说："因为我们自己的家只有一块床板，明天我带您到我们工厂去再借一块床板来给妈妈睡。咱们这里什么都没有，明天咱们还得去买很多东西，如做饭用的煤球炉和餐具、用具等等。"邓说："行，听您的。"我说："现在咱们先去看妈妈。"

到了姐姐家，姐姐说："我让老人躺下了，她坐了几天车很累，又晕车，需要好好休息一会。"姐姐接着说："老人说的侗话我怎么一点也听不懂呀？她也听不懂我说的侗话。"

邓说："是的，我们南部侗话和您们北部侗话不大一样，慢慢听，时间久了就能懂了。武甲我们俩讲侗话都能听得懂。"

妈妈见我进屋马上坐了起来，冲我看了看，还说了几句话，但我听不懂。邓翻译说："妈妈说，你回来啦？"我冲着妈妈说："妈来啦？您坐了几天的车，太累了，您睡吧。"妈妈没有反应，只是继续看我。我见地上放有一大一小两个黑口袋，不知是什么东西。邓说："这口袋是用葛藤的皮纺成线做的，里边装有妈妈的衣服。我们还带了一个小木箱子，里面装有一床十二斤重的棉被和妈妈的棉衣。列车上不让自己带箱子，非要我们办托运。托运的东西只能到永定门车站去取，可能过几天才到。"

第二天，我请了假，带着邓到厂里见见领导和我的一些同事。正好我们厂里的宿舍没人住了，铺板也没人用。我又借来两块铺板、四条双人凳。我们厂里的领导还叫人帮我把床板和凳子送到家里来。然后，我又和邓去买一口小水缸来装水用，还买一个煤球炉子、一把烧水的铝壶、一口小铝锅、几个盘子、几个碗和一些其他日用品。房东老大娘过来帮我们搪炉子，因为当时买的铁炉子里边没有炉心，得自己用一些煤灰和黄土拌好搪在炉子里边才能用。

最必需的做饭用具买来了，可放在哪里呀？一间小屋子里摆三张床板，靠后墙放两张，拼起来成双人床；靠窗户放一张单人床，让妈妈睡。两张床头之间还放个小柜子，总共只有10来平米的小屋子已经摆得满满的了。大夏天的，又不能在小屋子里生火做饭。怎么办呢？

后来，我发现正靠我们房子的东边有一条一米来宽的死胡同，于是我跟邓商量："能不能在小胡同里搭个小棚子放煤和炉子呢？"邓说："什么都没有，怎么搭棚子呀？"我说："咱们想想办法吧！"

吃过晚饭，我带着邓到我的一个好朋友周师姐家去。她爱人是二七厂北厂的职工，因为他们厂是修理火车的货车车厢的，经常发一些小木材来生火。于是我们就从周姐家找了三根木条。

第二天，我们把从周姐家找来的三根木条架在两边墙上做房梁。正好我们工厂大门里对着大门口的毛主席像前种有一片向日葵，那是我姐姐参加建国二十周年国宴时得来的种子。当时，姐姐是长辛店螺母厂的副厂长，作为北京市丰台区工人代表参加国宴。同时还得了一个芒果，一包生葵花籽。芒果留在她们厂作纪念，葵花籽是她在我们丰台区各个工厂作报告时分给各厂种在毛主席像前边的，用朵朵葵花向太阳来表示人人心向毛主席。葵花籽已经收完了，我就把向日葵秆都砍来架在木条上当椽皮。又用剩余的向日葵秆来当围墙和棚子的门。然后再从长辛店北头的旧货商店买来一块油毡盖在向日葵秆的上面，再找来一些石头压在油毡上，一间简易小厨房就算竣工了。

第三天，我们买了些煤和劈柴，又买来米面和油、盐、酱、醋，就开始在自己的家里生火做饭了。一个新的小家庭就这样宣告正式诞生了。

邓到北京四五天后，永定门火车站来了通知，说邓托运来的东西到了，要邓三天内去取。

第二天一早，邓就从长辛店火车站坐通勤车去取东西。下午回来时，只见邓抱回几块木箱板和妈妈的一件用侗布做的旧棉衣。邓说："箱子打坏了，车站承认木箱子是在路上搬运时损坏的，箱子里面装的12斤新棉被也丢失了。车站同意赔偿，但要等调查结果，要我回来等通知。"

过日子不能少衣缺食。我看妈妈的衣服都是黑的，布也很厚，没有夏天穿的衣服，于是我就到百货商店去给妈妈买了10多尺棉白布，帮妈妈裁成一件北方老年人穿的大襟单衣和一件小坎肩，然后让妈妈自己用手缝来换洗。很快就缝好了，妈妈很高兴。

# 第一次做母亲

自从邓把他妈妈接到北京，我只休息了一天。好在我还是上两班倒，每天有半天时间在家里做家务。邓和妈妈都不会生煤球炉子，不知道什么时候应该添加煤球，应该加多少。早上，我把炉火生好后才去上班，等到我下班回来火又灭了。他们生火时，劈柴没少用，可总是生不着，老吃不上饭。我已经有9个来月的身孕了，挺着大肚子还要去上班。在家的半天时间，不是和邓一起去买东西，就是在家里帮做饭，根本谈不上好好休息。

有一天中午，我正在小刨床上干活，同事们都在门口外边吃饭。我把一块铁块卡好，调好刨刀，就坐在刨床旁边看着。因为太困，脑子有点迷糊，很想睡觉，于是我就闭上眼睛，用耳朵听刨活的声音。当我听不到刨刀刨铁的声音时，睁开眼睛一看，刨刀已经走出了铁块。我立刻站了起来，由于站得太猛，没站住，便摔倒在凳子上。凳子倒了，我又重重地摔在凳子腿上，只听"咔嚓"一声，把凳子腿也给砸断了一根。同事们听见响声，忙跑进来把我从地上扶起来。我摸摸肚子，什么事也没有，大家这才放心。同事们一再嘱咐我要小心点，别把孩子给摔掉了。大家都同情地说："你在家里有这么多事要做，还得上班，实在是太累了。"我说："那有什么办法呀？我以后注意点就是了。谢谢大家！"

又过了几天，已经到7月7号了，我是上早班，中午觉得肚子有点一阵一阵地疼，腰也疼。我坚持到下午3点半下班。回到家，我跟邓说："今天咱们早点吃晚饭，我可能要上医院去看看。"

长辛店医院是在长辛店东面的一个山坡上，当地人都叫东山坡。从我们家到医院，可能有五六里路，快走还得40分钟。

吃过晚饭，邓和我就像平时散步一样，空着两双手就去医院了，大约走了50多分钟才到医院。到医院一检查，大夫说："留下住院吧，已经见红了，快生孩子啦！"

就这样，我一个人被留在了长辛店医院，邓回家陪他母亲去了。

邓走后，我在医院肚子一阵一阵地痛了一夜，一点也躺不下，睡也睡不着，连喝水的杯子都没有，更谈不上有什么亲人在身边照顾了。

第二天上午，邓来医院看我，当时我的肚子又不痛了。我吃了点邓从家里带来的饭菜，我们又一起到医院外面的坡上走走、坐坐，跟没事一样。

到了7月8号晚上，我的肚子又开始疼起来了，而且越疼越厉害，疼得我一夜坐立不安，一直疼到第二天下午，邓也没到医院来。我连一口水都不能喝，也没有其他什么喝的。

一直到7月9日下午两点钟左右，孩子终于生下来了。大夫说是个男孩。可我一点也高兴不起来。我一点力气也没有，只是静静地躺着。当时也没人来看我。一个护士走到我的床边问："龙月江，你生孩子都几个小时啦，怎么没人来送吃的？也没人来看你呀？"我只摇摇头。护士又问："你有红糖吗？有什么吃的东西吗？"我还是只摇摇头。这时，我赶紧把脸转过另一边去，然后把眼睛闭上，怕人家看见我在流泪。

接着，我又听见这位护士跟另外一个跟我同病房的、已经生了一个小女孩的产妇说："你那里还有红糖吗？先借一点给我。我先给她沏一碗红糖水喝。从肚子里生下来那么大个小孩，又流了那么多血，连糖水都没喝一口哪行呀！"

我喝下护士给的一碗温糖水，心里才有了一点底气。这时，邓慢条斯理地走来了。他手里拿着两个生桃子和一瓣生西瓜，其他什么都没拿。

邓一进门，护士就冲着邓说："你爱人生孩子你都不着急，你干什么去啦？你也不给她送吃的来，她从昨晚到现在一口东西都没吃！"同室的病友也都说邓的不是。

邓听了以后还觉得委屈，他赶紧解释说："昨天我回到家，院子里的大娘问我你爱人怎么样啦？我说还没什么动静。"他接着说："院子里的大娘说怕不好生，让我去买这些生的东西来给她催生，害得我跑了大半天才买到这些生桃和生西瓜，现在都不好买到这些生东西了。"

我又恨又气，但又没有力气跟邓吵架。我只好有气无力地跟护士和同房的病友们解释说："他是个书呆子。"

护士半认真半开玩笑地说："什么催生催熟？那是迷信！你快去给龙月江买红糖和鸡蛋来，那才是实实在在的催生。你不买这些东西回来，我们不让你看孩子！"邓红着脸不再吭声，只是"嘿嘿"地笑。

等邓把红糖和鸡蛋拿到医院，看了孩子，就和我商量给孩子起名字。他说："你看，咱们的孩子该叫个什么名好呢？"

我说："咱们这孩子是在北京生的，应带个'京'字。"邓表示同意。

我又说："北京的松树比较多，各大公园都有。咱们家乡的松树也很多，满坡满岭都是。松树很皮实，不怕风雨，四季常青，南北都能生长，就给我们的孩子取名叫'京松'吧。"邓也点头同意了。

生下孩子的第三天，医院就让我们母子出院。邓和妈妈来接我和小京松。那时我们连辆自行车都没有，更不用说别的车了。我们只好走着回家。妈妈抱着孩子。邓拿着东西。我的身体很虚弱，生孩子时的伤口上午刚拆线，天气又热，走这五六里路真是受了大罪了。

回到家，因为邓和妈妈总不会烧煤球炉，邓自己也很辛苦，经常是从早晨4点起来生炉子，到上午9点钟我还喝不上一口稀饭，饿得我前胸贴后背，头晕眼花。我躺在床上起不来，伤口又发炎，连坐都困难，只能干着急。房东大娘有时实在看不过去，就帮我做碗疙瘩汤送过来给我充饥。

在我坐月子之前，姐姐说她们厂里有人能从农村帮买到鸡蛋。当时我给了60个鸡蛋的钱，可是姐姐才给我买回40个鸡蛋来。邓每天给我煮3个鸡蛋，可是我只吃到一个，因为我也想给邓吃一个，他在独山也见不到鸡蛋。邓吃鸡蛋时，又要给妈妈吃一个，因为妈妈是老人，不能只看着我们吃，我们做儿女的不能亏待了老人。妈妈见鸡蛋不多，有时推辞不吃，邓就说："吃吧，这夏天的鸡蛋也放不住，不吃也会坏的。"就这样，我买来留着坐月子吃的40个鸡蛋没过几天都吃完了。

因为吃得不好，又常常挨饿，所以我的奶水也不多，孩子经常吃不饱。为了让孩子能吃饱，我只好让邓去买些代乳粉来给孩子吃。

有一次，房东大娘对邓说："你们总不按时吃饭，坐月子的人可受不了，等不了。你去买点蛋糕来，饭跟不上时就先吃一点蛋糕填饱肚子。"于是邓就一下子去买回两斤蛋糕。当天我吃了两块。第二天拿来一看，都长毛了。邓赶紧拿来蒸了一下，然后邓和妈妈当饭吃一餐就吃光了。

有时我实在着急，就出去看看他们娘俩是怎么生的煤球炉，这时我才发现他们是舍不得放劈柴引火。有时他们还没等劈柴燃好就往炉子里放煤球，有时又让劈柴快烧过了才放煤球，有时又多烧劈柴少放了煤球。有一次我出去看他们生火，烧了不少劈柴，可炉子里面只有4个煤球。有时炉子虽然生着了，他们又不会及时添加煤球。等燃烧的煤球烧过了再去添煤，火就接不上来了，炉子就灭了。煤球没烧到一定的程度又去添煤，也会把火压住燃不上来。火旺的时候不想用了，他们又不会封火。就因为这些小事，把我急得要命。邓和妈妈也很痛苦。妈妈经常自言自语地叹气。我问邓："妈妈叹什么气呀？"邓说："妈妈是说，在咱们老家做饭，把火一点，烧几根柴，用不了一袋烟工夫就把饭做熟了。哪像这个地方连柴火都没有！"我说："那还人人抢着来北京呢！"邓见我话中有话，也就不吭声了。

我坐月子的那些日子正赶上三伏天，屋子又没有后窗，只有前窗，本来就不通风。房东大娘又说坐月子不能开窗户，门上又挂着竹帘，怕蚊子进来咬孩子。妈妈又总是喜欢拿着个小板凳坐在门口的外边，因为院里没有树，妈妈只能在门口坐着凉快一点，所以屋里一点风都没有。我和孩子浑身都长痱子，又痒又痛，特别难受。于是我就让邓用热毛巾给我和孩子擦洗身上，然后再涂些痱子粉，这样稍微好受一点。可是过了一会又开始痛痒，又得用热毛巾擦洗。邓还要挑水做饭，上街买菜买东西，还要给孩子洗尿布，也忙

得够呛。妈妈帮我料理孩子，缝补
衣服，也没闲着。

　　这一个月的时间就是这样过来
了。房东大娘说男孩子29天出满
月。出满月这天要给坐月子的人吃
烧饼夹肉，还要坐在门槛上吃。我
们都照办了。

　　孩子满月那天，即8月8日那
天上午，我和邓带着妈妈和小京松

1971年8月8日孩子刚29天的全家合影

去照相馆照了一张合影。因为邓下午就要起身回贵州独山铁矿去了。邓离开
家时，妈妈哭了，邓也哭了。他们各人有各人哭的理由。我想：邓给我留下
了一个只有29天的孩子和一个听不懂汉话的老人，以后我的日子可怎么过
呀？我越往后想就越想哭，于是我便躺在床上放声大哭了一场……

# 婆婆

　　邓的母亲、我的婆婆、小京松的奶奶也是个苦命人。据邓介绍以及我和
婆婆平时半侗半汉的闲聊，我才知道她才3岁半时妈妈就病故了，只剩下一
个父亲与两个哥哥和她相依为命。12岁时，大哥又去世了，只剩下一个哥
哥与父亲和她相依为命。18岁时婆婆嫁给邓的父亲，也就是我的没见过面
的公公。当时她的丈夫比她还小两岁，还是一个只有16岁的孩子，而且已
经失去了双亲，是个孤儿。更加麻烦的是，她的丈夫身边还有一个不满10
岁的弟弟，而且这位弟弟身体非常不好，经常有病。她嫁到邓家之后，既为
人妇，又当人母，家里的一切大小事情都得由她操劳。婆婆说："那时候我
们真辛苦啊！我生孩子的第三天就不得下田拔秧。因为春天不插秧秋天就
没有饭吃啊！"

　　我的婆婆也和我的生身母亲一样命苦，她刚到40岁时，村里就流行一种上吐下泻的疾病，可能就是痢疾。因为当时缺医少药，更没有医院，卫生条件很差，人们也缺乏卫生常识，结果村里死了很多的人。邓的父亲为了给一个刚刚死去的的亲戚料理后事，又没有任何防护措施，结果自己也染上了这种上吐下泻的疾病，并很快离开了人世，享年才38岁。当时邓刚刚6岁，上面还有一个姐姐和两个哥哥。婆婆带着4个孩子，吃尽了人间苦难。也许因为这样，我和邓才同命相怜，相互同情，最后走到了一起。我常常想，也许这就是一种命运。

　　也许因为这样，我总是把邓的母亲当成自己的母亲，并亲切地叫她"妈妈"。在我们相处的日子里，尽管生活十分困苦，但我们从来没红过脸，更从来没吵过嘴。在我们相处的日子里，曾经发生这样的事情：

　　有一次，我正在抱着孩子吃饭，我看见妈妈夹菜时夹着了一块肉，她又把肉放下，另去夹白菜吃。我就马上又把肉夹给妈妈，希望她吃。我边夹肉边说："您吃吧！"妈也跟我学："您吃吧！"她把肉又给了我。

　　我们来回连续夹了几次，说了几遍。因为每次我们吃肉，妈妈自己总是舍不得吃，总是等我给她夹到碗里，还要杵到饭里她才吃。我一只手抱孩子，另一只手自己也要吃饭。我中午回家来吃饭加上给孩子喂奶才有一个小时，还要反复给妈妈夹肉，我有点着急了，说话的声音就大了点："我不吃了，您吃吧！"妈妈也跟我学："我不吃啰，您吃吧。"

　　这时，住在北屋西边的二兵妈和房东大妈在院里坐，同时都听见了。她们赶忙过来看，不知我们在干什么，以为我们婆媳是在吵架呢。

　　我把事情说给她们听，大家都笑了。她们说："原来你们是为了一块肉，谁也舍不得吃，在互相谦让。"

　　这件事发生后，左邻右舍、前院后院都传开了。她们都说："你们看看人家婆媳之间，吃一点肉都那么互相让来让去的，多好哇！"

　　邓的母亲来到北京之后，我发现她的眼睛老爱流泪。开始以为是想家流的眼泪。后来我才知道她的眼睛本来就有些毛病。邓也曾说过他母亲的眼睛不太好，有机会到医院检查一下，看能不能治好。为此我跟姐姐商量，请姐姐带老人到医院去检查一下。因为平时没有时间，姐姐就利用1971年国庆节放假期间带妈妈去检查眼睛，我在家看孩子。于是10月7日，我又赶紧给邓写信汇报这件事情的结果。我在信中写道：

文：前两天我才给您写了信，现又有情况向您汇报。关于妈妈的眼睛，我给妈妈买的眼镜是花镜，可是，妈妈的眼睛还是有问题。姐姐带她去医院看过了，大夫说她的眼睛是有病，已经五六年了，现在想治是不行了，只是开了点药水来点点，控制发展。总共花了3角钱，开了两瓶眼药水回来。妈妈看病的这张发票我不能给您邮去，原因是：1.钱不多；2.没有妈妈的名字。姐姐回来跟我说：给妈妈挂号时，姐姐问妈妈叫什么名字。问了半天，谁也听不懂她说的话。姐姐问妈妈姓什么，叫什么名字？妈妈想了半天说："姓像亮。"后来又说："姓像叫亮"。妈妈说她的哥哥叫"像辉"等等。后来，大家实在是听不懂老人在说什么，只好在诊断书和收费单上写了个"像老太"。回到家，姐姐把事情从头到尾跟我说了一遍。我又问妈妈。她还是说姓"像亮"。我又给她讲了很多的例子，比如我指着小松说：他的名字叫"京松"，可是他姓"邓"，叫"邓京松"。妈妈说：我就是姓"像亮"。我说，京松的爸爸给您报临时户口时怎么写您姓"银"，怎么把您的名字写成"银培兴"呀？我还指着我手上戴的银手镯给她看。妈妈说："他不懂，不是。"晚上我们睡觉时，妈妈老睡不着，可能还在想这件事情。过了一会，她自己笑了起来。我问妈妈笑什么？这时她才说："我是姓银，是叫银培兴，白天我没想起来。"她还说："我以前只听人家说过我姓银，银子是亮的。我就记住了我的姓像亮的东西，所以就说成像亮了。"您说多有意思呀！语言不通，听不懂话，会出笑话来的。这也是个大问题。不过，妈妈说侗话，跟我们天柱侗话虽有区别，但我慢慢听也能听懂点。今天，我给您写信时，妈妈正对着京松讲侗话："叫松他爸给我们买个碗来！"我说："家里的碗不是够用了吗？为什么还要松他爸从那么远的地方买碗来呢？"妈妈说："松会要碗吃饭啦。"这事是这样的：以前我总是抱着孩子吃饭。这两天抱着他吃饭，他就去抓人家的手和碗往他小嘴里拉。我只好把碗放到桌子上吃。他还是去抓碗，我赶紧把他往后抱，没想到他的小手真快，已经抓到了碗。这一抓，就把碗拉下地打破了。我有些生气，可小松的奶奶却很高兴，她笑着说："不到三个月的孩子就会抓碗吃饭了，孩子要懂事了。"从这一点您就想象得到，咱们的孩子是个什么样的。我们没有一次能安安静静的吃饭。最近我确实很忙，十一节前我上夜班，姐姐来要我去给他们的孩子李敏、李珍、小三每人做一条新裤子。冬天快到了，我下班回来也要给妈妈和孩子做棉衣、棉裤，还要做套在外边的单衣。我也给京松做了一条背带，不知好不好背孩子。我没注意看您们老家是怎样做的。独山的背带好看，可我也没有样子。妈妈趁孩子睡觉就马上去做饭，她也很累。

江 1971年10月7号

　　京松的奶奶非常善良，她对小京松也特别疼爱，整天用侗话跟京松说这说那，也不管孩子听得懂听不懂，可有意思了。有一次，小京松用手去抓菜，把新穿的毛衣袖子弄得全是菜汤。气得我把他的小手拉过来轻轻地打了一下，当时小松就哭了。这一下可把他奶奶心疼得掉了眼泪。她半侗半汉地说："这么小的孩子你就打他？哪个孩子小时候不是这样？他还小嘛！"

　　奶奶非常勤劳，也很能干。她每天都起得很早，然后把院子打扫得干干净净。当时我们家没有自来水，每天都要到离家一里来路的下坡去挑水。我要上班，家里的水大多都是奶奶自己去挑。在北京，都是男人挑水，很少见到女人挑水。隔壁邻居见到一个六十多岁的老太太挑水，都觉得非常奇怪，也很佩服。

　　有一次，奶奶去挑水，边走边拿小手绢擦眼泪，结果被住在我们家隔壁的小玄姑娘看见了。小玄赶紧跑过去问："奶奶，您怎么哭了？是不是挑不动呀？我来帮您挑吧？"

　　奶奶笑着说："我的眼睛不好，经常流泪，不是哭。我们在老家经常挑担子爬坡，挑这点水算什么呀？不用您帮，谢谢您了！"

　　奶奶和街坊邻居的关系都很好。我们居住的那个院子的房东老太太和老爷子经常爱吵架。老俩口经常为一些小事吵嘴。一吵嘴，老爷子就说："我开工资不给你钱花，看你能喝西北风活着！"老太太说："我这一辈子侍候你也侍候够了！我要是不给你做饭吃，您能上个狗屁班！我给你养了七个孩子，我容易吗？"老太太总说要和老爷子离婚，说离婚后就跟她的七个子女要钱花，每人每月要五元钱，就可以天天不做饭，去饭馆吃也够了。老爷子说："你的儿女都让你给打跑了，不到过年连看都不来看你一下，你还想让人家给你钱花，没门！"于是小松的奶奶就劝她们说："不要吵架了，不要闹离婚了，都是六七十岁的人啦，还要离什么婚哟？以后不想离也得离哟。我和小松的爷爷是不想离婚的，可是不想离也得离了！"当时，我不明白奶奶说这话是什么意思，我问："为什么你们不想离婚也离了呢？"奶奶说："松的爷爷早就走了，这不是离了吗？"奶奶说这些话时，眼里还含着泪花。这时我才想起奶奶曾经跟我说过的话："小松的爷爷38岁时就去世了，那时我才40岁。"奶奶现在都60多岁了，多不容易啊！

奶奶的手也很巧，经常帮我用手缝补小京松的衣服、被子，而且针脚特别细。她用碎布给小京松拼做的小花枕头一直用到京松长大。奶奶自己穿的衣服一般也是我买好布，我帮她裁剪好，然后她自己用手缝制。

奶奶也很节俭，我买回来的菜她一根都不给浪费。北京人一般是不吃柿子椒里边的核的，洗菜时他们一般都把核扔掉。可奶奶并不这样，她把里面的辣椒籽去掉之后，把核切成片炒来吃。我问她为什么不把核扔掉。奶奶说："那也是用钱买来的呀！"

1972年夏天，京松也有一岁多了，奶奶可以带着京松上街玩了。当时北京最便宜的普通冰棍儿是3分钱一根，牛奶冰棍儿是5分钱一根。所以他们祖孙每次上街我都给6分钱让他们买两根冰棍儿吃，一人一根。没过多久，奶奶却买回来一瓶酱油。我很奇怪：奶奶哪来的钱买酱油呀？后来我才知道，奶奶每次只买一根3分钱的冰棍儿，只给孩子吃，自己不吃。我问奶奶："您为什么不吃冰棍儿？"

奶奶说："我是大人呀，冰棍儿是孩子们吃的，我口干了可以喝水嘛。"

我当时感动得眼泪都快掉下来了。当天我就告诉小松："今后你吃冰棍儿，一定要给奶奶先尝一口。"从那以后，小京松无论吃什么东西，都要先给奶奶和妈妈先尝一口，这已经成为了他的习惯，直至长大。

1972年10月1日国庆节，北京各单位要派代表去公园游园。这天，和我们住在一个院里的老李要开厂里的车送宣传队去中山公园演节目，因为他是长辛店通讯工厂的司机，他让我们一起坐他的车进城去玩。我知道奶奶特

别想看过去皇帝住的地方，想看金
銮殿是个什么样子，所以我就带着
奶奶和小京松一起去天安门玩。同
车去的还有老李的爱人和孩子，还
有东院的慧敏和小云。到了天安
门，慧敏和小云她们带小京松去看
节目，我带着奶奶去看天安门，看
故宫，看金銮殿，还照了张相，奶
奶特别高兴。她说："以前只能在
看侗戏的时候听说过皇帝住在金銮
殿里，但不知道金銮殿是个什么样

1972年我和婆婆在北京颐和园万寿山合影

子。今天我真的看到金銮殿了。"奶奶又问："现在皇帝还住在这屋子里头
吗？"我说："现在已经没有皇帝了。现在这些房子已经成为大家参观的故宫
了。"奶奶只是笑了一笑，不再说什么了。

我原来以为邓的母亲到北京来会给我增加很多负担。没想到经过几个月
的锻炼，奶奶却成了我的好帮手。有她看家看孩子，我可以安心上班。有她
挑水、做饭、洗衣服、缝补衣服，我可以少做很多事情。后来，奶奶也学会
生火添煤了，也基本上能用北京话进行交流了。我每次下夜班回来，奶奶一
听见开院门声，她就赶紧拉开屋里的电灯，我就感到特别温暖，特别安全。
我和孩子真的已经离不开奶奶了！

可是，奶奶也有奶奶的难处，也有她的痛苦。在老家，她还有自己的儿
女和一大帮孙儿孙女，还有很多很多的亲戚朋友，她不能不惦念他们、想念
他们。另外，北京的生活习惯、社会环境、自然环境也和老家有很大的差
别，她很难完全适应北京的生活。她最担心的是害怕自己有病死在北京。她
经常说："我已经六十多岁了，人老了谁没有病？谁能不死？我在老家有病
或者死了，会有很多很多的亲人来照顾我或料理我。假如我在北京有病或真
的死在北京，就你们母子二人，松的爸又不在身边，那该怎么办啊？"

正因为这样，每当稍微闲下来时，奶奶就站着或坐着发愣，常常傻呆呆
地望着远方，有时还自己偷偷地抹眼泪。尤其是邓来探亲又走之后，奶奶和

我总是要哭几天。因为怕奶奶要跟着回家，邓也不得不把探亲的时间尽量往后推迟。

1973年8月2日，邓当年回北京探亲的最后一天终于到了，奶奶真的要离开北京了。姐姐、姐姐的孩子李敏、李珍，东院西院的邻居都来送行。我和小京松不得不流着眼泪把奶奶和邓送出家门，送到车站。奶奶和邓也都含着眼泪登上了火车。

# 家信

1971年8月8日下午，邓休满一年一次的探亲假，不得不再次离开北京，离开刚刚出世29天的孩子，离开还在休产假的妻子，离开刚刚来到北京连汉话都还不会讲的母亲。随后，我和邓的夫妻生活又是在信纸上没完没了地度过了，好在这些家信还有部分保存。现在我把我们当年来往的一部分家信的内容抄录下来。从这些来往信件里我们可以真实地看到当时的社会状况、物质状况、供应状况、交通状况、通信状况和一个普通家庭及其成员的生活状况、思想状况、情感状况以及人与人之间的关系状况等等。

大约是1971年8月15日，我收到了邓于8月11号从贵州独山铁矿给我们祖孙三人寄来的第一封家信。他在信中写道：

妈妈、月江、小京松：您们好！我8号下午离开家，当晚8点55分乘5次特别快车离开北京站。经过长辛店时，可能你们都快要睡觉了，或者正在给小京松洗澡吧？车不算挤，冯师傅（姐姐家的邻居，当时在北京火车站工作，我们请他帮买火车票）给我要了两个座位，晚上还可以躺着。当然，由于心里不好受，躺着也睡不着觉。可能这几天你们也睡不着觉吧……江：我走后，您的担子就更重了。咱们在一起老是干仗，可是一离开心里也不好受。我在北京时对您的帮助是很不够的，更说不上照顾了，有时还惹您生气。我就是这样一个人，有啥办法呢？别生气了，行吗？好好照看孩子，跟妈妈搞好关系。由于历史和环境条件的限制，由于旧社会遗留下来的落后，妈妈什么都不懂，连汉话都不会说，这就给您带来许多麻烦，希望您耐心些。她老人家能上北京一趟，的确很不容易……我走时只给你们留20元钱，三口人吃饭，肯定是不够的。我上月开10元工资，身上也还剩几元，我的伙食费是不成问题的。如你们厂借不到钱，请及时给我来信，我再想办法。反正不能让您们饿着，冻着。我的毛裤如果不够线或没时间织就先放着……给天柱妈妈和姐夫的东西过一两天我就给邮去，告诉姐姐放心。代向院里的房东大妈和老李他们问好！祝全家好！

文 1971年8月11日

邓在这封信里特别告诉我，要妈妈别挂念他，别挂念家里，要妈妈照看好小京松。

为了等照片，8月18日我才给邓写回信。这封信是这样写的：

敏文：您好！您的来信收到，放心吧！为了等咱们的全家照，所以今天才给您写回信，您又等急了吧？咱们的全家相没照好，妈妈的个人相照得好，现我都给您邮去。您看后，我再加洗，再给竹坪家里邮去，好吗？关于妈妈您们来时托运的木箱子，丢了里边的东西，现在永定门安全室来了封信，同意赔给咱们27元5角钱。今天我到长辛店火车站去打了个电话，问了问布票和棉花票的问题。他们说给开证明信，可是不能转到长辛店火车站来，也不可由别人代办。看来，明后天我还得跑一趟北京，顺便再买几两毛线来织您的裤子。家里的毛线我已经织完了，可是在长辛店买不到那样的毛线。长辛店不到冬天是不卖毛线的。我想抓紧时间买到线后，利用产假给您织完，然后邮去，保证您冬天穿得上，冻不着，好吗？您留下的20元钱，我们这个月是过得去了。车站赔的钱，除了给您买毛线外，还有剩余，加上我的工资，下个月的生活也不成问题，请您不要为我们的生活操心。您要注意身体，您应该相信我会管理好这个家，会有计划的生活，别看我跟您在一起时脾气像小孩子，娇气十足。关于老人和孩子也请您放心，我会对得起她们，对得起您的。对啦，现在我写信又多了个内容，就是咱们的孩子。您可能是最想他吧？在您走后这十几天里，孩子变化很大，长大了，也长胖了，很结实。现在天气一天比一天凉了，他身上的痱子也没了。小松知道淘气了，老想要人抱着。夜晚倒还好，除了给换几次尿布，喂两次奶外，一点也不哭。他以前的衣服一件也不能穿了，现在我又得买布让他奶奶给小松做新衣服穿了。另外，小松的奶奶叫您给家里写封信，问问秀花的情况（秀花是邓的大哥的第三个孩子，刚出生三四天邓就去把奶奶接来北京了，所以奶奶也很挂念）。别的不多说了，就写到这吧！再见！祝您工作顺利！精神愉快！

您的江 1971 年 8 月 18 日

8月30日，我又收到邓于8月26日给我写的信。这封信的内容是这样的：

江：您给我邮来的书、信、照片全收到了，请放心吧！这些天我一直在盼您们的信。今天盼到了，心里格外高兴。妈妈的相照得不错，咱们全家的也不赖。才二十多天的孩子嘛，能照出这样的相来就算不错了，对吧？别人都说："这孩子挺精神的。"我想，现在的小松一定更精神了。有时在梦里我还见到咱们的小京松笑呢！江：家里的困难我心里是有底的。我也相信您能想法安排好，但困难还是困难。现在全家的生活重担都放在您一人身上，的确有些够呛。希望您也要注意身体，月子里您没能得到很好的休养，现在如果再不很好注意，那怎么行呢！也不知您最近的身体怎么样？如果觉得不行，就再休养一段时间，俗话说得好："留得青山在，不怕没柴烧。"有一个好身体，往后就不愁没有好日子过……因为要还账，我在一两个月内是很难给您们邮钱去了。我的毛裤什么时候织都行，反正冻不着我。您和妈妈都还没有棉鞋，要赶紧想办法解决……姐夫和天柱妈妈的衣服我都给您哥邮去了……房管所给修窗子了没有？门上的玻璃安了没有？做饭的棚子漏不漏雨……我走后妈妈肯定不习惯，希望您常和她聊聊天……还有，您上次给我邮来的书很好，看看您们厂有没有熟人在北京火车站上班？能不能再买到《火车时刻表》? 就是以前我给您邮去的那种列车表。如果有, 再买两本邮来, 小吕要一本, 以后出门比较方便。再问问房东大妈他们要不要买茶叶 …… 我各方面都好, 现仍在矿革委办公室做文字工作。下月我矿开始整党建党, 我要参加。您们厂的整建党工作开始了吗? 乱七八糟就写这么多。祝全家好!

文 1971年8月26日

9月2日, 我又给邓写了封信。这封信是这样写的:

文: 您好! 来信我在30号收到, 放心吧! 我等了十来天还不见回信, 心里正在着急。见到您的信就像块大石头落地了。就像您说的, 咱们在一起经常闹气, 可是一旦分开, 又互相挂念。以前是每到自己遇到困难时, 心里难过时才想到您。现在倒好, 每次在我们吃到点什么好东西时就提到您。每当我看到孩子时也想起您。几天没收到您的信心里真不放心。明天我就要上班了, 今天抓个孩子睡觉的时间给您写信。这些天来, 我除了给孩子吃奶的时候得休息一会外, 就没有一会空闲。您的毛裤也织完了, 不知是不是合身? 不合身就先穿一年, 明年再织。那天我到北京取钱时, 跑了几处都买不到您买来的那一种毛线。等我什么时候有时间再把毛裤给您邮去, 好吗? 火车站赔偿的棉被钱是二十七元五角。永定门货运站还开了一张领9斤棉花票和一张领6尺布票的证明。为这点事, 我跑了一天, 花去两块多钱的车费, 再加吃一餐几角钱的午饭。钱是在永定门旧火车站领。棉花票要到北京市土产公司在右安门, 布票要到花市大街棉纺织公司签了字后, 再到北京市批发部去领。这些钱, 我除了买6两毛线外, 余下的用来贴补家里的生活。棉花票我不知是买棉被呢, 还是买棉花用。咱们的照片我已经加洗两套, 现给您邮去。现在咱们的孩子跟照片大不一样了, 他胖多了, 也高多了, 比那张小凉席高出半个头啦。只要有人逗他, 他就笑。有人跟他说话, 他也要动动嘴, 也发出声音来, 就是不懂他说的是什么, 可爱极啦! 每当我心情不愉快时, 就抱起孩子逗他笑。我看到小京松笑, 我的忧愁也就跑没了。家里的门和窗户, 经我几次找房管所, 也已经修理好了。最近下了两场大雨, 饭棚漏了雨。我修理后，又可以放煤和做饭了。过了七月就不会再有大雨了，您放心吧！现在我天天教小松的奶奶说北京话。她几乎能听懂一点点。别人问她："您吃饭了吗？"她回答："您饭吃了？"她还不会说"我吃完饭了。"房东大妈说茶叶两样都先买半斤来尝一尝，看哪样好喝再买。您最近有钱买吗？没钱就过几个月再说吧。孩子要哭了，有话下回再说吧！祝您一切顺心！

江　1971年9月2日晚

邓收到我9月2日给他写的信后，于9月7日给我写了3页纸的一封信。这封信还没来得及发出，8号他又收到我给他写的一封信。于是他又加写了两页，共5页。我收到邓寄来的这封长信后，我就把信装在衣服兜里，每当有一点点时间就拿出来看看。上班时工作紧张，下班还要学习。回家要买菜做饭。抱着孩子时和睡觉前还要教妈妈说北京话。我实在是没有时间写回信。9月23日，我又收到邓的一封来信：

江：上次去信早该收到了吧？别后，我没有哪一天不在思念您，想念孩子，挂念妈妈。您的身体、工作都好吗？孩子又长高了吧？妈妈还那样不习惯吗？江，今天又是九月二十三号了，还记得吗？去年的这个时候我刚到北京，咱们还没结婚。而现在孩子已经两三个月了，变化是这样大、这样快！上次您来信说，每当遇到愁事的时候，看看孩子，愁事就都跑掉了。我也一样，每当自己有想不开的问题时，想到您、想到孩子、想到我的爱妻和孩子生活在伟大祖国的首都北京，我就有一种说不出的高兴劲儿。您知道吗？我把咱们全家照的那张相片放在枕头边，每晚开会或工作回来，睡觉之前，总在蚊帐里偷偷地拿出来看一会儿。因为这样，所以常常做一些使人好笑的梦，我梦见有一次，我带着孩子上街玩，给他买了根冰棍儿吃，孩子很高兴。接着，孩子又转过头问我：爸爸，您再给妈妈买一根好吗？当我从口袋里掏出钱来给您买冰棍儿时，矿山的大喇叭就把我吵醒了。这场梦多有意思！咱们的孩子多聪明……国庆节快到了，你们厂放假吗？咱们的孩子将要在首都迎接他一生中第一个国庆节。还有妈妈，也是第一次在北京过国庆节。希望您无论如何也要带上孩子和妈妈到山上看看天安门上的烟花（你们叫放花）。另外，也希望你们在节日那天改善一下伙食……只要您按我的意见办，我没吃上，心里也感到高兴。我们这里的生活比北京是要苦一些，我们已经半个月没吃上一点肉了，幸好我从北京家里带来些猪油，现在也还有点，估计国庆节要改善点伙食……前几天，总厂派来的整党建党宣传队已进驻我矿。明天我要去参加整建党学习班，往后可能工作更忙一些……最后，能不能在国庆节那天抱孩子去照张相给我邮来？祝节日愉快！

孩子的爸爸 文 1971年9月23日 夜

我收到邓9月23日的来信之后，10月1日就开始给邓写回信。因为没有时间，直到10月3日才把这封回信写完。这封信是这样写的：

文：您好！今天正是十一节，我厂放三天假。可是，我3号要去厂里值班。今年首都过国庆跟往年不同，因为备战的需要不游行，不放花。所以妈妈和孩子是看不见放花了。关于过节，我们会买也会做好吃的，您放心吧！我会安排的。别说是过节，每到星期六，我也要买肉或买鱼吃。我是这样想的，身体是革命的本钱，一个人要是没有好的身体，就算完蛋了。再说，我们厂现在每个星期都要求加一个夜班，谁要是不上，就按事假处理，扣工资。我有妈妈在这里帮我看孩子，我就能克服这些困难，无论倒班和加夜班我都能上。夜班上到夜里12点钟下班，每晚夜班费3角钱，多加一个夜班就多开一天的工资。我就用这笔钱来吃鱼吃肉，所以我们的生活水平比您高多了。文：我21号也给您写了信，同时把毛裤也邮出去了。您23号的信我早收到。每次收到您的信我都高兴几天，并装在口袋里，有时抱着孩子也要拿出来看看，有些话我都背下来了。等收到下封信时，我才把口袋里的旧信换下来。您是不是也这样呢？可能我写得不好，没啥看头。我的好夫君：您平时不爱说不爱道的，咱们在一起时，一天也听不到您说几句话，更别说是什么亲近的话或知心的话了，可就是爱做一些想不到也做不到的梦。看来，今年我是连做梦都吃不上您给我买的冰棍儿了。我没有这个福气呀！先写到这里吧，孩子醒了，我没及时回信可别怪我……

这封信我写了两天还没写
完，您别怪我，是您的孩子夺
去了我写信的时间。有时我还
抱着孩子抓紧时间写几句，您
相信吗？孩子各方面都很好，
长得很快。他总想要人抱，躺
着抱还不行，还要直起来抱才
行。谁要躺着抱他，他就自己
直起来。谁逗他都笑，昨天和

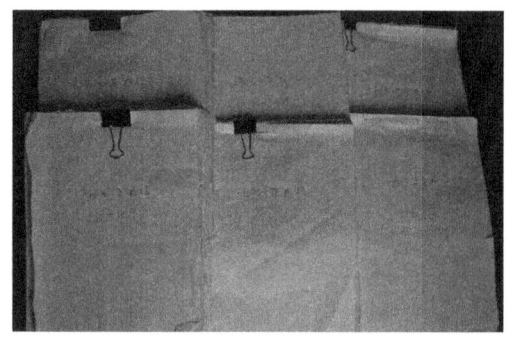

这是 1970 年至 1975 年我和邓的部分来往书信

今天都笑出声音来了，真可爱。关于孩子的相片，我们抓紧时间去照，不行
就等孩子满一百天再去照。松他爸：希望您不要挂念我们，好吗？关于家里
的生活我自有安排。有困难我会去信跟您商量。家里的情况上次我已说过，
这次不多说啦。在对待老人的问题上，这一点您还信不过我吗？请您放心。
您是我最爱的人，不可缺少的人。您又是谁生的谁养的呢？我们现在也在生
养孩子，这道理我还不知道吗？再说，我身边就这么一位老人，孩子得靠她
老人家看管我才放心。咱们全家全靠妈妈了，我能对她不好或不尊敬她吗？
我每天都教妈妈说北京话，希望她能早点儿会说北京话，这样她才不寂寞。
现在，她能听懂一些了，就是说不出来。这次就不多说了。再见！祝您一切
顺利！

松的妈妈您的江 1971 年 10 月 3 日

自从有了孩子，又把邓的母亲接来，我收到的信就更多了。其中有邓的
来信，有我姐夫给我们的来信，有邓的几个哥哥及其他亲戚朋友的来信，有
我哥哥和天柱老家其他亲友的来信等等，我都得给他们写回信。

我和邓的来往信件从未间断，每次收到他的来信我都要及时写回信。有
时还没收到他的来信就急着给他写信了，我总觉得有很多事要说，有很多话
要讲。邓也是这样。邓每次来信都是写四五页纸，总是从家事谈到公事，从
老的问到小的，从房子问到炉子，从身体问到吃穿，对我们处处都很不放
心。以前，我没觉得我们之间有这么多的话要说。有了孩子之后，我们之间

真的有做不完的事和说不完的话。我们的心每时每刻都在想着对方，念着对方。我感觉到我们之间的感情和爱情也在不断地加深。有时在信上也发生争论或争吵，但最终还是以和平的方式解决了。

当时从北京往贵州独山寄信或从独山往北京寄信，一般是5天左右，最快是4天时间。如果超过10天没收到对方的回信，就感到心神不安了。我的文化水平不高，看书看报基本上都能认得，可拿起笔来写信，有些字就想不起来了。因为没有时间专门坐下来写和坐下来想，只能抽空儿断断续续地写，有时一封信要写好几天才写完，所以只能想起什么就写什么，想说什么就写什么，只要对方明白就行。我们之间，除了在信上商量家事，讨论工作，交流情感，也相互学习，相互帮助。因为我没读几年书，连小学都没毕业，经常写错别字。邓经常帮我把我写的信上的错别字或错语句改好又寄回来给我。所以，通过写信，对我也是一种锻炼，一种提升，否则，我的写作能力达不到现在的水平。就这一点，我也要感谢这段牛郎织女式的夫妻生活。

大概是在10月20日左右，我又收到邓于10月14日写的一封长信，一共是5大篇，另外还加两页纸帮我改了19个错别字。于是我于10月23日至27日也给邓写了一封长信，并告诉邓已经把孩子满一百天时照的相给邮去了。我是这样写的：

文：您好！上次您在信中给我改的错字很好，以后我一定好好学习文化，希望您还要多多帮助。说实在的，我现在想写一封信都得下几次决心才能写成。一方面是因为文化水平低，另一方面也是您这个儿子不让我写，淘气得很，连餐整饭都吃不成。他不是抢碗筷就是抓碗里的东西。若不喂他点吃的，他就大声叫起来。一不注意，他就会用脚踢翻桌子。您给做的桌子都快用不成了。这孩子现在会认人了，一到晚上就得找我。他现在长得又胖又重，个子也大了，我抱到厂里去玩，人家都说像七八个月的孩子。奶奶带一整天也够累的，还要背他才能做饭吃。到了晚上，我不能再让奶奶管了。每到星期天，我又想抓紧做些过冬的衣服。他奶奶带来的棉衣我也重新给加了棉花。小松的衣服都不能穿了，两三件都不够换洗的。因此，您的信就得等孩子晚上睡觉了我再起来写，或是我下夜班后不想睡觉时才又写几句，所以信上的字就没时间去多想了，只要能赶快给您回信就行了 …… 前几天，我已经把孩子的相片和信一起邮去了，可能您已经收到了吧？看见孩子的相片您是怎么想的？见到孩子的相片，您可能高兴得什么都忘了吧？如果没有孩子的相片，您吃的饭菜还是那么香那么甜吗？我记得从咱们接触以来，通的信也不少了，在信里只见您说常常盼望我的来信。现在就更不一样了吧？当然，用实际行动来回答我的问题是需要的。不过，我们不能不承认语言是人类用来表达心灵和思想感情的工具吧？您怎么也知道接到我的书信就高兴得连饭菜都变得香甜了呢？这信无非是在一张白纸上面写有我的几句话。这几句话便能让您高兴，对吧？所以说，话是能使人高兴或不高兴的。我认为，说话也能起到一定的精神作用。话里的内容，有爱听的和不爱听的，有满意的或不满意的。要看时间和地点，要听人家是怎么说的，您又是怎么理解的。比如，在我坐月子的时候，我在您面前说过一些您不满意和不爱听的话，可是，您为什么不想想都是事出有因的呢？当时，我是生了一个孩子，在坐月子。我的身体不大好，起不来床，精神也不愉快，您安慰过我一声或问候过我一句吗？您和妈妈常常连饭都做不熟来给我吃，饿得我头晕眼花。孩子还要吃奶，这我并没说什么。您还说

什么"世界上的人，都是这么生出来的，又不只是您一人在生孩子"。我能不跟您发脾气吗？您想过吗？我身边又没有别的什么亲人，我能不想我的妈妈吗？您也不想想，在这一个月的时间里，您连几句话都没怎么跟我说过。您除了跟您妈妈说说侗话，就只管看看孩子。您整天愁眉不展，您坐在我的床边看着孩子，一听见您的妈妈刚走到院子里，还没到屋门口，您就像触了电似的立刻站了起来。连坐在床边看孩子都怕您妈看见，那是为什么呀？难道说坐在我和孩子的床边就是对老人的

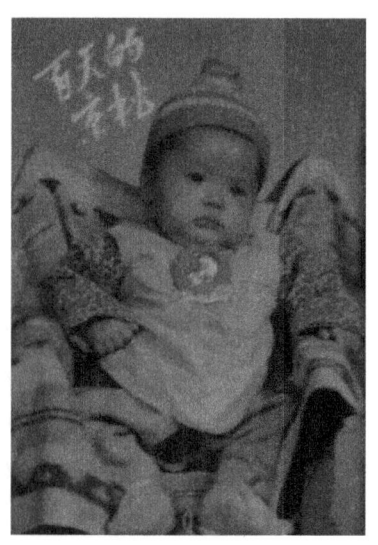

百天的京松照

不尊吗？我不说您神经有毛病又能说出什么来呢？我可不会像您那样，在人家正在高兴的时候、正在想念和惦记您的时候去翻人家的老账或泼一瓢冷水。这样让人家以后还能想您、惦您吗？还能不气您恨您吗？我想，过去的事就让它过去吧，不该总记在心里。应该相互学习，互相关心，多看长处，把心放在一起，共同克服困难。正像您说的那样，越是在困难的时候，越能体现爱情的坚定和纯洁。当然，咱们之间是忠心耿耿的，不过，要在一起生活一辈子，谁也不能保证一点错和一点脾气都没有。不管是在什么情况下，不管大事小事，只要能为对方着想就行，就不会有什么事情和矛盾解决不了。所以，我建议咱们今后少在信里找后账，好吗？我没有那么多的时间。就说到这儿吧，再见！祝您做个好梦！

江　1971年10月27日

邓看了我的这封长信，可能有很多感触，所以他分别于11月2日和11月17日在给我写的长信中说了许多安慰和夸奖我的话。如他在11月17日的来信中说："江：最近您在想些什么呢？恨我吗？这么多的事情全靠您一个人承担，您受得了吗？这么多的困难，您克服得了吗？您常说自己命苦，这是真的。可我总觉得我的命好，找到了您这样一位能干的妻子。如果不是这样，咱们这个家不知道是个啥样子，对吧？江，您放心吧，我也会对得起您的。俗话说：'路遥知马力，日久见人心。'咱们在一块儿的时间很少，您有些想法是不奇怪的……孩子都快懂事了，还写这些，真是……"

看了邓11月2日和17日给我写的两封长信，我心中的火气和委屈也就消了许多。于是我又于11月25日给邓写了这样一封回信：

松他爸：您好！来信和邮来的钱我都收到了，请放心吧！我又没及时回信，生我的气吗？这让我说些什么好呢？您每月只剩有十二三块钱的伙食费，怎么能生活得下去呢？您还说想养成个胖子，依我看，保命都够困难的了。您这样生活能叫我放心吗？您总怕我们在北京连菜都吃不上，可我们经常吃鱼吃肉。这个星期天我又买了两斤鱼来吃。我现在也想开了，身体是本钱。再说，松他奶奶到北京来的时间不会很长，她老人家生活在山沟里几十年，吃尽了苦头，现在为了咱们的孩子才跟咱们在一起，所以我想从生活上一定要让她满意。另外，有了孩子吃奶，我也不能再像以前那样舍不得吃了。我的身体现在很好，能吃也能干。自从我上班以来，就只有这个星期日我没去加夜班，那是因为白天到姐姐家去帮松的奶奶做衣服，回来又做包子吃，没睡一点觉。到了晚上，孩子也不睡觉，所以我就请了一天假。您给姐姐邮来的十元钱，我已经交给姐姐了。我这个月没能还账，因为给松的奶奶买了一块布，给她老人家做件外罩，好有换洗的。妈整天跟孩子打交道，衣服容易脏。天气快冷了，我也给小松买了一件罩衣。剩下的钱留来交房、水、电费和吃饭。文：咱们的孩子现在又长胖多了，也很结实，很乖，最近懂得一些事了。他每次睡觉醒来，总是要这边看看那边看看，如果没人理他，他就要哭。如果有人看他理他，他就笑。如果有人抱起他来，他就高兴得直跳。我们吃东西他就伸手来抓，不管是抓到什么都往他嘴里塞，所以我们每次吃饭前总是先喂他几口，或是给他点吃的拿在手上让他自己吃着玩。他睡觉时，听见有谁说话声音大点，他马上就睁开眼来看人找人。听人家说话，听谁打个"喷嚏"，他也要笑人家半天，真逗乐，真可爱。每次吃完奶，他还要"吧唧"几下嘴，可惜您都看不见。文：我已经给天柱妈妈去信，把小松的相片也给邮去了。我妈能不能来得听我哥哥的……您打算什么时候回来呀？真想您呀！我在梦里总是梦见和您在一起。同事们都说我比去年老多了，这也不知是为什么。可能是想您想老的吧！时间关系不多说了。祝您一切都好！

江：1971 年 11 月 25 日晚

我们的来往信件就这样 5 天一封、10 天一封地写着，这些信真实地记录着我们平凡的生活和不平凡的人生。过了"五一"盼"十一"，过了"十一"盼"元旦"，过了"元旦"盼"春节"，可是"每逢佳节倍思亲"，越是在节日里越想念远方的亲人，越感到忧愁和痛苦。

1972 年春节前夕，我求人帮买了两只鸡等着邓回来过春节，可是他没能回来，我们祖孙三人只好自己吃了。五月端午节之前，我又求人买了几斤江米，想等邓回来一起包粽子吃，可是他也不能回来，都是我们自己吃了。

从此，我脑子里有一种想法：心爱的人不在身边，尽管有好吃的东西，心里想的人没吃上，心里也是酸溜溜的。越是在喜庆的日子，越是感到孤独，感到忧愁。眼里含着泪水，再好吃的东西也觉得没有味道。所以，我就开始

我与长子京松的合影

去信，提出想要和邓调在一起工作。我知道，根据当时的形势，把邓调回北京来是不可能的，于是我就想到把我调去贵州，并希望邓给他们单位写报告把我也调到独山铁矿去。

# 1973：我病了

1973年以前，我的身体一直很好，很少上医院看病，从来不打针吃药。1973年春节，邓不能回北京来过年，我们只能在纸上写信过年，十天半月一封信。我们互相关心、互相安慰。真是有福同享，有难同当。

邓原定1973年回北京来过"五一节"，结果又因为要带队去遵义参观学习，所以又不得不往后推迟探亲假了。

邓回北京探亲的时间一推再推，还有另外一个重要原因，那就是邓一来北京，京松的奶奶——我的婆婆肯定要跟邓回贵州老家去，而京松的外婆——我的母亲却又还在天柱老家不能来北京帮我看孩子。我一个人，又要上班，又要带孩子，那怎么办呢？

　　在这几个月里，奶奶总说要回老家。厂里的任务重，工作忙，我又是车工，在车床上干活儿，有时要加工的部件又比较大、比较重，卡活儿时我觉得很累。小点的部件是切垫圈，可又得用凉肥皂水浇切刀才能干活儿。尤其是冬天，要来回运料，车间大门总开着，车间里的气温很低，我的车床又在门边，车工又不能戴手套干活儿，所以我总觉得全身没力气，怕冷。后来我还觉得有些低烧，用力卡活儿时，手腕特别痛。

　　大概到了1973年4月中旬，我实在坚持不住了，在领导和工友们的再三劝说下，我就上长辛店卫生院去看病。经过初步检查，医生说我得的是风湿性关节炎。为了能进一步确诊，大夫让我再到丰台区人民医院去好好检查一下，因为丰台区人民医院是我们厂的上一级医疗单位。于是，我请了一天假，到丰台区人民医院去检查。通过验血，大夫也说我的病是风湿性关节炎。大夫说："你的血沉第一小时是55，第二小时是80。女人的血沉正常值每小时是15，男的是20。你的血沉数实在是太高了，正处于血沉活动期，你又已经低烧了两个多月，必须立刻住院治疗，否则转成风湿性心脏病那就更麻烦了。"

　　我听大夫这样一说，心里就着急了，眼泪说什么也止不住了。我边擦眼泪边跟大夫说："我家里只有一个一岁多的孩子和一位60多岁连汉话都听不懂的老人，我的丈夫在贵州工作，我现在实在不能住院。"

　　大夫听我这么一说，只好先给我开了一个月的病假条和一些药带回家吃。可是，当时我没想到我的病这么严重，没带多少钱去看病，挂了号，交了化验费和心电图费，我手里就剩下5分钱了。我没有拿药的钱，也没有回家的路费了。我只好从丰台走路回家。中午我也没钱买东西吃，又累又饿。我走着走着，心里起急，全身没力。走到丰台路口，我实在走不动了，就坐在路边休息。刚坐下不久，我看见一辆开往长辛店去的公共汽车正往这边开来，我强挣着身子上了车。

　　当时从丰台路口到长辛店的公共汽车票是1角钱。我上车后，马上拿出去医院看病的病历、化验单和收费单据给售票员看，并恳求着说："我身上就剩下5分钱了，连药都没拿。我有事又着急回家，孩子和老人都在家里等我。如果不行，下次我坐车时再补5分钱。"

售票员听了以后关切地说："没关系，你有困难，又有病，这次就不收你的车票钱了。"售票员说完，还帮我找了一个座位坐下。我很感动，眼泪又止不住地往外淌。

这时，正坐在我后排的一位30多岁的陌生男子伸手过来对我说："你得的什么病呢？把你的病历拿来给我看看好吗？"我把攥在手上的病历递给这位陌生男子。

陌生男子接过我的病历，看了看说："从你的这些检查结果来看，是风湿性关节炎，而且正处于风湿活动期。还有，从你的心电图看，心跳过缓，每分钟才46至48次，有慢性心律不齐的症状。你应该卧床休息，住院治疗，连鞋都不能给你穿。你现在是患风湿性关节炎病，各个关节都有些疼痛，对吗？"我点头说："是。"陌生男子继续说："如不及时治疗，风湿很可能会转入心脏，转成风湿性心脏病，那是很危险的。"

我一听，就知道这位陌生男子是位大夫。我说："没办法，我只能先回家，家里的孩子和老人还等着我呢。"陌生男子说："那你就更应该先去拿药吃才行，不能再耽误治病。"我说："我现在没有钱呀。"陌生男子问："你是哪个单位的？干什么的？"我说："我是长辛店匙链厂的工人，是干车工的。"

正说着，长辛店到了。我在东山坡站下车，那名陌生男子也跟着下车。他对我说："你跟我来。"

我开始有些犹豫，因为我不认识他。后来又觉得他挺关心我的，而且他是朝长辛店医院那边走，我只好跟在他的后面。

到了医院，那位陌生男子走到挂号窗口，拿出一角钱对着里边的人说："挂个内科号。"随后他转身把号递给我说："你去内科开药，我先去换衣服。"

这时我才知道他是长辛店医院的大夫。我谢过那位陌生男子，又过去问挂号室里的人："刚才挂号的那位大夫姓什么呀？是哪科的？"我心想："问清楚了，以后才好来还他那一角挂号费呀。"

挂号室里的人对我说："他姓张，是我们医院有名的内科主治医生呀。"

我来到内科，张大夫给我开好处方，并带我到药房拿药。他说："你们厂是我们医院的合同单位，先记账，不用拿钱。你回去要按时吃药，药盒上都写着呢。回去要好好休息。不舒服就赶紧来看，找我们内科就行。"我点点头，并再三说："谢谢张大夫！谢谢张大夫！"

从这以后，我就被诊断为患了风湿性关节炎病。从大夫和其他工友的介绍中，我还知道这是一种不容易治好的疾病，如果转成风湿性心脏病，还会死人的。从此，我得经常到医院去看病、拿药了。每次到医院看病，大夫都给我开一个月的药和病假。

我在家休息了一个多月，经过打针、吃药，渐渐不发烧了。可是，我的血沉还是太快，心跳还是太慢。因为考虑到工作和经济问题，我就跟大夫商量，要求上半日工作的班。大夫也同意了，给我开半日工作的假条。

几个月过去了，我的病没有多大好转，化验结果，我的血沉还是很快，还是在50左右。后来，我又向厂里提出要求调到轻工作岗位上班。因为有了医院证明，厂里也同意了。于是我就被安排到匙链车间看管自动化挂链机。而且开始上两班倒：早班上午7点上班，下午3点半下班。晚班下午3点半上班，夜里12点下班。中间都有半个钟头的吃饭时间。

一开始，我不敢把我生病的消息告诉邓，怕他着急。后来实在没办法了，我才把我生病的情况都如实地写信告诉邓。邓着急了，到处求人为我寻找治疗风湿病的药方。他听说吃穿山甲的肉可以治这种病，于是就写信回老家请他哥哥帮找穿山甲。他哥哥托人四处寻找，果然找到了一只穿山甲肉，烤干之后赶紧给我寄来。那肉可能是用烟火熏的，又黑又有烟味，可难吃了。但为了治病，我还是强吞着吃下去了。可是，病还是不见好转。

6月中旬，邓请假回北京探亲。在京期间，邓分别给中共北京市委、北京市革命委员会写信反映我们的困难情况。请求组织上给予照顾，把我们调到一起工作，或把邓调回北京，或把我调去贵州。邓还亲自到冶金工业部、国家民族事务委员会和中央民族学院去找有关部门帮助我们解决两地生活的问题。因为他们单位是归冶金工业部管，其结果都是深表同情，但无法解决。于是邓和我商量，先把孩子送托儿所，让我在家好好养病，看行不行。等把奶奶送回老家之后，就让我吃劳保，再把我和孩子都接到贵州独山铁矿去养病。因为没有别的办法，所以当时我没有提出反对意见。

1973年8月2日，邓在万般无奈的情况下带着他的母亲我的婆婆离开了北京，然后又把她送回黎平老家。我带着孩子继续在北京养病。

邓他们单位的党委副书记兼政治处主任刘清臣原来是七机部第四研究所的干部，为了支援三线建设调去贵州工作，但他的爱人和孩子仍住在北京东高地七机部宿舍10号楼。当刘书记得知我的身体有病而邓的母亲又回贵州老家去的消息之后，马上给他家里写信，让他的爱人和孩子尽快到长辛店来看我和孩子。

没多久，刘书记的爱人刘嫂和二女儿素珍真的到长辛店来了。素珍说："爸爸上贵州去了，很少回家。家里就剩下妈妈和我们姐弟三人。姐姐向东在东高地副食商店工作，我和弟弟卫东正在上学。平时只有妈妈一人在家，觉得非常寂寞。爸爸说，如果阿姨愿意的话，就让我们把小京松带到我们家去和妈妈做伴儿。"

刘嫂也说："是这样的，我一个人在家也很寂寞。如果你们愿意，就让我们把孩子带去一段时间，跟我做伴儿。你也可以好好养病，想孩子时就到我们家来住几天。"

我当时的心情非常复杂，一方面觉得爱人虽然不在身边，但还是有人在关心着我们母子。另一方面也非常感激刘嫂一家对我的关心。但我也不太想让他们把孩子带走，因为我当时也考虑到孩子一走，就剩下我一个人了，我更孤单了。可是当时又没有什么更好的办法，我实在觉得很累。在他们的劝说下，最后，我还是让他们把小京松带走了，当时孩子刚满两岁。

过了半个多月，我就去东高地刘嫂他们家看孩子。我一进门，孩子见到了我，当时他还没有反应过来，他张着嘴看了我半天也不说话。我握着孩子的小手叫他："小松，京松，我是妈妈呀！你不认识我啦?"等了半天，孩子终于反应过来了，他往我身上一扑，马上紧紧地抱住我的腿哭了起来。见到孩子这样，我也流下了眼泪。

刘嫂见到这种情景，赶紧过来和我说话。刘嫂说："这孩子可有意思了，可乖了。我们每天给他订牛奶喝，给他蒸鸡蛋羹吃。孩子一点也不挑食。吃完饭，我就带他下楼，到楼下的小树林里或草坪里玩。"刘嫂笑了笑继续说："开始他有些不习惯，在我们家卫生间的座盆马桶上拉屎怎么也拉不出来。我只好带他下楼，带他到野地里去拉屎。"

我说:"我们家没有卫生间,更没有座盆马桶,他连见都还没见过。他过去都在院子里拉屎,然后我们再扫起来倒进公共厕所里去。"刘嫂听后乐了,我也乐了。

刘嫂他们一家对小京松的确很好,一直把他当作小宝贝看待,不仅经常给他买好吃的,还给他买了新衣服、新鞋、新玩具,他们一分钱也不要我们的。可是小京松并没有因此就舍弃妈妈,自从他认出我来,就一直紧紧地攥住我的衣角,一刻也不肯离开我,生怕我偷偷把他丢下。

见到这种情景,我也不忍心再把孩子留下自己回家了。我跟刘嫂商量:"我先把孩子带回去几天,孩子想我,我也想孩子。过几天,我实在管不了,我再把孩子送来。"

刘嫂看到这种情景,也不好再多加挽留。于是我又把孩子接回了长辛店。临走时,我把10元钱偷偷地压在他们家的闹钟底下。

一个星期后,刘嫂的两个女儿向东和素珍又来接小京松,又给买了一件新衣服和一双新鞋子。向东还批评我说:"您干吗还要偷偷给我们留下钱呢?我们不是为了要钱,而是我妈太寂寞了,想有个孩子和她在一起玩。"

我考虑到他们对我们太好了,又不肯要一分钱,时间长了对不起人家。另外,素珍和卫东马上要开学了,刘嫂的身体也不太好,一个人看孩子怕把她累坏了。于是我说:"孩子不在家,我也养不好病。一个人在家,不想上班,也不想做饭吃饭,更不能按时起床。这样下去对身体更不好了。孩子在家,我早上送他去托儿所,晚上又去接孩子。为了给孩子做饭,我也能正常吃饭了,这样也算是锻炼身体。所以,你们暂时还是别把孩子带走。今后如有克服不了的困难,我再给你们打电话。"

她们姐妹俩觉得我说的也有道理,也就不再坚持把小松接走了。

自从我生病后,邓的思想负担更重,每次来信都问到我的身体,还四处为我求医。他在1973年10月5日给我的来信中说:

江:9月25号的来信收到,国庆节过得怎样?这些日子,我很惦念你们,特别担心你的身体。前些日子,我给贵阳的同学罗小云写了封信,把你的病情告诉她了,请她想点医治的办法。她是学医的,她爸爸、妈妈都是医生。今天上午她给我回了信，现我给你转去，望你多听医生的话，无论如何要想办法把病治好。调动工作的事由我来跑，你不要过多操心。病治不好，就是咱们调到一起也是一件终身痛苦的事。只要咱们都身体强壮，今后什么事都好办。小云的意见也是让你住院治疗，以后不要三心二意了。听大夫的话，不住院也要每天按时打针吃药，好好休息。孩子可以送出去整托几个月，怕花钱是治不好病的，一定要下决心才行。经济上由我来想办法解决。有些药如果你那边没有，来信告诉我，我想办法去弄。治病要跟医生商量，决不能自作聪明，影响治病。别以为我平时对你不理不睬，很少说说笑笑。我不像别人那样左一个"爱"，右一个"爱"地挂在嘴边，对于你的身体我是很着急的。希望你能听我的话，早日把病治好，咱们恩恩爱爱地再生活几十年，共同把孩子抚养大。咱们不在一起生活只是暂时的，哪能一辈子这样下去呢？你的性子太急，以后要慢慢改……最近，你们厂里的同志还经常来看你吗？和街坊邻居的关系怎么样？一定要搞好团结，俗话说："在家靠父母，出门靠朋友，"不要计较小事，要胸怀宽广，要站得高，看得远……我各方面都好，别挂念。

你的文　1973年10月5日

# 下定决心跑调动

很小的时候我就听母亲说过："嫁鸡随鸡，嫁狗随狗，嫁根扁担扛着走。"我跟邓结婚之前，也有许多好心人劝我要好好考虑，包括我的哥哥在内。当时我还很年轻，没考虑那么多。结婚之后，遇到了一些困难，又有个别人看我的笑话。我的姐姐也说："谁让你去找这么远的一个人呀？"我想，既然我已经做了这样的选择，吃后悔药也是没有用。于是1972年春天，我就给邓去信，问他能不能把我调到贵州去工作，反正我是贵州人。

邓收到我的信后，在回信中虽然表示同意，但又提出许多问题。如我们两人所在的单位不是一个系统，调在一起也不容易；担心我已经在北京住了十多年，回山里来肯定很不习惯；贵州非常贫穷，生活非常艰苦，怕我吃不了苦；孩子生在北京，现在迁来贵州，恐怕今后后悔等等。他虽然也给单位写了报告，但态度并不那么积极，内心也很矛盾。如他1972年5月7日在给我的回信中说："有关咱们的工作调动问题，我同意你的看法，咱们应该尽快生活在一起。具体该怎么办？等我回家后再商量，一下子也说不清楚。就我来讲，的确不愿意让您和孩子到贵州来吃苦。"

1972年6月6日，邓他们单位的党委副书记兼政工组组长刘清臣回北京探亲，顺便来长辛店看我，还专门拿着他们单位的介绍信到我们厂去找厂领导，商量调我去他们单位工作的问题。结果我们厂的领导却说："龙月江是我们厂的技术骨干，是革新小组的成员，我们还送她去上海学习。她现在哪能马上调走哇。这事以后再说吧。"因为当时邓的母亲还在北京，我的身体也还没发现有病，所以听了这个消息之后，我也不是十分着急。

1972年6月28日，邓回北京探亲。因为孩子刚29天邓就走的，他已经一年多没见到孩子了，孩子也不认识爸爸。邓想抱抱孩子，可孩子不要他抱。邓给糖吃，孩子也不敢要。直至第二天，孩子才开始跟邓接近。这一个月我们过得很开心，邓天天抱孩子玩，还用带子拉着孩子练习走路。

邓的假期很快就要满了，可是，孩子的奶奶一直闹着要跟邓回老家去，她怕在北京生病，怕老死在北京，又很惦念老家的一大家子人。我的工作又是用电工种，当时北京的电力很紧张，总是上夜班，一上就是十二个小时。我哥哥又不让我的母亲来北京。邓见这种情况十分为难。于是他不得不向独山铁矿党委和革委会去信再延10天假，同时也写了封请调报告。邓在京期间也到国家民委和冶金工业部去问了一下，像我们这种困难怎样才能解决？他们都是表示同情，但都无法解决，因为邓是分配到贵州去的，现在两地生活有困难的人太多了，都不能解决。于是我们又做小松奶奶的工作，希望她再多住半年，等小松会说点话，会自己吃东西，能送托儿所再走。奶奶没有办法，只好同意再留下几个月的时间。8月18日，邓无可奈何又动身回贵州独山铁矿上班去了。

1973年春天，我开始发现患有严重的风湿性关节炎和心律不齐的疾病。

这年夏天，邓的母亲又跟邓回贵州老家去了，家里只剩下我和一个刚满两岁的孩子，实在是感到孤单和凄凉。当时我想，现在我身体有病，调回贵州也不可能了，哪个单位愿意接收我这样的病人呢？再说，我患的是风湿性关节炎，不是其他疾病。贵州是一个"天无三日晴，地无三里平"的地方，即使有单位要我，我的身体也受不了，只能是越来越差。想到这些，我就下定决心，一定要把邓调回北京来。

我急于想把邓调回北京，还有一个重要原因，那就是我和房东的关系发生了很大的变化。

开始，我们住的院里房东老太太和我们的关系还不错，我生孩子坐月子时，她常帮我们家生火，也给我送过疙瘩汤吃。每次老太太洗澡，总要来叫小松的奶奶去帮她搓背。房东老爷子是在二七北厂上大班，每班上12小时，休息24小时。老爷子上夜班时，老太太也来叫小松的奶奶去和她住。可是，我们小松的奶奶从来不过去住，因为她听不懂汉话，也没有在别人家住的习惯，又不好串门。再就是老太太和老爷子总爱吵架，小松的奶奶怕惹事。

房东大院里的东墙边，也就是我们租住的那间屋子门口，在旧房子的地基上长有几棵小枣树，还不到一人高。房东老太太见我们家有了小孩子，用水也多，洗衣、洗菜水常常泼到地里。老太太就干脆把空着的院子种上大葱、大蒜和大白菜。天太干时，我和松的奶奶，还有小西屋的老李一早一晚经常帮老太太挑水浇菜。老太太见菜长起来了，又怕别人去偷她的，就要老爷子把地给圈起来。他们家的西屋里有很多的小方木条，都是两米多长，那是二七北厂的下脚料。因为老爷子退休后在二七北厂看木料，他每天上班时只带饭去，下班后，总是用一根小木方子当拐棍挂着走路回来，从不坐班车。天长日久，拐棍就堆了半屋子。二七北厂的所有工人和领导都知道这事，可谁也不好说什么，因为老爷子已经是七十来岁的人了。西边小屋的老李，也帮着老爷子把菜园围得结结实实的，还钉了个门。

后来，老太太又在园里篱笆边种上一些豆角。可是没想到，这下子麻烦事就多起来了。西边小屋老李家有两个男孩：大的叫大兵，刚六七岁；小的叫二兵，刚三四岁。东院邻居家也有几个男孩，常来找大兵和二兵玩。不知是哪个孩子摘了老太太的豆叶，或许风把豆秧上的小花吹落到地上，老太太说是大兵和二兵哥俩摘的。于是就在院子里开始海骂,一心想把他们家赶出这个院子去。她还跟松的奶奶说:"我有五个儿子,两个女儿,都叫我给赶出去了,还怕赶不走他们一个乡巴佬!"

老太太一开骂,大兵妈都不敢带孩子在自己家里玩了,她吃过饭只好马上把孩子带到别的院子去玩。越是这样,一些淘气的男孩子就越来捣乱。他们一见老太太出门,就悄悄地进院里来摘她的豆叶或菜叶子,而且还成心扔在院子里让老太太看见,让她生气,让她骂街。于是老太太每次出门,都要交代松的奶奶,请她帮看着点菜园子。可是,松的奶奶根本没时间去管孩子们进院来的事。她也说不好汉话,小孩子们根本不怕她。后来,凡老爷子上班的日子,老太太就把院门闩上。再后来,老太太就把前院、后院的几个老太太叫到她家里来聊天,自己整天看着院子。老太太们的耳朵又背,说话的声音也特别大,我下夜班时,白天根本就没法睡觉,出门进门也成了问题。每次我下班吃饭或给孩子喂奶,都要喊半天才有人出来开门。

1973年夏天,松的奶奶走后,我也得了关节炎病,就没有人帮老太太挑水看院子了。这年冬天,大兵的妈跟我商量,要我把孩子送给她看,这样既省得我早上送孩子去幼儿园太冷,她每月也有15元钱的收入。老太太见我们两家这样好,也有点生我们的气。不过,我们不去惹她,她也拿我们没办法。

大概是在1973年的下半年,国家有了一个新的政策,凡特殊期间被没收的私人房屋,只要是没有人租住的,就可以退还给房屋所有者。如若还有人在租住,就暂时不能收回。房东老太太见我在自己租住的小屋旁边盖起了小厨房,以为我们要长期住下去了。老爷子下班后,老太太趁老爷子吃饭时就把自己的想法跟老爷子说了。老爷子一听这话,放下饭碗,拿起洋镐,就要来刨我的厨房。

我见老爷子真要动手,我就问他:"你不让我盖小厨房,我上哪里去做饭?如果你能找地方给我做饭,那我就让你拆我的厨房。"

老爷子说:"让我给你找地方做饭?我管你在哪里做饭!反正我不让你在我们家院子里盖小棚子!你要盖,我就给你刨了!"

我说:"你先不要刨,咱们先找个地方评评理。这房子是房管所分给我住的，咱们找房管所去，或者去找街道办事处也行。"

老爷子说："我哪里也不找，我就是不让你盖小棚子！"老爷子做出要刨小棚子的架势，可是，又不敢真动手刨，只是在院子里转来转去地嚷嚷。

我一见他不讲道理，我也来个不讲理了。于是我就跟他大声吵了起来。我说："我看你敢来刨，你要敢先动我的小棚子的一块小泥块，我就敢砸你家六间房子的窗户玻璃！你要是敢动我的小棚子上的一块小石头，我就敢上房掀你家六间房子的瓦片。不信你就刨刨看，看看咱们两家谁合算？"这时，我也在门边准备了一把锄头，做出随时都可以去砸玻璃的样子。

老爷子看见我那个样子，就说："这是我家的院子！"我说："我是住房管所的房子！"

老爷子说："你只能住房管所的那一间房子，房子之外的地方都是我家的，这院子里晒衣服的地方和绳子都是我们家的！"他一边说一边就把我晒在他院子里拴的绳子上的被单、衣服扯下来丢在地上。

我说："那行，以后我就不在你拴的绳子上晒东西，我自己拴绳子晒衣服。"

他说："你也不能在我的房子和我栽的树上拴绳子！"

我说："那好，我不在你的房子和你栽的树上拴绳子。"我一边说一边就马上用钉子从我住的那间房柱上钉钉子，然后把绳子拉到我的小棚子的木棍上拴住。他又过来说："这房子的柱子也是我家的！"我说："这柱子有你家的一半，也有房管所的一半。我的钉子是钉在房管所的这边柱子上，你管不着！"

我们开始嚷嚷时，东、西两院的邻居都过来看热闹。她们见我这样能说会道，又这么厉害，听见老爷子说的话像小孩吵架，都笑起来了。

这时，老爷子又给我出了个难题。他说："这院子里的地方都是我家的，你连走路都不能从我家的门口路过。"

我说："那也行，我可以不从你家门口过，我可以从我家门口踩一条直路走出大门，那我出门还近点呢。"我一边说一边就用脚去踩他捆的篱笆。篱笆是用木方打的木桩子，特别结实。我一边用脚踩，一边用手推。眼看篱笆就要踹倒了。

这时，老太太赶紧进到菜园里去，用她自己的身子顶住篱笆说："松的妈，松的妈，我求求你了，你别踹了，你要是再踹，就把我压在这篱笆底下了。"

这时，来看热闹的邻居有人给我出主意说："他要是不让你从他家房子前边过，那你就说要在你的小饭棚里边开个后门出去。你出后门，走后胡同，离你们厂子更近了。吓唬吓唬她。"

于是我问："我不从园子里走，那我从哪里出大门呀？要不然，我就从我的小饭棚里边开个后门出去？"

老太太说："那可不行，哪能开后门呢？你看咱们北京有哪家开后门呢？"

我说："那怎么办呢？我们母子总不能困在家里不出去呀！"

老太太赶紧说："以前你从哪儿走还是从那里走吧，可别听你大爷瞎嚷嚷，他越老越糊涂了。"

我听老太太这样一说，也就停住了用脚踹篱笆，见好就收。

老爷子见老太太出来说话，也就不去刨我的小棚子了，自己放下洋镐就进屋去了。

又过了几天，我下班后接孩子到家，天已经快黑了，我进小棚子里去开灯准备做饭，结果灯不亮了。我还以为是灯泡坏了。我赶紧换了个新灯泡，还是不亮。于是我就查线路，才发现电线被扯断了。我没有作声，第二天中午，我又找我们厂的电工赵师傅来帮我接电线，并把前几天跟房东吵架的情况简单跟他说了说。

赵师傅看后说是有人用东西拉断的。他帮我接好电线后，就去告诉房东老太太说："以后谁也不能动这电线。你们把电线拉断，搞不好会电死人的，搞不好还会着火的。着起火来，可能会把房子烧了。烧了你们的房子还不算，可能还会烧掉别人的房子，那就犯法了，那就该坐牢了。"

从那以后，就再也没有人来扯我的电线了。

老太太和老爷子见来硬的不行，就来软的。因为当时没有电视，也没有半导体，我觉得晚上在家里待着闷得很，所以经常吃完晚饭后带孩子到近点的同事家串门，有时八九点钟才回家睡觉。有一次我们母子去周姐家串门，八点多钟回来，院门怎么也打不开，怎么喊也没人给我们开门。幸好有周姐送我们母子回家，她赶紧回去叫她的爱人尹大哥来翻墙进去给我们开门。我听小西屋的李家也说，他们回家晚时都是老李翻墙头进院子开门的。

因为在当时，连小偷之类的都没听说过有翻墙头进院子的，可是我们两家进自己的家也要翻墙头，我实在是感到窝火。

再后来，老太太和老爷子白天也经常插院门。我没有办法，只好每次出门，身上都要带一把小刀，赶上老太太和老爷子把院门插上时，我就用小刀轻轻地把门闩拨开。

因为以上种种原因，我才深深地感到没有自己的男人在身边实在是太难太难了。于是从1973年夏天开始，我就为把邓调回北京进行了长期、艰苦甚至是不知天高地厚的努力。

邓和他的母亲离开北京不久，我便把孩子送进了我们厂的托儿所，然后我尽量利用倒班和休病假的时间到处打听，到处请求。

有一次我到全国人大常委会去反映我的困难，并请求他们帮助我解决调邓来北京的问题。

接待我的一位男同志说："你的困难我们非常同情，但我们这里是制定政策的，是解决大问题的，像你这样的具体问题不该由我们管。"

我立即说："正是因为您们是制定政策的，所以我才来找您们。就是因为有您们的政策，我的爱人才是从北京分配到贵州去工作。现在我们有了困难，您们为什么不可以制定一个解决困难的政策呢？您说您们不管具体问题，那么解决不了具体问题的政策又有什么用呢？大问题都是由小问题积累起来的，正如黄河长江都是由小溪小沟里的水流进去的。不解决小问题，又怎能解决大问题呢？"

那位接待我的男同志笑了笑说："你这位女同志真会狡辩。我真诚地告诉你吧，像我们这样的单位解决不了你的实际困难，你可以到一些管你爱人的上级主管部门去反映情况，如冶金工业部等。"

我立即问他："冶金工业部在什么地方？怎样坐车？"

他都一一地告诉了我。

我来到冶金工业部，接待我的是干部处的赵维勇同志。他说："你的爱人已经找过我们，他还多次给我们写信。你们家的困难我们都比较了解，也很同情。但目前北京市没有我们直接管的矿山，要把你爱人从贵州直接调来北京工作比较困难。"他接着说："你和你爱人都是少数民族，能不能通过国家民族事务委员会帮在北京找个接收单位把你爱人调到北京来工作？如果需要我们帮忙，我们一定尽力而为。"

我立即问赵同志："国家民族事务委员会在什么地方？"

赵维勇同志又认真地告诉了我。其实我早就知道国家民族事务委员会就在民族文化宫后面。因为我小时候曾经到民族文化宫去看过胡月妖姐姐，还在里面住过一夜。后来我又听邓说国家民族事务委员会就在民族文化宫后面。我也曾经去找过他们了。

开始我没有经验，去找这些单位时什么也没带，单凭口说。后来我去国家民族事务委员会时，就把我的工作证、户口本、诊断书、病假条通通带上。我一进门就把这些东西拿给接待我的人员看。我说："我和我的爱人都是侗族。我的爱人当初到中央民族学院读书是计划留在北京工作的，所以我才和他交朋友。后来文化大革命，改变了原来计划，你们把他分配到贵州去了。现在我们有了困难，你们是不是应该想办法帮助我们解决呀？"

国家民委的同志说："你们有困难我们非常同情，但现在不好办，国家冻结了进北京市的人口，因为有六十年代支援三线建设的，有上山下乡的，都想调回北京来。我们管不了北京市的事。"

我说："你们是管民族工作的，是为我们少数民族说话的，国家民委就是我们少数民族的家，我不来找你们又能去找谁呢？我现在有了孩子，我又有病，身边没有一个亲人，有病没人照顾，我的病能治好吗？有病得不到及时治疗，得不到好好休息，只能是越来越严重。等哪一天我们母子真的病死在北京，那该造成多大的影响啊！那不也是给我们的民族工作脸上抹黑吗？"

民委的同志听了以后直点头。

我接着说："我从小就跟姐姐、姐夫来北京谋生。我们全家都觉得北京特别好，是全国人民的首都，是全国少数民族人人都向往的地方。我在党中央和毛主席的眼皮底下生活觉得很幸福，很自豪。我们全家都感谢党中央，感谢毛主席，都在努力地工作，用实际行动来报答党中央和毛主席的恩情。

不信您们可以去调查：我的姐夫为了支援三线建设，前些年自愿报名离开北京去四川修铁路。我的姐姐是中共党员，在长辛店五金厂当副厂长，曾代表丰台区工人阶级参加国庆二十周年国宴。我的爱人也是中共党员，现在在贵州独山平黄山铁矿当团委书记。我也是我们厂里的技术骨干。可是，现在我有了孩子，又生了病，家里没人管，工厂里的领导和同志工作都很忙，我不能总去麻烦他们。北京的生活条件确实很好，每人每月才交一角钱的水费。可是，我病重在身，有时瘫在床上三四天起不来，如果我不求人连一口水都喝不上，更别说是去医院看病了。如果我的爱人总调不回来，我的病就别想治好。

当时在场的有民委的三位同志，他们听我这么一说，都笑了。

其中有一个女同志说："你这个少数民族的龙同志，文化不高，还很敢讲话，还会讲一些给我们上纲上线的话。"她边说边笑。

其中一个男同志说："你说的话在理，你的情况我们也都知道，你的爱人和你爱人的单位也给我们来过信。不过，我们国家民委不能直接管你们厂矿的人事调动。"

我马上接着问："那我该归哪个部门管呢？"

他说："你应该归你们厂的上一级单位丰台区区委或区劳动局管。"

我说："我的文化水平不高，脑子也不好用，听了过后就忘记了，请您找一张纸帮我写上，我省得忘记。"

这位男同志随手从他的办公桌上撕下一张印有"中华人民共和国民族事务委员会"的便笺，并随手给我写了几个字："请北京市丰台区委适当接待或酌情处理本区匙链厂龙同志所反映之情况。"

我接过这张纸条，如获至宝，特别高兴。我赶忙说："谢谢！谢谢！"然后我又递过纸条去问那位男同志："您贵姓呢？也给我写在这张纸上行吗？"

他把纸条接了过去，又随便在纸条上写了他的名字。

还没等他把纸条重递给我，我又自言自语地说："今天是几号来着？我都病糊涂了。"

于是那位男同志又随手把日期写在了纸条上，然后又交给我。

这一下把我高兴得不知怎么好了。我心里想：这张纸条对他们来讲只不

过是一张普通的便条。可是对我来讲，却是一
把尚方宝剑啊！我把那张纸条小心翼翼装进
口袋，然后再次感激地说："谢谢！谢谢！再
见！"

那位同志却说："不用谢。快回家吧！你
家里还有孩子呢，以后别再来了。有什么事情
打个电话来说说就行了，你可不要再自己跑
来了。"

我点点头，高高兴兴地走出国家民族事务
委员会大院，并充满希望地往丰台区和长辛店
方向赶路回家。当天晚上，我马上给邓写信汇
报得纸条的情况。

1975 年贫病中的我

# 1975：一线希望

我拿着国家民族事务委员会接待人员随手写的那张便条回到家里，就赶
紧给邓写信汇报这个情况。

1973 年 8 月 23 日，邓来信说："关于工作调动问题，我又给矿里写了报
告，等待研究。不过，一下子不好解决。昨天，我矿负责组织工作的同志从
总厂回来，把冶金部给水钢写的信也带来了，还没研究。等我有机会到水钢
再问一问。目前，您不要再到冶金部去了，等水钢研究出意见来再说。如有
熟人，可以向你们厂、长辛店镇和丰台区反映情况。如水钢同意放我，还要
找好接收单位，看看丰台区的意见怎样？可找区革委管干部的同志说说。"

当时国家为了稳定边远贫困地区的干部或职工队伍，对干部或职工的工
作调动问题是有严格规定的，一般不允许大中城市或发达地区主动从边远贫
困地区调入干部，尤其是不允许"挖三线建设的墙脚"。邓所在单位是冶金

工业部水城钢铁厂平黄山铁矿，地点在贵州省独山县境内，属国家"三线建设项目"之一。所以，要把邓从贵州调回北京，的确比登天还难。为此，邓每次来信都给我讲一些大道理。

1974年4月13日，邓给我来信说："您这次来信写得比较多，心情也不太好，是用眼泪写出来的。何必这样呢！应该想得宽一些，不要太悲观了。这样反而会把身体弄坏的。像这样夫妻两地生活的情况不光我们一家，全国多得很。党中央也知道这些情况。我们有困难，国家也有困难，那么多人两地生活，不在一起，每年往返探亲，既影响抓革命促生产，也给国家经济带来损失。在北京还不算多，特别是四川、贵州、云南等省，大部分厂矿都是从外地搬来的，爱人和孩子都不在那里。所以，我们着急也没用，我们只能向组织反映情况。依我看，国家也不会让我们一辈子这样过下去，您说对吗？"

我也知道，邓讲这些"大道理"主要是为了安慰我，其实他比我还着急。可是，他越这样安慰，我心里就越着急，越反感。

1974年6月9日，邓给我写来了一封长信。这封信的主要内容是告诉我他们单位已经开始放人了，让我抓紧在北京找接收单位，最好是在下面找具体的接收单位。

我接到邓的这封来信之后，想来想去，也觉得现在再去找那些大单位也没有用，还不如就跟我们厂里说说，把邓调到我们厂里来工作。厂里的领导对我和邓都比较了解，这样还可以节省时间和车费到处去求人，而且他调来之后我们能在一起工作，生活也更方便，更能解决我们家的实际困难。于是我就去找我们厂的党支部书记王永生。

我说："王书记，邓敏文来信说他们单位根据我们的实际困难，已经同意邓敏文调来北京工作，现在的主要问题是让我在北京找个接收单位。我身体不好，又带着孩子，到哪里去找接收单位呀？找别的接收单位，离家远，也解决不了我们的实际困难。您对我和邓敏文都很了解，也了解我们的实际困难。您能不能把邓敏文调到咱们厂里来工作呢？"

王书记说："那敢情好。邓敏文是党员，又是大学生，如果能调到咱们厂里来工作，那是巴不得的事情。"王书记接着说："可是，咱们厂没有这个权力呀。又是干部指标，又是进京户口，咱们哪有权力解决这些问题呀？"

我说："这些就不用您操心了，只要咱们厂同意接收，别的我自己去想办法。"

王书记说："那敢情好，没问题，同意接收。"

我说："那您们就给我开一个同意接收的证明好吗？"

王书记说："没问题。"

于是我马上到厂办公室找邵俊霞给我开证明。当时和我同龄的女伴孙文芝正好在办公室帮助工作。她听我说要开证明，便边走出办公室边说："小龙想把她爱人邓敏文从贵州调到咱们厂里来工作，不可能！那是办不到的事！"

我听了非常生气，可是我当时不能跟她顶嘴。因为我也知道小孙的爱人原来是在北京云冈七机部第四研究所，后来也被调到外地去工作了，关系都转走了。可是她的爱人就是不走，每天还坚持到研究所去上班。单位没有他的岗位，他就每天到厨房去帮助厨师烧火做饭。因为这样，小孙肯定不会相信我能把邓敏文从贵州调回北京来。

邵俊霞是一位非常和善的女同志，比我大四五岁。因为她是党员，在办公室管人事档案兼秘书。她和我的关系也很好，我平时都叫她"邵姐"。邵姐对我的困难情况非常了解，也很同情。于是她很快就给我开了一张"同意接收龙月江的爱人邓敏文来本厂工作"的证明。

我拿到厂里给我开的接收证明之后，立即去找长辛店镇党委书记王忠堂。他看了我们厂给我开的证明，又听了我的诉说之后，马上就说："你去找管组织工作的李萍同志帮你办理。"

李萍当时40多岁，我们之间的关系也很好，她对我的实际困难也很同情。没等我多说什么，她就对我说："这事我们镇里做不了主，我们没有直接从外地调人的权力，我们需要向区里反映。"李萍继续说："你先把厂里的证明放在我这里，我尽快到区里去帮你说说。只要你的爱人能调回北京，我们一定尽力去办。"

听了李萍的话，我很高兴。可是左等右等，也没有什么消息。邓也多次来信催问接收单位的问题。大约过了一个多月，我实在忍不住了，就再去找李萍问究竟是怎么回事。

李萍说："这事比较复杂，你应该好好跟厂里商量，可能你们厂里还有不同意见。"

我说："这事不是已经商量好了吗？王书记都同意了，孙厂长、军代表我都说了，都表示同意。厂里也开了证明，怎么还有不同意见呢？"

我很纳闷，也很着急。这是怎么回事呢？厂里怎么会有不同意见呢？于是我就把当时我找王书记的情况和邵俊霞给我开证明时的情况如实向李萍做了汇报，并简单介绍了孙文芝爱人调动工作的一些情况。

李萍听了我的汇报之后笑了笑说："那就对了，这事你就别管了。我也不用再给你们厂打电话了。我直接给丰台区汇报你的情况。"

既然李萍已同意给我往丰台区汇报，我也就没有必要再去追问厂里的事情了。后来我才知道：在这之前，李萍曾经给我们厂里打电话问是不是同意接收邓敏文的问题。正好当时孙文芝接到这个电话，她顺口就说："龙月江想把她的爱人邓敏文从贵州调来北京，这是不可能的事！"

阴差阳错，直至1974年11月初，李萍才把北京市丰台区"照顾困难人员进京申请表"送到我的手里。11月7日，我赶紧把申请表给邓寄去，同时还寄去了我从医院开来的我有病的证明，请邓所在单位签署意见之后赶紧寄回。

1974年11月15日，邓来信说："7日的信、申请表和医院证明都收到了。前天上午收到你的信后我马上去找我们矿的政治处主任老刘，谈了很长时间，信也给他看了。老刘最后说：他一个人也不能作主，需要党委研究，还要请示水钢。像我们这样的干部，水钢同意放，省人事局批才行。另外，他还谈了目前我们矿山的情况，因为矿石不好，品位不高，究竟上马还是下马都没有决定，报告已经送给贵州省冶金局和国家冶金部了。现在大家都不安心，要求往外调的人很多，大局还没定，所以党委还没研究人员调动问题。"邓在信中还说："关于申请表的问题，暂时不给你邮回去。我已经交给我们矿的组织科了，请他们签意见，个人表现、政治历史两格都需要组织填写，自己填不管用。"

看了邓的这封来信，好像又给我心中刚刚燃起的希望的火苗泼了一瓢冷水。我心里想：这事怎么这么难呀？因为这事是属于邓他们单位，我只好又给他们单位写信，希望尽快考虑我们的实际困难。同时我也给丰台区写信，说明申请表为什么不能及时邮回。

1974年12月7日，邓来信说："我们单位给丰台区组织部的信和那张申请表肯定是发出了的，是跟我上星期给你的信一块邮走的…… 希望你及时到丰台区问一问他们收到了没有…… 我们这边肯定是没有问题了。"

收到邓的这封来信之后，我就十天一趟八天一次地跑丰台。

有一次去丰台时，正好在区委大院门口碰见早年想和我交朋友的小宁同志。他挺高兴地问："小龙，你怎么到这儿来啦？"我一见到小宁，眼泪就不由自主地在眼圈里打转，话也说不出来了。小宁说："你怎么啦？你怎么啦？"我强忍着不让泪水流出眼眶，并简单地说："我来区委组织部办点事。"

小宁见我这样，也不多问。然后把我领进传达室休息一会，给我倒水，并安慰说："别着急，有什么事好好找领导说。"等我喝完水，他接着说："你有事就赶紧去找领导说说吧，一会又下班了。"

我来到丰台区委组织部，接待我的是张艳霞同志。张大姐40来岁，身材不高，圆脸，长得比较富态，对人非常和蔼。

我把我的情况向张大姐说明之后，她说："你的材料我看过了。现在要求进京的人很多，因为干部进京，要由北京市人事局批。你爱人能调回来更好，你高兴，我们也高兴。调不回来，我们也没办法。"

我说："谢谢张大姐！我来给你们添麻烦了。我现在有病，孩子又小，实在太困难了…… "

张大姐打断我的话说："这些情况我们都了解，不用说了。这是我们分内的工作，不用谢。回去好好休息，好好养病，好好带孩子。"

我再次谢过张大姐，就心事重重地回长辛店了。

过了十多天，我再次去丰台找张大姐打听情况，在丰台区委大院门口正好遇见原来在长辛店支左的张政委，当时他又正好分管我们厂的工作，所以我们经常在一起开会，学习，都是熟人。他见到我，主动和我打招呼，并问我来区里有什么事。

我比较详细地跟张政委汇报了目前我的困难，并说明我想把我的爱人从贵州调到北京来工作，材料都已经交给组织部的张艳霞同志了。希望张政委能帮帮忙。

张政委说："行，行，你把情况好好跟张艳霞说说，我也帮你说说。你不要着急。"

当时丰台区委大院都是平房，我和张政委正好在区委组织部窗子外面说话。当我来到组织部办公室时，张大姐问："你跟张政委是亲戚还是老熟人呀？"我答非所问地只说了声："啊。"

张大姐说："你的情况我们都比较清楚，也很同情，但目前要求调进北京的人很多，比你更困难的人也有。我们不能直接从外地进人，我们只能向市里反映，我们尽力而为。希望你也能体谅我们的困难，不要三天两头往我们这里跑。你有病要好好休息，好好照看孩子。别的不用说了……"

听了张大姐的这些话，我也不好再说什么了，于是又心事重重地回到了自己的家。

1975年1月28日，我又给张艳霞写了封信，信中说："关于我爱人调动工作的事，下步该怎么办呀？您给邮来的表，长辛店镇已经通过我们厂政工组交给我本人填写送上去了。阳历年前，我的病又发了，几天下不了床。后来厂里才派人送我上医院。刚过完年，我就给我爱人发电报叫他赶快回来。我爱人是1月9号到北京的，算今年探亲假。元月份我才上了两天半班。前几天我的病稍好点，我才和我爱人一起上丰台打听情况。组织部的老高同志接待了我们。老高同志说您学习去了，有些情况他不太清楚，得等您回来研究才能答复。他说您月底可能回来，所以今天我才给您写信问问。有些情况还得跟您说说，打电话怕说不清楚。我本来想让我爱人再跑一趟丰台，可是他说：材料报上去了，组织会考虑的，老去问也没用，人家工作也忙，哪能老接待我们呢？这话也有道理，可是我心里着急。我爱人这次回来请了40多天假，过完阴历年就得走。他走后我和孩子怎么办呀？我的身体一天不如一天，真是急死人……"

这封信寄出之后，我左等右等也不见回信，心里更加着急。大概是3月初的一天，我又跑到丰台区组织部去找张艳霞打听情况。这时，张大姐才认真而且非常严肃地对我说："你的材料已经报到北京市人事局去了。你有病应该像个有病的样子，不能老东跑西颠……”

听到这个消息，我很高兴，赶紧回家把情况告诉邓。当时邓还在北京休假，他也很高兴，于是他又赶紧给贵州水城钢铁厂组织处写信汇报情况。

3月中旬，邓休假期满，我们一家三口只好又洒泪而别。

邓走后，我还是坚持上半日班，上班时把孩子送幼儿园。好在孩子很乖，每次把他接到家里，就让他自己在门口玩，或让他用沙子堆小人，或用废纸做成小船让他在脸盆里玩。然后我就可以做些家务，如洗菜做饭，缝补衣服等等。

1975年4月20日，我上晚班，不能及时到幼儿园接孩子。等我急匆匆地来到幼儿园，其他孩子都已经被接走，只见阿姨们正在忙着刷房子。我问阿姨："我的孩子呢?"阿姨用手往墙角一指，说："他生病了，在那儿躺着呢。"

我顺着阿姨手指的方向一看，只见孩子正一动不动四脚朝天地躺在一张光木板上，歪着头，垫的盖的什么都没有。我走近一看，孩子的脸色蜡黄，一点血色也没有，眼睛也微微地闭着。我以为孩子已经没有气了，赶紧把他抱起来搂在怀里。我一边流着眼泪一边大声呼喊："小松，小松，你睁开眼睛，妈妈来了，妈妈接你来了!"

这时，孩子才慢慢地睁开眼睛，可是他连哭的力气都没有了，只是"吧嗒吧嗒"地流眼泪。我要背他时，他站也站不住。我把他背在背上，他也没有力气来搂我。

我好不容易把孩子背到家里，天已经完全黑了。孩子不想吃饭，我也无心做饭，母子俩就这样空着肚子相互依偎度过那个漫漫的长夜。

第二天天一亮，我就背着孩子上儿童医院。从长辛店到儿童医院要倒好几次车，幸好在这之前我自己做了一条背带，一路上又得到许多好心人的帮助。经过三个多小时的奔波，我们母子终于来到了北京儿童医院。经过化验、诊断，医生才告诉我："孩子得的是黄疸性急性肝炎。必须好好照顾，按时吃药。"

当时在北京得这种病的孩子很多，我们厂幼儿园也有好几个孩子得了这种病。儿童医院已经习以为常了。医生一下子就给我们开了46天的中草药，总共46包，每天一包。

我的病还没好，现在孩子又得了重病，这可怎么办呀？于是我背着孩子，提着药包，不由自主地又往丰台区组织部走。张艳霞大姐又热情地接待了我们。当她听说我们母子已经一天一夜没吃东西，就赶紧到街上去给我们买吃的东西。

我什么话也说不出来，只是不断地流眼泪。张大姐见我伤心，就安慰我说："经北京市人事局批准，我们已经发函去要你爱人的档案了。你赶紧写信去问问你的爱人，他们单位收到我们的信函了没有。如果已经收到，请他们赶紧把你爱人的档案寄来。"她接着说："北京对人口控制很严，进出必须平衡。你爱人能不能调进北京，现在不能肯定。我们只能尽力而为，也希望你能好好地配合我们的工作。今后好好养病，好好照顾孩子，不要东跑西跑，也不要再到我们这里来了。"

我不知道调一个人会这么复杂，这么麻烦。于是我赶紧给邓写信，让他问问他们单位收到丰台区组织部的信了没有，档案寄出来了没有，因为怕邓着急，孩子生病的事我没有告诉他。

不久，我便收到了邓5月6日的回信。他在信中说："关于我的工作调动问题，你上次来信说丰台已经给我们单位发信，可是一直到现在还没收到。这就奇怪了！你说上月21日到丰台去的，如果他们给我们单位写信，肯定是在4月21号以前。从4月21号到今天已经半个多月了，就是邮到水城那边，也应该转到我们矿山来了……会不会是写错地址了呢？"

为了弄清楚这封信的下落，邓又连续几次给我来信询问：是不是听错了？是不是丰台根本没有发过这样的信？显然，邓对这封信很重视，也很着急。可是我又不好再去丰台询问。因为张大姐已经明确告诉过我："不要再到他们那里去了。"

没办法，我只好耐心等待。直至6月底，我才又收到邓6月21日给我写的一封来信。他在信中说："昨天我从水城回到独山，今天分别找政治处和组织科的领导汇报情况。他们告诉我：丰台的来函6月17日刚刚收到。主要内容是：要我的档案；了解我在两次运动中的政治表现；了解我的身体健康状况……他们还说：丰台的这封信4月份就发出来了，在水钢已经压了很长时间……我请求他们把我的档案马上邮走。但他们说：现在马上邮走不行，原因是：现在矿机关正在往水城那边搬迁，所有人员的档案都已经包装起来了；我的一部分档案材料还在水城总厂；因为我是科级干部，邮寄档案必须经水钢组织处批准。"

看了邓的这封来信，我心里更加着急了：如果邓的档案不能及时寄来，北京方面可能会有新的变化，那我们以前的一切努力都会前功尽弃，我和孩子可怎么办呀？当时我们又没有电话联系，只能三天一封五天一封的相互写信，汇报情况，交流情感，彼此安慰，焦急等待。

1975年8月上旬，我又收到了邓于8月1日给我写的一封信。他在信中写道："关于我的工作调动问题，现在又出现了新的情况……昨天上午，我矿政治处的匡主任到总厂组织处去问我的档案寄出了没有，政治处的同志说已经发函到贵州省冶金局请示去了。现在凡是调出冶金工业系统的干部和工人，都要经过省冶金局批准。等冶金局批下来之后才能邮走我的档案。"

面对这样一些意想不到的麻烦，除了请求，不断地请求，我还能有什么办法呢？于是我只好等孩子睡觉之后又拿起笔来艰难地给冶金工业部水城钢铁厂和贵州省冶金局的领导们写信，求他们赶紧让我的爱人调回北京。

功夫不负有心人。邓在1975年9月8日给我的来信中终于送来了新的消息："江：我要告诉你一个好消息：关于我的工作调动问题，上星期贵州省冶金局已经批下来了。是今天上午我矿组织科的同志到水钢组织处去得知这个消息的。水钢组织处的同志叫我矿赶快把我的档案送到水钢组织处去，然后由水钢组织处给北京丰台区邮去。"邓在这封来信中还说："我这边的工作已经办通了，现在的关键问题又转到你那边去了。丰台会不会有什么变化？北京市人事局能不能批准我调进北京？所以你那边还要做很多很多的工作……"

我还能做些什么呢？我只能不断地写信，不断地打电话，不断地去向有关领导诉说我的实际困难。

1975年国庆节前夕，我又一次来到北京市丰台区委组织部。张艳霞大姐一见到我就问："你又干吗来了？"我回答："我想来问问……"张大姐抢着说："问也没信，没什么可答复你的！叫你在家等着你就在家等着。我们有什么情况也不告诉你！"

我说："我爱人来信说他的档案已经邮出来了，我想问问你们收到了没有？"

张大姐说："档案收到没收到那是组织上的事，我们不会告诉你！只要对方邮出来了，我们总会收到的！"

我还想跟张大姐说说我和孩子最近的病情，可张大姐却打断我的话说："这些情况我们都知道了，你在信上已经跟我们说过了。你的事我们尽量给办，我们同意给你解决。如果市里不批，我们也没办法。你的困难解决了，你高兴，我们也高兴呀。你回去吧，好好养病，好好照顾孩子。"临出门时，张大姐又对我说："孩子有病要按时吃药，要好好照看。对了，如果方便，你最好请儿童医院开个证明给我们寄来。"

于是，我赶紧去儿童医院给孩子开诊断证明书，又请人帮我给北京市人事局写请求信一起给张艳霞大姐寄去。

从张大姐的言语中我似乎看到了一线希望……

# 《侗妹》下部（1975 — 2021）

## 1975：喜讯传来

1975年12月18日，我和往日一样7点起床，便早早地把孩子送去厂里的幼儿园，然后去厂里"抓革命，促生产"。好在工厂离家不远，不用坐车，所以不担心迟到。

我当时还是车工，我们厂都是平房，像个四合院。我们机加车间的大门对着院子，我的车床又正好对着车间门口，所以院里有什么动静我都听得清楚。大约是上午10点半钟，只听有人在院子里高声叫嚷："电报，龙月江电报！"这是邮递员的声音，每次有我的电报，他都会在院子里叫嚷。因为在我们厂里，平时就我的信件最多，电报最多，所以邮递员对我的名字非常熟悉。

什么电报呀？是好事还是坏事？我心里直嘀咕。但又不敢擅自停止工作去拿电报，因为厂里规定：上班时间是不允许随便离开工作岗位的。我只好放慢车速，等待下班时间赶紧到来。

下班的铃声终于响了，我赶紧去厂办公室取电报。然后战战兢兢地把电报打开，只见上面写着五个字："调令已到 文"。我开始还不相信自己的眼睛，还以为自己在做梦。接着我又反反复复地看了几遍，终于认定这电报是真的了！五年多的祈盼终于实现了！铁杵终于磨成针了！这时，我再也控制不住自己的眼泪了。

办公室里的同事见我这样，也不知道究竟发生了什么事情。他们不断地追问："小龙，你怎么啦？家里发生什么事啦？"同事们越问，我越控制不住自己的感情，我索性哇哇地哭了起来。没想到我的哭声惊动了正要去食堂吃饭的王书记和孙厂长，他们平时对我都很关心。我怀孕时，想吃豆腐，王书记专门让食堂为我做豆腐；我快生孩子时，孙厂长还偷偷地帮我找房子……书记和厂长听见我的哭声，也都走了过来。书记关切地问："小龙，出什么事啦？为什么哭呀？有什么困难你尽管说。"这时，我才想起要将电报给两位领导看看。于是，我将电报从工作服屁股兜拿出来递给王书记。

王书记打开电报一看，便哈哈大笑起来。他边笑边说："这是大喜事呀！你还哭什么呀？"然后王书记又把电报递给孙厂长。孙厂长也乐开了，并说："真是大喜事呀！小龙该请客了！"

这时，我终于擦干了眼泪，接着也"扑哧"地笑了起来。然后我偏着头也玩笑式对着两位领导和围观的工友们说："感谢领导和各位工友多年对我的照顾和关怀！请客是后话，等敏文回到北京，我们自然会有所表示。眼下我还有一个请求，请各位领导继续给予关照。"

王书记和孙厂长异口同声说道："什么请求？你说吧。"王书记补充说："只要我们能办到的，一定满足你的要求。"

我说："我和敏文事先商量好了，等他的调令一到，就让我回贵州去探亲，顺便看看我的母亲和婆婆。这也是我们享受的最后一次探亲假。请各位领导高抬贵手。"

书记和厂长对视了一下，都点了点头。然后王书记慎重地说："可以，去吧。多长时间？"

我说："一个来月吧，因为我母亲在天柱县，我婆婆在黎平县，相隔好几百里，交通也不方便。"

孙厂长说："一个月就一个月，安心去吧。注意安全。"他接着说："吃过午饭写个假条送到我办公室来，下午你就不用再上班了，好好准备一下。"

"谢谢领导！谢谢领导！"我的泪水又不由自主地掉了下来。

我顾不上去吃午饭，便赶紧跟办公室要了一张信纸，又赶紧去找我的好朋友王桂兰帮我写请假条。我把请假条交给厂长之后，又赶紧去自来水胡同把敏文要调回北京的事告诉姐姐。

姐姐家离我们厂也不太远，走10多分钟就到了。我把敏文发来的电报拿给姐姐看。姐姐只瞟了一眼，就苦笑着说："真是大好事呀，五六年来，你们各在一方，现在终于可以团聚了。"姐姐边说边抹眼泪。我心里知道，姐姐不是为我而高兴，而是为她自己而伤心。因为这时姐夫还在贵州支援三线建设，还在镇远修湘黔铁路，他们也好几年不在一起生活了。

我对姐姐说："敏文调回来了，姐夫也一定能很快调回北京的。"

姐姐还是苦笑，也不吭声。为了不让姐姐继续伤心，于是我说："借敏文调动的机会，我想回去看看妈妈和婆婆。我们已经商量好了，厂里的领导也同意了。看看你需要带什么东西？"姐姐说："那孩子怎么办？"我说："我打算带孩子一起走，孩子已经5岁多了，能自己走了，我们一路还有伴儿呢。奶奶外婆也想看看孙子呀。"

姐姐说："那也好。你一个人带着孩子出门，已经很不容易了，东西尽可能少带，我也不给妈带什么东西了。你们路上一定要小心。你们打算哪天出发？"

我说："越快越好。打算后天或大后天出发。"我接着说："今天晚上等冯师傅下班后，请你告诉冯师傅帮我们母子订后天或大后天到凯里的硬座火车票，最好要3个连着的座位，晚上孩子好睡觉。"

"这没问题，晚上我告诉冯师傅。"姐姐胸有成竹地说。

冯师傅家就在姐姐家的对门，他在北京火车站工作。平时两家都常来常往。冯嫂没有工作，经常帮助姐姐照看孩子。姐姐和我也经常帮助他们。我们每次回乡探亲买火车票，包括敏文每次来北京探亲的返程火车票，大都请冯师傅帮助购买。

从姐姐家里出来，我又赶紧去幼儿园接孩子。因为中午我没吃饭，所以到家后又赶紧做饭。等做好饭，已经7点多钟了。北京的冬天黑得早，我们母子俩高高兴兴地吃完晚饭，天已经黑下来了。我们洗脸洗脚，就上床躺着准备睡觉。孩子很快就睡着了，可我怎么也睡不着。往昔的辛酸像回放电影一样一幕一幕地出现在脑海里：

——1970年10月，我第一次感受夫妻离别的情景；

——1971年春节，我身怀六甲和夫君一起坐运矿翻斗车回老家探亲的情景；

——1972年春节，我含着眼泪和婆婆、孩子过节的情景；

——1973年我去丰台医院看病回家时身无分文连1角钱公共汽车票都买不起的情景；

——1974年我到冶金工业部、全国总工会、国家民委、中央民族学院、全国人大常委会、北京市人事局等单位请求把敏文调来北京工作的情景；

——1975年我背着孩子去北京儿童医院看病以及到丰台区委组织部请求尽快把敏文调来北京工作的情景。

想着想着，我的眼泪又不由自主地冒了出来，而且还控制不住地蒙在被子里偷偷地抽泣。没想到我的抽泣声惊动了身边睡着的孩子。孩子伸出小手抱住我的胳膊问道："妈妈，您怎么又哭了？您生病了吗？"

我转过身去用两手紧紧地抱着孩子说："妈妈没生病，妈妈是高兴才哭的。""妈妈为什么高兴呀？妈妈高兴为什么还哭呀？"孩子奇怪地问。"爸爸快回来了，妈妈高兴呀。""爸爸这次回来住多久呀？爸爸能带松松去动物园玩吗？""这次爸爸回来就不走了。能，一定能，咱们一起去动物园，去天安门！过几天咱们就去接爸爸回北京。"

孩子听我这么一说，也兴奋起来了。母子俩在被窝里嘀嘀咕咕，说说笑笑，打打闹闹，直至天明。

# 凯里汇合

接到敏文的电报以后，我简单地做了一些准备，如买了一些糖果，准备我和孩子在路上吃穿用的东西。我于1975年12月20日便带着孩子离开北京回老家探亲去了。根据事先写信和敏文商量，我们决定在凯里会合。然后再一起回黎平、天柱探望奶奶和外婆。

因为当时湘黔铁路还没通车，也没有直达贵州的车，我们还得到武汉转车并绕道广西柳州前往凯里。冯师傅为我们母子二人要了三个座位，孩子困了可以睡觉。我的心情比较好，又有一个活泼可爱的孩子在身边，所以一路心情都很舒畅，也感觉不到疲倦。转车时，我让孩子坐在行李上不要乱跑，我去办理转车手续。孩子也很听话，就坐在行李上一动也不动。那时社会上还没听说有抢东西偷孩子的情况发生，所以我心里也没感到有什么害怕。

经过三天三夜的旅行，我们终于来到了凯里。这时，敏文还没来到凯里。我便带着孩子去找在凯里运输公司五车队当党支部书记的叔伯二哥龙启甲。我们到车队一问，才知道二哥出车去了。正好车队队长傅师傅接待我们。

傅师傅对我说："你的二哥出车去了，可能明天或后天才能回来。我和你二哥都是抗美援朝在一个部队里当运输兵，后来又一起转业来到凯里运输公司五车队。他当党支部书记，我当队长。我们都是很好的朋友。我也经常听他说有个妹妹在北京，原来就是你呀。"傅师傅边说边拿个写有"抗美援朝纪念"的口缸给我们倒水。他接着说："如果你们母子不嫌弃，就先到我们家去住，等你二哥回来再安排车子送你们去黎平或天柱。好不好？"

我赶紧说："那敢情好，那就谢谢傅大哥了！"

然后傅大哥便带着我和孩子去他们家休息。

傍晚，敏文也从水城匆匆赶到凯里，我们一家三口终于在凯里会合了。

二哥出车回来。他和傅大哥商量，正好黎平茅贡有一批木头让他们五车队去拉，借此，二哥可以把我们一家三口直接送到黎平岩洞。我很高兴。

岩洞离敏文的老家竹坪走大路（简易森林公路）还有20里路，走小路（山路）也有15里路。我们决定走小路。我背着孩子在前面走，敏文挑着行李在后面跟。遇到宽点或平点的路我就把孩子放下让他自己走。

有一段半坡路比较平坦，路边都是草丛，坡脚都是水田，离路面10来米。孩子觉得好玩，一定要自己走。走着走着，一不小心，他踩到了路边的草丛，结果踩空了，骨碌碌就往坡下滚，眼看就要滚进水田里去。敏文眼急脚快，将行李往路边一扔，冲下坡去，跳进水田，用双手接住孩子。等他们爬上路来，孩子的脸上、手上被树枝划破了几道小伤痕。敏文的裤子、鞋子也都沾满了泥巴，我心里酸酸的。可是，孩子却乐呵呵地对我说："妈妈，您看我像阿红嫂吗?"阿红嫂是当时正在全国各地放映的一部电影《南海风云》里的一位女游击队员,在一次行军中不小心脚踩空了滚落到山洞里。因为孩子对这个情节的印象很深,所以他给我提出了这样的问题。我回答说:"像,真像,小松真勇敢!"

孩子更高兴了,更不让我背他了。

来到敏文家,京松的奶奶见小松脸上、手上都有伤痕,问我们是怎么回事,我便如实告诉她老人家。没想到她老人家心疼得掉下了眼泪,并用手抚摸着孙子的伤痕对小松说:"多可怜的孩子呀!我们这里的路不好,不像北京的路那么平,那么宽。以后就不要来了,等我们把路修好了再来看奶奶吧。"小松却回答说:"不!奶奶,我就喜欢走这里的路,真好玩!"奶奶高兴得把孙子搂得更紧了。

那天傍晚,奶奶煮了几个鸡蛋,拿一升米,把煮熟的鸡蛋放在米上,又跟我要一件小松穿过的衣服,然后把这些东西放在一个小簸箕里,拿到大门外烧香烧纸,用侗话小声喃喃地说着什么。我好奇地询问奶奶:"妈,您在说些什么呀?"奶奶回答说:"没说什么,就是叫京松赶紧回家吃饭,吃蛋。孩子滚下坡可能受惊吓了。"

然后奶奶亲手把煮熟的鸡蛋塞进京松的衣服口袋里。全家人便高高兴兴进屋吃晚饭去了。

因为敏文急着要在正月6日以前赶回北京去报到,所以我们在竹坪只住了三个晚上。奶奶把我们送出村子。分手时,奶奶 —— 我的婆婆拉着我的衣角小声地对我说:"松的妈呀,现在松的爸也调回北京了,你一定要给京松再要一个弟弟,他一个人没有伴儿,太孤单。你一定要记住我的话!"我也小声对奶奶说:"妈,您放心吧,我一定记住您的话!"

然后我们又都含着眼泪依依惜别了。

这回,我们再也不敢走小路了,我们一直沿着大路走回岩洞。根据事先和二哥约定,他又派车到岩洞来接我们去天柱石洞探望外婆 —— 我的母亲。

来到石洞,敏文不敢多住,第二天就和我哥哥龙五甲一起坐着二哥的车回天柱县城,然后上凯里,去北京报到。我和孩子继续留在石洞陪着外婆 —— 我亲爱的妈妈一起过春节。

# 1976：补办嫁妆

跟妈妈在家乡一起生活的那些日子是愉快的、幸福的。妈妈千方百计为我和孩子做好吃的，如我最爱吃的米豆腐、米粉、红薯粉等。还有孩子爱吃的花生、瓜子、核桃、炒黄豆、炸苞谷等。

一天晚上，孩子已经睡觉了，我和妈妈仍坐在火塘边聊天。妈妈突然伤心地对我说："月江呀，妈妈心里很愧疚啊！总觉得对不起你。你和小邓结婚妈妈也不在你身边，也没办什么酒席，更没有什么嫁妆，妈妈想起来就心里难过！"妈妈边说边用手背抹眼泪。

我很感动，也很伤心。我也流着眼泪对妈妈说："妈，您不要难过，您把姐姐、哥哥和我养育成人就已经很不容易了。我不需要什么嫁妆，京松他爸爸也跟我一样很小就没有了父亲，我们都是一根藤上的苦瓜，我们今后会有好日子过的，您放心吧。"

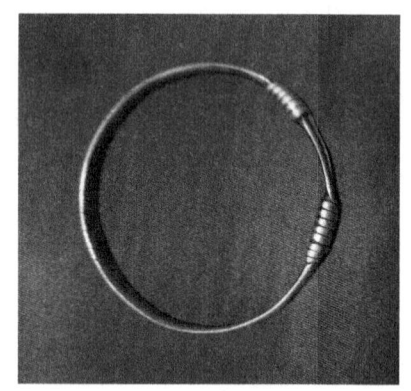

妈妈补送的嫁妆手镯

这时，妈妈突然站起来走进她睡觉的里屋。我不知道妈妈要干什么，我也跟着她走进里屋。只见她翻箱倒柜，好不容易从箱底翻出一个小布包，然后一层又一层地打开，最后是一只银镯子。妈妈双手颤抖地捧着银镯子说："这是我妈妈留给我的银镯子，我不敢戴，收在箱子里几十年了，现在我送给你，作为你的嫁妆。"妈妈边说边拉过我的手把银镯子套在我的手腕上。我没有拒绝，也没有说话，只在心底里念着妈妈的好。

回到火塘边，我看着手腕上的银镯子，突然想起1970年我和敏文结婚时不但没有自己的房子，连床都没有，是临时借厂里的四个木凳和两块铺板拼成的婚床。于是我问妈妈："咱们寨子里有人会打床吗？"妈妈说："有呀，你的表哥就会打床。"妈妈接着说："你想打床吗？北京那么远，怎么运去呀？"我说："是呀，打好床怎么运去呀？"妈妈想了想说："等明天问问你二哥有没有什么办法。"我点头表示同意。

第二天早晨，我正好看见二哥准备去开车回凯里，我赶紧走过去问他："二哥，我和敏文结婚连床都没有，是借厂里的两块铺板结的婚。我想在石洞打张床，不知有没有办法运去北京？"

二哥皱皱眉头十分为难地对我说："这可不是一件容易的事，北京离石洞那么远，政府对当地木材运输又控制很严，到处都设有木材检查站。"

我问："家具也不能运吗？"二哥说："旧家具可以运，新家具不行。"我说："那咱们能不能让新家具变成旧家具呢？"

二哥一拍大腿，高兴地说："对呀！妹妹的嫁妆，我一定帮你去想想办法，你就找人打床吧，运输的事，二哥包了！"

我很高兴，马上进屋去把二哥包运输的事告诉妈妈。吃过早饭，妈妈又立马带我去找那位姓刘的木匠表哥。

刘表哥听我说要打床运去北京，非常高兴，他说："我要用咱们家乡最好的香樟树来打你这铺床的架子，用家乡最好的杉木板来做床板。"

我问刘表哥："这张床大概要多少钱？"

刘表哥说："表兄表妹谈钱就见外了，你就说什么时候要吧。"

我说："今年我要在石洞跟妈妈一起过年，过了年我就回北京去上班。"

刘表哥说："那时间有点紧，怕木头干不了，影响质量。"

我说："没关系，你尽量抓紧打，打好后通知我二哥来拉就行了。"

刘表哥说："那好，我尽量抓紧，你放心吧。"

临走，趁刘表哥不注意，我把50块钱悄悄地放进刘表哥的工具箱里。

回到北京，又过了一个多月，也不见二哥把我让刘表哥打的床运来。我只好借厂里的电话问二哥是怎么回事。

二哥说："你的床我早就交给谷硐火车货运站了，我亲自办的货运手续，是按照你留下的地址直接运到长辛店火车货运站呀，怎么还没运到呢？"

第二天，我又去长辛店火车货运站打听。货运站的马师傅说："还没见到你的床，再等等吧，运到了我会马上告诉你的。"

一天傍晚，我在下班回家的路上正好碰见长辛店货运站的马师傅。他说："你的床运到了，有些损坏，明天你到车站来办理赔偿手续。"

第二天一早，我就来到长辛店货运站找马师傅。他带我看了看床，只见外面都用稻草绳包得严严实实，床架和床板都用石洞当地的红泥巴涂抹。

妈妈补送给我的嫁妆架子床

这时我才知道二哥为运输这张"旧床"动了不少脑筋！经过检验，只是床头有根弯木部件断了，有块床头板丢失了。

马师傅抱歉地对我说："车站没有钱赔你，只能请示上级领导批准给你赔偿3块木头。你们自己去广安门木材场领取。"然后马师傅交给我一张盖有公章的条子，还说："凭这张条子就可以领到木头。"

当时北京居民正盛行自己打家具，木料非常金贵，我心里暗暗高兴。

第三天，正好是星期一，是长辛店地区错开用电高峰的休息日。一早我就去找李大哥和尹大哥，请他们帮我去拉木头。李大哥跟我姐夫都是抗美援朝的转业兵，是贵州省施秉县人，现在是北京丰台西道口铁路的扳道工。尹大哥是长辛店二七机车车辆厂的技术工人，我跟他爱人周姐都是匙链厂的车工，也是非常好的姐妹。我经常得到他们的帮助，我有事也愿意跟他们商量。

第四天，李大哥和尹大哥二话没说，早早骑着自行车就跟我走了。当时敏文也已经从贵州调到北京丰台区医院政工组工作，我让他请假也骑车一起去拉木头。我当时还不会骑自行车，只能坐在尹大哥自行车后座上。

我以为四个人三辆自行车拉三块木头应该没有什么问题。到了广安门木材场，正好守门的是一位贵州人，也是抗美援朝的转业兵。老乡见老乡，两眼泪汪汪，我把车站开的字条拿给他看。他说："你们随便挑吧，喜欢哪块就拿那块。"

李大哥和尹大哥都会做家具，知道哪种木头好，哪种木头不好。他们挑去选来，选了三块最大、最重、最好的木头，每块足有两米多长，40来厘米宽，每块将近100来斤重！

这下我傻眼了，三辆自行车怎能拉这三块大木头呢？没办法，我们只好把三块大木头分别架在三辆自行车的车座和车把上，然后步行推着走。从广安门木材场到长辛店，大约有20多里路。我们身上都没带钱和粮票，就是有钱，也很难买到吃的东西。我们又渴又饿又累，直至傍晚才回到长辛店。

这三块木头，不但修好了架子床，李哥和尹哥还为我们打了一张可以活动的推拉床，既可以当床，又可以当沙发，还打了一张小饭桌，为我们这个小家庭添置一批新家具。

一天夜里，孩子睡着了，敏文搂着我小声对我说："月江呀，真感谢你了！咱们结婚，我什么也没有，现在有了你的这些嫁妆，咱们的家才开始像个家了。"我说："不用着急，咱们的日子会越过越红火的！"

# 换房搬家

我从贵州老家探亲回到北京，还是跟往常一样"三班倒"上班。那时，敏文已经被分配到北京市丰台区医院政工组上班。也不知从哪里吹来一股奇怪的风：房管所管理的私人房屋都要归还房东，出租所得的租金也要交给房东。这样，我们家的房东郑老太太本来就有意见，她听到这样的传言，就闹得更厉害了。她有气无处出，只能拿房客出气。

郑老太太喜欢听京剧，她家有一台大收音机，还有一台留声机，见我下夜班回到家里，成心把收音机和留声机的音量开得大大的，她说话也大声大气，让我睡不好觉。我真想找一处比较安静的房子住。

有一天，我送孩子去我们厂幼儿园，听阿姨们说："出大事了！"我问："出什么大事呀？"

幼儿园的阿姨们七嘴八舌地介绍说：院子里的白家和杨家打起来了！白家老头本来就身体不好，杨家壮汉出手不慎，结果把白家老头打成重伤，送医院抢救无效，最后死了！

我知道这事以后，心里琢磨：白家和杨家从这以后肯定会成为冤家，如果还住在一个院子里，抬头不见低头见，今后可能还会产生更大的麻烦。

杨家现在租住的房子是公房，面积也只有10来平方米。如果杨家愿意跟我换房，我下夜班就可以好好休息了，而且送孩子上幼儿园更近了，有事还可以请阿姨们帮照应一下。杨家也能离白家远一点，避免两家产生更大的矛盾。于是我就把我的这些想法告诉幼儿园的阿姨们，请她们去征求杨家的意见。

阿姨们征求意见的结果是：杨家愿意跟我家换房，而且非常满意，非常感谢！

当天晚上，敏文从丰台医院下班回来，我就把上面这些情况和我的想法告诉他，并征求他的意见同不同意换房搬家。敏文说："你是家庭主妇，我听你的。你说换就换，说搬就搬。"

第二天，我去找杨家商量换房搬家的具体时间。我的意见是越快越好，具体时间由杨家确定。

当时我在贵州老家打的架子床还没运到北京，我们家还是一穷二白，全家只有4根从厂里借来架床板的长凳，两块从厂里借的床板，一个我结婚时姐姐给我买的小柜子，还有敏文从独山带来的他自己打的半高柜子，还有我自己买的一个小凳子，其它都是锅碗瓢勺和我们一家三口的衣服被子。

杨家也没有多少东西，所以搬家那天我只从厂里借来一台平板人力拉车，并建议两家事先把自家的东西都搬到屋子外面，把两家的房子都腾空，然后用平板拉车来回搬运，并把东西直接放进腾空的屋子里去。因为两家都在长辛店桥西，距离也只有一里多路，这样，不到半天时间两家换房搬家都顺利完成了。

# 唐山大地震

1976年7月27日，我姐姐的儿子培毅来跟京松玩，晚上就在我们家挤着睡觉。7月28日凌晨，我和敏文都还在睡梦中，突然感觉地动山摇。

敏文一骨碌从床上爬起来一边抱孩子一边大声喊："地震，快跑！"

我赶紧起来穿衣服，然后也抱起正在身边熟睡的京松往屋外跑。我跑到门口，正遇敏文光着膀子准备进屋。我生气地问："你怎么丢下京松和我不管呀？"原来他抱走的是我姐姐的孩子李培毅。

他大声回答："天这么黑，我哪还有时间去辨认谁是谁的孩子呀？你赶快抱孩子站到院子中间去！"

我来到院子中间，这里已经挤满了街坊邻居，大人小孩，男的女的，惊魂未定。男人都光着膀子，穿着短裤；女人有的披着床单，有的穿着睡衣，大家都不知道发生了什么事情。

敏文和几个男人正议论着："可能是哪里发生了地震了……"

因为两个孩子都没有穿衣服，我想回屋去给孩子拿衣服。

敏文大声喝道："你不要命啦？没见房子还在动吗？"我只好停住了脚步。

过了一个多钟头，我们才听说唐山发生大地震了。

当天中午，余震已经逐步消退，但大家还是不敢进屋去住。怎么办呀？

这时我才想起我们家的架子床。我跟敏文说："咱们回去把房子里的架子床搬到院子里来让孩子们睡觉吧？"敏文赞同我的建议。

于是我告诉两个孩子："千万不要乱跑，我和爸爸去搬床来给你们睡觉。"

两个孩子便老老实实地在院子里跟其他孩子玩，我和敏文胆战心惊地回屋里去拆床，然后再搬到院子里来搭床。考虑到七八月份北京经常下雨，长辛店蚊子也多，我就找一些塑料薄膜盖在架子床的顶部，然后又翻出敏文从独山铁矿带回来的蚊帐挂在床架子上，这样我们的"防震棚"就成了一间长两米、宽一米五的小屋子。白天孩子可以坐在床上玩耍，晚上三四口人可以挤在床上睡觉。左邻右舍的人们都夸我们的防震棚"真棒!"

搭好防震棚,姐姐也来把培毅接回他们家去了。

敏文对我说:"你就在这里看孩子,哪里也不要去,可能还会有大的余震,千万要小心!"我问:"你上哪里去呀? 你丢下我们娘俩就不管啦?"说着说着,我的眼泪又掉下来了。敏文说:"我得赶紧去丰台医院看看,我是医院的领导人之一。医院里有那么多病人,还有那么多医生护士,丰台离唐山很近,可能有很多伤员要送到我们医院来救治,我哪能不去看看呀?"

我只好默默地点头,内心确实很不想让他离开我们。

敏文见我点头,跟孩子说声"再见",就骑着单车急急忙忙地往丰台方向去了。

当天晚上敏文没有回来。第二天晚上敏文也没有回来。第三天有两个解放军开着车来找邓敏文。我好像认识,但又不知道他们叫什么名字。我正拍拍脑袋使劲回忆,那位穿四个兜军服的胖子笑着说:"我叫吴学成,黎平地扪人,我在你们家吃过饭呀,不记得啦?"

我这才恍然大悟,他是个营教导员,带部队在北京郊区房山县驻军,确实曾来过我们家。

然后吴学成又指着那位个子较瘦、脸面较黑、少言寡语的战士说:"他姓银,叫银永寿,竹坪人,跟敏文同乡,是我们营部的司机。他的爱人姓向,来北京探亲时还在你们家住过呢,不记得啦?"

"记起来了,记起来了,他的爱人还是敏文的表妹呢,前几年我们回竹坪探亲,还在他们家吃过饭呢。"我接着说:"敏文到丰台医院上班去了。你们找敏文有什么事吗?"

吴学成说:"没有什么事,只想来看看你们,顺便给你们送来几根木棍搭防震棚,还有一点鸡蛋和挂面。"

大难当头,还有人记着我们,关心着我们,我很感动,眼泪不由自主地在眼圈里打转。我说:"真谢谢你们了!"

学成说:"自己人,不用谢。"他接着说:"我们还有别的任务,先把东西收下吧。"

他俩七手八脚把车上的几根电杆横杠卸下车来并整齐地放在我们的架子

床边，把鸡蛋和挂面递到我的手里，说声"再见！"就开车走了。

第三天晚上，敏文还是没有回来，我担心他是不是带医生护士到唐山救灾去了，我整夜睡不着觉。

直至第四天早晨，敏文才骑着自行车急急忙忙地赶回家来，换了衣服裤子，简单说了他们医院救治伤员的情况，又急急忙忙骑自行车回丰台医院去了。

由于地震的影响，工厂停工了，幼儿园也不开门了，各家各户都在忙着搭防震棚。

敏文经常不回家，我心里空落落的，不知明天又会有什么灾难降临。

# 在毛主席逝世的日子里

1976年9月9日下午3点多钟，我正在厂里上班干活儿，突然听到厂办公室通知说："今天下午4点钟有重要广播，请大家务必到食堂集中收听。"

大家议论纷纷，也不知道有什么重要消息。我心里想："是不是毛主席又有什么最高指示了？"因为以前毛主席有什么最新的重要指示，都要大家集中收听，及时学习。

大家听到通知以后，很快都集中到食堂里来了，各车间班组都要清点人数。我们机加车间很快都到齐了。大家都在静静地等待收听重要消息。

下午4点整，从中央人民广播电台传来低沉的哀乐，然后是播音员用缓慢的、悲伤的语调播报《中共中央、全国人大常委会、国务院、中央军委告全党、全军、全国各族人民书》。

毛主席逝世的消息很快传到了全国各地和世界各国。我们匙链厂的全体干部和工友也都沉浸在无比的悲痛之中，当场有很多人都哭了，我也哭了。

听完广播，厂领导和车间主任都集中开会。工友们都默默地各自回车间继续"抓革命，促生产"，用实际行动悼念毛主席，继承毛主席的遗志。

车间主任开会回来才给大家分别布置任务：有的设灵堂，有的扎花圈。车间主任对我说："小龙，你会做衣服，你的任务就是给大家缝制黑箍，厂里已经派人去买黑布了。"所谓"黑箍"，就是戴在臂膀上的黑布袖套。

我点头答应，几年前姐姐家里买了一台缝纫机让我学会用缝纫机缝衣服或补衣服。最近我们家也自己花100多块钱从一位工友家里买来了一台旧缝纫机，主要是为了给全家人缝制或补衣服。

吃过晚饭，我到厂办公室领回黑布，回家连夜制作了一百多个黑箍，第二天一上班就交到厂里，由厂里分发到各个车间，再由车间主任分发给每个职工佩戴。

当时各单位都设"毛主席灵堂"。我们厂的"毛主席灵堂"就设在我们经常集中开会的饭堂里，是用一块长长的黑布做横幅，黑布上面用白纸剪贴"沉痛悼念伟大领袖毛主席"几个大字。横幅下面是毛主席的相片。相片周围摆满青松翠柏的盆景，也有盛开的君子兰、百合花等鲜花，用录音机播放上级统一录制好的哀乐，整个"灵堂"庄严肃穆。

全厂各个车间按办公室安排轮流去灵堂悼念毛主席。每个人手臂上都套着黑箍，胸前都佩戴白花，表情都很严肃，有的还流着眼泪。我们排成一行，先向毛主席像三鞠躬，然后由一位代表念悼念词，主要内容是"颂扬毛主席的丰功伟绩，牢记毛主席的恩情，继承毛主席的遗志，把无产阶级'文化大革命'进行到底！"

当时，我们家已经买了一台半导体收音机。广播里整天都放着哀乐，一切娱乐活动都停止了。听说长辛店"二七"机车车辆厂都有代表去瞻仰毛主席的遗容，我和工友们都很羡慕。

那段时间，敏文一直在丰台区医院忙碌，很少回家。家里也没有电话，到晚上吃饭时，孩子就问我："妈妈，爸爸怎么还不回来呀？"我只能告诉孩子："爸爸有事在忙。"

9月18日，"毛主席逝世追悼大会"在天安门广场举行，听说长辛店"二七"厂也有代表参加。我们厂子不大，所以没有代表参加，我们只能在本厂饭厅里集中收看厂里的黑白电视。

# 1977：煤气中毒

1977年2月快过年了，街坊邻居各家各户都忙着打扫室内外卫生。那时，京松已经5岁多了，有一天我下夜班回来，敏文已经骑车去丰台医院上班去了，就剩下孩子一个人还在床上睡觉。我赶紧添火准备做早饭。

吃过早饭，我把孩子送进幼儿园后就开始打扫屋里屋外的卫生，然后又给孩子做过年的新衣服，一直忙到下午两三点钟。我实在感到有些困了，就赶紧封火上床睡觉。

那时候，我们租住的房子是"七七"卢沟桥事变以后日本人修的平房，墙壁很厚，只留一个安烟囱的圆孔，房顶、窗子都很严实。房门是朝西开的，我怕开门时冷风灌进屋来，就用破床单和破棉絮缝了一块厚厚的门帘挂在门外。屋内用的是烧蜂窝煤的铁炉子，也是我自己搪的炉心，既可以取暖，又可以烧水做饭，挺方便的。烟囱也是我自己安装的，为了避免风吹倒烟，我还在烟囱的尾部接了一个筒口朝下的弯筒，以为这样就不会发生煤气中毒了。

我封火上床睡觉以后，很快就睡着了，什么也不知道了。后来才听幼儿园的阿姨们说：下午5点多钟，别的孩子陆续被家长接走了，直至6点多钟，还不见邓京松的家长来接孩子，大家都觉得奇怪。因为邓京松家就住在幼儿园院子里，所以阿姨就领着邓京松来敲我家的门，幸好我没插门。阿姨推门进屋，发现我还在床上睡觉，起先还以为我没睡醒，就让京松把妈妈叫醒，可是孩子怎么叫我也没醒来。后来有一位阿姨闻到屋子里有一种很怪的气味，她才提醒大家："莫不是煤气中毒了！"这时，大家才赶紧打开门窗。几位阿姨和街坊邻居赶紧把我又背又抬地送到长辛店铁路医院。幸好铁路医院就在我家隔壁。经过及时抢救，我才醒了过来。

我醒来后，医生才对我说："幸好及时送来，你才捡回了这条命！你应该感谢幼儿园的阿姨和街坊邻居。"

因为大家都不知道敏文单位的电话号码，只知道邓京松的爸爸是在丰台医院上班，所以抢救我时都顾不得给他打电话，直至天快黑了，敏文才回到家，才知道我还在医院里接受救治。

敏文来到医院，我已经脱离危险，脑袋也清醒多了。我紧紧地抓住他的手流着眼泪说："你怎么现在才来？我差点就见不到你们了！"

敏文什么话也没说，只见眼泪在他的眼圈里转来转去。

医院里的电灯都亮了，我见孩子还在病床旁边等着我，我才想到孩子还没吃晚饭，我对敏文说："孩子饿了，我也有点饿了，咱们回家去做饭吃吧？"

敏文说："好吧，我去问一下医生，看你能不能回家。"

敏文去问医生回来后对我说："医生说了，如果病人没有什么不适，就可以回家了。反正你们家离医院很近，如果有情况，就赶紧送回医院来。医生还说，今后千万要注意啊！"

就这样，敏文扶着我，我牵着孩子，一步一步地朝着自己的家走去。

# 盖小厨房

1976年唐山地震以后，北京市民以盖防震棚为名到处盖小厨房，政府也没有人管。我见我们家租住的房子北墙外面有一片空地，西面是本厂幼儿园的院墙，房墙和院墙正好形成一个三角地。我心里琢磨：如果利用房墙和院墙盖间小厨房，就只需要砌两面墙就行了，就能节省好多材料和劳力。

等敏文下班回来，我就把我的这个想法告诉他。我还补充说："我已经怀上老二了，等明年快生老二的时候我想把我妈接到北京来照顾我和孩子，我妈才有地方住呀。"

敏文为难地对我说："盖房子可不是一件容易的事情啊！咱们手头什么也没有，你又身怀有孕，我刚从外地调来北京不久，工作也忙，哪有时间和精力盖房子呀？"

我说："这你不用发愁，事在人为，只要我们下定决心，天底下没有克服不了的困难!"敏文说:"你是家庭主妇,那就听你的吧。"

从这天起,我除了上班工作外,整天整夜都在琢磨盖房子的事情。遇到知心朋友,我也征求他们的意见。如没钱买砖垒墙怎么办?在长辛店二七北厂上班的尹大哥告诉我:"你们可以到我们厂去拉炉渣和淀石灰来自己打砖呀。"炉渣就是烧过的煤渣,淀石灰就是电气焊用过的石灰水的沉淀物,都是工厂里的废物。

尹大哥提供的这个办法真不错!于是每到星期天,我就拉着敏文去二七北厂拉炉渣和淀石灰。二七北厂离我们家三四里路,来回七八里,一天可以拉四五趟,虽然辛苦,但夫妻一路有说有笑,心里挺高兴的,也不觉得累。

有一次,敏文笑着对我说:"月江,你千方百计把我从贵州调回北京,原来就是为了让我来帮你盖房子呀?"我也开玩笑说:"夫妻双双盖新房,你不觉得很幸福吗?"敏文只是"嘿嘿"地笑了两声。

拉回炉渣和淀石灰,尹大哥又帮我们钉了一个打砖坯用的木盒。我和敏文又把屋子里的电灯拉到窗子外面去利用晚上的时间连夜打砖坯。

经过一个多月的艰苦奋斗,砖坯打得差不多了。墙根要用石头和水泥砌才免得被雨水浸泡。于是我每天下班做好晚饭就用小孩车推着孩子到崔村路口去捡石头。因为敏文从丰台下班骑车回家必须经过崔村路口,所以我能边捡石头边等候敏文回家时帮我用小孩车拉石头回家。有时敏文要在医院值班,我们又没有电话联系,等到天黑,我只好自己带着孩子推着一小车石头回家。

那时,京松已经满6岁了,也懂事了,上坡时他也能帮我推车了。吃晚饭时孩子问我:"妈妈,爸爸怎么不回来吃饭呀?"我只能把泪水往肚子里吞,然后对孩子说:"爸爸很忙,今天回不来了。明天咱们再去接爸爸好吗?"孩子只能噘着小嘴点头说:"好。"

有一次,我在马路边发现一块比较大的石头,我就用手去抠,去摇,可是怎么也抠不下来。

一位老大爷走过来看见了,他和气地对我说:"你捡石头干什么呀?"我说:"盖小厨房。"老大爷说:"路边的石头是不能捡的,人家修桥补路,我们怎么能去抠路边的石头呢?"然后他用手指了指离路边较远的一堆石头对我说:"你看,那边有一堆没用的石头,我帮你去捡几块来。"接着老大爷走下路边,去远处抱回几块大石头放进我的小车里。

我很感动,也很羞愧,只觉得自己的脸热乎乎的。我赶紧说:"谢谢大爷!谢谢大爷!"

又经过半个多月的艰苦奋斗,到了1977年10月下旬,砖坯和石头都准备得差不多了,房梁也找到了。李大哥和尹大哥又送给我们一些打门窗的木料,还帮我们打好门窗框架。敏文的同事还用车子从丰台送来一些盖房顶用的树枝和木条。我们自己又买了一些油毡。一切都准备好了,就只剩下动工建房子了,用敏文的话说就是"万事俱备,只欠东风"。

# 夫妻打架

1977年10月的一个星期天,我早早起来做早饭,然后叫敏文和孩子起床。我对敏文说:"吃完早饭,我把孩子送大姨妈家(指我的姐姐家),咱们再去拉两车淀石灰,下星期起房子的时候好用来抹墙。"敏文点头答应了。

刚吃完早饭,大约九点来钟,我姐夫就带着一帮老乡走进家门,其中有住在丰台的张大哥、杨大哥、高大哥,还有住在琉璃河的杨大哥,都是贵州天柱县人。他们都是抗美援朝的战友,后来都转业到北京铁路部门工作。

那时我姐夫也已经从湘黔铁路调回北京铁路部门工作。姐夫一进家门就对我说:"月江,这几位大哥今天特地来看小邓,你赶紧给我们做饭。"

我一听姐夫这口气,就气不打一处来。我说:"我和敏文商量好了,今天我们要去二七北厂拉淀石灰来盖房子。你们自己做饭吃吧!"

敏文听我这么一说,就大声地对着我说:"你去拉淀石灰,我在家里给姐夫他们做饭!"

我听敏文这么一说,便气炸了!我说:"今天你不去也得去!"

敏文也气炸了,他大声说:"今天我就是不去拉淀石灰了!看你怎么办吧！"

我气得没法，捡起身边的小木凳就往敏文的身上砸了过去！

敏文手疾眼快，用双手接住凳子，然后高高举起凳子摆出要砸我的架势。

我一边流泪一边说："邓敏文，今天你敢砸我，我就死给你看！反正我也不想活了！"

丰台的张大哥赶紧从敏文手上抢过凳子，然后绷着脸说："常言讲，一日夫妻百日恩。前些年你们夫妻两个一个在北京，一个在贵州。小邓好不容易刚调回北京，好日子刚刚开始，你们就因为盖一间小房子打架，值得吗？"

张大哥停了一会，接着说："真对不起！我们实在是不知道你们在盖房子。今天我们主要是想来看看小邓，什么工具也没带。下星期我们带上锯子、斧子、砌墙刀、抹灰刀一起来帮你们盖房子。你们先准备好材料，缺什么告诉我们想办法找来。月江，你看怎么样？"

高大哥和两位杨大哥也都齐声说："好！"

听了张大哥这一席话，我憋在心里的火气全都消了。

张大哥见我和敏文都消气了，又笑着对我说："妹妹呀，今天我们专程从丰台和琉璃河来看我们的妹夫小邓，你总不能让我们空着肚子回家去吧？"

我也笑着说："那当然，哪能让各位大哥空着肚子回家去呀？你们先跟敏文聊聊，我去买菜一会就回来。"

我接着转过脸去对敏文说："京松爸，你先去煮饭，等我回来做菜。对了，你从贵州调来北京时，从贵州带来两瓶好酒还没喝呢。你找出来，今天给各位大哥喝一瓶，等房子盖好了再喝一瓶。"

敏文微笑着点头说："好。"

一场夫妻打架的风波就这样平息了。送走几位大哥，我见时间还早，又约敏文拉着板车去二七北厂拉淀石灰。

过了一个星期，张大哥、高大哥和两位杨大哥，还有我的姐夫和尹大哥、李大哥早早就带着各种盖房工具都来了。他们砌的砌，砍的砍，锯的锯，盖的盖，抹的抹，各显神通，只用大半天时间就把一间小房子盖起来了。这间小房子的面积也有10来平方米，跟我们租住的房子差不多一样宽。

我很高兴，赶紧去买猪头肉、花生米给他们下酒，买包子下面条给他们吃晚饭。临别时，我激动地说："各位大哥辛苦了！谢谢各位大哥！"

李大哥说："今后你们有什么困难尽管告诉我们，能帮的我们一定来帮。"

张大哥笑着说："今后你们小两口千万不要再打架了！"

我和敏文同声回答："记住了！"

大哥们走后，我告诉敏文："回头你就给我哥写信，让我妈早点回北京来，过几个月咱们的老二就出生了。"

敏文说："好呀，真是三喜临门啊！"

# 1978：妈妈和侄女

1978年春节过后，我的肚子越来越大，行动也越来越不方便。根据经验和医院诊断，我怀的第二个孩子将于6月出生。越是在这个时候，我越想念妈妈。于是我跟敏文商量说："咱们的小房子盖好了，妈妈有地方住了，咱们的第二个孩子也很快就要出生了，我很想把妈妈接到北京来跟咱们一起生活，你的意见怎么样？"

敏文说："如果外婆来北京跟咱们一起住，你生孩子有外婆照顾，那当然是很好的事情。反正我的母亲不可能再来北京帮助我们了，她最怕死在北京，她也惦记老家的孙子孙女啊。"

我说："那你就赶紧给我妈写信呀，让我妈快点来北京。"

敏文说："不能光给你妈写信，也要征求你哥哥和你嫂嫂的意见，看他们舍不舍得让妈来北京。"

我说："就怕我妈舍不得离开我哥的二女儿彩英，因为她最疼爱彩英。"

敏文问："为什么呢？"

我说："彩英刚两岁多的时候，我哥哥在县城教书，我嫂嫂要上山干活儿，哥嫂的两个女儿彩云和彩英多半是由奶奶照管。那年冬天，有一次奶奶到屋外去喂猪，孩子们在火塘边玩，烧苞谷吃，彩英不小心跌倒在火塘撑架上，一只手伸进火塘里去，结果烧坏了一只手掌，几根手指连在一起无法分开。为这事，我妈感到非常内疚，认为自己没有看好孙女。"

敏文问："后来到医院看了吗？做手术了吗？"

我说："我也不太清楚。"

敏文说："那我就马上给你哥写信让外婆把彩英带来北京，先在我们丰台医院好好检查一下，然后再考虑能不能做手术。"

我说："那好，你给我哥写信吧。"

敏文马上找出纸笔给我哥写信。写着写着，敏文问我："如果你哥嫂同意外婆和彩英来北京，她们怎么来呀？外婆一字不识，从来没单独出过远门，彩英刚5岁多，一老一小，几千里路，怎么来呀？"敏文想了想，继续说："要不你请几天假去接他们一趟？"

我说："我走了，咱们的孩子怎么办呀？你那么忙，能管孩子吗？再说，我挺着个大肚子来回奔波几千里路，你放心吗？"

敏文挠着头，想不出好办法来。我急中生智，对敏文说："你在信上让我哥哥想想办法。现在春节刚过，北京肯定有一些天柱人回老家过年，请他们回北京时顺便把我妈和彩英带来。"

敏文高兴地说："好办法！就这么办。"

过完元宵节没几天，果然有两位解放军战士把我妈和彩英带来了。他们还说："我们两个都是龙武甲老师的学生，现在正在北京郊区当兵，是龙老师让我们把奶奶和彩英妹妹带来的。"

小房盖好了，妈妈回来了，京松有彩英做伴了，我们家又要增添一个小宝贝了，小家庭渐渐变成大家庭了，有老有少，有说有笑。我的心里觉得特别温暖，感到特别高兴！

# 涛涛出生

因为我第一胎生的是个男孩，所以我和敏文都希望第二胎生个女孩。可是，到了1978年四五月份，我肚子里的胎儿越蹦越欢，到了晚上老踢我的肚子，让我睡不好觉。我对敏文说："这孩子不像女孩，听人家说在肚子里蹦得欢的胎儿肯定是男孩。"

敏文却说："现在后悔也来不及了！管他男孩女孩，反正都是咱们自己的孩子。"

预产期很快就要到了，敏文建议我到丰台医院去住院待产。我说："丰台医院离长辛店那么远，家里还有我妈和京松、彩英两个孩子，我不放心。在长辛店医院生，还有我姐姐可以关照。"敏文说："那就听你的吧。"

到了6月8号上午，我刚起床，就觉得肚子有点疼，我对敏文说："今天你别去丰台上班了，一会你用自行车带我上长辛店医院去检查一下，可能快生了。"敏文点头说："好。"

到了长辛店医院妇产科，正赶上杜大夫值班。杜大夫40多岁，是长辛店医院妇产科唯一的男主治医生，平时又爱说说笑笑。我和敏文跟他都比较熟悉。我真不想让杜大夫检查。杜大夫笑着说："那你就上丰台医院去检查吧。"敏文说："去丰台医院检查，就得在丰台医院住院待产。"杜大夫说："你爱人说得对，这是医院的规矩。"

没办法，我只好红着脸让杜大夫给我检查。检查完毕，杜大夫说："还早着呢，子宫都还没开口，你就在这里住着等吧。"

我说："那怎么行！家里还有老人和孩子。"

敏文说："听医生的吧，你现在连自己都管不了自己，还能管老人和孩子？就在这里安心住下吧，老人和孩子还有我和你姐姐管呢。"

我没办法，只好在长辛店医院住下了。一天没生，两天没生，第三天上午10点多钟，姐姐带着妈妈来看我，并给我送来两个粽子，还带来一些红糖和婴儿用的衣物，我才知道那天是端午节。

快到中午，姐姐怕影响病人休息，就带着妈妈回家去了。姐姐和妈妈刚走不久，我的肚子就开始疼痛，而且肚子里有一种下坠的感觉。我赶紧让值班护士去叫杜大夫来看看。杜大夫检查完后，跟护士说："赶紧把龙月江送进产房，做好一切接生准备工作！"

我的儿子京松和京涛

我躺到产床上以后，杜大夫跟我开玩笑说："俗话讲，生孩子如过鬼门关。你要不要让我给你爱人打个电话，叫他赶紧从丰台过来？"

我知道杜大夫在长辛店医院的医术是一流的，他这样说是在安慰我，也是为了转移我的疼痛感。于是我也忍痛微笑着说："不用给我爱人打电话了，他来了也管不了事。我这条命就交给您了！"

孩子生下以后约半个多钟头，敏文便汗流浃背地来到了我的床边。我问敏文："你怎么知道我已经生了？"

敏文说："是杜大夫给我打的电话呀，他不仅告诉我你们母子俩都平安无事，而且还恭喜我又有了一个接班人。"

我笑了，敏文也乐了。接着敏文跟我商量给孩子起名字，我说："这回该听你的了。"

敏文说："老大叫京松，老二就叫京涛吧。我最喜欢咱们老家的松涛。"

我说："好！我就叫他涛涛。"

# 当包装工

1978年年末，根据北京市轻工业局的指示精神，我们长辛店匙链厂要进行改制：一部分人要归并到长辛店水泵厂；另一部分人要归并到长辛店文具厂。

我和我们厂的王桂兰关系一直很好，形影不离，情同姐妹。我们都是车工，又都是厂里的革新小组成员。我结婚前我们经常在一个被子里睡觉，我和敏文结婚时她还为这哭了好几天。敏文回贵州后我们又搬到厂里一起睡觉，直至我快生孩子并有了自己的房子。

王桂兰是共产党员，工厂改制时她决定去文具厂当车间主任，所以我也跟王桂兰一起去文具厂当包装工。

包装工的主要任务是把本厂生产的曲别针（回形针）或大头针先装到小盒子里，然后再把小盒子装到大盒子里。这项工作看起来很容易，但实际操作起来很麻烦。

那时，我们文具厂已经开始实行"定额制"和"质检制"。所谓"定额制"就是规定每天要完成多少定额；所谓"质检制"就是每天要由专人检查完成定额的质量标准。不完成定额或质量检查不过关的，要扣奖金或扣工资。多次不能完成定额或多次质量检查不合格的还要被辞退或被开除，所以大家都非常紧张。

曲别针或大头针装盒都是有规定的，如每斤装多少盒，每盒装多少两，每天装多少盒才算完成任务等等。尤其是年纪比较大或动作比较慢的工友，常常完不成定额，即便完成定额，也常常质检不合格。质检不合格的原因主要是有的盒装多了，有的盒装少了。质检员有权随便抽查，如每盒规定装2两，她可以随便从你完成的工作成果中抽取10盒或20盒，当面用她随身带来的台秤称，10盒的总重量应该是2斤，如总重量超过1两或缺少1两，都算不合格，就得重装。20盒的总重量应该是4斤，如果超过2两或缺少2两也算不合格，也要重装。越重装，越紧张，越不合格，所以有些年纪比较大或动作慢的工友只好请求辞职或调换工种，如打扫卫生或做其他工资和奖金较少的工作。

我当时才30出头，又干过手工挂链和车工，都是手头工作，自己还能想一些办法提高工作速度和工作质量。如别人都是用手去抓大头针，一是手指太粗，有时数量抓得不准，二是大头针的针尖很锋利，不注意就会扎着手。我是用过去手工挂链用的镊子抓大头针，既比较准确，也不会扎手，所以能保质保量。另外，我跟质检员和卫生员的关系也比较好，她们都没有工作定额，他们有空就来帮我装盒，所以我每天都能超额完成任务，每次质检也能过关。

当时我最头疼的是上下班走路。那时长辛店文具厂是在长辛店南头的南边，离窦店很近，离我们家有五六里路，也没有公交车，当时我又不会骑自行车，全靠步行。厂里规定早晨8点响铃，铃声停止以前进厂不算迟到，铃声停止以后进厂就算迟到，有时离厂门一两百米听见铃声，就拼命奔跑争取铃声停止前进厂。

# 1980：学骑自行车

到文具厂上班后，我每天都要花两个多小时在上下班的路上步行，看到一些会骑自行车的工友从自己的身旁渐渐远去，我心里很不是滋味。我心里想："人家是人，我也是人，人家会骑自行车，我为什么不会骑呢？"等敏文下班回来，我就把我的这些想法告诉他。

敏文说："那你就用我的这辆自行车先学骑，学会了，等下月咱们发了工资就给你买一辆新自行车。"我很高兴。

那时，敏文每月的工资是64元，我每月的工资是35元，两个人每月的工资加起来才99元，此外就没有什么额外收入了。家里一共有6口人，有我母亲、我侄女、我家两个儿子、还有我和敏文，都要吃饭，要穿衣服，要配齐"三转一响"（即手表、自行车、缝纫机、收音机）的确很不容易。

吃过晚饭，我让妈妈在家里照看孩子，我和敏文就到长辛店铁路俱乐部门前的操场上去学骑自行车。敏文骑的是二八车，还带有横梁，我个子不高，怎么也骑不上去。每次都要敏文抱我上去才能坐到车座上。坐到车座上以后，脚又蹬不到车镫子，只能让敏文边扶我边推车。我的两只手紧紧地握住车把，摇来晃去地往前走，怎么也把握不住重心，没走多远就倒下来了，累得敏文满头大汗。幸好有敏文扶着，我自己才没摔倒。那天晚上一直学到11点多钟，我还是没能掌握要领。我心里想："骑自行车怎么这样难啊！"

第二天晚上继续练。这回敏文不让我坐到车座上了，叫我直接坐在自行车大梁上，两手握着车把，脚也能踩到车镫上了。这样屁股虽然有点疼，但脚能踩在车镫上。在敏文的帮扶下，我可以踩着车镫慢慢往前骑了，我很高兴。

第三天晚上继续练。敏文告诉我，屁股和腰杆不要扭动，要坐稳，坐直，两只眼睛朝前看，两只手轻轻扶住车把，不要用力去扳车把，然后用脚有节奏地踩踏车镫，让车轮慢慢朝前滚动。按照敏文的指导，又有他的帮扶，我自己再慢慢体会，终于能自己骑出几米远了。虽然有时也会摔倒，但我已经基本上掌握了骑自行车的要领，心里更高兴了。

敏文见我高兴，又已经基本上掌握了骑自行车的要领，就对我说："明天你问问会骑车的工友，看哪里有26型女式自行车卖？等发了工资咱们就去买一辆。"

周姐、王桂兰等好朋友知道我学骑自行车，也都主动用她们的自行车教我骑，陪我练，还帮我打听哪里有26型女式自行车卖。后来终于打听到位于长辛店西南边云岗有"飞天牌"26型女式自行车卖，我就约王桂兰星期天带我过去看看。"飞天牌"虽然是个杂牌自行车，但样式不错，我很喜欢。王桂兰也说好看。我试骑了一下，感觉很好，高矮合适，而且每辆只要80多元人民币，于是我就决定买下来。

当时我虽然已经在操场上基本学会骑自行车，但真正上路还不敢骑。去的时候我是坐王桂兰自行车的后座去的，回来怎么办？王桂兰又不能骑两辆自行车，云岗离我们家有10多里路，于是我决定自己骑自己的新自行车回家。我叫王桂兰在前面骑慢一点"开路"，我跟在她的后面，遇到有汽车或有较多行人的地方，王桂兰就叫我下车来推着走。就这样一会儿骑，一会儿推，大约花了两个多小时才回到家。

通过这次新车"路练"，我的胆子也大起来了。不过最初几次骑车去上班，我还是让敏文骑车在前面给我"开道"，然后他再骑车去上班，反正他是政工组组长，他的工作时间都是由他自己安排。下班时，我叫王桂兰给我"开道"，一直把我送到家里。就这样练了一个来月，我就可以随心所欲地骑车到处去了。

有了骑自行车这个基础，后来我又很快学会了骑脚踏三轮车和电动三轮车，出去买东西，送接孩子们上学、放学都很方便。

# 我家第一台电视机

我们搬到扶轮胡同以后，有一家姓郑的邻居就住在我们新盖的小厨房旁边。他们家有一对双胞胎男孩，跟我家大儿子京松差不多一样大。双胞胎的父亲是长辛店铁路中学的物理老师。郑老师是个热心人，也很聪明，他自己动手组装了一台小小的黑白电视机，电视机的屏幕只有现在两个智能手机屏幕这么大。当时大家都很稀奇，院子里的孩子吃完晚饭就到他们家去看电视，我们家的京松、京涛和彩英也经常上他们家去看电视。

有一天，还不懂事的小儿子京涛问我："妈妈，咱们家什么时候能有电视机呀？"

我说："等咱们有钱了也买一台。"涛涛再问："咱们家什么时候有钱呀？"我说："等你长大了，能挣钱了，咱们家就有钱了。"涛涛又问："那要等到什么时候我才长大呀？"我无法回答孩子的问题，我只能说："快了，快了。"

没过多久，敏文跟我说："我们医院有一位姓郭的总护士长是广西人，她的老头子在中央广播电视台工作。她说，最近中央广播电视台从台湾买进一批9英寸万宝牌黑白电视机,是凭票供应本台内部职工的,价格也比较便宜。如果咱们家想买,她让老头子想办法给我们弄一张票。我说,这事要跟我爱人商量商量。"

我问:"大概要多少钱?"敏文说:"大概要两三百块钱。"我说:"孩子天天问我什么时候买电视机,怪可怜的。机会难得,那就买吧。"敏文问:"那钱呢?钱从哪里来呀?"我说:"钱的问题你不用考虑,我会有办法的。"敏文说:"难道你还有私房钱?咱们的工资刚买自行车,哪里还有钱呀?"

我说:"不是私房钱,是公房钱,是我和王桂兰等人自己组织了一个互助会,叫'打会'。每人每月交10元钱,谁急用钱就先拿去用。我跟互助会的姐妹们商量一下,能不能这个月让我先用。"

敏文说:"那你们赶紧商量,商量好后赶紧告诉我。"

第二天,我赶紧跟姐妹们商量,大家一致同意让我先用。我又赶紧把这个消息告诉敏文。

第四天敏文下班,就把电视机抱回来了。当天晚上我们就去请郑老师来帮架设天线。天线还没架设好,我们的小屋里就已经挤满了一大帮孩子。电视打开了,清晰的画面,洪亮的声音把孩子们高兴得手舞足蹈,摇头晃脑。不懂事的涛涛大声赞叹:"我们家的电视比郑哥哥他们家的电视……"

我赶紧打断京涛的话说:"郑哥哥家的电视是自己造的,涛涛家的电视是花钱买的。"

涛涛还是不服气地昂着头说:"等我长大了,也要造一台更大更好的电视机!"

大家听了涛涛的话,都笑得合不拢嘴!


# 敏文的秘密


1980年9月的一个深夜,我从睡梦中醒来,见屋子里还有一点亮光,我很奇怪。仔细一看，才发现敏文还在看书，因为屋子很小，为了不影响我和孩子睡觉，他用黑布把灯光遮了起来。我问敏文："你怎么还不睡觉？"敏文说："睡不着觉起来看看书。"

我怕把孩子吵醒，也就不敢多问了。第二天早晨起来，我见桌子上摆着两本《侗语课本》，一本"上册"，一本"下册"。我很奇怪，于是问他："你怎么把这些书又翻出来啦？是不是有什么秘密不肯告诉我？"

敏文说："是有点秘密暂时不想告诉你，怕你到处去张扬，传到我们单位去就坏事了。"

听他这样一说，我更想知道这个秘密了，于是我非让他"坦白交代"不可。

敏文告诉："前几天，我见《光明日报》有一则中国社会科学院招考科研人员的广告，其中有一条是该院新成立的少数民族文学研究所要招收一批科研人员。我很想去试试看。"

我说："你刚从贵州调来北京不久，屁股都还没坐稳，又想折腾什么呀？"我怕敏文不理解我的意思，又继续说："你现在在医院工作，人吃五谷杂粮谁能不生病呀？大家都认铁饭碗，我看医院是金饭碗。你就别折腾了，就在丰台医院好好工作，找机会把我们娘儿三个也调到丰台去，咱们一家团团圆圆、安安心心过日子多好呀！"

我见敏文低着头不吭声，又继续说："你们医院的陈书记都70多岁了，眼睛又不好。你现在是党委副书记兼政工组组长，要不了多久你就可以接替他的位子，这是明摆着的！"

敏文见我没完没了，生气地说："你就见眼前的这点利益！你不知道当初我为什么要来北京读书，我为什么要报侗语文专业。毕业后不能从事自己喜爱的专业，现在有机会归队了，我为什么不去争取一下呢？"敏文继续说："医院虽然很好，但我不是医务人员，我是外行，外行要领导内行很不容易啊！"

敏文又继续说："就拿你自己来说吧，你学了10多年的车工，现在让你去当包装工，你服气吗？"

敏文问得我哑口无言，我只好说："那就随你的便吧！但无论如何，我都不希望咱们一家再妻离子散！"

敏文说："今天我可以明确地告诉你了，我已经偷偷地报名了，正准备参加考试，希望你多多支持，暂时不要跟我们单位的人说。"

我说："这你放心，我会帮你保守秘密的。"

12月底，敏文高高兴兴地把中国社会科学院少数民族文学研究所的录取通知拿给我看，听说丰台医院还为他举办了"欢送座谈会"，我也不好再说什么了。

敏文到中国社会科学院工作不久，就跟在北京工作的一些侗

我在北京长辛店穿侗族衣服的照片

族人士有了联系。其中有一位是在北京民族文化宫当讲解员的年轻姑娘，她的名字叫杨跃琼，也是贵州省黎平县人。有一次，小杨穿着侗族服装到长辛店来向敏文了解侗族文化的有关情况。因为小杨长得好看，着装也很漂亮，吸引了长辛店一些群众的眼球，我也觉得好看，于是小杨就先后帮我和我姐姐的女儿李珍梳妆打扮，并让我们到长辛店照相馆拍了照片。李珍当时还很年轻，才20来岁，她的照片还被当成样片在长辛店照相馆的橱窗里挂了很久。我们厂的同事见到那张照片，都赞美说："你们侗族人真漂亮啊，服装也很好看！"

尽管我当时已经是30多岁，已经是两个孩子的妈妈，但穿上侗族服装，再经过小杨的梳妆打扮，也显得年轻多了！

# 1981：万幸中的万幸

1981年，敏文已经到中国社会科学院少数民族文学研究所上班，12月，他正好去贵州省黎平县参加《侗族简史》讨论会，会后他又留在当地搞田野调查，直至1982年春节以后才回北京。这时，我们的二儿子京涛已经有3岁半多了。此前，通过原匙链厂一位工友介绍，京涛得以进入中国人民解放军炮兵学校（当地群众叫"战校"）托儿所入托，每周接回家一次。托儿所离我们家有3里多路，但来回都要上一个坡，下一个坡。

有一次我骑自行车去接涛涛，跟往常一样让孩子自己坐在我身后的货架上。当来到那段下坡路时，突然有一辆卡车从后面飞快地开了过来，我本来骑自行车的技术还不太熟练，加上卡车的速度又很快，我一时慌了手脚，自行车晃了几下连车带人都摔倒了。这时，我的脑子一片空白，幸好我和自行车都往路边倒，要不我和自行车都被卡车压过去了！

当我从路边爬起来的时候，卡车已经开过去无影无踪。这时我才想到我的身后还有孩子。"孩子呢？孩子在哪里呀？"我一边找，一边自言自语地嘀咕，可是还是没见到孩子！于是，我就大声地呼喊："涛涛，涛涛，你在哪里呀？"

"妈妈，我在这儿呢！"从一丈多远的草丛里传出一个孩子的声音。我奋不顾身地冲了过去，把孩子紧紧地搂在怀里！孩子也用双手紧紧地搂住我的脖子！母子俩就这样瘫坐在草丛里好几分钟。当时我也不知道是什么力量把孩子推得这么远。

等我的心慢慢平静下来以后，我问涛涛："你怎么跑到草丛里藏起来了？害妈妈到处找你。"

涛涛神秘地告诉我："是一股风把我吹到草丛里来了，就像孙悟空腾云驾雾一样。"孩子说完，还做了一个孙悟空腾云驾雾的手势。

"你伤着了没有？有什么地方疼吗？"我急切地询问孩子。"没有，这不是好好的吗？"涛涛边说边站起来，还踢了踢腿。我说："那就好！那就好！咱们回家去吧。"

天渐渐黑下来了。我赶紧把自行车扶起来，把孩子抱上自行车后座，叫孩子紧紧抱住自行车座子，我推着自行车慢慢朝自己的家走去。

# 1983：又搬新家

1983年春节前夕，敏文告诉我一个好消息："中国社会科学院少数民族文学研究所分房委员会决定给我们分配一套新房，地址在北京市朝阳区劲松九区902楼908号（9层8号），房门钥匙也拿到手了。中国社会科学院科研大楼离劲松九区很近，步行只要半个钟头，骑自行车只要10多分钟。"我很高兴，决定抽时间和敏文一起去看看新房。

一个星期天，我和敏文一起来到劲松九区，当时只有孤零零的两栋16层高楼，位于北京市东城区和朝阳区接合部，西边是又脏又乱的东护城河，东边都是一些工厂的棚户区，北面是一家铝制品厂，南面是鞋厂和毛巾厂，其中还有一些残留的菜地。总之"劲松小区"建设才刚刚开始，小区内的901楼和902楼是小区内第一批高层建筑，这两栋楼都被中国社会科学院买下了，少数民族文学研究所分到5套，其中有我们家的一套。

当时楼内已经开通电梯，我们坐电梯来到9层，打开908号房门一看，"哇，好大的房间啊！"我激动得惊叫起来。

敏文介绍说："大房间18平方米，小房间14平方米，还有阳台、厨房、厕所、过道、衣柜等等，总共是60多平方米。"

我说："咱们家就4口人，干吗要这么大的房子呀？可惜我妈和彩英已经回老家了，如果他们还在北京，正好都能住下。"

敏文说："你嫌房子大，别人还嫌房子小呢！"敏文继续说："咱们的两个孩子也要长大呀，他们长大了，娶媳妇了，还能跟咱们住一个房间吗？"

我说："那倒是。不过，咱们现在有这样的房子，也该心满意足了，知足常乐嘛！"

敏文"嘿嘿"一笑,自言自语地说:"知足就好!知足就好!"

看了房间,我又走向阳台,往下一看,真有点头晕目眩,我说:"这么高的阳台,多危险呀!不小心掉下去怎么办?"

敏文说:"住进以后,肯定要用玻璃窗封起来,哪能这样敞开呀!"

看完房子,我提议说:"咱们趁热打铁,明后天就来打扫,争取春节以前就搬过来,在新房里高高兴兴地过年。"

敏文问:"不装修啦?"

我说:"这还有什么可装修的?墙壁都粉刷过了,地也很平,壁柜也有,打扫一下,墩一墩地就行了。"

春节前夕,我跟朋友借了一辆卡车,把家里的东西都装在卡车上,姐姐和她的两个女儿李敏、李珍以及他们的朋友也都来帮忙,很顺利地搬进了新家。根据姐姐的意见,我们原来在长辛店租住的房子暂时留给李敏结婚用。

1983年春节那天,901和902楼除了有两三户回迁的当地居民之外,就只有我们家是最早搬来的住户了。为了热闹,我们特地买了几挂鞭炮,大年三十和大年初一让两个孩子把鞭炮捆在杆子上,然后伸出阳台"噼噼啪啪"地燃放起来,一家人就这样高高兴兴、热热闹闹地迎接新年,搬进新家!

# 早出晚归

家虽然搬到劲松来了,住房也宽多了,但我还得去长辛店文具厂上班。从劲松家里到长辛店文具厂究竟有多少里路?我也闹不清楚,反正两头都要步行。首先要从家里步行到光明楼才能有公共汽车,至少要走10分钟以上,然后要倒3次公交车,其中北京体育馆一次,虎坊桥一次,广安门一次,如果倒车顺利,下车马上就能上车,单程至少也要两个半小时。如果倒车不顺利,那就要3~4个小时甚至更长时间了。在长辛店南口下了公交车以后,还要步行10多分钟才能到文具厂门口。所以我每天早晨都要5点钟起床去赶

6点多钟的头班车，晚上都是8点半钟以后才能回到家里，实在太辛苦!

搬到劲松不久，因没按时吃避孕药，我发觉自己又怀第三胎了，整天晕晕乎乎，没精打采，经常完不成定额，有时质检也过不了关，加上经常迟到，被扣工资，情绪非常低落。

厂里的卫生员姓杨，她平时对我很好，她也看出我怀孕了，于是她劝我说："你干脆去医院把孩子打下来算了，反正你已经有了两个儿子，再想生第三胎根本是不可能的。"

我说："这事我做不了主，要跟我爱人商量商量。"我继续说："我真想再要一个女孩，老了有人关照。"

杨卫生员说："不要想那么远了，眼下把身体养好比什么都重要。"她继续说："如果你同意做流产，我可以建议厂里让你在家休息半个月，工资照发。如果你坚持要生三胎，不但要扣工资，还要受处分，包括你爱人也要受处分，不合算!"

我说："有那么严重吗? 我们是侗族，听说少数民族可以生三胎。"

杨卫生员说："反正我们厂里没有这个政策。如果真有，你去把文件拿来。"我说："那我去问问我爱人吧。"

晚上我回到家跟敏文说："我现在又怀孕了，我很想再生一个女孩，听说少数民族可以生三胎，有没有这样的红头文件?"

敏文说："反正我没见到这样的文件，只听说人少地广的民族地区或人口特别少的少数民族可以适当放宽生育政策。咱们侗族不在这个范围之内。"敏文继续说："如果你们厂里让你去做人流，那咱们只能服从，不能违犯。"

第二天上班，我就把敏文的这些话转告杨卫生员。杨卫生员立刻去向厂领导汇报。经领导同意，当天下午杨卫生员就带我去长辛店医院做了人流手续，还送我回家安心休息。

# 走进中国社会科学院

两个星期的"人流假"很快就要过去了。我害怕假期过后又要早出晚归再到长辛店去上班，于是我跟敏文商量："能不能想办法把我调到你们社会科学院来上班？让我干什么都行。"

敏文说："那怎么可能！你又不是科研人员，你到社会科学院来干什么呀？"

我说："社会科学院也需要有人煮饭、烧水、扫地呀，你帮我问问不行吗？"

敏文说："这事我可管不了，我没有那么大的权力。"

我说："那怎么办呀？你总不能让我这样早出晚归一辈子呀，累死我怎么办？"

敏文又挠了挠头，想了半天，最后他说："你不是愿意扫地吗？咱们到北京市环卫局去问问，看能不能把你调到环卫局管理的离咱们家近一点的街道去打扫卫生。"我说："那也行，只要离家近一点就行。"

敏文他们单位的科研人员都不坐班，每星期只要到所里去碰一次头或学习有关文件。于是我们决定去北京市环卫局问问。

我和敏文骑自行车来到北京市环卫局，接待我们的是一位40多岁的女同志。我把我的情况跟那位女同志说了说，她很理解我的困难，她说："你们家住在劲松九区，离崇文区环境卫生管理处最近，你去问问他们那里要不要人。"她还把崇文区环境卫生管理处的详细地址告诉我们。

我和敏文又骑自行车来到崇文区环境卫生管理处，接待我们的是一位50多岁的男同志。他听了我的诉说之后满面笑容地说："好呀，你愿意来和我们一起打扫北京市的环境卫生，为首都人民的身体健康贡献力量，这很好呀！什么时候来报到？"我说："我还得回厂里去跟领导汇报一下，然后再告诉你们。"

当时我和敏文都很高兴。在回家的路上，正好遇见马春生的母亲。马春生家是劲松九区的老居民户，住在马圈南边，离我们家很近。马春生还是我家大儿子京松的同班同学。马春生的父亲腿脚不太好，有点残疾。马春生的母亲当时就是崇文区的清洁工，已经有40来岁，为人热心，我和敏文第一次去看房子就是她引的路，我常叫她"马嫂"。于是我就顺便问马嫂当清洁工辛不辛苦，并告诉她我今后也要来当清洁工。马嫂很惊讶地告诉我："你也要来当清洁工？这工作可辛苦了，半夜就得起床，无论刮风下雪，早晨6点钟以前必须把自己管理的地段打扫干净。辛苦点倒没关系，最可气的是社会上很多人都看不起我们。你爱人是社会科学院的大知识分子，你来当清洁工也给你爱人丢脸呀！"

听了马嫂的这些话以后，我的心就七上八下地拿不定主意了。于是我跟敏文商量："咱们能不能再找更合适的工作呢？"

敏文说："你怎么又变卦啦？刚才不是挺高兴的吗？"

我说："马嫂说的不是没有道理，辛苦点我不怕，我是担心咱们的老乡知道后回老家去说龙月江在北京扫大街，你的脸面也不好看呀！"

敏文说："这种旧观念的确根深蒂固，那就再找找看吧。不行你就再休息一段时间，扣工资就扣工资，反正饿不死咱们！再不行你就干脆辞职去做点小生意算了。"

到了1983年10月，敏文又要去湖南怀化参加"侗族文学史研讨会"。敏文走后，我就把我的这些困难和想法告诉少数民族文学研究所的白庚胜。小白是云南丽江纳西族，跟敏文的关系很好，当时敏文是南方室主任，白是副主任，为人也很热心。小白听了我的诉说，当晚就带我去找所长王平凡同志。王所长是来自延安的老干部，他热情地接待了我们。他听了我的诉说之后说："小龙同志，你的困难我知道了，明天我们几位领导商量一下，尽量想办法给你解决。"

过了两天，少数民族文学研究所管人事工作的江梅同志到劲松家里来找我，询问我长辛店文具厂在什么地方、怎样坐车、厂里管人事的人叫什么名字、办公室的电话号是多少、我都一一地告诉江梅，江梅也都认真地记在笔记本上。最后她还问我："如果你能调到咱们所来，你想做什么工作？"

我说："只要能调来，安排我做什么工作都行。"因为在这之前，江梅已经到长辛店来看过我和孩子，我们都比较熟悉，所以我们之间的谈话都很随便。

又过了两天，江梅又到我们家来告诉我："小龙，告诉你一个好消息，你们厂同意放你调到咱们研究所来，明天你去你们厂办调动手续。"我高兴得直掉眼泪，嘴里不断地说："谢谢！谢谢！"

第二天，我马上到长辛店文具厂去办调动手续，厂里的领导和熟悉的工友都很高兴，都对我表示祝贺。最后，厂领导问我："反正社会科学院已经给你们家分了房子，你能不能把你们家过去租住的房子交给我们厂来安排？"

我说："我姐姐的女儿刚结婚，还借住着呢。"厂领导说："没关系，等你姐姐的女儿搬走后我们再派人去住。"我只能说："好吧。"

敏文从湖南开会回来了，当晚我也没把我已经调到中国社会科学院少数民族文学研究所的事告诉他，直到第二天早晨，敏文要去所里报销差旅费，我才跟他说："你去我也去，咱们一起去上班。"

这时，敏文才惊喜地看着我说："你真有本事啊！"

# 我的头衔是收发员

到中国社会科学院少数民族文学研究所报到时，江梅同志跟我说："小龙，经领导们商量，今后你的工作是当少数民族文学研究所的收发员。"

我问江梅："收发员是干什么的呀？"

江梅说："收发员的主要工作就是收收发发，比如收发报纸、杂志、信件等等。"

我说："那不就是邮递员的工作吗？到我们厂里来的邮递员就是干这些工作的。"

江梅说："工作性质基本相同，但你的工作只负责咱们研究所的收收发发，外面的事情不用你管。比如你每天上午到院收发室去把报纸、杂志、信件取来，然后分发到咱们所各个研究室的邮箱里去。然后把全所人员要发出去的信件收集起来拿到附近邮局去寄送。"

我问江梅："院收发室在哪里呀？他们怎样把那些报纸、杂志、信件交给我去发呢？"

江梅说："院收发室就在这座科研大楼的第一层里，一会我带你去，他们就认识你了，就会把报纸、杂志、信件交给你了。"江梅接着说："对了，你赶紧去照张相片，我好给你办工作证和出入证，要多洗几张，今后可能还有别的用途。"

我点头表示知道了。然后江梅起身带我坐电梯下楼去院收发室。

中国社会科学院收发室是在建国门内科研大楼一层的一个大房间里，房间里有很多柜子，柜子上分别写有"文学所""哲学所""外文所""少数民族文学所""历史所""社会学所""政治学所""宗教所""工业经济所""农业经济所"等等。江梅把我带到收发室一位男士跟前说："这是我们少数民族文学研究所新调来的收发员，叫龙月江，她的工作证、出入证正在办理，你们先认认人，以后多多关照。"

那位男士说："好的，我先带她去认识你们研究所的邮箱位置，今后每天上午10点钟左右来取你们所的邮件就行了。"他边说边带我来到写有"少数民族文学所"邮箱柜子跟前，并将一把专用钥匙交给我。我问："要寄出去的信件怎么办呀？"

男士回答："要寄出去的信件一般由你们自己去邮局办理，但本院内部各所相互交流的信件或给本院领导和职能部门的信件就放在本院交流邮箱里，我们每天会有人分捡投放到各有关单位的邮箱柜子里去。"

回到少数民族文学研究所办公室以后，江梅又告诉我："今后可能还有一些重要文件要让你直接送去给相关领导，你要注意保密，不要随便告诉别人，更不要

1983 年工作证照

自己打开来看，这是纪律！"江梅又说："如果要到邮电局邮寄大宗邮件，如发行刊物、通讯等，或者要给院外领导专送重要信件，我们会派车送你去，避免信件丢失。你要记住，送给领导的信件一定要让收件人签字啊！"

听了这些介绍，我深感这个收发员的工作虽然轻松，责任却很重大。

# 1984：私人秘书

我调到中国社会科学院少数民族文学研究所后，敏文的工作也越来越多，越来越忙。1984年，他除了继续担任南方民族文学研究室主任外，还担任中国少数民族文学学会秘书长、全国哲学社会科学"七五"和"八五"重点项目《中国少数民族文学史丛书》课题负责人兼学术秘书、《侗族文学史》编写组组长等。这样，他跟全国各地各民族专家学者和侗族文化界也就有了更多的交往，他的来往信件也特别多。那时候又还没有网络，许多信件都要我帮他收发。他又不是每天都来上班，所以我下班时要把他的信件和其他材料背回家来，上班时我又要把他写的回信和需要寄出去的材料背到邮局去邮寄。由敏文组织编写的《中国少数民族文学学会工作通讯》《中国少数民族文学史编写工作简讯》《侗族文学史编写工作简讯》也需要我协助办公室人员打印、装订、装信封、邮寄等等，所以所里许多同事都说："小龙是老邓的私人秘书。"

我说："我这个私人秘书不会写，不会算，只能跑跑腿，是跑腿的私人秘书。"

1984年4月，中国少数民族文学学会在辽宁省丹东市召开会员代表大会，我们所许多同事都去了，我们所的会计王军也去了，我没有资格去参加会议。敏文就是在那次会议上被推选为中国少数民族文学学会秘书长的。

他们散会回来，有一次大家在一起聊天，提到会议期间他们到鸭绿江大桥上中朝边界去参观。王军突然问我："小龙，你不怕我把你家老邓拐到朝鲜去吗？"王军的年龄跟我差不多，我们的关系也不错。

我回答说："那才好呢，反正老邓的工资在我手里头，家里的柴米油盐酱醋也都由我掌握，我怕什么？"

有人插话说："王军是咱们所的财神，她才不在乎你那点柴米油盐酱醋呢。"

我回答说："财神也要吃饭，王军有朝鲜人民币吗？所以，我这个'私人秘书'谁也代替不了！"

王军说："小龙的嘴巴真没治了！"

大家都哈哈大笑！

# 1985：办内部食堂

中国社会科学院科研大楼内每层都附设有开水房，开水房内还安有供上班人员中午热饭、热菜的蒸笼。我和办公室的人员想到大家早晨急急忙忙来上班，还要准备带午饭，非常麻烦。到食堂去吃饭不但要等电梯上楼下楼，有时还要排队打饭，耽误时间。另外，当时中国社会科学院也还没有清真食堂，信仰伊斯兰教的少数民族工作人员也感到不方便，于是我们就想到自己办食堂，做午饭。

开始是我自己从家里带些挂面到开水房去蒸煮，并用瓶子带些自己事先在家里制好的炸酱或臊子，然后分给大家品尝，大家都说："好吃，好吃！"

后来，大家建议："小龙，你就想法把大家的午饭管起来，我们每人每餐交你5角钱，自愿报名。你看行不行？"

我说："试试看吧，反正我也没太多的事情干。到时还请大家多多帮忙，多出主意。"就这样，我们研究所的"内部食堂"就开张了。

因为我每天都要到东单邮局去寄信，我就顺便到东单菜市场去买些面粉、挂面、鸡蛋、牛羊肉、盐巴、酱油、蔬菜等等。菜刀、砧板和擀面杖我从家里带去，面板就用办公室的玻璃板代替。有时大家有空，我就叫大家来帮我包包子或包饺子，反正每天尽可能不重样，大家都很满意。

后来，少数民族文学研究所办内部食堂的消息在大楼里传开了，文学所、外国文学所、宗教研究所一些跟我们熟悉的朋友也要求来加入，我们也不好拒绝他们，这样少数民族文学所内部食堂的影响更大了。

1986年春节前夕，少数民族文学研究所办公室主任周志宽同志根据所里一些人员的要求和蒙古族同仁提供的线索，少数民族文学研究所又从内蒙古买来一大车羊肉卖给大家，我是其中的积极分子和"掌秤师傅"。因为我们不是为了赚钱，而是为了给大家谋点福利，买进来的价格和卖出去的价格相差很小，只要保证不亏损就行，所以我们的羊肉比当时北京市面上的羊肉便宜许多，质量也好，很受大家欢迎。从那以后，逢年过节，很多人都来询问："你们卖不卖羊肉？"

# 1990：大管家

因为我们家离中国社会科学院科研大楼很近，骑自行车也就10来分钟，我每天上班都到得最早，每天下班也走得最晚，所以各研究室和职能室都把办公室的钥匙交给我，于是我就成了少数民族文学研究所的"大管家"。

当时，我们少数民族文学研究所的人员中有汉族、蒙古族、藏族、维吾尔族、苗族、彝族、壮族、朝鲜族、满族、侗族、白族、哈萨克族、傣族、纳西族、达斡尔族、羌族、锡伯族、俄罗斯族等近20个民族成员，大家和睦相处，真是一个民族大家庭。敏文他们南方民族文学研究室（简称南方室）还被北京市人民政府授予"民族团结进步先进集体"荣誉称号。

在这个民族大家庭里，要数我的学历最低，别人都是博士、硕士或学士毕业，唯独我小学都没毕业，但是大家对我都很尊重。长者一般都叫我"小龙"，年轻的都叫"龙老师"或"龙师傅"。所里有什么活动，都让我参加，到外地游玩，如登泰山、访五台山、去杭州旅行、去北戴河度假等等，都有我的份儿。所以在这个民族大家庭里，我觉得很愉快，很幸福。

有一次，所里举办新年团拜会，各民族同事都演唱本民族的歌曲，跳本民族的舞蹈，大家也欢迎我和敏文演唱侗族民歌，我和敏文就唱了一首我们自己改编的侗族《敬酒歌》：

1985 年我的工作证照

献杯酒，
献杯米酒敬亲人。
亲人喝下这杯酒，
团结进步一家人。

歌声刚落，大家都报以热烈的掌声！

# 北戴河遇险

1990年夏天，所里组织我们去北戴河度假。因为我家老大京松要参加高考没有去，我和敏文带着老二京涛去了。

一天下午，我们去海边游泳。我是个"旱鸭子"，从小就不会游泳，于是敏文就给我租了一个充气床垫。开始我们跟孩子在浅滩里玩，那时京涛已经有12岁了，想学游泳。敏文对我说："我教孩子游泳，你趴在充气床垫上自己玩吧。"

我趴在充气床垫上玩得很开心，不知不觉就往深水区漂过去了，我也不知那里的水究竟有多深。玩了一会，我想翻过身来仰着躺，谁知刚想侧过身来充气床垫就翻过来了，正好盖在我的身上。我被充气床垫盖在水里，喝了几口水，想喊也喊不出声，只能在充气床垫下面的水里拼命挣扎……

再后来的情况我只能听敏文事后告诉我了："我一边教孩子游泳，一边看见你离我们越来越远，大概已经有十多米远。我正想喊你赶紧回来，结果就见你的充气床垫翻了，我知道你被盖在充气床垫下面的水里了！我赶紧丢下孩子，拼命往充气床垫的方向游去。我游到充气床垫旁边，赶紧把充气床垫推开，这才见到你还在水下拼命挣扎。于是我赶紧游到你的身后，用一只手紧紧抓住你背上的游泳衣背带，让你抓不着我。你还在拼命挣扎，我也拼命用另一只手划水，把你往浅水方向拖拉，我也喝了几口海水，最终还是把你拖到了沙滩上。"

听了敏文的诉说，我紧紧地抱住他哭了！敏文也流泪了。我赶紧叫孩子："涛涛，咱们回去吧，今后再也不来游泳了！"

涛涛却调皮地说："妈妈，谁让你不学游泳？如果你会游泳，就不会出现这样的危险啦！"

敏文也说："孩子说得很对！学会游泳，不光是为了锻炼身体，也是掌握自救和救人性命的一种技能！"

从那以后，我也经常告诉孩子和孙子："你们一定要学会游泳！"

# 错失机遇

1990年下半年，中国社会科学院根据工作需要拟将部分工人或职工转成干部。所领导征求我的意见说："小龙，你从工厂调到咱们研究所来，工作认真负责，但你的工人身份一直没有改变，你想不想改成干部呢？"

我问："工人和干部有什么区别吗？"

领导说："没有什么本质区别，只是今后在使用上和工资待遇上会有一些区别。"

我说："这事我不懂，你们去问问我家老邓吧。"

过了几天，敏文跟我说："你从工厂能调到社科院来，现在你的工作也很轻松，你应该知足了，不应该再给领导添麻烦。"

我说："不是我给领导添麻烦，是领导主动来征求我的意见。"我接着问："是不是领导想让我去干什么别的工作呢？"

敏文说："可能有这个意思，可能是想让你去管文化用品库房，包括笔墨纸张等等。"

我说："那不是很好吗？"

敏文说："你的文化水平太低，我怕你管不好。"

我说："你说的也有道理，但我不能一辈子当普通工人呀。"敏文笑着说："当普通工人有什么不好？你们还是领导阶级呢。"我说："我现在领导谁呀？"敏文笑着说："领导我呀，还有咱们家的两个孩子呀。"敏文笑着继续说："你是咱们家的家庭主妇，我们都离不开你的领导呀。"

我也笑着说："那好，那我就一辈子当你们的领导！"

转干的事就这样不了了之，我也不好再去找领导了。

后来我发现我的工资老上不去，比我后来参加工作的同事都比我的工资多，人家涨一级工资都是几十元或几百元，而我只能涨几元或十几元。一想起这事，我就责怪敏文："就赖你坏了我的大事！"

敏文却安慰我说："你是女工人，50岁就可以退休，人家转干的要55岁或60岁才能退休。你退休后还能到社会上去干别的工作，再挣一份钱。电影《龙江颂》里面不是说了，堤内损失堤外补。你就别后悔了！"

听敏文这样解释，我也就不那么后悔了。

# 1995：电脑迷

1995年9月，《北京日报》发表了我写的一篇文章，文章的题目是《勤杂工变电脑迷》，还得了10块钱的稿费。我把稿费都拿来买糖请所里的同事们分享。这篇文章的内容是这样写的：

您也许不相信，一个即将退休的少数民族女勤

我在学习用电脑打字

杂工，如今已经成为了电脑迷。

我叫龙月江，女，侗族，1946年生于贵州省天柱县的一个边远侗寨。出生才5个月，疾病就夺去了父亲的生命。童年的我又遇上三年困难时期，寨里像我这样大的孩子饿死不少。母亲带我来找转业在北京工作的姐夫和姐姐。姐夫每月40多元工资，5口人吃穿，所以我只能断断续续地上了5年小学，14岁就告别老师参加了工作，连个小学毕业证书都没有拿到。失学后先在长辛店菜站当临时工，后来才到长辛店一家镇办小厂当学徒工，每月工资18元，我还是高兴得不得了。我在工厂干了20多年，当过钳工、刨工、车工、包装工等。1983年，为了照顾夫妻关系，我才调到中国社会科学院少数民族文学研究所当收发员兼勤杂工，负责收发信件和打扫卫生等。

1990年夏天，我的大儿子考上了他喜爱的北京师范学院（现首都师范大学）数学系计算机专业。为了让孩子学到更多的知识，我们全家节食少穿，花3200元人民币买了一台"海华"ＰＣ机电脑。从那时起，我们全家就像得了一件宝贝，把老家的两个侄女（我哥哥的孩子）也接来学习。当时大儿子教侄女学"五笔字型"录入法，我在旁边织毛衣。儿子说："五笔字型录入方法，就像拼积木、建房子，把字根拼起来就成了字。所有的汉字笔

画，都可以归纳为横、竖、撇、捺、折五种。在键盘上分五个区，每区分五个位。所有的汉字又可分三种型，即左右型、上下型、杂合型。不管多难写的汉字，只要拼四下就出来了，关键是识别最后一笔的笔型。"这下我感兴趣了，十几分钟就听明白了"五笔字型"的拼字方法。当时我不认识键盘上的字母，儿子就把字根贴在相应的键位上，从每个区的一位到五位，从简单到复杂进行笔画练习。我也没去背什么字根，不久就会打字了，同时也学会了A、B、C、D等英文字母。学会了一种录入方法，就开始学ZRED和WPS编辑技巧，就像织毛衣一样，学会了织平针，慢慢就学织些花样。

再后来，我们单位的领导也开始重视使用电脑，还办了电脑学习班。办公室和图资室工作人员也都积极学习。她们的口头语是："龙师傅都在学电脑，我们为什么不学？"于是许多人都买了电脑，我大儿子京松也来为他们讲课。

我经过三四年的努力，已经能在"PC机""909""四通"以及286、386等多种机型上进行文字处理。现在正在学习DBASE软件，进行数据库的建设和管理、检索工作。因为所里经费紧张，请不起专业打字员，我除了做好自己的本职工作外，还帮科研人员打论文、书稿，帮本所领导打文件、打报表等，现在已完成150多万字的录入和打印工作。

在此期间，我爱人也学会了用电脑写作，三年内出版了三本书。我的二儿子考上了计算机工业学校。两个侄女因学会用电脑也找到了工作。

目前我正在用电脑对全所科研人员的科研成果进行数据化管理。还成了本单位普及电脑的义务宣传员和义务辅导员。有的大学生、研究生在遇到问题时也常来向我"请教"。没想到我这个连小学都没毕业的侗族妇女也成了电脑"老师"。

通过学习电脑，不仅大大地提高了我的文化水平，开阔了我的眼界，而且我觉得自己的生活比过去充实多了，不发愁退休后没事做了。

龙月江 1995年9月15日

# 1996：小商店开张了

1996年初，北京市东城区在北京国际饭店后面新建一条商业街，离中国社会科学院科研大楼很近，离东单邮局也不远。我去东单邮局寄信时也常顺便到那里去看看，发现新搭的临时店铺每年只要2000元租金。于是我回家来跟敏文商量："眼看我快满50周岁了，马上快退休了，我想在北京国际饭店后面的商业街租个店铺做点小生意，你看行不行？"

敏文说："好呀，国家正在从计划经济向市场经济转变，你也有些经济头脑，我看可以考虑。"敏文想了想又说："不过，你打算做什么小生意呢？"

我说："咱们家没有本钱，只能做点小小的生意。"我继续说："听一些朋友说，目前民间手工艺品比较好卖，以前咱们老家一些妇女送给我的鞋垫、花带、花鞋、花包、背带可以拿去试卖看看，放在家里也没什么用，如果销路比较好，咱们今后再去收集或者组织侗族妇女们加工。"

敏文说："这个想法很好！你就去租一个店铺吧。"敏文接着说："那个地方的位置很好，前面就是国际饭店，老外们也许喜欢咱们侗家的手工艺品。另外，咱们社会科学院每年都有许多专家学者出国访问，进行学术交流，也需要带些民间手工艺品作为礼品。明天咱们一起去看看。"

第二天我就和敏文一起先去商业街选择店铺，然后再去东城区街道招商管理处交了两千块钱的租金。办完手续，就回家来翻箱倒柜，寻找可以出卖的东西。敏文说："先不要考虑能不能卖出去，也先不要考虑能卖多少钱，只要有些侗族特色的东西都可以拿去摆上，撑撑门面。如小斗篷、小簸箕、小芦笙、小篮子、小蝗虫笼子、弯票屡等等，还有一些有侗族特色的照片也可拿去摆上。"

我说："这些东西都不好标价呀，能卖多少钱咱们心中也没有底。"

敏文说："手工艺品本来就没有固定的价钱，这就看你的本事了，反正是愿买愿卖就行。"

第三天，我们把翻出来的东西装在一辆脚踏三轮车上。我骑三轮车走在前面，敏文骑自行车跟在后面。来到我们租的小店铺门前卸下东西，我让敏文看守东西。我又骑三轮车去所里借来两张没用的旧桌子，并跟领导说明我退休后打算开个小商店的想法，领导也很支持。

这个小店铺总共只有8平方米，有的货物就摆在桌子上，有的货物就挂在墙上。把所有的东西都摆好后，店铺内五花八门，什么东西都有，过路人都觉得新鲜。有一男一女两位黄头发蓝眼睛的老外，好像是夫妻，也挤进来看我们的东西。那位女的把一双鞋垫和一根花带拿在手里，面对着我叽里呱啦的不知说些什么。我正在为难，旁边一位过路人才跟我说："她说你这双鞋垫和这根花带很好看，她想买，不知要多少钱?"

我不知道怎样回答，于是转过身去小声问敏文："卖多少钱呀?"

敏文说："鞋垫20元，花带10元。"

我又转过身去对着那位过路人和那两位老外用左手伸出两个指头，用右手指着鞋垫说："鞋垫20元。"然后又用左手伸出一个指头，用右手指着花带说："花带10元。"那位男老外二话没说，微笑着从衣兜里掏出30元人民币递到我的手里。这是我有生以来跟外国人做成的第一笔生意。

# 创办侗乡缘酒楼

小商店开张后，生意还算可以，因为当时我还没有正式退休，只能抽空去经营打理，更没有时间和资金去补充货物，只能是卖一件少一件地勉强维持。

我家店铺附近有个小花店，老板叫李增林，刚30来岁。有一次，他要给花浇水，而花店旁边是女厕所，他不好意思进女厕所去打水，要跑到离花店较远的男厕所去打水。我说："小李，你把水桶给我，我进去帮你把水打出来。"就这样我们成了无话不谈的好朋友。

有一天，小李跟我说："我有一个好朋友姓殷，打算投资50万元在大观园附近开一家酒店。他请我当总经理，帮他谋划谋划。"小李继续说："我见您店里的东西很有民族特色，您也很热心，我想请您去酒店当民族顾问兼副总经理。如果您愿意去，咱们就搞一家你们侗族特色的酒店。您看行不行?"

我说："我现在还没正式退休，恐怕不能全身心去酒店工作。"

小李说："没关系，您有空就去指导指导，不用天天去上班。"

我说："那我这个小店怎么办呀?"

小李说："退租就行了，2000元租金全额退给您，我有熟人帮咱们办退租手续，他们这里的店铺不愁租不出去。"

我说："晚上我去跟我家先生商量商量。"

晚上回到家，我把小李的意见跟敏文嘀咕。

敏文说："那也好。如果能把咱们的侗味食品和侗族歌舞融合起来，打入京城，那更好更有意义了!"敏文接着说："如果这家酒店的老板同意，我建议就叫侗乡缘酒店。"

第二天，我把敏文的建议跟小李说了说，小李非常高兴。他说："酒店太小，就叫侗乡缘酒楼吧。"就这样，我成了"侗乡缘酒楼"的民族顾问兼副总经理，每月工资400元。我的主要任务是负责招聘和管理侗族服务员，负责与侗族地区有关部门和人员联系酒楼所需的物品和食料等。

到了1996年7月，少数民族文学所请来了一位姓宋的临时工接替我的工作，我就可以全身心地参与侗乡缘酒楼的筹备工作了。于是酒楼便派我和小宋经理到贵州省黎平县去招侗族服务员和联系相关侗族物品和食料。

我们原定侗族服务员的招聘标准是初中以上能歌善唱的侗族男女青年，黎平县民政局副局长邓开光是敏文二哥的儿子，他带我和小宋跑了肇兴、岩洞、口江等乡镇，结果让我们很失望。主要原因是会唱侗歌的侗族青年基本都是文盲或半文盲，连小学都没毕业；初中毕业以上的侗族男女青年基本上都不会唱侗歌。根据这种情况，我们只好降低招聘标准，以会唱侗歌作为主要招聘条件。招聘地域范围也适当扩大，由黎平县扩展到天柱县、从江县等。最后招回的人员有黎平县岩洞乡岩洞村的吴鲁梅（女），黎平县肇兴乡肇兴村的陆卫兰（女）、陆增凡（女），黎平县水口乡的石传林（男），天柱县的龙春桥（女）、姚敦敏（男），从江县吴宗哲（男），一共7人。此外，我们还为酒楼采购或订购了一批物资，如装饰和演出用的斗笠、水牛角、演出服；食料糯米蜜酒、酸汤鱼佐料、牛肉香等等。

当我们把新招聘的侗族服务员带到北京时，已经是7月26日，距8月6日开业时间只剩下10来天了。我们只好对这些新招来的侗族服务员进行强化训练，包括

创建侗乡缘酒楼

服务接待工作和演出节目排练等等。敏文也来帮助我们排练节目。好在大家热情很高，努力学习，不辞辛苦。

开业那天，我们邀请在北京工作、学习的知名侗族同胞和部分侗族学生前来捧场，大家欢聚一堂，说说笑笑，唱唱跳跳，很是热闹。北京电视台还在新闻节目中做了报道。

# 1997：除夕之夜的辛酸泪

侗乡缘酒楼创办以后，由于引进了侗族歌舞，生意一直红火。尤其是附近宾馆的外国人，很喜欢到侗乡缘酒楼来边喝酒边欣赏我们的侗族大歌、侗族酒歌、侗族玩山歌、侗族琵琶歌等，有时还跟我们的服务员一起跳"多耶舞"。

有一次，一帮德国老外在宾馆吃过晚饭后到酒楼里来喝酒，一个晚上就喝了两千多块钱的啤酒。有一位德国老外喝得高兴，又回宾馆去拿来一包硬

币倒在酒桌上送给服务员们当小费。我和侗族服务员都不知道是什么东西，以为是普通的纪念币，一人捡一枚拿在手里当纪念品，而汉族服务员们见多识广，立即跑过来疯抢。晚上我回家来拿给敏文看，敏文说："你们真傻！这是德国马克，1马克相当于我们的10来元人民币呢！"我也感到后悔。

到了1997年1月，侗乡缘酒楼越来越不景气了。主要是因为管理层发生了很大变化。首先是殷总的老婆王总直接插手管理，李增林被迫辞职了。有一次，王总派陆增凡到门外去迎接宾客，当时正刮大风，小陆又穿得很薄，有些不高兴，王总就说她不服从分配，想辞退小陆。我知道后，坚决不同意辞退。我说："小陆是歌队的领唱，辞退了她，歌队还怎样演唱侗族大歌？"王总无奈，只好把小陆调去洗碗。

后来，酒楼又来了一位刘总，50多岁，是个男的。我听说刘总是王总的后台老板，他们都负责当地的拆迁工作，酒楼的资金就是他们投的，具体情况我也不太清楚。

1997年2月6日是除夕，我们全家正吃年夜饭，突然接到吴鲁梅打来电话说："龙阿姨，不好了，刘总他们把几个侗族男孩送进派出所去了！你赶紧过来一下吧！"说完就把电话挂了。我不知道是怎么回事，撂下饭碗就坐公交车往酒楼赶去。

我一到酒楼，几个侗族女孩就抱着我痛哭流涕。我问她们是怎么回事，她们也说不清楚。我赶紧往派出所方向赶，走到半路，遇见吴宗哲和姚敦敏迎面走来。我问小姚："是怎么回事？"

小姚说："刘总的车被人划了，怀疑是我们三个干的，就把我们送到派出所来了。"

小吴说："今天我们都不去上班，我和小姚一直在宿舍睡觉，根本没出去过，哪能去划刘总的车呀？只有小石说肚子饿了，想出去买点东西吃，于是派出所就把我和小姚放出来了。"

我问："小石呢？"

小姚答："小石还在派出所里。"

我赶紧让小姚和小吴带我去派出所。到了派出所，我先拿出自己的身份证给值班民警看，并自我介绍说："我是中国社会科学院的退休人员，是我把这几个侗族孩子接到北京来打工的，他们有什么错误，希望你们能如实告诉我。"

派出所的民警同志赶紧赔着笑脸说："老人家，误会了！是他们单位把这三个孩子送来的，不是我们去抓他们来的。"他接着说："既然有人把嫌疑人送到我们派出所来，我们就有责任把事情原委查清楚。"他继续说："刚才我们已经派人去现场查验过了，那车上的划痕是旧划痕，不会是这三个孩子干的。这位小石同志离开宿舍是去买东西吃，我们也问过小商店了。所以我现在代表我们派出所正式向这三位孩子道歉！"

我说："原来是这样啊！你们辛苦了，谢谢民警同志！"

回到酒楼，我对几个侗族孩子说："孩子们，这里不能再待下去了！他们无情无义，再待下去，不会有什么好结果。你们赶紧收拾行李，跟我回家！"

回到劲松九区我们家，几个孩子一放下行李就抱头痛哭，我也哭了。敏文也掉了眼泪。

敏文说："你离开家后，我赶紧给北京市宣武区公安局值班室打电话，说有三个侗族孩子丢失了。可能北京市宣武区公安局值班室也给当地派出所打了电话，派出所才那样认真。"

我说："可能是。"然后我赶紧给孩子们热饭热菜，又赶紧翻箱倒柜把家里所有的被子、褥子、席子都翻出来。让女孩和我睡床上，让敏文和男孩睡楼板。我们就这样度过了1997年的除夕之夜！

# 巧遇贵州老乡

除夕之夜我一夜也没睡好觉，一直想着这7个孩子怎么安排。大年初一天一亮我就起来到劲松小区到处转悠，见到宾馆饭店就进去打听要不要招服务员。走到劲松大酒楼门口，我见一位青年男子和一位年轻女子正坐在酒楼门口商量什么。我走过去问："同志，你们酒楼还要不要服务员？"

那位年轻女子看了我一眼，然后抢着回答："我们要年轻的服务员，不要清洁工和洗菜工。"我说："我就是问你们酒楼要不要年轻服务员？"那位青年男子马上站起来问我："您有服务员？是男是女？"我说："男女都有。""几位？""7位。""哪里人？""贵州人。""哈哈！怎么这么巧呢？"那位青年男子赶紧伸出手来跟我握手。他继续说："我爸是贵州人，我虽然是在北京出生，但也是贵州人，是不是呀？"

我说："你当然是贵州人啦。我也是贵州人，咱们是老乡。我和那几个年轻服务员都是贵州人，都是侗族，他们还会唱各种侗歌呢。"

青年男子显得非常高兴！他说："叫他们来看看，最好今天就来上班！"

"你能做主？"我怀疑这个青年人在开玩笑。

站在旁边的年轻女子说："他就是我们酒楼的经理。阿姨，您就叫他王经理吧。"

王经理马上自我介绍说："阿姨，我叫王金海，以后您就叫我小王或金海吧。"他接着说："我父亲是抗美援朝的兵，后来转业到北京铁路部门工作，现在他已经退休了。"

我说："我姐夫也是抗美援朝的兵，后来也转业到北京铁路部门工作，现在也快退休了。"

王经理惊讶地"啊"了一声，然后说道："看来咱们很有缘。"他继续说："阿姨，如果您愿意，也到我的酒楼里来上班，帮我管管那几个侗族服务员。"

我说："那就谢谢王经理！谢谢小王！谢谢金海！"

回到家，我一进门就大声宣布："孩子们，赶紧梳妆打扮，穿上侗衣，漂漂亮亮，咱们一起上班去！"

来到劲松大酒楼，王经理已经为我和孩子们准备了一大桌丰盛的饭菜。我们入席就座后，王经理举杯说："今天是大年初一，咱们要高高兴兴地迎接新年！欢迎各位来劲松大酒楼为客人服务！祝大家新春快乐！"

我说："王经理也是咱们贵州老乡，老乡见老乡，不是两眼泪汪汪，而是歌声更悠扬。孩子们，你们就放开嗓门唱歌吧！"

孩子们先唱祝酒歌，再唱侗族大歌。嘹亮的歌声把酒楼的工作人员和等候就餐的客人都招来了，嘹亮的歌声给劲松大酒楼带来了祥和、欢乐的节日气氛！

# 采购验收员

吃过饭，唱过歌，已经快到中午了，王经理通知前台经理给几位侗族服务员安排工作：男孩传菜，女孩接待。正好那天订餐的客人也多，孩子们都忙工作去了。

我问王经理："金海，你给我安排什么工作呀？"

王经理说："阿姨，您的工作就是帮我管好这几位侗族服务员，看她们有什么困难，有什么要求，有什么思想问题，咱们一起商量解决。"王经理继续说："您的工资暂定每月300元，家里有事您也可以不来上班，您看行不行？"王经理又补充说："这几位侗族服务员的工资也暂定每人每月300元，他们的吃住我来安排，不用您管，表现好的，今后再给他们发奖金。您看行不行？"

我说："那就谢谢王经理了！你给我开工资，我当然高兴，不给我开工资，你有事我也会来帮忙，因为你已经帮了我一个大忙，我很感激！"

王经理说："阿姨别客气，您也帮了我很大的忙。春节期间，订餐的人特别多，又有几个服务员请假回家过年去了，我正着急呢。您给我送来这几位服务员，正解了我的燃眉之急！我更要感谢您！"

我说："好。咱们是老乡，互相帮助也是应该的。今后这几个孩子有什么问题，你要及时跟我沟通。"

王经理说："好的。"这时，有人来把王经理喊走了。

我在大厅里坐也不是，站也不是。我见厨房门口有一位中年妇女在洗菜，我就过去一边帮她洗菜，一边聊天。我问："大妹子，您来这家酒楼干活多长时间啦?"

大妹子说:"半年多啦。"停了一会,大妹子又问起我来:"您是不是王经理的亲戚呀?"我说:"是老乡。"她又问:"那些会唱歌的孩子也是您的老乡吗?"我说:"是的,他们都是我的老乡。"

她说:"您在北京有这么多老乡,真好!"

就这样,我和大妹子之间越来越熟。反正我也没有什么具体工作,一有空儿就去帮她洗菜,和她聊天。天长日久,我对劲松大酒楼的情况也了解到不少。如酒楼对物品采购没有验收制度,发票上写多少或采购员说多少就算多少。于是我对王经理说:"采购没有验收制度,很容易出现以次充好,以少报多的情况,肯定会增加成本。"

王经理说:"这怎么办?谁来验收?"

我说:"你首先要订出制度来,如果实在找不到合适的验收员,我可以来充当这个恶人,反正我现在还没有固定的工作岗位。"

王经理说:"那太好了!明天我就把验收制度制订出来,由您去照章办事。"

就这样,我也名正言顺地成了劲松大酒楼的"采购验收员"。酒楼购买的所有物品,包括各种食料,都要经过我验收并签字后才能报销。结果,原来的采购员借故家里有事请假就不回来了。王经理问我:"这怎么办呀?谁来担当这项采购工作呀?"

我说:"让姚登敏试试看吧,这孩子很本分,也很能干,又会骑三轮车。"

王经理说:"那就让他试试看吧。"

小姚上任后,酒楼的采购费用和总体成本很快就降下来了,王经理非常高兴。

# 1998：妈妈走了

1998年9月下旬，我突然接到哥哥从贵州省天柱县打来电话说："妈妈病重，正在天柱县人民医院救治，你能不能回来看护几天？"

于是我同敏文商量："你在北京看家，关照两个孩子，我回去看看妈妈。"

敏文说："你一个人回去不方便，能不能跟姐姐商量让李敏跟你一块回去？"

姐姐非常赞同敏文这个意见，李敏也愿意回去。就这样我和李敏坐上火车急急忙忙地离开了北京。

赶到天柱，才知道哥哥要在天柱县城教书，哥哥的三个孩子要在天柱县城上学，嫂嫂要来天柱县城给哥哥和三个孩子做饭，我妈要在老家石洞看守房子，怎么也不肯到县城来居住。妈妈一个人在石洞老家时白天上山干活儿，晚上回来又累又饿，经常吃剩饭剩菜，结果患了肠炎，又得不到及时医治，等到哥哥知道了接来县城住院治疗，病情已经很严重了。医生建议做切除手术，妈妈坚决不肯，她说："我都80多岁的人了，还要开肠破肚，我不同意！你们也不要白花这份钱了！"哥哥没办法，只好对医生说："我妈年纪大了，我们做儿女的，只能尊重她老人家的意见。"

妈妈在天柱县人民医院保守治疗几天，病情却越来越重，不吃不喝，生命垂危，医院也下了病危通知。我和哥哥才根据侗家人的礼俗，找车把妈妈送回石洞老家。

那天晚上，我一直陪在妈妈身边。开始，妈妈还能断断续续地跟我说话："月江呀，我真舍不得你们啊！没……没想到我……我的病会这样严重……"妈妈边说边流泪。

我说："妈妈，我们也舍不得您呀，您一定会好起来的。"我伸手过去给妈妈擦眼泪。

妈妈从被子里慢慢伸出手来，然后轻轻地抓住我的手说："我送给……你的镯子呢？……那是……那是我妈妈……送给我……的嫁妆啊，你

一定 …… 一定要好好 …… 保存 …… 传给儿孙!"

我赶紧把衣服袖子挽起来,扶着妈妈的手去摸我手腕上的镯子。我说:"这是妈妈送给我的嫁妆,我一定会永远戴在我的手上,永远记住妈妈的好。"

这时,妈妈消瘦的脸上露出一丝微笑,很快又把眼睛闭上了,好像是在睡觉。我也不再去打搅她,我只是睁大眼睛紧紧盯着妈妈那张熟悉的脸庞。

夜深了,天凉了。妈妈突然睁开眼睛,嘴唇动了几下,好像还有什么话要对我说。我两手紧紧抓住妈妈的手,两眼紧紧盯着妈妈的脸,可是妈妈什么话也说不出来了,只见妈妈的眼角里挤出几滴泪水,然后把头一偏,就再也 ……

我一边哭,一边大声呼喊:"妈妈,妈妈,您醒醒呀,您醒醒呀,女儿还有很多很多的话要对您说呀 …… "可是,妈妈再也听不到女儿的呼喊!

妈妈走了!享年84岁 ……

# 祸不单行

1998年9月30日上山安葬好妈妈,我和姐姐的女儿李敏继续留在石洞协助哥哥嫂嫂处理各种善后事务,拜访并感谢老家的各位乡亲。

10月5日上午,我和李敏一起去汉寨我表哥刘荣才家吃早饭。吃饭过程中,荣才哥说:"我的亲家爹是一位知名的算命先生,算得很准,邻近许多村民经常去找他算命,连天柱县城或者更远的地方也有人慕名前来找他算命。"我和李敏都觉得新鲜,决定去找他算算。

在回来的路上,当我们来到石洞街上邮电所门前时,有一位熟人突然把李敏叫住了,并把一封电报交给李敏。

李敏打开电报一看,脸色都变了。我接过电报来看,上面写着:"父亲病重,速回京。"我一看这电报,就知道是敏文发的,不会是假电报,肯定姐夫有什么大难了，不然敏文不会给李敏发这样的电报！

回到家，我和李敏立即跟我哥商量找车上天柱县城。到了天柱县城，李敏才赶紧给她妹妹李珍打电话问："爸爸怎么啦？"

李珍哭哭啼啼地说："今天早晨爸爸去世了！"

于是，我和李敏立即租一辆车连夜赶到湖南玉屏火车站上火车回北京。10月8号回到北京，李敏正好赶上送她父亲去火葬场火化。

10天之内，我们接连失去两位亲人，真是祸不单行啊！


# 2000：到世都百货打工


2000年春节前的一天中午，我接到江梅给我打来电话说："小龙，你和老邓最近过得怎么样？听说你母亲去世了，希望你能节哀顺变。你还在酒楼上班吗？"

我说："我和老邓过得都还可以。妈妈去世后，我心情不太好，不喜欢热闹，就不去酒楼上班了。谢谢你的关心！"

江梅说："如果你现在没有工作，就到我这里来打工吧。我现在在世都百货上班，正需要一名复印员，工作环境很清静，你在研究所里也干过复印工作。"

我说："这事我跟老邓商量一下再给你回电话。"

江梅说："好的，你们赶紧商量，决定后赶紧通知我。"

我把江梅的来电告诉敏文。敏文说："江梅这人不错，听说她是某部前副部长的女儿，是个高干子女。江梅早年在新疆当过军垦战士，回城后安排在咱们研究所管人事，你调来咱们所也是江梅具体办的，这些你都知道了。"

我说："江梅从咱们所调去凯莱公司当经理我是知道的，什么时候到世都百货我就不清楚了。"

敏文说："我也不清楚她什么时候去的世都百货。世都百货就在王府井附近，离咱们家和咱们研究所都不远。我的意见是你去试试看，老在家里待着也心烦。"敏文还说："世都百货是国内外知名的现代企业，你去感受一下也长见识。"

于是我立即给江梅回电话："我和老邓商量了，他同意我去试试看。"

江梅说："那你就赶紧过来，今天我有时间跟你交代一下。半个小时后我在世都百货大楼门口等你。"

我赶紧骑自行车来到世都百货。江梅直接带我来到一间有10来平方米的房间里。她说："这就是你的工作间。这是你的办公桌，这是复印机，那是粉碎机。复印机和粉碎机的型号跟咱们所过去用的型号差不多，你自己琢磨。实在不会用，你再给我打电话。"江梅还说："有几点你必须记住：1. 必须坚守工作岗位，因为随时都可能有急件需要复印，不能东跑西串，更不能随意进别人的办公室去，避免人家找不到你；2. 不能让无关人员进你的工作间来，复印过程中出现的废弃纸页必须立即放入粉碎机中及时粉碎，避免泄露商业机密；3. 让你复印的文件内容不要告诉其他人；4、办公桌上的电话是工作专用电话，不要用这台电话长时间跟外人聊天，你有事不要到我办公室来找我，可以给我打电话，也不要跟别人说咱们相互认识，更不要说是我介绍你来这里工作的。"江梅继续说："你的初期工资是300元，年底可能有点奖金，我再为你争取点健康劳保费，因为复印工作对人体会有些影响，在这里工作的时间不能太长。给你多少钱你也不能告诉别人。"最后江梅说："明天上午8点钟你就直接到这里来上班，7点40我在大楼门口等你，咱们一起到一楼食堂去吃免费早餐，中午12点有免费中餐，下午5点下班就可以回家了，需要加班再通知你。记住，现代企业是很守时的，不能迟到早退。我要交代的就是这些，你还有什么不明白的地方吗？"

我问江梅："如果我有重要事情不能来上班，跟谁请假？"

江梅说："提前给我打电话，我会安排人来接替你的工作。"

我说："那好，我试试看吧。"

江梅又说："来上班时穿着要整齐点，干净点，不用化妆。这是你的工作间钥匙。明天我再给你办出入证。"江梅顺手将一把钥匙交到我的手上。

我说："记住了。谢谢你！"

江梅说:"不用谢,明天见!"

在回家的路上我心里想:现代企业怎么有这么多规矩呀?我又得开始从头学习了!

# 看网吧,玩游戏

2000年夏天,我家老二京涛从北京计算机工业学校毕业,学校想分配他到一家日本人投资创办的显像管厂去工作,他不愿意去,结果去了一家私人印刷公司当销售经理。后来,他又和他的一位名叫董大乐的朋友在北京市朝阳区松榆西里开一家网吧。因为他自己要去公司上班,董大乐又在一家乐团里当贝斯手,也经常要到全国各地去参加演出,所以他们两人都没有时间来照应网吧,于是京涛就跟我商量:"妈,您能不能和大乐他妈帮我们去看看网吧?"

我说:"我还在世都百货当复印员呢。"

京涛说:"长期搞复印工作对身体不好,你就辞了吧,回来帮我们看看网吧,还能玩电子游戏呢。"

我说:"我从来没看过网吧,更没玩过电子游戏,能管好吗?"

京涛说:"去学学呀,我们教您。"

就这样,我给江梅打电话把世都百货的工作辞了。

网吧是在松榆西里一座高楼的地下室里,有10多台电脑游戏机。开始我和大乐妈都是白天去帮他们照应,晚上都是他们自己来照管。因为白天年轻人要去上班,学生要去上学,所以来玩游戏的人不多,我和大乐妈就在那里织毛衣。后来,因为我会用电脑打字,就在电脑游戏机里练习打字,有时我也在电脑里学习玩游戏,什么《红警》《帝国时代》《星际争霸》等等,慢慢都会玩了,有客人来,有时我还跟他们对战几个回合。大乐妈直夸我:"您真行!"

再后来，京涛和大乐晚上也少来了，网吧就丢给我和大乐妈照管。来玩游戏的大多是二十几岁的年轻人或中学生，他们都把我和大乐妈叫"奶奶"，在特别情况要区别时，就叫我"邓奶奶"，叫大乐妈"董奶奶"。有时游戏机坏了，我就去帮他们修理。因为我在工厂里学过钳工，知道"拆东墙补西墙"的道理，于是我就拿这台好的显示器去换那台坏的显示器，拿这台好的光驱去换那台坏的光驱。来玩游戏的孩子们也都夸我："邓奶奶真有办法！"我说："干什么都得动脑筋想办法。"孩子们直点头。

开始，网吧的生意不错，每天晚上都爆满甚至还要排队。我们每台游戏机每小时收3元钱。在这期间，江梅还带她的女儿到网吧来看过我。后来北京市有关部门发出文件不许中小学生来网吧玩游戏，街道片儿警也经常来检查，我们的生意也就越来越萧条了。再后来，我也要跟敏文来黎平参加侗族大歌保护工作，最后只能关张。

# 创办"侗人网"

2000年3月5日，敏文以群发电子邮件的方式给国内外一些侗族文友发送第一期《侗人快讯》。开头是这样写的："各位侗胞：大家好！《侗人快讯》今天同大家见面了！您感觉如何？有什么话要说说吗？我们的祖先万万没有想到会有今天。明天将会怎样？我也不太清楚，但无论如何，传送'火急木牌'的时代永远不会再回来了。您相信吗？盼望见到您的快讯。"第一期《侗人快讯》还通报了以下一些信息：侗族文学学会将开展侗族文学"花桥奖"评选工作；武汉侗胞杨清栋、张绪尧、李正生、石成昌等在李正生家聚会；袁仁琼连出《王阳明》《血雨》两部长篇小说；李万增及其子李代权出版《将军梦——李世荣将军的一生》；《精选侗歌三百首》编选工作正式启动等。

一石激起千层浪！我们很快收到国内外一些侗族朋友的回信。如当天下午，收到中南民族学院李正生来信说："敏文兄：今天收到你二月二十六日发出的侗族文学会材料（纸质版）及三月五日发的《侗人快讯》（电子版）和《致侗族网友》，真是喜出望外！我们为侗族精英在京相聚高兴，更为他们在一道商议侗乡奔富大事叫好！为我们在INTERNET上相见而呼！"同日，还收到正在美国留学的杨通银博士

我和敏文创建侗人网

用中文和英文发来的电子邮件说："邓教授：很高兴收到您的邮件，我不能确认我的中文软件是否能在您的机器上工作，所以我在这里放上一段简短的英文，说明当我读到您的信件及关于侗族的新消息时是多么激动！"3月11日，广西三江侗族自治县张泽忠来信说："邓老师，您好！侗人有自己的信息公路，太高兴了。藏族早已有自己的信息公路总站（主页），是一帮在京的藏胞操办的，太羡慕他们了。做事用电脑能让人如虎添翼，侗胞精英们对此已有共识。祝愿'侗人信息总站'早日建成。"3月14日湖南怀化刘芝凤来信说："邓老师：您好。刚才打开电子信件，收到三封信。即侗人快讯0305、0308和致侗族网友。太高兴了，想不到我们侗族文学学会率先在网络上进行工作。这足以证明侗族人的智慧和勇敢。看到《侗人快讯》，我眼前呈现出一道美丽的景象：在那信息高速公路上，一辆辆衣着'西装革履'、各种肤色的博士车在飞奔驰骋，来来往往，好不洒脱。忽然间，一群衣着侗服的文人，载着自己的快乐，挤（跻）身在他们中间。哇！那感情，绝了……"

就这样，我们的"侗人网"正式诞生了！我们这个古老民族终于破天荒地有了自己的信息高速公路总站。我们家还花一万多块钱自己买了一台服务器。经过大家几十年的辛勤劳动和风风雨雨，现在我们的信息高速公路已经遍布侗乡并联通国内外，它凝聚着许许多多侗人和侗人朋友的心血和智慧。

有了"侗人网"，我们跟侗族地区和侗族同胞以及国内外、海内外关心侗族的朋友的联系更方便、更频繁、更紧密了。

# 2001：为侗乡贫困学校和学生搭桥

通过"侗人网"，我们结识了广西三江侗族自治县侯蓍等人。通过侯蓍介绍，我们又结识了不少热心人。

通过大家齐心协力的努力，我们先后赞助侗乡19所贫困学校和33位贫困学生，共计76万元人民币。还多次支持举办"侗族儿童作文与绘画大赛""英语培训班""侗汉英三语教学师资培训班"等。

曾经获得资助的侗乡贫困学校有：广西三江侗族自治县的富禄中学、洋溪中学、八江中学、独峒中学、同乐中学、古宜镇中；贵州省黎平县的岩洞中学、竹坪小学、岩洞小学、铜关小学、新洞小学、述洞小学，锦屏县的平秋中学、隆里中学、平秋小学、皇封小学、桥问小学、锦屏特校，天柱县的石洞小学。

对侗族贫困大学生我们主要采取借款的方式给予资助，也就是先借钱给他完成学业，毕业后如果分配到大中城市或侗乡以外的地区工作，要按合同规定分期还款，还回来的资金再借给别的侗族贫困大学生。如果是分在侗乡县城或县城以下的单位工作，可酌情减免还款。

2001年5月20日，"首次侗族儿童作文与绘画大赛"评选工作在北京中央民族学院附属中学举行，在北京工作的侗族同胞杨志一、黄保慧、粟周熊、欧阳新举、杨承进、杨进铨、邓敏文、石绍章、黄松柏、杨长远、杨玉梅、杨海霞、吴树平、杨奉梅、龙月江等人冒着酷暑、每人自带20元午餐费参加了这次评选工作。这次大赛共收到侗乡各地寄来参赛作品559件，其中作文399件，绘画160件。这些参赛作品大多出自侗族儿童之手，其中有少数作者是生长在侗乡的兄弟民族的孩子。

评选工作共分5个小组（作文4个，绘画1个）。大家对每件作品都认真审阅，然后反复比较，优中选优。最后评出100件优秀作品，其中作文70件，绘画30件。大家认为，这些作品情感真实，有生活气息，有艺术魅力，有创造性。其中还有一些特别优秀的作品后来陆续在"侗人网"上发布，并由李威达博士等带去美国展示。

首次"英语培训班"于2001年7月先后在湖南省芷江侗族自治县和贵州省黎平县举办。我和敏文指派我们的大儿子京松专程到芷江、黎平充当翻译并协助工作。参加此次英语培训的有中小学校英语教师和热爱英语的高中学生数百人。通过培训，给参加培训的学员带来许多新的学习方法并提高了学习英语的兴趣。黎平中学还因此开办了长期英语培训班。

# 2002：保护侗族大歌

2001年11月，联合国教科文组织发布了《世界文化多样性宣言》；2002年9月，联合国教科文组织又在土耳其首都伊斯坦布尔召开第三次文化部长圆桌会议，并通过了《伊斯坦布尔宣言》。这两个《宣言》都强调非物质文化遗产的重要性，应该加以保护。

我和敏文得知这些消息之后，心里琢磨，侗族有什么重要非物质文化遗产值得保护呢？由此我们想到1986年侗族大歌首次到法国巴黎演出受到热烈欢迎的场景，联想到1996年我去黎平等地为侗乡缘酒楼招收侗族服务员遇到的有关情况，于是敏文在2000年4月在《侗人快讯》上发出了《救救大歌》的呼吁，并写信建议和协助黎平县人民政府筹备召开"首次侗族大歌国际学术研讨会"，还积极与中国科学院杨多贵等有关专家学者申报了《侗族大歌抢救、保护、继承、发展项目》，这个项目很快得到了黎平县人民政府的积极支持。2003年2月，该项目在黎平县正式启动。启动会上，项目组还与黎平县人民政府签署了《申遗合作协议》，还决定将岩洞镇作为"侗族大歌保护基地"和项目实施地点。这项工作很快得到了黔东南苗族侗族自治州人民政府和贵州省人民政府的高度重视，申遗主体也由黎平县人民政府逐级上升到黔东南州人民政府和贵州省人民政府。

我们的侗人文化家园

在侗族大歌保护项目实施过程中，我们感到有许多具体困难需要解决，如项目组工作人员的食宿问题，前来岩洞参观考察的国内外专家学者的接待问题等等，当时岩洞都没有一个像样的宾馆饭店。经黎平县人民政府批准，我们跟银永明、邓开光、邓开英等亲友决定集资在岩洞镇岩洞村四洲寨创建"侗人文化家园"。为了方便近距离调研、观察、记录侗族大歌及相关文化的生存、发展、演变和保护工作情况，我和敏文以及我们的小儿子京涛也到黎平岩洞来一起参与这项工作，我们自己还花了1万多块钱买了一台摄像机。

当时敏文还没有正式退休，"侗人文化家园"主要由岩洞村党支部书记吴应光负责承建，由我和二儿子京涛负责监督施工。施工期间，我和京涛临时住在吴远模的旧房子里。有一次京涛有事回北京了，当时工地上到处都是木料和刨花，我怕晚上有人到工地上去乘凉抽烟发生火灾，于是我就拿几块木板在工地上搭床，拿张席子铺在木板上，晚上挂上蚊帐就在工地上睡觉。一天晚上，一位喝得醉醺醺的老头儿非要到工地上来乘凉，我不让他来他就是不听，于是我捡起一根木棍大声对他说："你再过来，我就用这根木棍打断你的腿！"醉汉终于乖乖地调头走了。第二天，我把这个情况告诉村子里的妇女们，大家都哈哈大笑，有的还说："这老奶真胆大，真厉害！"

"侗人文化家园"的建设工期要求很紧，阳历3月开始征地、动工，阴历"六月六"就要这里举行"侗族大歌赛",建设工期总共才有3个多月。下面是我和敏文一起起草的《2003年岩洞"六月六大歌赛"实施方案》。

# 2003：岩洞"六月六大歌赛"实施方案

　　根据"侗族大歌保护项目组"和"侗族大歌申遗组"研究决定，2003年7月5日在岩洞镇举办"六月六大歌赛"活动，具体实施方案如下：

　　一、宗旨：保护侗族大歌，弘扬侗人文化，促进旅游开发，发展地方经济。

　　二、参赛队伍：1.各试点学校代表队（必须参加），包括岩洞中学、岩洞小学、竹坪小学、城关四小、岩洞幼儿园；2.岩洞镇所属各村代表队（自愿报名）；3.与岩洞镇毗邻的村寨（如口江、四寨、三龙等）代表队（自愿报名）。各村代表队可在本村预赛的基础上选拔优胜者到岩洞参赛，也可将本村的优秀歌手集中起来组成临时歌队到岩洞参赛。

　　三、参赛歌曲及基本要求：参赛歌曲必须是侗族大歌，每队3首，其中一首统一规定（《蝉歌·Al Laems Leengh》），其余两首各队自己选定具有本地特色的大歌曲目，特别长大的歌曲可演唱其中的一段或两段。每队演唱时间不得超过20分钟，超时扣分。

　　四、评分标准：1.内容健康，风格独特，有地方代表性；2.声音洪亮、整齐，有感情色彩；3.衣着朴素、大方，有地方特色；4.必须用侗、汉双语报幕，并用汉语介绍歌词大意。如能用侗、汉、英三语报幕，另加分。

　　五、评委：由大歌赛组织组聘请5～7名大歌专家或侗族歌唱家担任。

　　六、奖金及证书：大歌赛拟评出一等奖1名（1500元），二等奖2名（1000元），三等奖3名（800元），其余各队均发给参赛奖（另定）。

　　七、报名时间和地点：2003年6月15日以前将歌队名称、演员人数、领队人、联系电话统一报到岩洞镇人民政府办公室，联系人：龙家惠、邓开广，电话：0855-6195008。

八、其它：岩洞村以外的参赛队员及领队，每人发给交通费10元、午餐费5元，并由岩洞村按传统习俗统一安排午餐。所有筹备和组织工作由岩洞镇人民政府统一安排。

九、经费预算及来源：上述经费及有关筹备费用全部由"两院侗族大歌保护项目组"支付，共计人民币约2万元。

2003年4月10日邓敏文、龙月江草撰

# 创建侗人文化家园

为了让中国科学院和中国社会科学院专家学者们方便顺利实施《侗族大歌抢救、保护、继承、发展项目》和促进当地旅游事业，经黎平县人民政府批准，我们决定自筹资金在岩洞镇岩洞村建设"侗人文化家园"。因当时敏文还没有正式办理退休手续，他正忙于自己承担的其他科研项目的结项工作，所以让我和京涛住在黎平岩洞主持侗人文化家园的筹建工作。

侗人文化家园位于岩洞镇岩洞村泗州寨东面，采取股份制的办法筹资，包括我和京涛在内的多数股东都主张采取招标的办法寻找承建人，但敏文固执己见，主张就在岩洞本地寻找承建人，以利于培养当地房屋建设人才。结果这个任务落在了当地木匠、当时岩洞村党支部书记吴应光身上。

因当时建设工期很短，2003年农历二月开始征地，当年农历"六月六"就要在这里举办"黎平县首届侗族大歌赛"，我们和工人都很着急。当时岩洞村也没有什么基础设施，既没有像样的旅馆，也没有像样的饭店。我和京涛只能暂时住在当地农民的旧房子里。既没有厕所，更没有卫生间。为了方便洗澡，我们只能从北京买几个用塑料袋制作成的"太阳能热水包"放在我们自己用废木料搭建的临时卫生间上面，周围用废旧床单围住。当时正值夏天，白天塑料袋的凉水经太阳一晒，晚上就可以有热水洗澡了。当地群众见了觉得不错，花钱不多，也纷纷委托我们帮他们从北京购买。

当时我最担心的是防火问题，因为岩洞村泗州寨的农民当时都住木楼，我们的侗人文化家园也是全木结构。开工建设以后，工地上到处都是木料和刨花，所以我们必须时刻看管，白天黑夜都要有人值班。有一段时间，京涛回北京办事去了，就剩下我一个老太婆看管工地，我就干脆搬到刚刚装上楼板但还没有板壁的"新房"里去居住。

经过木匠们的共同努力，我们的侗人文化家园基本能按时投入使用。当年"六月六侗族大歌赛"就在新建的侗人文化家园里举行。

# 非典带来的恐惧

2003年，我们全家都在北京过春节，当时岩洞"侗人文化家园"已经开始筹建。过完春节，敏文就催促京涛赶紧回黎平岩洞去主持"侗人文化家园"的建设工程。没想到京涛刚离开北京两天，北京的SARS（非典型肺炎）疫情突然严重起来，到处封路。敏文坐立不安，赶紧给京涛打电话，叫他赶紧返回北京。幸好那时京涛已经买了手机，京涛在手机上说："我都已经到怀化了，已经快到家门口了，您又让我回北京去。我不回去！"父子俩就在电话上争吵起来。

我冲着敏文说："让孩子赶紧回岩洞去是你的主意，现在你又让孩子赶紧回北京来，你究竟想干什么？"

敏文说："难道你不看电视？难道你不知道这个非典有多厉害？北京都封路了，难道你还要让我们的儿子把非典带去老家、带到贵州去吗？难道你愿意当历史罪人吗？"

我说："你也太上纲上线了，非典又不是咱们家制造出来的！你怎么知道咱们孩子的身上带有非典病毒呢？"

敏文说："不怕一万，就怕万一！"敏文红着脸继续说："如果黎平那边也封路了，京涛前不着村，后不着店，那怎么办？"

我说："孩子都40多岁了，他自己有嘴有腿，你真是杞人忧天！再说，你现在让他回来，他就不回来，你有什么办法？随他去吧！"

我们在北京吵去吵来，也吵不出什么结果。最后敏文又给黎平县民政局他的侄子邓开光打电话询问黎平封路了没有，得到的回答是目前还没有封路。于是我赶紧给京涛打电话，叫他赶紧找车去黎平。

果然，京涛刚到岩洞两天，他就打电话回来说："黎平也封路了！"

好险啊！

# 2005：开始写《侗妹》

自从京涛的网吧关张以后，我也有了一台属于自己的台式电脑，有空的时候自己可以在电脑上继续练习打字或帮敏文等人录入文章。

从日本回来以后，我没有太多的事情做，但敏文一直很忙，白天黑夜都在写东西，有时我做好饭，喊他吃饭他都不耐烦。我心里想："你写我也写！"但我又不知道自己该写什么。后来我才想到我们研究所有许多同事经常问我:"小龙,你是怎样来到北京的?你是怎样和老邓认识的?"于是我就开始把这些事一件一件地写下来。当我写到小时候跟随妈妈一起来北京在路上遇到困难的情景,写到当年我在北京读书时冬天因为没有棉鞋被老师叫回家去穿棉鞋的情景,写到我读五年级时因交不起几元钱学费只好退学的情景,我的眼泪就不由自主地流了下来。

敏文见我边写东西边擦眼泪,觉得奇怪,他问:"你在写什么呢?怎么边写东西边擦眼泪呀?"

我也不理他,还是自己边写边擦眼泪。后来,自己控制不住还真哭出声音来了。

敏文赶紧过来拍拍我的肩膀问:"能让我看看吗?"

我擦了擦眼泪说:"没有什么秘密的,你想看就看吧!"

敏文看着看着,他自己也擦起眼泪来了。最后他说:"写得不错嘛!只是错别字太多,有些句子也不太通顺。"

我说:"那你帮我改呀,你也不是不知道我小学都没毕业。"

敏文说:"好吧,等我有时间帮你改改。"他继续说:"这些纪实性的材料都很珍贵。你就一件事一个故事写下来,越真实越好,越详细越好。"

我说:"我哪里有那么多时间天天写呀?我每天要买菜做饭,还要给你洗衣服做家务。"

敏文说:"不是让你每天都写,也不是叫你从头到尾一次就写下来。你想起什么事,等有空了,就赶紧写下来,以后再按时间先后把这些故事串起来编成一本书就行了。"

我笑着说:"照你这样讲,今后我也能成作家啦?"

敏文说:"如果你能这样坚持写下去,有这个可能!"

就这样,我一有空儿就回忆过去自己亲身经历的那些事情,就把过去的事情一件一件地写下来,也不管有用没用。

# 2006：当农民，种糯稻

在保护侗族大歌的过程中，我和敏文都深刻地认识到侗族大歌跟软田糯稻的关系非常密切，所以从2005年秋天我们就在侗乡各地采集传统糯稻品种，并和贵州大学龙宇晓一起积极申报了《糯稻保护与开发项目》。

糯稻项目的主要实施地点是在黎平县岩洞镇岩洞村、竹坪村；双江乡坑洞村、黄岗村、四寨村。我的主要任务是"协助项目实施负责人邓敏文对本土香禾糯品种的采集、保管和实验种植，以及项目的宣传；并担任本项目的信息联络员，负责项目日志和文档的管理，以及与项目骨干成员、专家、地方干部和参与农户的联络工作"。

这个项目很快得到了批准，并给予资助，贵州大学财务部门监督管理。项目办公室设在岩洞"侗人文化家园"。2005～2006年共采集到40多个传统糯稻样品，并于2006年开始进行同域和异域实验种植。我和敏文从年初到年底一直在岩洞主持实验种植工作，二儿子京涛也来岩洞协助我们。

2006年的实验种植工作进行得比较顺利，我们的实施办法是：1.把从各地采集来的传统糯稻品种交由当地农户自愿报名参加实验种植；2.每亩按2005年种杂交稻的实际产量并按照2006年市价（每斤1元人民币）计算2005年产值；3.2006年自愿参与种植糯稻的农户按每亩产1200斤杂交稻计算产值1200元人民币；4.由项目组与自愿参与种植糯稻的农户签署

我在黎平岩洞采摘糯稻

合同，每斤糯稻按2元人民币计价，如每亩超过1200元产值则按超过数量给予奖励；如每亩达不到1200元产值，则按减产的数量给予补偿。结果，2006年参与糯稻实验种植的农户95%以上都得到了奖励，只有个别农户达不到预定产值，但也都得到了减产补偿。参与糯

我在黎平岩洞打草鞋

稻实验种植的农户都很高兴，传统糯稻品种也得到了保护。

2007年由于项目资金未能及时到位，项目组内部也产生了一些矛盾纠纷，我们只能退出糯稻项目组，原计划实验种植工作也被迫中断，我和敏文只能根据自己的财力和人力在岩洞"侗人文化家园"的糯稻实验田里继续进行。至2018年，我们前后共采集到62个传统糯稻品种样品，并先后进行了实验种植，取得了一些相关数据，包括植株照片、生长期、产量高低、品质优劣等等。我们把部分优良品种积极向当地农民推荐而使它们得到了有效保护，但也有许多容易倒伏、产量较低、谷芒较长不易加工的品种只能保存相关标本、图片和文字资料，这些品种的生态延续得不到应有的保护，我们深感遗憾！

在这20来年的时间里，我和敏文除了有特殊事情回北京外，大部分时间都在黎平岩洞生活、工作和劳动，包括保护侗族大歌、软田糯稻及相关文化，参与种稻、种菜、养鱼、养鸭等等，过得还比较充实、愉快。

# 2007：大孙子睿睿出生

2007年春节前我和敏文都还在岩洞生活，大儿子京松从北京给我来电话说："妈，我们因不小心，我媳妇利华怀孕了，您说要不要这孩子呀？"

我说："上帝给我们送来这份最珍贵的礼物，我们为什么不要呢？"

京松说："利华还在读博，我还要上班，利华的父母都在外地，谁来管孩子呀？"

我说："车到山前必有路，到时候再想办法吧。"

2007年插完秧，我和敏文就回北京了。到北京后，我赶紧给未来的大孙子或大孙女准备衣物和被褥。孩子于2007年8月11日下午4点钟出生，是个男孩，我们全家都很高兴。

给孩子起什么名字好呢？全家人展开了讨论。首先爸爸姓"邓"，根据中国人的传统孩子也应该姓"邓"，这都没有什么问题。但妈妈姓"周"，也希望把"周"姓加上。我问：《百家姓》上有'邓周'双姓吗？敏文说："好像没有。"我问："那怎么办？"敏文说："咱们创造一个'邓周'双姓不就行了吗？"敏文接着说："我听说港台地区有许多人的姓都是既有父亲的姓，也有母亲的姓，如香港的陈方安生、范徐丽泰、陈冯富珍等等都是父亲的姓加母亲的姓。其实，中国古代也有双姓，如诸葛亮、司马相如、上官婉儿等等。"

我说："那咱们就给孩子创造一个'邓周'双姓吧。"京涛和利华都表示赞同。

京松问："要不要字辈？"

敏文说："字辈还是要的，不然就无长序之分了。"

京松说："那我和我弟弟跟老家堂哥堂弟的字辈不一样呢？他们都是"开"字，如'开模''开科''开盛'等等，而我和京涛都是'京'字辈呢？"

敏文说："当时我们是给你们起小名，是为了纪念你们在北京出生，不是书名，后来你们上学时也没再给你们起书名了，这是历史的失误，下不为例。"

我问："那京松的这个孩子该轮到什么字辈呀?"

敏文说："该轮到'怀'字辈。"敏文又说："其实,我们邓家早年也没有字辈,都是清代中期当地有了学堂,长子上学时让老师临时找个字辈安上,等弟弟妹妹上学时也跟着这个字辈起书名才有字辈。直到1985年11月,竹坪村邓氏族人经过讨论才正式确定为'士映述建思然敏,开怀明义永忠良;家邦正道峰齐世,兴荣繁茂振华强'28个字辈。"

我说："那就照这个'怀'字辈给孩子起名字吧。"

京松说："那就叫'怀睿'吧,睿智的'睿'。"

敏文说："这个'睿'字可不好写哦!"

京松说："不好写才能让他认真去写呢,写字做事才不马虎呢!"

我说："好了,这孩子就叫'邓周怀睿'了,赶紧去办出生证,赶紧去上户口。"

# 2008:购房交响曲

2008年,北京市出现一股购房风潮,许多人贷款买房。我们家原来住在劲松9区902楼9层08号房,只有两个卧室,也没有客厅。我和敏文住一个卧室,两个孩子共住一个卧室。后来孩子都长大了,该娶媳妇了,我们才觉得房子不够住了,单位才让我们搬到同楼有3间卧室的13层07号房,但也没有客厅,总共才74平方米。

再后来,住房实行商品化改革,按级别敏文应该住120平方米的房子,单位打算把潘家园小区"高研楼"中一套120多平方米的房子分给我们家。开始我还挺高兴,后来细细琢磨,觉得不行!我心里想:"房子虽然大了,但两个孩子都是男孩,成家后怎么办?我们老两口跟两个儿子住在一套房子里尽管不太方便,但也可以对付。两个儿媳妇是否能住在一套房子里就很难说了!万一她们合不来,天天打架怎么办?"于是我也没跟敏文商量,就自作主张去找所领导。

当时我们所是郎樱副所长管分房，我直接上她家去诉说我家的困难和我的想法。郎樱说："那怎么办？"

我说："请您想办法给我们家补一套小房子吧。"我接着说："补给我们家一套小房子，今后我就可以让一个儿子和他媳妇住到那套小房子里去，免得今后两个儿媳妇天天见面。抬头不见低头见，哪能不发生点矛盾纠纷呢？"

郎樱说："你说的不是没有道理，但我从哪里找一套小房子来补给你们家呀？"

我说："根据我的了解，你们打算让本所住在本楼1005号房的司机李桂明搬到成寿寺原来白庚胜副所长住的房子里去。把李桂明那套小房子补给我们家，让白庚胜副所长搬到潘家园那套打算分给老邓的大房子里去，这不是三全其美吗？"

郎樱说："这个办法挺好，但要看小白愿不愿搬。"

我说："这事我去跟小白说。"郎樱说："那好吧。"

"小白"就是白庚胜，原来是南方室副主任，敏文是主任，他们是老搭档。小白跟我的关系也很好，我能调到中国社科院，就是小白带我去找王平凡所长。小白的母亲从云南来北京看小白，我也曾多次去看过他的母亲。后来小白被提拔为副所长了，跟我们的关系一直很好。

当晚我就给小白打电话说明我家的困难和我的想法。小白说："好呀。谢谢龙阿姨！"就这样，我们三家各得其所，皆大欢喜。

照理说，我们家已经有了两套房子，而且是在同一栋楼里，房子虽然不大，但居住肯定是没有什么大问题了。但是，在商品社会中，谁不想发财呢？在购房风潮中，我和敏文也都动心了，也确确实实失去了两次很好的机会。

第一次是我姐姐的二女儿李珍给我们提供一个线索：他们家居住的北苑小区有一套复式二手房要出售，总面积140多平方米，还有一个30多平方米的平台，售价总共才40多万元人民币。因为我们不敢向银行贷款，自己手头的钱又不够，所以没能成交。

第二次是中国社会科学院在河北燕郊买了两栋精装修楼房内部销售给本

院科研人员，每平方米才3000多元，我们已经登记了两套，共200多平方米，但后来也是因为不敢向银行贷款，又放弃了。

现在，这些房子都是几万元一平米，我和敏文都很后悔，但后悔又有什么用呢？只能怪我们自己没有经济头脑，胆子太小！

# 2009：《侗妹》上部出版

《侗妹》（上部）从2005年开始写作到2008年出版，历时3年多的时间。在这段时间里的酸甜苦辣我不想多说了。在这里，我只想把2009年1月13日在北京航空航天大学如心会议中心举行的"《侗妹》（上部）首发式暨研讨会"在"侗人网"上报道的有关文字和图片资料如实转载如下：

## 《侗妹》首发式暨研讨会在北京举行

龙月江的自传体长篇纪实文学《侗妹》上部（1946~1975）于2008年10月已面世。这是一首普通的人生之歌，这是一段平凡的生活故事。平凡孕育着深刻，平凡经历着曲折，平凡折射着时代。这是贵州天柱侗族才女创作的一部力作。

"《侗妹》首发式暨研讨会"于2009年1月13日在北京航空航天大学如心会议中心举行。首先由作者介绍创作经过。接着与会者先后发言，向作者表示祝贺。大家一致认为，龙月江以深厚的生活底蕴，惊人的记忆，酣畅的语言，从平凡的生活故事中，折射出20世纪下半叶的社会生活，亦文亦史，亦咏亦叹，亦生活亦画面。文学不是专业作家的专利，热爱生活的人民大众也可走进文学殿堂，也可创作出有价值的文学作品，龙月江就是一个活生生的典型（发言摘要附后）。

首发式暨研讨会由侗族文学学会副会长、侗族诗人、青年艺术家、中共

我在《侗妹》上部出版座谈会上发言

北京航空航天大学党委宣传部部长蔡劲松主持。与会的有：侗族文学学会顾问黄保慧、粟周熊、邓敏文，副会长杨进铨、黄松柏，秘书长杨玉梅，中央民族大学语言学博士姜莉芳，北京民航局干部石绍章，金松林动画公司总经理杨琳，《国画经典》主编扬可，中国科学院心理研究所专家杨光炬，北京航空航天大学龙向阳等。

（侗族文学学会秘书处供稿）

一段历史的温馨记忆
一个家庭的艰辛历程
一个爱情的真挚抒怀

## 怎么说都不为过的《侗妹》
### ——龙月江《侗妹》首发式暨研讨会发言摘要

王梅

2009年1月13日，龙月江自传体长篇纪实文学《侗妹》首发式暨研讨会在北京航空航天大学如心会议中心举行，在京部分侗族文学学会会员参加了会议。大家踊跃发言，高度肯定了《侗妹》的社会历史价值及文学价值。在此将部分发言摘要传给各位网友，让我们祝福《侗妹》，参与《侗妹》的宣传评介，更祝愿有更多的平民作家崛起，有更多的侗族作家在新世纪的文学舞台闪现。

**蔡劲松：**

正如潘年英教授说的，龙老师的写作，《侗妹》的出版，对于传统的文学创作是一个巨大的挑战。龙老师的这部作品，真实地记录了一个时代，值得细细品味，尤其是里面的书信往来，弥足珍贵。先请龙老师谈谈自己的创作起因与写作过程。

**龙月江：**

我首先要感谢大家为《侗妹》举行这样一次活动！我写《侗妹》的起因很简单，那就是为了和我的先生邓敏文"斗气"。那时候我见邓每天泡在"侗人网"上，不干家务，不干正事，我很有气。于是我心里想："我虽然不会上网，但我会用电脑打字。"于是我就把自己的"故事"给打下来。打着打着，我还真动了感情。想起伤心的往事，我就控制不住自己的眼泪了。邓见我边打字边流泪，觉得奇怪，就过来看。结果他也被感动了，也流下了眼泪。于是邓说："我帮你把这些故事传到侗人网上去吧。"我既不表示同意，也不表示反对。于是邓就帮我注册了一个网名，并以"龙月江"的名义将我写的"故事"陆续传到"侗人网"和"木楼人家"网上。没想到我的这些"故事"引起了网友们的关注，并纷纷在网上发表意见来支持我，鼓励我。我很感动。说真的，我从来没想到要搞什么文学创作，更不可能成为什么文学作家。因为我的文化水平实在太低，连小学都没毕业。《侗妹》能有今天，全是大家支持、鼓励和帮助的结果。所以我要再次感谢大家！

**邓敏文：**

我是《侗妹》的第一位读者，也是其中的主要人物之一。我认为《侗妹》的主要价值不在文学，而在历史。因为它比较真实地记录了一个普通侗族妇女的人生故事。我认为，人类的历史是由全人类共同创造的历史。是由每一个人的人生故事组成的历史。包括大人物和小人物的人生故事。以往的文学创作，尤其是自传体的文学创作，多半是写"大人物"的人生故事，或由"大人物"写"小人物"的人生故事。《侗妹》则是小人物写自己的人生故事，是记录变革时代一个普普通通的侗族妇女的人生故事。以往，我们侗族之所以没有本民族的"文字史"，就是因为我们不会书写我们侗人自己的人生故事。希望今后我们侗族有更多自己的人生故事出版面世。

**黄松柏：**

第一，祝贺《侗妹》的出版。这是咱们侗族文坛的大事，也是侗族文学会的大事。这本书非常真实、亲切、自然，以朴素的语言记录了一位侗族女孩的成长史，也是一个家庭与家族的历史变迁的一部分，更是社会主义中国的社会发展史的侧面。作品反映了一个侗家女儿的人生奋斗的历程。

第二，作品倾注了作者对民族的美好情怀，表现了侗民族的美好品性。比如在困难的处境中互相帮助、互相体恤的美德，那种自我承受、不麻烦他人的品德，这也是一个民族奋斗不止精神的一种体现。

第三，《侗妹》开创了一个先河，即不是说只有有文凭的人才能写作，没有文凭的人也同样可以创作出感动人心的作品来。不管是对这段社会历史进程的真实记录，还是对民族美好情怀的表现，还是个人创作，都是非常有意义的，具有启迪作用的。

**杨进铨：**

首先是祝贺。我认为龙月江的《侗妹》也属于文人文学，而不是民间文学。民间文学是没有作者的，是集体创作的。当然，有的民间文学作品也有作者，但不像文人文学那样普遍，那样明确，那样一开始就用文字固定下来。《侗妹》也不单单是记录历史，它是一个时代的画卷，是纪实文学。它以形象来反映社会，让人得到心灵的熏陶。我认为龙月江是一位工人作家，她有惊人的记忆，她用生动而朴实的语言记录下真实的生活，很有意义，很不简单。

**粟周雄：**

天柱是产生作家的地方，有很好的文学传统。其中有许多天柱作家都出生于石洞，如张作为、谭良洲、潘年英等都是天柱石洞镇人，《侗妹》的作者龙月江也是石洞人。石洞镇的生活条件很差，但那里的人们有一种坚韧不拔的精神，也许正是这样一种条件与精神造就了这里的作家。

**杨玉梅：**

首先，我感到《侗妹》有力地说明了一个问题：生活是文学的基础。生活是文学创作的源泉。虽然龙阿姨以前没有很高的文凭，或许也没有读过多少文学作品，受到的文学熏陶并不多，但是她有生活，有丰富的生活经历，并且能够真切地记住生活的细节，有了深厚的生活积累，促成了龙阿姨的成功。有些年轻作家文笔很好，可是没有生活，是很难写出好作品的。

第二，《侗妹》是一种底层叙事的模式。底层叙事在新世纪是一个热门写作，可是龙阿姨的底层叙事里的内容是上个世纪40年代以来的历史，而不是像现在流行的属于农民工进城的当下底层写作。对于80年代之前的历史，在文学史中我们读到的基本上都是属于宏大叙事，是一种政治层面的历史，是政治意识形态的写作，而《侗妹》是从底层的视角对历史进行解读，让我们窥见了历史的另一面 —— 来自老百姓的真实的一面。从这一点来说，《侗妹》具有一定的填补历史空白的意义。

第三，《侗妹》写得很朴素，语言通俗易懂，没有故弄玄虚。其实，高尔基说过，应该写得朴素，愈朴素愈好，而且愈朴素愈能打动人。《侗妹》就是以质朴的语言和真挚的感情而打动人心的，是真正的好作品。

所以，从以上三点也可以说明，《侗妹》不仅具有特殊的社会价值，更具有独特的文学价值。

**杨琳：**

我要代表今天在座的所有侗妹感谢《侗妹》的作者龙阿姨为我们提供这样一本书写侗族女性的好书。从书中许多来往信件中，我们可以感受到那个时代人与人之间的真诚态度和深厚情感，读来很令人感动。

**石绍章：**

《侗妹》记录了一个侗族姑娘从侗妹变成侗奶奶的人生经历，将那个时代一个普通人的曲折人生道路生动地展现出来，也是侗妹自己的独特人生的记录。可以说，《侗妹》是一种平民自传。《侗妹》的写作过程也可以说明一个道理：文化水平不高的人同样能写出好的作品，写作并不是高文凭人的专利。

**黄保慧：**

《侗妹》生动地记录了老一代侗家人的生活状况，让年轻人了解历史，具有重要的社会意义。

**杨珂：**

《侗妹》的许多情节写得很细，情感表达也很细腻，可能是《侗妹》的作者是一位侗族女性的缘故。男人肯定是写不出这样的作品来的。

龙向阳：

我也是石洞人，作品的部分章节在网上曾经读过，非常喜欢，也很感动。这些故事反映了个人的奋斗过程。写作本身也是一种奋斗。《侗妹》不仅让我们从文学方面获得精神享受与快乐，对我们更是一种教育，一种精神上的鼓励。

杨光炬：

从网上读到过《侗妹》的节选，今天是慕名而来参加这个研讨会的。我也是天柱人。龙阿姨从那个时代走过来非常不容易。对我们年轻人来说，《侗妹》是一部很好的了解那段历史的文学读本。

姜莉芳：

面对《侗妹》，自己觉得很惭愧。《侗妹》作者没上几年学，没读多少书，却能写出这样一部作品来。对我们这些年轻人来说，的确是一种鼓舞，一种鞭策。

# 组建京城侗歌队

2005年5月，侗族大歌被中华人民共和国文化部批准列为国家级首批"非物质文化遗产代表作"，2009年9月底，侗族大歌被联合国教科文组织批准列为世界级"人类非物质文化遗产代表作"，侗乡人民欢欣鼓舞。正好这时，1996年曾经约我在北京大观园附近创建"侗乡缘酒楼"的李增林经理又约我在朝阳区平乐园开一家具有侗族饮食风味的"侗乡源酒楼"，并让我赶紧从黎平招一两位会唱侗歌的年轻人到酒楼来当服务员。我把吴金燕和吴燕群叫来了。当时我和敏文都在北京，敏文说："现在侗族大歌已经申遗成功，咱们能不能在北京组建一支‘京城侗族大歌队’呢？"

我说："这个主意不错！"我接着说："不过，这个歌队不能光唱侗族大歌，以侗族大歌为主，其他侗歌也要演唱，比如我们天柱的侗族酒歌，侗族玩山歌等等。"

敏文说："那就叫‘京城侗歌队’吧。"

第二天，我把敏文的建议告诉李经理，李经理高兴地说："这个建议太好了！训练场地我这里可以免费提供。"

2009年10月我们开始在北京筹建"京城侗歌队"，在北京工作学习的侗族同胞都积极表示支持。11月7日下午，"京城侗歌队"在北京平乐园"侗乡源酒楼"进行首次集中学习训练。来自中央民族大学、中央音乐学院、中国社会科学院、清华大学、中国人民大学、中国农业大学、北京师范大学、北京工业大学、北京交通大学等单位的侗族同胞和兄弟民族朋友共30余人参加了学习训练。其中有大学教授、研究员、博士、硕士、学士及公司老总、经理等。最年长者79岁，最年轻者22岁。并临时指定正在中国音乐学学院学习的潘永华和在"侗乡源酒楼"打工的吴金燕担当教练。

2010年6月3日，京城侗歌队在中国民族民间音乐最高学府 —— 中国音乐学院阶梯礼堂举行的侗族硕士研究生潘永华在独唱音乐会上首次公开亮

2009年11月京城侗歌队成立合影

相。从那以后，京城侗族大歌队的队员们一直活跃在北京一些大大小小的舞台上，也曾多次在中央电视台上露面。吴火霞、吴传娟等侗族音乐专业人才都先后担任过这个歌队的队长。

我非常喜欢"京城侗歌队"的这些孩子们，跟他们在一起我感到特别高兴，也觉得自己年轻了许多。他们也喜欢我，经常到我们家来做客，有的叫我奶奶，有的叫我阿姨。他们一点也不拘束，想唱就唱，想跳就跳，想笑就笑，有什么心里话也愿意跟我诉说，还经常在我们家里自己做饭，做菜，洗碗，打扫卫生等等，就像自己家里的孩子一样。隔壁邻居经常问我："你们家怎么有那么多孩子啊？"

我总是笑着回答："是呀，他们都是我们侗家的孩子！"

# 2013：三族三国特色家庭

2013年，我家老二京涛结婚了，他的妻子是一位朝鲜族姑娘，姓郑，辽宁省抚顺市人。据说他们的祖先来自韩国。2013年9月26日，小郑生了一个男孩，起名叫邓郑航，据说是为了纪念郑氏航海家郑成功。按邓家的字辈，应该叫邓郑怀航，我就叫他航航。航航的姥爷（外公）和姥姥（外婆）一直在韩国工作，他们家的许多亲戚现在也都在韩国。

航航出生刚几个月，姥姥就把航航接到韩国首尔去居住了。这样一来，我们这个家便成了一个以中国侗族为主体的"三族三国特色家庭"。其中我和敏文都是侗族，两个儿子也是侗族，大孙子睿睿和小孙子航航生下来也都报侗族；大儿媳妇是汉族，二儿媳妇是朝鲜族，这就是"三族"。目前我和敏文以及两个儿子都在中国生活或工作，大儿媳妇在加拿大工作，二儿媳妇原来在北京"三星公司"工作，后来也不知道是什么原因，"三星公司"迁回韩国了，二儿媳也随公司调去韩国工作了，这就牵连到了"三国"。这种妻离子散的"特色家庭"究竟能维持多久？我真的不敢想象！

当年我和敏文一个在北京，一个在贵州，十天半月才能看到对方的一封来信，除了思念还是思念，但也没有办法，只能是"千里共婵娟"！直到1976年初敏文调来北京，我们才能团聚。现在有了越洋电话，有了电子邮件，有了QQ，有了微信，有了视频，随时可以联系，真是"天涯若比邻"啊！

# 2015：出席中国 — 东盟稻作文化论坛

2015年9月，我和敏文应邀去广西南宁参加"2015中国-东盟稻作文化论坛"。15日我们由从江高铁站乘坐动车前往广西南宁。

这次论坛，有来自泰国、越南、老挝、柬埔寨、缅甸、美国、澳大利亚、印度以及中国各地的专家学者共40多人。与会者就水稻的历史、演变、现状及相关文化进行了广泛的探讨并取得了很多共识。

敏文演讲的题目是《糯稻之道》。汇报了侗族人民在历史上种植糯稻的情况，讲了糯稻和侗族人民生产生活的密切关系，也汇报了10多年来我们在黎平岩洞进行糯稻实验种植的有关情况。敏文的发言引起与会专家学者们的极大兴趣。

会上，我的主要任务是拍摄照片。会下，我也跟一些会讲汉语的专家学者进行交流。如我跟越南社会科学院一位叫吕明恒的教授交流时得知：古代越南人也跟咱们侗族一样喜欢种糯稻，喜欢吃糯米饭。

2015年9月我出席东盟会

这是我第一次到广西南宁，也是我第一次亲身参加这样高级别的国际学术会议，开了眼界。9月17日，我和敏文在侗族同胞粟永华、杨均特的陪同下到医院看望了85岁高龄的侗族老人冼光位。中午，广西侗学会住南宁部分侗族同胞在侗乡文化油茶馆聚会并招待我们吃午饭，95岁高龄的侗族老人莫虚光和他的夫人也兴致勃勃、精神矍铄地前来聚会，我很高兴，也很受感动。

# 2016：韩国之旅

我们的小孙子航航出生不久，航航的姥姥就把航航接到韩国去了，我们很想念他。于是我和敏文决定2016年春节期间去韩国看望航航。

1月31日晚上北京时间7时整，我们乘坐的中国国际航空公司CA137航班从北京首都国际机场正点起飞。从言谈举止中我们得知，坐在机舱里的大多是中国乘客。

首尔有两个国际机场 —— 金浦机场和仁川机场。我们乘坐的飞机于当天晚上首尔时间9点30分平安降落在位于首尔市西部的金浦国际机场上。因为首尔在北京东边，北京和首尔有一个小时的时差，所以飞机实际只飞行了一个半小时，比从北京飞贵阳还少将近一半时间。机票价格也因不同时段或不同航班差别很大。需要顺便说明的是，我们此次韩国之行，办理的是五年多次往返的长效签证。也就是说，今后五年，我们在中、韩两国之间旅行，就可以不用再办理签证手续了。这就是改革开放给我们带来的一种方便。可能是这个原因，所以北京和首尔之间每天都有数十个航班往来飞行。因为我们有通晓韩国语的二儿媳同行，所以一路顺风，没遇到什么麻烦。

办完通关手续走出海关，在出口处迎接我们的是亲家公、亲家母和我们日夜思念的刚两岁多的小孙子。小孙子航航见到我们，立即用两只手做成喇叭形高喊、"爷爷！奶奶！爷爷、奶奶……"我们很高兴，也很感动，我立即跑过去抱起孙子，并用嘴在航航的脸上、额头上亲他。航航也不认生。

跟航航的姥姥、姥爷寒暄几句之后，我们便坐上他们开来的汽车离开金浦机场。这时，首尔已经入夜，灯火通明。沿途的车流、人流及五光十色的高楼大厦我们在北京已经司空见惯，不足为奇。大约花了一个来小时，我们便来到了亲家事先为我们安排的住处，而后全家一起到附近一家昼夜营业的韩国风味餐馆吃夜宵。骨肉相逢，亲人相见，自然有很多说不完道不尽的话语，直至深夜。

因为我们这次韩国之旅的主要目的是看望小孙子航航，所以在这里先讲讲有关航航的故事。前面已经说了，2013年9月26日航航在北京出生，父亲是侗族，母亲是朝鲜族，外公、外婆都在韩国首都首尔工作。这就注定了航航是一个跨族、跨国的小孙子。由于外公、外婆特别喜爱航航，因此航航由从他出生前好几个月就已经特意辞掉工作的外婆照管。航航现在刚两岁零三个月，小小年纪，却已经在中韩两国的国际航线上飞行了四五次。这在咱们侗族发展史上恐怕也是首屈一指！

因为小航航从出生前到今天重逢一直由外婆照管，所以作为爷爷和奶奶的我们跟他相处的时间加起来也到不了10天。奇怪的是，31号晚上我们一出海关，他就跑过来用很不地道的汉语大声地、不断地呼喊："爷爷、奶奶、爷爷、奶奶……"当我们眼含泪花把他抱起来的时候，他还用那稚嫩的小嘴在我们的脸上不断地亲吻。这是外婆、外公教育的结果？还是血缘关系在起作用？我们不得知之。或许这两种因素都是缘故！

今天（2月1日）下午，小航航的外公上班去了，外婆和航航的父母也有事需要外出。他们问我们能不能在家照管一下航航。因为我们昨天晚上刚到首尔，今天就让我们承担起爷爷、奶奶应尽的职责，我们真的心有疑虑，但又不好回绝。我们只好硬着头皮答应："试试看吧。"

趁着航航不注意的时候，外婆走了，他的父母也出门了。当小航航醒悟过来的时候，见屋子里只有爷爷和奶奶，就赶紧跑到门口去哭着，叫着，说些什么我们一句也听不懂。这可怎么办呀？

还好，当我们把他拉到屋里和他一起玩积木的时候，他居然又高高兴兴地笑了。因为我们不懂韩国语，航航的汉语水平也很低，所以祖孙三人只好用最原始的交流方式——手语来表达彼此之间的情感。突然，小航航自己把裤子全部脱光，随后就光着屁股往卫生间跑。我们只好紧随其后，看他究竟想干什么。只见他先把马桶坐垫放下，接着使劲往上面爬，然后坐在上面拉尿。拉完尿，他又把马桶坐垫掀开，最后放水冲洗马桶。如果不是我们亲眼所见，真不敢相信一个刚刚两岁零三个月的孩子能如此熟练地解决自己遇到的难题！这是一种本能，还是一种习惯？我们不得而知，或许两者都是！

航航和我们一起玩积木，玩接球、玩游戏，叫声不断，笑声不绝，可开心了。爷爷累了，便紧挨衣柜门席地而卧。航航却非要把爷爷给拉起来，并让爷爷走开。爷爷只能听从他的指挥。他把爷爷身后的柜门打开，自己从柜子里搬出枕头和毛巾被，自己先抱着毛巾被躺下，然后拉着爷爷、奶奶和他一起躺下。我们知道他玩累了，困了，只好装着跟他一起睡觉。他很快就睡着了，而且睡得很甜，很香，直至他的外婆和父母归来……

我们这次的韩国之旅，不知是凑巧还是特意安排，亲家没有让我们住旅馆，也没有让我们和他们及儿子、儿媳一起住。而是让我们老两口单独住在一套普通的居民楼里。这是亲家原来租住的一套小房子，因为他们正好刚搬到另外一套比较大点的房子里去居住，所以就让我们暂时居住在这套比较小的房子里。这样安排，或许是让我们获得充分的自由，或许能让我们体会到韩国普通人家的日常生活。

我们暂住的这套房子虽然不大，总共也就40来平方米，但设备齐全，卫生间、厨房都有，很方便。起居室和厨房都有地暖，室内温度基本上都保持在21～24摄氏度之间，所以必须先脱鞋才能进屋，进屋后必须脱掉外衣。起居室里除了几个衣柜和一台电视，其余都是儿童玩具。起居室没有床，没有沙发，也没有凳子，更没有写字台。我们白天都是席地而坐，吃饭也是如此。晚上再从衣柜里把被褥等物取出来铺好，然后再席地而卧。亲家母见敏文起坐不便，特地找来一个塑料凳子作为敏文的专座。于是敏文又自作主张将衣柜的一层改作他的工作台，用来上网、写作等等。

厨房用具一概俱全，24小时都有热水。冰箱、带烤箱的燃气灶等应有尽有。外加一个可以晾晒衣物的活动金属架，晚上可以用来晾晒衣物，白天可以折叠起来节省空间。因为首尔是世界上人口最稠密的城市之一，所以必须学会利用和节省空间！

2月7日是韩国的除夕之夜。韩国人讲究除夕之夜全家团聚。昔日车水马龙的首尔今天格外清静，既没有北京张灯结彩的节日氛围，更没有燃放花炮的弥漫硝烟，平时高朋满座的饭店也都挂上了"连休停业"的牌子。亲家公的三天春节假也于今天开始。

下午1点多钟，亲家公开车带着亲家母来到我们的住处，把我和敏文及昨夜和我们睡在一起的小孙子航航接到他们的新居去吃年夜饭。约10多分钟，我们便来到了他们位于三楼上的新居。这是一套宽敞明亮的两卧一厅居所，厨房、厕所、阳台一应俱全，据说总共有80多平方米。这时，亲家公90岁的老母亲已经在那里等候。加上我们的二儿子和二儿媳，全家8口人都已到齐了。于是亲家母便开始忙碌起来，因为韩国人十分讲究年夜饭自己动手，并在家里就餐。他们认为，除夕吃团圆饭不仅难得，而且象征家庭和睦，家族兴旺。连饭店老板都认为，既然家家户户都回家过年，厨师和服务员也不能例外，所以除夕之夜首尔的饭店一般都不营业。

由于亲家母曾经开过饭店，所以年夜饭的花色、味道都无可挑剔，当然是以韩国风味为主。亲家公和亲家母平时都不喝酒，我和敏文平时也不喝酒，今天破例。我们喝的是韩国的正宗米酒，度数不高，但味道不错，有点甜味，很像咱们侗家的糯米泡酒，但颜色是乳白色的，很像牛奶的颜色。亲家公说是从市场上买来的，不知是如何加工。

除夕之夜小孙子航航一直在唱主角：吃饭时他充当小服务员，端饭端菜，惹得大家赞不绝口。吃过晚饭，亲家母给航航穿上事先准备好的小韩服，更是惹得大家喜笑颜开，增添了不少民族气息 。尤其是小家伙的大拜年，不仅地道，而且真诚，幸好爷爷奶奶事先有所准备才不给小家伙和大家扫兴。小家伙得了红包，也急不可耐地打开数压岁钱，各位大人看在眼里，喜在心头。

中国中央电视台的春节联欢晚会是通过二儿媳的手机信号转传到电视上的，因为信号不是很好，节目也不是特别精彩，所以并没有引起大家的关注。10点多钟，亲家公便开车送我们回住处。

大年初一，亲家一早就开车专程给我们送来早餐 —— 米糕片汤。这是韩国人不可缺少的春节食品，称为"岁餐"。汤里除了洁白的米糕片，还有绿色的菜叶和棕色的肉片，色香味俱全。传说古代韩国人崇尚太阳和纯洁的白色。白色的圆状米糕片既代表太阳，同时也象征辞旧迎新。大年初一早晨吃上一碗，寓意迎接太阳的光明和万物更生的纯洁。

因为是大年初一，亲家将有其他亲友来访，我们不宜再去打搅，也不用照看小孙子。所以吃过早餐我们决定自己上街去走一走，看一看。

果不其然，街上大多商店、饭馆都没有开门营业。行人很稀少，公交车上没有几个人坐车。更没有像北京那样人头涌动的热闹庙会，只有清凉里驿交通枢纽有些来去匆匆的赶路人，其他街面似乎显得有些冷清。

我们走进一个不大的街巷里，两边都是不大的食品店或小餐馆，似乎就是这里的"风味食品一条街"。遗憾的是今天大多关门闭户，只能从各家各户门前琳琅满目的广告牌上想象到往昔的热闹情景。为了让大家了解这些特色食品的模样和价位，我们随手拍了几张照片。

接着我们来到一家服装店门前，这家老板可能比较勤俭，不但今天照常营业，而且还把店里的"10000元"羊毛衫摆到了门前的空地上招揽生意。大家千万不要被这"10000元"吓到，那是标的韩币价格。按照当下韩币与人民币的汇率计算，每件实际只要60多元人民币，够便宜的！

我们又来到一家照常营业的自助餐馆门前，因为门前广告都是用汉字书写，每人收费8900元（折合人民币60多元）。我们认定这家店主一定是中国人，于是便决定进去看看，也许能在这里认识几位新朋友，至少能和店主或店里的服务员说上几句中国话。如话语投机，或许还能成为这家餐馆的常客。但没想到，刚推开门，就被服务小姐叽里呱啦地拦住了。我说："我们是中国人。"她直摇头，似乎一点也听不懂。我急中生智，用很不地道的英语说了一句"China"（中国），这位小姐还是摇头。我们只好望而却步，赶紧离开。

为了深入了解首尔，大年初二，我们决定徒步漫游首尔。幸好我们在办理签证手续时，签证机关送给我们一份中韩文对照的韩国地图，其中还有首尔市交通图。这就为我们徒步游首尔提供了极大方便。

我们边走边玩，从东大门区的清凉里沿着2311公交车线路徒步走到中浪区的上凤，来回总共约有10来公里，总共花了三个小时。途中收获多多，也感慨多多。首先我们觉得这座城市的空气很好，加上今天风和日丽，蓝天白云抬头即见，远山近楼一清二楚。路边的一景一物也耐人寻味。如那硕大的石磙，直径足有两层楼高，给人的感觉是历史的沉重与人民的力量！又如商店门前那点头哈腰、动静得体、声音甜蜜、真假难辨的"美女"，给这座现代都市带来了异样的情趣。还有那精细而适用的社区楼号分布图，既给外来者提供了极大的方便，也彰显出这座城市以人为本的科学管理。

当然，囊中羞涩的我们，也处处关心此城此地的物价水平。作为农民子女出身的我们，对路边出售的几堆红薯产生了兴趣：这里的红薯是按堆出售的，因为大小不同，每堆的价格也不一样。大者每堆4-5个，最多也就两公斤，售价却是5000韩元（约合30多元人民币）。我跟敏文小声嘀咕："可惜海关不让咱们从黎平岩洞带些红薯到这里来卖，要不，咱们该发财了！"

2月10日晚餐，亲家请我们到位于中浪附近的韩式烧烤店去吃烧烤。这是一家比较高档的烧烤店，生意很火。我们于当地时间5点多钟就来到了此店，但已经没有了空桌，我们只好在门厅座椅上耐心等候。大约等了一个多小时，老板终于给我们腾出了位子。

韩式烧烤跟我们在黎平和北京吃过的烧烤全然不同，不仅环境不同，器具不同，风味、服务也不同。这里的环境很好，既没有烟熏火燎，也没有大声喧哗。虽然是烧木炭，但都是用电打火，不知其中的奥妙何在。值得高兴的是，店里居然还有一位会讲汉语的、30来岁的女服务员。她对我们特别热情，服务也很周到。

我们烤的都是猪排，十分鲜嫩，味道

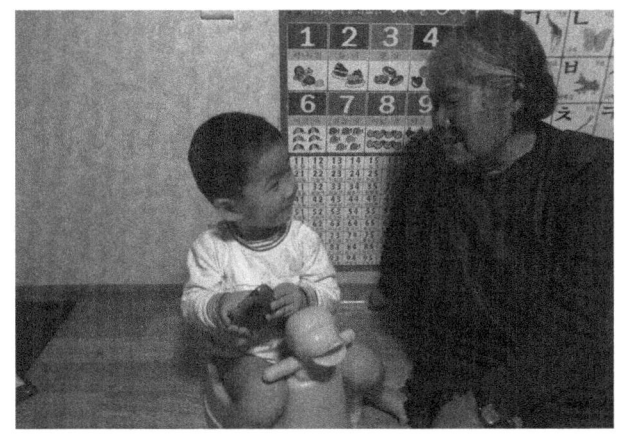

我与小孙子航航在韩国

也很好。除烤肉外，还有各种各样的辅菜，如辣酱蟹、蒸鱼、泡菜等等。辅菜的量虽然不大，只有一小碟，但都是免费的。还有一大钵类似咱们侗家的酸汤菜也是免费的。我们一共有8个人，吃饱喝足，据说总共花了20来万韩元，约合人民币一千多元。看来，在韩国吃喝并不比中国贵多少，只是我们还比较贫穷，人家已经进入小康而已。

2月13日，亲家公和亲家母还带我们去韩国最南端的城市釜山，我们在那里参观了渔港和海洋博物馆。回到首尔，韩国朋友又带我们去参观韩国国立博物馆。这些都是探亲期间的额外收获。

这次韩国之旅，总共花了19天时间（2016年1月31日～2月18日），18日上午和二儿子京涛及二儿媳妇小洁一起回到北京。

# 天伦之乐

2010年春节前，京松和利华带着他们的儿子睿睿去加拿大温哥华寻求新的生活，刚去3个月，京松又把睿睿带回来了。那时睿睿刚两岁多，我和敏文就把他带到黎平岩洞来，想让他从小了解些农村侗家人的生活。没想到这孩子一点也不认生，还特别可爱。

我教他："睿睿，你见到那些跟爷爷、奶奶一样大的男人或女人，你就叫爷爷或奶奶；见到跟你爸爸、妈妈一样大的男人或女人，你就叫大大或阿姨。"

睿睿点点头，然后他问："奶奶，见到比我大或比我小的孩子我怎么叫呢？"

我笑着说："那就叫哥哥姐姐或弟弟妹妹呀。"

"我知道了，奶奶。"睿睿非常自信地说。

我和小孙子一起搭积木　　　　　　　　我和大孙子一起放牛

　　因为有村里的侗歌队经常到侗人文化家园来练歌，那些年轻歌手喜欢教睿睿讲侗话，唱侗歌。睿睿也喜欢跟他们学。有一次男歌手们教他说"补佬"（伯伯）"补温"（叔叔）；女歌手们教他说"娭佬"（伯妈）"娭温"（叔妈）。睿睿闹不清楚谁大谁小，干脆都叫"补"（爸爸）"娭"（妈妈），闹得大家哈哈大笑。睿睿也跟他们学唱侗族大歌，后来还真会唱了几句，如《蝉歌》和《布谷催春》开头几句。睿睿在岩洞玩的花样也多，有时玩牵牛，有时玩钓鱼，有时玩种菜，总之非常开心。

　　到了七八月份，睿睿快满3周岁了，他爸爸妈妈都让睿睿回北京去上幼儿园。当时北京市的公立幼儿园很不好找。他爸爸刚大学毕业时曾在朝阳区教委电教馆工作过一段时间，通过关系，最后才被劲松第二幼儿园接收，我和敏文赶紧把睿睿送回北京。

　　睿睿上了幼儿园，我和敏文的主要任务就是接送孙子，周末和周日带他去公园玩，有时也带他去外地旅游。好在我们家离幼儿园不算太远，不用坐公交，睿睿也很乖，所以我和敏文那段时间都过得很舒心。

　　睿睿喜欢学习，记性也好，在接送路上，他见到什么都要问问。有一次路过光明桥，他见桥上有一块标牌，他就问："奶奶，牌上写的什么字呀？"

　　我说："那是光明桥，是这座桥的名字。"

　　睿睿记住了，每次经过那座桥，他都要念几遍。有一次，我带睿睿去坐公交车，他见到车门上有"自动门"几个字，他顺口就说"白力门"。

我说："睿睿，那不是白力门，是自动门。"我接着说："那白字多一横，念自，自己的自。那力的旁边还有一朵云呢，是云彩用力把门推开了。所以叫自动门。"

睿睿点头说："奶奶，我知道了。"睿睿就这样日积月累，到他上大班时，已经学会了600多个常用汉字，已经能给我读报了。有时我们一起看电视，我常把屏幕上字念错了，睿睿就说："奶奶，您把某某字念错了。"

睿睿的记性也很好，我们楼下经常停有很多小车，他见到不一样的小车，就问爸爸："爸爸，这是什么车呀？"

他爸爸就告诉他："这是奥迪，这是大众，那是本田……"后来，睿睿几乎能认出十多种汽车的牌号。

睿睿还喜欢下围棋，有一次他爸爸带他到北京体育馆去报名学围棋，招生的人见睿睿年龄太小，教练不想要睿睿。他爸爸说："您让他跟这里的孩子练练看嘛。"教练同意了。结果睿睿都下赢了那些孩子。教练就把睿睿收下了。

睿睿快5周岁时，睿睿的妈妈一定要让睿睿去加拿大温哥华上小学，2012年8月24日，他爸爸才又送睿睿去加拿大了。


# 2017：华东之旅


华东是中国的"钱袋子"和"智囊库"。上个世纪70年代，我在长辛店匙链厂工作时曾经到过上海学习，调到中国社会科学院工作后，也曾到过杭州参观，我和敏文早就有心到华东地区去走一走，看一看。最近，正好二儿子和二儿媳有几天休假，并愿意驾车带我和敏文去实现这个心愿。

2017年春天，我们一行4人3月5日清晨5点钟从北京出发，经天津，过济南，下午3点钟到达扬州。敏文说："唐代大诗人李白有一首诗是这样写的：'故人西辞黄鹤楼，烟花三月下扬州。孤帆远影碧空尽，唯见长江天际流.'李白所讲的三月是阴历三月,跟现在的阳历4月差不多。李白所说的'扬州'就是现在的扬州。"我们忘记了旅途的劳累,一下车便直奔古色古香的东关街,还买了一只叫花鸡先填肚子。傍晚时分,我们又从东关码头乘坐游船在古运河上漂游。两岸灯光五颜六色,更显出这座古城的迷人魅力。

4月6日,我们从扬州出发前往苏州,路过无锡时在太湖边上逛了一圈。敏文风趣地说:"太湖真美,如果咱们有钱,也在太湖岸边买座房子。"

我说:"太湖风光虽美,但也比不上咱们侗乡美啊!"敏文点头说:"是!"

告别太湖,我们便来到苏州。我和敏文都不赞同住在苏州市内。好在二儿媳通过网络搜索,最后决定住在苏州市吴江区同里镇一家私人旅馆。这家旅馆的老板娘约有40多岁,非常热情。她建议我们一定要去"退思园"看看,于是我们去了。退思园始建于清代光绪十一年至十三年(公元1885~1887年),是任兰生庄主落职回乡之后,花了十万两银子建造的,故取名"退思"。园内厅堂楼阁,古香古色;树木花草,气息芬芳。敏文很有感慨地说:"咱们的岩洞侗人文化家园也是'退思园'啊,可惜咱们太穷,没有那么多钱好好打理。"

我说:"不要着急,等咱们有钱了,再慢慢打理。"敏文笑了。

在苏州,发生了一件让我很不愉快的事情,那就是我的手机不知道什么时候在什么地方丢了,直到吃中午饭的时候才发现找不到手机。我很着急,马上到当地派出所去报案,结果也找不回来了。

4月7日告别苏州,路过乌镇。乌镇位于浙江省嘉兴市桐乡,地处江浙沪"金三角"之地。听说乌镇是首

我和敏文在上海外滩的留影

批中国历史文化名镇，也是"世界互联网大会永久会址"。

过了乌镇，我们就来到了"人间天堂"的杭州。为了方便游览西湖美景，我们就住在观音台下、雷峰塔边一个名叫"一棵树"的农家小院里。小院十分清净，也很干净，主人是一对60多岁的老年夫妇。他们原本也是当地农民，改革开放后用土地入股，每年能分到两万多元红利。他们又用自己的住房开设旅馆，每年都有几十万元的经济收入。他们只有一个儿子，儿子也有工作。他们高兴地说："如今吃穿都不发愁，只要过得健康愉快就行了。"听了这两位老年夫妇的介绍，我对敏文说："可惜咱们岩洞游客太少，如果游客再多一些，咱们的侗人文化家园也可以搞成像'一棵树'这样的农家小院。"

敏文也学着我的腔调说："不着急，慢慢来，等黎平建设好了，会有游客的。"

4月8日上午，我们从"一棵树"农家小院步行10多分钟来到了西湖。西湖风光的确优美。我们先乘船来到"三潭映月"游了一趟，然后又坐游览车绕西湖游了一圈。接着便匆匆离开杭州。路过嘉兴没有停留，直奔上海。

4月8日下午5点钟，我们便住进了离上海外滩不远的恒升半岛国际大酒店，这也是二儿媳通过网络事先预订好的。晚上的外滩格外迷人，东方明珠光彩夺目，两岸霓虹交相辉映，各种彩船往来穿梭。上海无愧是中国的"超大城市"，无愧是中国经济、交通、科技、工业、金融、贸易、会展和航运中心。今天的上海，跟我50多年前见到的上海大不一样了！

4月9日，我们从上海开始返程。在徐州住了一夜，顺便去拜访在江苏师范大学任教的湖南通道籍侗族老朋友杨通银教授。杨教授非常热情地接待了我们，并派他的研究生小梅专门负责接待我们。我们非常感谢！

4月10日中午，我们依依不舍地告别徐州，直至夜里9点来钟才回到北京，这次"华东之旅"到此结束。

# 加拿大之旅

2017年10月6日下午，我们拟乘坐加拿大航空公司CA30航班从位于东半球的中国北京首都国际机场飞往西半球的加拿大温哥华，前去探望已经离别我们5年的大孙子睿睿。我们选择乘坐加拿大航空公司的飞机，不仅仅是因为机票比较便宜（每人往返4238元人民币），而且也是为了能够亲身感受异国航空小姐的服务态度和服务水平。

来到登机口，我们才知道本次航班是中国航空公司和加拿大航空公司联合执飞的一次航班。机舱里坐的大多是中国人，服务人员既有中国航空小姐，也有加拿大航空小姐。我们原来担心的语言不通问题立刻化为乌有。飞机于下午4时05分正点起飞。中加两国服务人员的服务态度都非常热情，只是飞机上供应的晚餐、夜点和早点都是加拿大口味，我们有些不太习惯。

飞机经过近10个小时的昼夜飞行，我们乘坐的航班于温哥华时间6日11时20分（北京时间7日凌晨1时20分）缓缓地降落在位于太平洋西海岸边的温哥华国际机场上，总行程8746公里。这是我们首次跨越太平洋踏上西方的土地，也是我们有生以来所到的最远的地方。

下了飞机，我们随着人流来到加拿大海关。因为都是自助式的电子报关，我们仅花了10分钟左右的时间就顺利通关了，这也是我们原来意想不到的。因为机场非常繁忙，我们等候提取行李的时间较长，大约花了30多分钟。走出机场，睿睿的母亲已经在那里等候。她告诉我们："睿睿下午3点才放学，所以他没能到机场来迎接爷爷和奶奶。"我说："这样就对了，千万别因为我们的到来影响孩子的学习！"

交谈中，一辆商务车已经开到了我们的面前。睿睿的母亲向我们介绍说："开车来接你们的是我们单位的同事，他也是一位华人。"大约只有10多分钟的车程，我们便来到了睿睿他们居住的住所。睿睿的母亲把我们安排妥当之后说："我还要回去上班，然后去接孩子。你先休息一会儿。"

当地下午6点多钟，睿睿和他的母亲回来了。睿睿一进门就大声叫喊："爷爷好！奶奶好！"我和敏文都很激动，因为孩子5周岁前一直和我们生活在一起，5岁后虽然经常在视频上见面、交谈，但在离别的5年中我们也无时无刻不在思念这个可爱的孙子。我们眼含泪花和睿睿热烈拥抱。

晚上，应睿睿母亲他们单位老板的邀请，我们到他们家去吃饺子。没想到来了一大屋人，大约有20多位。来者都是华人，有大人，有孩子，也有留学生，热热闹闹。我们感到非常亲切！

睿睿现在已经满10周岁了，他正在加拿大温哥华上小学五年级。我们此次去看他，不知该给他带点什么礼物。吃的不好带，穿的不用带。思去想来，最后还是决定给他带几本书：一部最新版的《现代汉语词典》、一套中国《成语典故文选》；还有几本我们的个人著作，如《美的心声 —— 西部文学》《没有国王的王国 —— 侗款研究》《神判论》《侗族》《侗妹》等。也许睿睿现在还看不懂这些书，但今后或许会有用的。即便无用，也能作为一种纪念。他今后无论在何国何地工作、生活，始终还是黄皮肤黑眼睛的中国人，始终还是咱们侗家人的子孙。

加拿大是北美洲最北的国家，西抵太平洋，东临大西洋，北至北冰洋，南与美国本土接壤。国土面积为998万平方公里，比中国领土面积还大，仅次于俄罗斯，位居世界第二。可全国总人口只有3500多万，比中国贵州省总人口还少，是世界上移民率最高的国家之一。

加拿大国境内枫树很多，枫树生长的地域非常广泛，其品种也很多。从东到西的国土上，分布着不同的枫树上百种。它们形色各异，争奇斗艳。枫树叶是加拿大的国花，在该国的国旗中央绘着一枚巨大的红色枫叶图案，故枫叶又成了加拿大的象征。加拿大人喜爱枫树，在他们的日常生活中，枫叶图案到处都是。在商店里，到处可以看到印着枫叶图案的书刊、用具和手工艺品；在小学、幼儿园里也常常会从孩子们的画本或作业中发现枫叶；有的人甚至在衣服上也印上一片枫叶；各地出售的纪念品也多用枫叶作为艺术装饰图案。因此，加拿大拥有"枫叶之国"的称誉。我们正赶上金秋时节，也是加拿大枫叶由绿变红的美好时光。

温哥华是加拿大不列颠哥伦比亚省低陆平原上的沿海城市。市内有60多万人口，是加拿大第三大都会，也是加拿大西部第一大城市，和美国西雅图互为近邻。睿睿家就住在温哥华市区西南边离海和机场很近的"温西"地区。我们到这里的时候虽然已经进入寒露多日，但仍感到艳阳高照，秋高气爽，绿树成荫，鲜花遍地。我们的孙子睿睿仍然是单衣单裤，年过古稀的我们身穿秋衣秋裤也不觉冷。由此可见，"四季如秋"对温哥华来讲并不夸张。

来到温哥华的第三天，睿睿的母亲便给我们布置了一项任务 —— 送接睿睿上学放学。睿睿就读的学校离居住的房子并不太远，相隔只有3个街区，步行10多分钟就可以到达。

我们第一次来到睿睿就读的学校，简直不相信这就是当地比较著名的学校：一座并不很高的房子掩映在高大的树林里。周围没有围墙，没有大门，更没有什么传达室。房子前面空地里都是各种各样的儿童健身器材，简直像一个小小的儿童体育场。我问睿睿："你们学校的牌子呢？"睿睿用手一指："那不是！"我朝着睿睿手指的方向走去，只见两块长长的大木板横架在几根粗壮的木桩上。木板已经非常老旧，但上面印刻的英文仍清晰可读。来接送孩子的家长都可以自由出入学校。我们来到睿睿所在的五年级教室惊讶地发现：这里没有高高的讲台，课桌也是摆放得乱七八糟。这哪里是教室啊，简直像一间儿童娱乐室！

放学的铃声响了，孩子们争先恐后跑到学校前面的"体育场"争抢着那些花样繁多的体育器材。睿睿跑到我们面前用恳求的语调说："爷爷、奶奶，我先玩一会行吗？"我点头表示同意说："去吧，注意安全！"睿睿说了声"谢谢"，便像兔子一样转身就跑，很快就融入了来自世界各国、各种肤色的儿童群体之中。孩子们的笑声、叫声、闹声也把我们的思绪引向了那个遥远的年代！

10月14日晚上，当地华人教会邀请我们到当地教堂去参加每月一次的"爱宴"活动（即每月第二周周五晚上）。所谓"爱宴"，就是各家各户拿着自家最拿手的好菜到教堂去一起聚餐，类似咱们侗家的"百家宴"。不过他们不摆长桌，其吃法类似西方的"自助餐"，但又不是自己动手取菜，而是根据赴宴者自己的选择由服务人员舀到食者的盘子里，然后食者再自己端到桌子上与亲人或朋友共同就餐。非常自由，非常卫生，非常和谐。

我们原计划做个侗家酸汤鱼带去，让大家品尝侗家饮食的味道。可是温哥华找不到酸汤，也没有酸菜和酸辣椒。我们自己酿造酸汤又来不及了。没办法，我们只好改变计划，将"酸汤鱼"改成"七彩鸡丁"，包括土豆、胡萝卜、红辣椒、黄辣椒、香菇等等。色香味都还可以，大家一扫而光，反应也不错。我对敏文说："今后如有条件，咱们再来温哥华开一家'侗人餐馆'，主食是糯米饭；主菜是脓鱼、酸汤鱼、七彩鸡丁；饮料是糯米酒。再找两三位会唱侗族大歌和侗族酒歌的侗族姑娘来当服务员，你看怎样？"

敏文笑着说："好呀，我当老板，你当老板娘。"

我也笑着说："你不是当老板的料，还是我当老板兼总经理，你当顾问就行了。"

10月16日，睿睿和他的妈妈带我们游览了温哥华唐人街、中山公园、蒸汽钟以及英属哥伦比亚大学等著名景点景区。

温哥华唐人街是北美洲继旧金山唐人街之后面积最大的华埠，也是北美最繁华、最漂亮的唐人街。它已经有一百多年的历史了。华裔移民早在1858年就已飘洋过海来到了加拿大西海岸，之后就在这里安家落户，繁衍子孙，将中国文化在这里发扬光大。

"千禧门"是温哥华唐人街的标志之一。加拿大中山公园就坐落于温哥华市的唐人街，建成于1986年，是世界上第一座在中国境外兴建的具有苏州特色的花园，是为纪念中国革命先行者孙中山先生而修建，旨在为中国和西方文化的交流搭建桥梁。

蒸汽钟位于温哥华煤气镇的水街上，高2米，四面有钟面。钟盘以下完全透明，可以清晰看见零部件的运作。每逢整点则发出悦耳的音乐声。此钟于1854年由一个名叫桑德斯的聪明人巧妙地利用蒸汽口的废蒸汽建成，当时是世界上独一无二的蒸汽钟。

英属哥伦比亚大学（University of British Columbia），简称UBC，又名"卑诗大学"，是一所世界级顶尖研究型大学。该校于1908年创校，在加拿大国内的排名始终保持在前三名之列，多次位列北美前十名，世界排名均保持在35名以内。敏文问睿睿："今后你想不想考这所大学？"睿睿腼腆地回答："现在还早，到时候才知道。"

住在温哥华，就像住在一座无边无际的森林公园。道路两旁，庭院两边，到处都是高大的乔木，其中有阔叶的，有针叶的，有落叶的，有长青的，有开花的，有不开花的。树干、树冠的形状千姿百态，树叶的颜色也各不相同。更令我们赏心悦目的是，各家各户的庭院或房屋周围都有一道或几道修剪整齐的绿色围墙，其中有高的，有矮的，有长的，有方的，有圆的……

这次我们出国的主要目的是来看睿睿的，所以我们对睿睿的学习情况特别关心。根据睿睿母亲的介绍我们得知：加拿大推行全国十二年免费义务教育，公民或有枫叶卡的永久居民及其子女从小学到中学全部免费教育。

加拿大小学教育强调以学生发展为中心，强调教育应该满足学生的需要，促进学生的健康发展，反对传统教育中强调学生对教育的适应；强调审美和艺术的发展、情感智力和社会智力的发展、身体健康的发展；培养社会责任感。

温哥华从小学一年级到三年级的成绩单不用分数或等级表示，而是用描述式评语，如语言的表达能力、对数学的理解能力、艺术方面的悟性以及社交的活跃性等。小学四年级到七年级的成绩用等级表示，如A、B、C等等，但绝对不会有班级内的排名。加拿大的学校对什么都保密，尤其是学生的成绩。他们认为：公布分数和排名最直接的结果是在班里造成竞争态势，对成绩一般和较落后的学生来说，容易产生焦虑情绪，从而影响学习和成长，也违背教育的本来目的。睿睿从来不向我们透露他的学习成绩和在班里的排名情况。

那么，睿睿每天都忙些什么呢？从周一到周五，他每天上午8点起床，8点半去学校，9点开始上课，中午在学校吃饭，下午3点放学。放学后有时去参加各种兴趣活动，如棋类、数学、游泳、童子军等。如没有什么兴趣活动，家里又没有大人在家，就安排到"日托所"去请人代管。因为加拿大教育部门规定：12岁以下的儿童上学、放学路上必须有大人陪同，家里没有大人不能单独让孩子待在家里。我们来到温哥华后，睿睿放学后我们就可以把他接回家来。这也是他感到很高兴的事情。到家后，他有时看书，有时看电视，有时玩电脑，有时听我讲故事，有时和爷爷下棋，但从来没看见他做什么作业，因为学校从来都不留课外作业。

温哥华的街道比较规整，东西南北，横平竖直，基本上都是"井"字形结构，拐弯抹角的道路很少，有点像北京市的街道布局。

睿睿他们居住的温西地区，东西向的街道都有编号，由北向南，从W1、w2、w3……直至w73、w74；南北向的街道由东向西，既有编号，也有名称。不识英文者，只要记住自己居住的街道编号并掌握编号规律，一般都不会迷路。

温哥华的公交车站也都有编号，不懂英语者，不用记住车站名称，只要记住车站号码，就不会下错车。特别要注意的是，每辆公共汽车两边车窗上边都有一根细绳子。快到你要下车的车站时，你必须拉一下绳子，司机才知道你要下车。如果不拉绳子，司机以为无人下车，即便到站，站台又无人候车，车子也不会停下来让你下车，你就会坐过站的。

公交车票除月票、年票之外，还有两块多加元一张的临时计时车票。计时车票是从你首次上车的时间开始计时，一个半小时内，你可以乘坐或转换市内的任何公交车辆，十分方便。

中国城市儿童从小就知道"红灯停，绿灯行"这个交通规矩。但在温哥华只知道这个规矩还不够，因为这个规矩只是用来指挥驾驶员的。对行人来讲，还必须记住另外一个规矩，那就是"手掌停，小人行"。温哥华的街道都没有"斑马线"，只有两条白色的人行横线，每个交叉路口或人行横道都有指示灯，指示灯显示红色手掌，表示禁止行人通过；显示白色小人，并有布谷鸟的叫声，行人就可以通过了。另外，在横穿街道指示灯的灯柱上还有一个圆形按钮，行人要横穿马路，必须用手去按一下那个按钮，指示灯才能尽快地显示白色"小人"让你穿越。

我们刚到温哥华时连续几天都是阴雨，10月23日开始放晴，又正好是星期天，睿睿的母亲决定带我们去伊丽莎白公园看看。

伊丽莎白公园全名叫"伊丽莎白女王公园"，占地53平方公里，海拔150米，原名叫"小山"，是温哥华第二大公园。1939年，英国国王乔治六世与伊丽莎白女王偕同当时的伊丽莎白公主访问温哥华。为了对他们的驾临表示欢迎，公园特更名为"伊丽莎白女王公园"。

"伊丽莎白女王公园"也是加拿大的第一座植物展示园，园内的植物几乎囊括加拿大所有本土植物及一些外来乔木和灌木。公园内著名的半球形植物温室，据说是由一个家族于1969年捐赠的。巨大的三极真空管园顶，有1490个树脂玻璃园盖，是温哥华的特殊标志之一。站在公园的最高点俯瞰全城，远处的群山、市区皆在眼底。

我和敏文访加拿大和平门

我们早就听大儿子京松说加拿大和美国边界有一座和平门，离温哥华不远。所以这次来温哥华，我们很想去看一看。10月24日，睿睿母亲的一位同事 —— 余先生正好要开车去那边办事，顺便带我们去看看这座不平凡的"和平之门"。我们乘坐的商务车沿着99号公路一直南行，行驶半个多钟头便到了我们想去的这个地方。

和平门是美加边境上的一座纪念碑式的建筑物，高20.5米，位于和平门公园的宽大草坪的正中央，刚好矗立在加拿大和美国的南北分界线上。和平门竣工于1921年9月，是用来纪念英美两国于1814年12月24日签订的根特条约。该条约为美加两国由于贸易摩擦而爆发的1812战争画上了句号。在美国一侧门楣上镌刻的文字是："Children of a common mother（同一个母亲的孩子）"，在加拿大一侧镌刻的文字是："Brethren dwelling together in unity（唇齿相依的同胞）"。

这里的海关是一座两国共用的建筑物，从加拿大向美国行走，右侧是美国海关，左侧是加拿大海关。凡从加拿大进入美国的，一律由美国边防负责；凡从美国进入加拿大的，完全由加拿大边防负责。余先生告诉我们：凡加拿大公民前往美国不用办理签证。

我们也很想知道睿睿他们在温哥华的生活情况。当地官方公布的数据显示，从2017年2月开始，温哥华地区的最低工资是每小时11.35加元（约合58.79元人民币）。按每天工作8小时计算，每天工资是90.8加元（约合470.34元人民币）。如按每月工作22天计算，每月可收入1997加元（约合10347元人民币）。如按三口之家计算，这个收入的家庭每人每月有665.66加元（约合3448.15元人民币）。这些钱如果眼下拿到中国来花，基本上可以达到中等生活水平了。但在温哥华，如果一家三口每月只有这么多钱，基本上还处于贫困状态。

吃的方面：睿睿他们吃得比较简单，很少吃大鱼大肉。早餐一般是面包、牛奶、鸡蛋等，中餐和晚餐一般是两菜一汤加米饭或面食。如自己在家炒菜做饭，每日人均有4~5加元就足够了，因为这里的食品价格大概比北京平均贵一倍。如果到餐馆就餐，贫困人家就不可奢望了，因为这里的人工工资比北京高出很多。有一天，我们带睿睿到一家美国人在温哥华开的餐馆吃午餐，三个人总共花了47.83加元（约合247.76元人民币）。

穿的方面：温哥华人的穿着一般都比较随便，比较朴素。商店里很多衣物、鞋、袜都是"中国造"，其价格一般比中国商店高出两倍以上。如我们给睿睿买了一双球鞋花34.99加元（约合181.25元人民币），一双雨鞋花49.99加元（约合298.95元人民币）。

住的方面：温哥华的住房总体比较平稳，近年由于移民逐渐增多，尤其是华人增速较快，房价也逐渐上涨。温哥华中等以上收入的居民一般都有自己的私人独立房屋。购买新房，因地段不同，价格差异很大。睿睿他们住的温西地区两室50~100平米的住宅楼房一般要60万~100万加元（约合310万~518万元人民币），跟北京眼下的房价相差不大。如没有自己的房屋，只能租房。不同地段的房租差别也很大，睿睿他们居住的温西地区房租较贵，一个房间每月大概是500~600加元。

行的方面：温哥华的交通还是比较方便的。中等收入以上的人家基本都有自己的汽车。坐公交车的人很少，基本都有座位，花费也不多。

总之，在温哥华生活的公民或有枫叶卡的永久居民，其子女上学都有12年的免费义务教育，医疗都有保险。三口之家，只要一人有稳定工作，月入2000加元以上，吃穿住行基本都有保障。如月入5000加元以上，基本可以达到中等生活水平，即中国常说的"小康"水平。如月入10000加元以上，就可以成为上等的富裕家庭了。

10月28日，天气很好，阳光灿烂，秋色迷人。上午9点，我们准时把睿睿送到学校，然后决定自己去弗雷泽河岸边走走。

睿睿他们家住在弗雷泽河的北岸，即温哥华市区。南岸是列治文和温哥华国际机场。我们步行10多分钟便来到了河边。我们顺着河边行走，来到一座跨河大桥的桥上。只见一辆轻轨列车从桥上呼啸而过。我们沿着桥头弯来拐去的自行道往上行走，直至桥顶，才发现这里的风光无限：桥下，宽阔而平缓的水面船来船往；天空，不时有飞机轰鸣而过；北岸近处，温哥华市区景致尽收眼底；北岸远处，山峦延绵直插云端；南岸远处，列治文市区高楼林立。

11月1日，睿睿母亲的同事余先生要开车送两位来自中国山东省的朋友去史丹利公园游览，我们借光同车前往。

史丹利公园（Stanley Park，也中译为斯坦利公园）是北美最大的海滨公园和森林公园，距温哥华市中心10多分钟车程，位于一个三面环水的半岛上，总面积6070亩，几乎占据了整个温哥华市北端。

以红杉等针叶树木为主的原始森林是公园最知名的美景。公园北端，是横跨海湾的狮门大桥的南头，桥身两侧以弧形钢索悬吊，长约1660多米的大桥有3条车道，是连接温哥华市与西温哥华和北温哥华的交通要道。在公园东部，有几根形状不一的印第安木刻图腾柱，它们不仅是印第安人文化艺术的体现，也为公园增添了一处历史景观。环岛道路是游人散步和自行车爱好者的天堂。除了森林美景之外，公园还有几处长长的海滩，让游人能欣赏海的美景。

我们乘车在公园里转悠约1个小时，然后通过狮门大桥去位于西温哥华和北温哥华的一些景区游览。这里有山有水，葛劳士山缆车及卡皮拉诺湖的美景都给我们留下了深刻印象。据说，这些高耸入云、满目苍翠的青山是温哥华抵挡来自北方寒冷气流的天然屏障；这些深蓝平静的湖水是温哥华人取之不尽、清洁卫生的生活用水。

美好时光总是很短暂的，转眼就到了11月4日，明天我们就要回北京了。睿睿打算和妈妈一起送我们去机场，可是正好赶上本周六和周日童子军有野营活动，他犹豫了。

我对睿睿说："野营是锻炼自己独立生存、磨炼意志的好机会，机不可失，你还是去参加野营活动吧。有你妈妈送我们就行了。"

睿睿很听话地点了点头，并连夜自己准备睡袋、餐具、雨具、急救药品等等。

这两天温哥华突然降温，有时还下起零星雨雪。周六早上6点多钟，天还没亮，我们就把睿睿叫醒，并高高兴兴地把他送到童子军活动中心集合，然后和他挥手告别。睿睿却突然跑过来和我们一一拥抱辞行："爷爷再见！奶奶再见！"

我心里有些难过，不知什么时候才能再见到大孙子。我情不自禁地掉下了眼泪，敏文的眼泪也在他的眼眶里转圈！

# 离别大孙子，迎来小孙子

离开温哥华，经过近11个小时的飞行，我们于北京时间11月6日下午4点钟到达北京首都国际机场。因为入关排队时间较长，耽误了一些时间。来到机场门口，见二儿子京涛带着他的儿子——我们的小孙子航航来迎接我们，我很高兴。刚刚从加拿大温哥华离别大孙子睿睿，现在又迎来了小孙子航航，这对我们也是一种极大的安慰。在回家的路上我问京涛："航航什么时候回北京来啦？"

京涛告诉我："航航虽然在北京出生，但出生刚8个月他姥姥就带他到韩国去了。现在航航已经4岁多了，很快就该上学了，可是航航一句汉语也听不懂，所以航航的妈妈在你们回到北京的前几天就把航航送回北京来了，让航航首先把汉语学会，不然航航怎么能在北京上学呀？"我点头说："有道理，应该这样。"

下午6点钟我们终于回到了劲松家里。

我和敏文能跟航航在一起生活，当然感到非常高兴。可是我们不懂韩语，航航又不懂汉语，交流起来非常困难。好在航航非常聪明，接受也快，通过几天的"强化训练"，航航很快学会了"讲中国话""阿爸""爷爷""奶奶""看电视""吃饭""睡觉""尿尿"等10多个汉语词语。双方实在听不懂时，他爸爸就用手机里的"中韩快译通"帮我们翻译。实在听不懂，我们只好让住在韩国的航航的姥姥、姥爷通过微信视频来帮助我们解决。

最让我们头疼的是航航这孩子很活泼，很好动，一刻也坐不住，尤其是带他到室外去玩或去市场买东西，一不注意他撒腿就跑，我们叫他"别跑"他又听不懂，我们又追不上他。有一次我带航航去菜市场买菜，交钱时航航就跑到大街上去了，人来车往，幸好没出事。在没有办法的情况下，我们只好用一根长长的花带的一头拴在航航的腰上，另一头捆在我的手腕上，像牵小狗一样牵着航航走。行人见了都很奇怪，有的笑着说："这个办法不错！"

后来我干脆找个废旧自行车筐捆绑在小推车上，车筐里再放个小凳子，让航航坐在小凳子上推着他走，航航很高兴。航航还喜欢爬坡爬树，所以我们也要用带子把他的腰拴住，避免他从树上或陡坡上摔下来。

航航很聪明，记性也好，通过两个多月的强化训练，航航基本上能听懂汉语普通话了，也能跟我们交流了。

# 2018：航航来黎平上学

2018年4月初，我们的二儿子京涛在北京注册了一个"侗人文化（北京）有限公司"。敏文对京涛说："你想搞侗人文化，必须到侗族地区去进行深入考察，长期待在北京，是搞不出什么名堂来的。"

我说："那航航怎么办？谁照管？"

敏文说："把航航带走，到黎平岩洞去上幼儿园。"

当时我正发愁给航航找幼儿园，公办幼儿园要事先登记排队，没有关系根本进不去。私立幼儿园收费太高,我们担不起。于是我说:"那就让航航先去岩洞上幼儿园,让他也了解一点农村和侗家人的生活。"

2018年4月,京涛开车,把我和敏文,还有航航一起带到了贵州省黎平县岩洞村。4月9日,航航就开始进入岩洞镇中心幼儿园上学。

航航的适应能力很强,没有任何生疏和不适应的表现。过两三天,我问他:"航航,你想不想回北京?"他回答说:"不想!这里比北京好玩。"

没过多久,航航就在岩洞结识了许多侗族同学,经常自己上同学家去玩,有时天黑也不回家,到夏天还经常跟同学一起下河去玩耍,我们非常担心。后来我和敏文商量,干脆把侗人文化家园门口的养鱼池改造成小小游泳池,航航非常高兴,他就在自己家的"游泳池"里游泳。

2020年夏天,航航从岩洞中心幼儿园大班毕业,敏文说:"咱们干脆把航航带回北京上小学算了。"

我说:"那他爸爸怎么办?是否都回北京?"

敏文说:"都回去吧,反正今后航航也要回北京去上学。"

我说:"那我先跟京涛商量看看吧。"

京涛一直在黎平县城居住、工作,我打电话跟他商量。他说:"我在黎平的工作刚打下一些基础,现在回北京去干什么呀?先让航航在黎平上几年学,等我把这边的事业安排好了,咱们再一块回北京。"

我觉得京涛说的也有道理,就跟京涛说:"那你就在黎平县城找一所比较好的全日制寄宿学校,我和你爸都快80岁了,实在管不了你的儿子了。"

送航航去学校报到

过了两天,京涛回电话说:"妈,航航上学的学校找到了,就在黎平县城第七中学。这是一所私立学校,环境很好,学制十二年，从小学一年级到高中毕业，每学期的学费、住宿费、伙食费共七八千元，有生活老师专门负责管理低年级学生的生活，包括吃、住、洗衣服等。家长只需周五下午4点以后去接孩子回家，周日下午4点以前送回学校就可以了。如果家里有事，事先给班主任打电话，也可以不接孩子，学校会安排专人值班管理。"京涛继续说："反正现在中小学校都是用全国统编教材，今后航航回北京上学也不会跟不上。"

我把京涛的来电告诉敏文。敏文高兴地说："那太好了！服务社会化就应该这样！"

就这样，开学那天，我和敏文还有航航的爸爸高高兴兴地把航航送到黎平第七中学小学部报到。

# 2019：敏文住院了

我和敏文及小孙子航航于2019年6月29日离开岩洞，取道怀化，7月1日回到北京。敏文这次回北京的主要任务是参加文化和旅游部有关单位主持召开的《中国节日志 —— 侗年》结项评审会，我们顺便送小孙子航航回北京，因为航航的姥姥（外婆）将于7月7日来北京接航航去韩国首尔过暑假。上述任务完成之后，我们计划于7月15日乘火车取道桂林回黎平，预计16日可回到岩洞，车票都买好了。

天有不测风云，计划不如变化！谁知7月13日凌晨3点钟左右，敏文突然感觉有些胸闷，怎么也睡不着觉，于是他跟往常一样起来看书、写作、看电视，然后他又回床上睡觉。我问他："你干什么呀？折腾一夜！害我也睡不好觉。"

敏文把胸闷睡不着觉的情况如实地告诉我。我赶紧从床上爬起来，边穿衣边责问他："你怎么不早说呀？赶紧上医院！"

敏文说："现在什么事都没有了，上什么医院呀。"

我说："等有事就来不及了！我姐夫和我哥都是这么耽误的。"我边说边给住在楼下10层的大儿子京松打电话，边翻出敏文的过往病历和医疗卡。

京松刚来到楼上，我就吩咐他："你赶紧去叫车！"

大约7点30分，我们便来到了同仁医院南门。只见挂号处冷冷清清，不像往日那样人挤人排长队挂号。我很奇怪，自言自语说道："今天怎么没有人挂号呀？"

京松说："如今都通过网络挂号，谁还来排队挂号呢？"

来到门诊大厅，果然是人山人海。我径直把敏文和京松带到急诊部。这里的病人并不很多，我跟分诊台的护士嘀咕几句之后便吩咐京松说："赶紧去挂号，就说你老爸的心脏病又犯了。"然后又吩咐敏文去量血压。当时他的高压是154，低压是87，并不太高。

来到急诊部内科诊室，接诊的是一位40岁左右的男医生。他先看了看敏文的过往病历，又简单地问了问敏文的病情。敏文如实地向医生做了汇报。接着医生拿出听诊器在敏文的前胸和后背听诊，又让敏文上床做心电图。最后医生说："可能心脏有些问题，等抽血化验再看看吧。"接着医生开了三张黄色化验单让敏文去抽血化验。

来到化验室抽完三管血。京松问："要多长时间才能出结果？"抽血的护士答："大约要两个小时。"

两个小时后，我们拿着化验结果去找接诊医生。医生看后又说："再去做一次化验吧。"医生随手又开了两张黄色化验单。敏文有些不高兴，但也无可奈何，只好遵照医生的嘱咐再去抽两管血。

一个多小时后，第二次化验结果出来了。我们拿着化验结果又去找接诊医生。医生看了第二次化验结果，又再次让敏文上床做心电图。做完心电图，医生说："根据你的病情，建议住院进一步观察。看你们的意见怎样？"

京松毫无思索地马上回答："住院！"我说："听医生的。"敏文说："那车票怎么办？"京松说："退票！"敏文说："那岩洞糯稻实验田怎么办？"京松有些生气地说："是糯稻实验田要紧还是你的命要紧？都快八十岁的人了……"

我怕他们父子在医生面前争吵起来，赶紧抢着说："岩洞糯稻实验田我打电话请吴良美、嫒青霞、嫒丽梅她们帮照管一下，不要紧的。"我接着说："你从1996年以来20多年都没有住院好好检查身体，每年单位组织体检我们也很少参加，趁这次住院彻底检查一下身体也好。"

敏文再也无话可说，只能点头表示同意。

接诊医生赶紧叫来两名护士。一名护士带我去办理住院手续；另一名护士把敏文带到急诊部临时观察室，并让敏文躺在一张安有轮子的临时病床上。紧接着是输液，输氧，心率监护，血压监护等各种管线贴在或插在敏文的身上或手上。

我赶紧去给敏文办住院手续，交了一万元押金。因早晨走得匆忙，我们都来不及吃早点，这时都觉得有些饿了。京松说："我出去买点吃的，你们在这里等我。"没多久，京松拿来几罐八宝粥。这就是我们那天的午餐。

7月13日下午两点，来了两位护士把敏文连人带车推出急诊部临时观察室。经过门诊大楼一层通道和大厅，挤进电梯，一直把敏文送到住院部四楼心血管中心重症监护室，就不让我和京松进去了。从那以后，我和京松只能每天轮流进重症监护室去看敏文20分钟，护理工作全部由护士们负责。

7月17日上午，敏文终于获得了解放——从重症监护室转移到普通病房。病人不但可以自由上床下床，还能在病室或楼道里自由走动，也能用手机上网，发微信，打电话，上厕所，洗脸，打开水等，还允许我和京松轮流24小时陪护。

在重症监护室待了四天，在普通病房又经过多方检测，医生认为敏文的心脏肯定存在某种问题。问题究竟出在哪里？问题究竟有多大？还必须进行更深入地探查才能弄清楚。

敏文问医生："怎样深入探查？"

医生说："首先要做超声心动，用现代电子技术和超声原理检查观测心脏腔室，心肌厚度，瓣膜形态和心脏功能等。如发现问题，再做造影，就是通过仪器到心血管里面去探查，看看问题究竟出在哪里。如找到问题出处，再根据具体情况或放支架或开胸搭桥。就像水管流水不畅，必须先探查哪个地方被堵塞了，然后再想办法去疏通。"

7月19日中午1点半钟，医生安排敏文到门诊楼一层去做超声心动。检查结果是有点问题。于是我们才下定决心再做造影。我于当天下午16时15分在协议书上签字画押，并和医生共同商定下周一（7月22日）做造影。

医生还告诉我们：如果在做造影过程中发现问题需要放支架，那又面临放什么支架的问题。目前中国国内医学界常用的支架有两种：一种是进口支架；一种是国产支架。国产支架每只一万三千元人民币左右，进口支架比国产支架每只贵三四千元。

京松主张用进口支架。敏文主张用国产支架，他说："据网上介绍，国产支架也都是用进口原材料制造的，质地没有太大差别。再说，我今年已经76岁了，不可能再活几十年，没必要使用什么进口材料。"京松说："那就听你们的吧。"

7月21日，周日，医生护士开始为明天造影做准备，其中包括量体重，测体温，量血压，做心电图，埋针，备皮等。敏文的体重原本一直是80公斤左右，这次却只有72公斤了。我笑着说："有钱难买老来瘦，这真是一个利好的消息哦！"

7月22日上午7点多钟，我和京松便早早来到医院。8时30分，医院一位年轻的工作人员带敏文去门诊二楼做B超，我也随同。京松则去住院部交我从单位开来的6万元支票。10点30分，护士带我们去二楼做造影，医生只允许敏文一人进入造影室，我和京松只能在门外等候。

11点20分，一位医生到门口来小声地对我和京松说："第一只支架已经放好了，但不能全部支撑被堵塞的血管，我们打算再放一只支架，看你们家属是否同意？"

在这种情况下，我们没有别的选择，只能点头表示同意。11点35分，敏文回到病房，手术全过程大约只用了60分钟。

23日上午9时，医生又给敏文量血压：高压115，低压60，心率65。中午11时，医生正式通知："明天出院。"

7月24日，我和京松早早来到医院。我先去住院部结账并办理出院手续，然后回病房收拾东西。敏文问我："总共花多少钱？"我说："5万多元。"

临走时，护士又送来一些药品，并交代出院后要按时吃药，并告诉我们8月5日再回医院复查。

离开同仁医院时，敏文情不自禁地说了声："再见，同仁医院！"

我赶紧纠正说："跟医院是不能说再见的！"

8月30日我和敏文从北京坐飞机到桂林机场；航航和他姥姥也从韩国首尔坐飞机到桂林机场；京涛从黎平开车到桂林机场来接我们和航航回黎平岩洞；航航的姥姥直接从桂林机场坐飞机去东北老家。三路会合，两路分开，现代通信和现代交通真方便啊！

到了岩洞，我再也不让敏文下田干活了，还督促他每天按时吃药，不要过度劳累。

# 2021：筹建侗人文库

2018年京涛来到黎平以后，逐步建起了自己的朋友圈，也有自己的一些想法和打算，加上2020年新冠疫情广泛传播，京涛暂时不想回北京发展了。我也觉得在老家养老比在北京养老更适合我们的具体情况。

敏文说："那咱们应该有一个比较长远的打算。"

我说："咱们应该在侗人文化家园的基础上把互助式养老中心建设起来，这样，咱们自己就可以安心在岩洞养老，也能为当地农民工解决后顾之忧，还能为北京等外地退休老人来黎平短期休养提供食宿方便。"

敏文说："这个主意很好，我同意，但需要一个比较长的时间筹备，还需要得到当地政府支持。我的意见是咱们先量力而行，黎平的房子比较便宜，先在黎平县城买房子把侗人文库建设起来，把我们几十年出版、购买和别人赠送的书籍，咱们自己采集的资料，包括图片、音像等等都从北京运到黎平来放到侗人文库里面保存起来。放在北京不但没有什么用处，还白白占用几万块钱一平方米的房间。运到黎平来，不仅方便贵州黎平、榕江、从江、锦屏、天柱等县的侗族学者翻阅参考，也方便湖南、广西方面的专家学者前来查阅。其他朋友愿意把自己的著作或资料放在里面也欢迎。统一编目,方便检索。"

我和京涛都认为敏文的这个意见可行,也比较容易办到。于是我们就决定在黎平县城购买房子,并于2021年4月在黎平县城天玺湾17栋楼一层买了两套相挨的房子,共

我和敏文在侗人文库筹建处外面留影

200多平米,用部分房间建设"侗人文库"。

5月22日,我去北京为京松解决经济适用房退租问题的同时,也着手清理、包装数十年来敏文自己出版、购买或别人赠送的书籍资料,以及他自己采集的资料,包括图片、音像、手稿及其他物品等。在李增林、张承安、冷孟亭、吴贵忠、吴传娟等人的帮助下,我们花了将近两个月的时间终于把这些资料都装到纸箱里捆好,一共装了108箱,暂时放在邻居的空房里,准备有机会运回黎平。7月11日中午,我还把这些装好箱的书籍和资料拍成照片和录像发给敏文。

这些事情办完以后,7月13日,我和李增林一起回到黎平。当时,敏文正忙于编写和审阅《侗族族源新探》。我的主要任务是照管小孙子航航,并请岩洞民族小学退休优秀教师吴良梅等指导航航完成暑假作业,还负责接待吉林大学和贵州民族大学到黎平岩洞来考察侗族文化的两批专家学者。

# 痛失侗妹（邓敏文撰）

公元2021年8月22日（古历七月十五，星期日，中元节），这是我和儿孙们刻骨铭心的日子！

是日，我和妻子龙月江都起得很早，因为今天我们的小儿子京涛要从黎平县城开车来岩洞接我们和他的儿子（我们的小孙子）航航去县城住宿。明天周一，我们好一起送航航去学校报到开始上小学二年级，我也要去县医院联系住院做眼睛白内障手术，所以事先要做些准备。

我去洗脸时，见月江正在给小孙子航航洗衣服。我对她说："我来洗衣服，你去做早饭吧。"她听从了我的安排。

约9点钟，已经84岁的大嫂弓着腰、驼着背突然出现在我的面前。我问："萨婄兰（婄兰的祖母），你怎么来啦？"。

大嫂答："是补婄兰（婄兰的父亲）骑摩托车送我来岩洞卫生院打疫苗针的，打完针我来看看你们。"我问："补婄兰呢？"大嫂答："他送我到岩洞后，又骑摩托车回竹坪老家干活儿去了。"我问："过早（吃早点）了吗？"大嫂答："刚才补婄兰在街上给我买两个包子吃了。"我说："那好，月江正在做饭，等京涛开车来接我们的时候再送你回竹坪。"

大嫂说："不用送，一会补婄兰骑摩托车来接我，我坐汽车爱晕车。"

我说："那好，你和我们一起吃早饭，一会我打电话让补婄兰到这里来接你。"

约10点钟，月江把饭菜都做好了。我和大嫂、月江还有小孙子航航一家四口高高兴兴地吃早饭，边吃边聊。

大嫂很高兴地告诉我们："小儿子盛康和他的妻子离婚几年后又复婚了，并已经在黎平县城买了房子，正在装修。"

我说："那太好了，京涛也在黎平县城买了房子，以后咱们都搬到县城去住。"

大嫂说："我不去县城，在竹坪老家住惯了，老家有亲戚朋友，有伴儿，吃水吃菜都不用花钱。"

月江也说："我也不想去黎平县城住，更不想回北京去住，我就在岩洞养老，这里山清水秀，没有疫情，生活方便，乡亲们对我都很好，我也舍不得离开他们。"

我笑着说："1970年咱们刚结婚时，你在北京，我在贵州，两地分居了6年，难道你还想分居呀？"

月江也笑着说："分居就分居，反正我不想离开岩洞！"

将近12点钟，补媠兰骑着摩托车到侗人文化家园来接他的母亲，坐了一会儿，补媠兰对母亲说："咱们走吧，下午我还要去帮别人做活路。"

我和月江一直把大嫂和补媠兰送到寨门口。月江一再叮咛大嫂坐好，叮咛补媠兰骑慢点，注意安全。

送走大嫂和补媠兰，我和月江继续收拾要带去黎平县城的东西，如航航的书籍、文具、衣物，我和月江换洗的衣服，我每天都离不开的电脑等等。月江还用一个大大的食品袋装了一个大冬瓜。

我问："你还想把这个大冬瓜带去县城呀？"

她说："是呀，这是石宝红（本名石宏宝，当地侗族农民，是月江给他起的别号）夫妇特地从马鞍山（石宏宝家承包田地的山名）采来送给咱们的，我要带去黎平县城分给良美（岩洞镇原妇联主任兼民政干事，岩洞人，跟月江最亲近，退休后常住在黎平县城帮助怀孕的儿媳料理家务）他们一起吃。"

22日当天，因京涛开车到黎平县殡仪馆去帮助他的一位朋友处理丧事，直至下午3点多钟才开车到岩洞来接我们。临行时，月江急急忙忙去跟一些熟悉的邻居打招呼，请他们帮助照管我们居住的侗人文化家园，并说我们去县城最多住七八天，等我的眼睛治好后就回来。

约下午5点钟，我们应良美的邀请，京涛直接开车送我们到黎平县城清泉路良美家去吃晚饭。京涛说还有别的事情又开车走了。

吃过晚饭，已经快7点钟，我和月江、良美、航航4人一起从清泉路口良美家步行约1里到南泉广场附近京涛临时租住的房子（二楼）。待了一会，航航一直嚷嚷要去广场玩耍。

我对月江和良美说："你们带孩子去玩吧，我要为我和永明合著的、正在四川民族出版社出版的《古老的侗款社会》写篇序言。"月江和良美便带着航航下楼走了。

晚上8点22分，我突然接到京涛打来电话说："我妈病了，正在黎平县人民医院救治，你赶紧把我妈的身份证送来，我已经让杨明（京涛的好朋友，也是我和月江的干儿子）去接你了。"

我急急忙忙赶到医院，见月江正躺在急诊室病床上接受救治。那时她还很清醒。我问月江："哪里不舒服？"月江说："胸口和后背有些疼痛。"

这时，站在我旁边的良美才对我说："我们刚下楼，龙姨就感觉有些不舒服，走到巷口，她就坐在路边开始呕吐。我赶紧给京涛打电话，让京涛赶紧开车来接他妈妈去医院看病。我问龙姨是不是在我们家吃了什么不合适的东西？她说不是，可能我的心脏出了问题，你赶紧帮我拍拍手臂。我赶紧拍她的手臂。这时，龙姨已经浑身是汗，衣服都湿透了。过几分钟，京涛就开车过来把龙姨和我还有航航一起送到了医院。我也不顾医院疫情防治人员的阻拦，直接把龙姨送进急诊室进行救治。"

在急诊室救治过程中，我从监护器上见到月江的血压、心跳都还比较稳，言语、思维都没有什么变化，只是牙龈有些渗血。京涛咨询医生："我妈为什么牙龈有些渗血？"

医生回答说："可能是注射溶血剂引起的。"

我问医生："下一步该怎么办？"

医生说："经初步诊断，心肌梗死应该没有什么问题。下一步应该做心血管造影，看看是在哪个部位堵塞，然后再放支架或搭桥疏通。但我们县级医院没有这些条件，只能转往有条件的医院去进一步诊治。"

我立即让京涛给在贵阳某医院从事医务工作的我大哥的儿子某某某打电话。正在救治月江的医生一听某某某的名字，便对京涛说："你把手机给我吧，某某某是我的老师，我跟他汇报并征求他的意见。"

京涛只好把手机交给医生。通话结束，医生说："现在病人的病情比较平稳，可以转到凯里人民医院进一步诊治，凯里距黎平较近，只有3个小时左右的车程，并有医生护士随车同行。"

我表示同意，并让京涛和杨明随车前往，让我大哥的女儿开英（在黎平银行部门工作）负责准备所需费用。

临行，我对月江说："你先去凯里安心住院，明天我把航航送去学校报到上学，后天我就去凯里看你。"

月江说："好的。你也要注意身体，注意休息，不要为我担心，过几天我就会回来。"就这样，月江走了。

我刚刚带着航航回到京涛临时租住的房子里，就接到京涛打来电话焦急地说："爸，我妈昏迷过去了，正在医院抢救。我已经叫朋友开车去接你了，你赶紧过来吧！"

当我和航航赶到医院急救室时，隔着玻璃窗只见医生护士们正在紧张忙碌地抢救，有时做电击，有时做人工呼吸。京涛赶紧向我汇报说："转院救护车刚启动时，我妈还很清醒，还不时跟我说话，询问去凯里需要几个小时。当车开出约两三公里，我妈就不说话了。我赶紧告诉跟车医师和护士，并建议让车掉头往回开。"

这时，住在黎平县城的亲友开光、开英、开广、良美、远才、林总、小石等先后也都赶了过来。我在亲友们的陪伴下含着泪水，在抢救室外面默默地等候新的转机。可是，等来的却是医生的最后告知："我们已经尽力了……"

我还能说什么呢？我只能低声沙哑地说："你们辛苦了！谢谢！"

当我被亲友搀扶着走进抢救室时，月江还睁着双眼，张开双唇，似乎还在留恋着这个多彩的世界，似乎还有许多心里话还要跟她心爱的人倾诉。但为时已经太晚、太晚！

一位亲友赶紧用手轻轻地把月江的双目及双唇合上。此时，我们的侗妹——我心爱的妻子龙月江经过75年的艰难爬涉，终于从这个世界走进了另一个世界。我攥着她那冰凉的手，抚着她那冰凉的脸无言以对！

这时，光阴已经来到了2021年8月23日凌晨。

# 后记1

我从2005年1月开始写作《侗妹》，到现在已经过去了将近四个年头。今天，《侗妹》（上部）终于出版了，我这个连小学都没毕业的侗家女终于有了自己的著作传世，我心中感到非常高兴，非常快乐，就像又生了一个宝贝孩子！

正如潘年英教授所讲的那样，我最初写作这部书"只是为了回顾和总结自己的一生"，并没有想到它要出版，也没有想到要写数十万字，更没有想到会得到大家的喜爱。直至我的老伴儿帮我将部分章节发到"侗人网"和"木楼人家"网上并得到大家的鼓励之后，我才下定决心将《侗妹》继续写下去。为此，我首先要感谢大家，感谢鼓励和支持我的各位网友、各位同胞、各位老乡！没有各位的鼓励和支持，我不可能完成这样的"长篇巨著"。

与此同时，我也要感谢我的老伴儿和孩子们，没有他们的支持和帮助，我也不会有这么多的时间、精力和表达方法来写完这本书，包括修正病句，修改错字，甚至连书名也是全家共同讨论的结果。

我不是作家，也不是文人，我只是一个普普通通的"准文盲"的侗族妇女。我不指望《侗妹》能成为什么文学作品，更不指望自己能成为什么文学作家。我只希望子孙后代能理解我们这代人的悲欢离合与喜怒哀乐。当然，如果有人能从我写的这些粗浅的文字中感觉到当时跳动的历史脉搏，那就谢天谢地了！

龙月江  2008年10月于北京

# 后记2

2005年，龙月江开始写作《侗妹》，并在当时的"侗人网"和"木楼人家网"上陆续发表，受到网友们的广泛欢迎和好评，她很高兴。2007年我们的大孙子睿睿出生了，她忙着照看孙子，也无暇再写《侗妹》了。

我问她："你怎么不写《侗妹》啦？"

她回答说："你是要《侗妹》还是要孙子？"

我回答说："既要孙子，也要《侗妹》！"

月江说："你真贪！"

2009年《侗妹》上部出版了，中国少数民族文学学会侗族文学分会还在北京航空航天大学如心会议中心主持召开了"《侗妹》（上部）首发式暨研讨会"。与会者对《侗妹》（上部）给予很高评价，月江更高兴了！

事后她问我："怎么办呀？《侗妹》（下部）还写不写呀？"

我回答说："当然要写！"

她说："我带着孙子，还得给你们洗衣做饭，做家务，哪有时间写《侗妹》呀？"

我说："你先把你想写的事情列个提纲出来，有空就一件一件地写。一年写不完就写两年，两年写不完就写三年。你写《侗妹》（上部）不是只用三四年吗？再用十年或二十年你还写不出《侗妹》（下部）来呀？"

月江点头说："那好，我慢慢写。等两个孙子都长大了，我就有时间写了。"

我和月江还有一个"秘密计划"：她写《侗妹》，我写《侗子》。等《侗妹》和《侗子》都写出来了就一起出版。

真没想到，2021年8月23日，《侗妹》还没写完，侗妹就匆匆忙忙地离开了这个世界，她再也不能和我一起实施这个"秘密计划"了！

感谢中央民族大学出版社各位老师伸出援手，及时出版这本龙月江心心念念而又尚未写完的遗著，为我和我的子孙们留下一笔珍贵的家庭精神遗产。

邓敏文

2023年2月12日写于北京劲松寓所

2023年6月12日修改于黎平天玺湾侗人文库